Lynn Raven • Witchghost

Lynn Raven

WITCHGHOST

cbj

Bei diesem Buch wurden die durch das verwendete Material und die Produktion entstandenen CO_2-Emissionen ausgeglichen, indem der cbj Verlag ein Projekt zur Aufforstung in Brasilien unterstützt. Weitere Informationen zu dem Projekt unter: www.ClimatePartner.com/14044-1912-1001

Penguin Random House Verlagsgruppe
FSC® N001967

Gefördert durch ein Stipendium der Stiftung Rheinland-Pfalz für Kultur

Sollte diese Publikation Links auf Webseiten Dritter enthalten, so übernehmen wir für deren Inhalte keine Haftung, da wir uns diese nicht zu eigen machen, sondern lediglich auf deren Stand zum Zeitpunkt der Erstveröffentlichung verweisen.

1. Auflage 2021
© 2021 cbj Kinder- und Jugendbuchverlag
in der Penguin Random House Verlagsgruppe GmbH,
Neumarkter Str. 28, 81673 München
Alle Rechte vorbehalten
Umschlaggestaltung: Carolin Liepins, München, unter Verwendung von Motiven von Shutterstock.com (Serg Zastavkin, PKpix, andreiuc88, Social Media Hub, Darya Komarova)
he · Herstellung: bo
Satz: Buch-Werkstatt GmbH, Bad Aibling
Druck: CPI books GmbH, Leck
ISBN 978-3-570-16603-1
Printed in Germany

www.cbj-verlag.de

Dieses Buch ist auch als E-Book erhältlich

Und wenn die Hexe wiederkehrt ...
(Faun: Schrei es in die Winde)

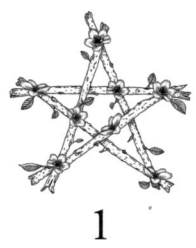

1

Die Katze starrte mich an.

2

William

»Das ist nicht der Grund, weshalb wir hier sind.«

Das gellende Wiehern seines Pferdes, gefolgt von wildem Hufschlag hinter ihm, ließ ihn herumfahren. Er sah gerade noch, wie der Rappe ins Unterholz davonpreschte. Vorbei an ... »Bartholomew ...« Mit einem Knurren holte er Atem. Malcom, Sanderson, Simmons und Osborne waren ebenfalls auf die Lichtung getreten. »Was habt Ihr ...« Er schaffte es nicht, sich ganz zu Wittmore umzudrehen. Sah die Bewegung des anderen nur aus dem Augenwinkel. Ebenso wie den Dolch. Schmal. Elegant. Die Waffe einer Frau. Sarahs. Die Klinge schlitzte ihm die Kehle auf. Die Klinge, die er ihr geschenkt hatte. Sein Schrei, halb Wut, halb Schmerz, wurde zu einem Gurgeln.

Er brach in die Knie.

Presste die Hände gegen die Kehle.

Würgte an seinem eigenen Blut.

Rang nach Atem.

Das Brennen in seinen Handflächen erwachte und erstarb sofort wieder. Bluthexerei!

»Tatsächlich sind wir hier, um Euch und Eure Anschuldigungen zum Schweigen zu bringen, Castairs.« Tadelndes Schnalzen. »Niemand kommt uns in die Quere. Auch Ihr nicht.« Wittmore hatte sich über ihn gebeugt. Zog seinen Kopf an den Haaren in den Nacken. Der Himmel war trüb. Wurde dunkel. »Ihr hättet niemals mit meinem Vater reden dürfen. Er war ein törichter alter Narr. Genauso ein Narr wie Ihr, William.« Ein leises Lachen. »Und er war genauso schockiert wie Ihr, dass auch ich mehr will. Mehr will als das, was dieser erbärmliche Coven mit seinen armseligen Gesetzen mir zugesteht.« Er ließ ihn los. Haltlos stürzte William vornüber. Gemurmel um ihn herum. Über ihm. Wittmores Knie erschien vor seinem Gesicht. Drückte das Gras nieder. Wieder beugte er sich über ihn. Der Dolch in seiner Hand war blutig. William hustete. Rang nach Atem. Spürte, wie sein Herz immer mühsamer schlug. Wittmore lachte leise. »Was wird wohl aus Eurer Dirne werden, nachdem ich sie dabei beobachtet habe, wie sie Euch die Kehle durchgeschnitten hat. Und ihren Dolch als Beweis vorzeigen kann. Besudelt mit Eurem Blut …« Wieder ein leises Lachen. »Lebt wohl, Castairs. Wir sehen uns in der Hölle wieder.« Damit stand Wittmore auf. Seine Schritte entfernten sich. Ebenso wie die der anderen.

William brachte keinen Laut heraus. Selbst sein Husten

und Würgen endete. Irgendwann. So wie seine röchelnden Atemzüge. Und sein Herzschlag.

Nur sein Blut tränkte noch Minuten lang weiter den Boden. Auch als Elija Malcom, Walter Bartholomew, Noah Osborne, Fletcher Simmons, Jacob Sanderson und Thomas Wittmore längst fort waren.

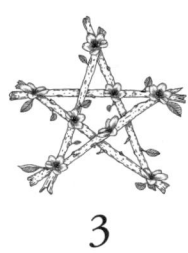

3

Die Katze starrte mich an. Unverwandt. Reglos. Nur ihre Schwanzspitze zuckte. In der Luft hing der Geruch nach Minze.

»Verschwinde.« Ich rollte mich auf die andere Seite.

Als ich das nächste Mal die Augen öffnete, schlief die Katze zusammengerollt auf ihrem Platz unter dem Fenster.

Mit einem Stöhnen ließ ich mich auf den Rücken fallen. Verfluchter Jetlag. Dabei hatte ich auf dem Flug von Paris weitestgehend geschlafen. Aber vielleicht war genau das der Fehler gewesen.

Ich erinnerte mich vage an die Fahrt vom Logan Airport hierher. Durch die Wälder Neuenglands. In den leuchtendsten Farben des Indian Summer. Mit einem Chauffeur, der die Zähne zu kaum mehr auseinanderbekommen hatte, als »Willkommen, Miss Castairs«, »Hier entlang, Miss Castairs«, »Ich nehme Ihr Gepäck, Miss Castairs« – das nur aus zwei Reisetaschen bestand – und »Bitte, steigen Sie ein, Miss Castairs«. Jeder weitere Versuch, mich mit ihm zu unterhalten, war an seinem höflichen »Ja, Miss Castairs« und »Nein, Miss Castairs« gescheitert.

Mit beiden Händen fuhr ich mir übers Gesicht und setzte mich auf. Die Katze blinzelte mich an, streckte sich gähnend, wandte mir den dreifarbig gefleckten Rücken zu und schlief weiter. Hatte ich ihr nicht vorhin gesagt, sie sollte sich verziehen? Ich glaubte, mich dunkel daran zu erinnern. Anscheinend hatte sie das nicht besonders interessiert. Typisch Katze.

Ein bisschen umständlich grub ich die Beine unter der Plüschdecke hervor und schob mich zum Bettrand. Ein Kissen rutschte zu Boden, landete nahezu lautlos in dem dicken, rostfarbenen Teppich. Der ganze Raum war in Ocker- und Orangetönen gehalten. Nur die Möbel waren aus einem hellen Holz, das aussah wie Ahorn. Die bodentiefen Fenster gegenüber dem Bett führten anscheinend auf einen Balkon hinaus. Die Sonne stand schon ziemlich tief. Was bedeutete, dass ich den halben Tag verschlafen hatte. Verflucht!

Da war ich also nun. Zurück in Amerika. Nachdem sie mich über den halben europäischen Kontinent durchgereicht hatten. Von einem der Großen und Mächtigen zum nächsten. Damit ich endlich mein Erbe annahm und mich von ihnen in seinem Gebrauch ausbilden ließ. Genau so, wie sie es wollten. Ein Erbe, das mich nach und nach meine gesamte Familie gekostet hatte. Und mein Zuhause. Und mit dem ich nichts zu tun haben wollte. Etwas, das sie zutiefst schockierte. Eine der Castairs. Eine aus einer der ältesten und mächtigsten Familien überhaupt. Und sie kehrte tatsächlich allem, was ihnen wichtig und heilig war, den Rücken. Weigerte sich, sich in den Künsten der Hexerei unterweisen zu lassen. Unfassbar.

Und unmöglich hinzunehmen.

Sollten sie verflucht sein!

Und inzwischen lief ihnen die Zeit davon. Sobald ich volljährig war, konnten sie sich ihre Weiterreicherei abschminken. Dann konnte ich tun und lassen, was ich wollte. Und auch über das Geld meiner Familie verfügen. Nicht, dass ich nicht jetzt schon meine Quellen gehabt hätte. Granny hatte die feinen Herren und Damen mit ihren Ambitionen und Intrigen zur Genüge gekannt. Immerhin war sie lange Zeit eine von ihnen gewesen. Entsprechend hatte sie Vorkehrungen getroffen. Aber das mussten sie nicht wissen.

Nicht mehr lange und ich war frei. In der Nacht von All Hallows' Eve, um genau zu sein. Beziehungsweise drei Tage danach, wovon sie laut meiner Geburtsurkunde ausgehen mussten. Dann war ich sie endgültig los. Und genau deshalb war mein Gastgeber – und Vormund auf Zeit – dieses Mal auch einer der Richter. Ein deutliches Indiz dafür, wie verzweifelt sie waren. Dass er eine Tochter in meinem Alter hatte, war vermutlich auch nur purer Zufall. Ich schwang die Beine über den Bettrand und stand auf. Der Teppich war wunderbar weich. Mein Rücken knackte, als ich mich streckte. Okay. Heiße Dusche – »Ihr Zimmer verfügt über ein eigenes Bad, Miss Castairs.« –, dann die Küche und etwas zu essen finden – »Fühlen Sie sich ganz wie zu Hause, Miss Castairs. Was auch immer Sie brauchen, bedienen Sie sich. Nur keine Scheu.« – und dann das wohlerzogene Mädchen geben und seine Ehren begrüßen.

Das Badezimmer war ein Traum, mit seiner freistehenden Wanne und einer riesigen Dusche. Dazu eine Fensterfront, die über den scheinbar endlosen Wald hinter dem Haus blickte. Und durch die man nachts beim Baden die Sterne beobachten konnte.

4

Ann

»Ich kann das nicht, Papa.« Ann hasste sich selbst für den hilflosen, fast … verzweifelten … Ton in ihrer Stimme.

»Was soll das heißen: ›Ich kann das nicht‹?« Unwillig sah ihr Vater von seinem Arbeitstisch auf. »Wenn du es nicht kannst, wirst du es lernen. Obwohl ich es dir inzwischen ja bei Gott oft genug erklärt habe.«

»Das ist es nicht …« Wie immer machte er keinen Hehl daraus, dass er sie für eine Versagerin hielt. Und wie immer tat es unendlich weh.

»Was ist es dann?« Allmählich wurde sein Ton immer ärgerlicher. Unwillkürlich machte Ann einen Schritt von ihm weg. Er hatte sie noch nie geschlagen. Aber seit einigen Monaten war sie sich nicht mehr sicher, ob er das tatsächlich auch in Zukunft nicht tun würde.

»Es ist nicht recht …«

»Was recht ist und was nicht, entscheide immer noch

ich.« Ärgerlich traf es immer weniger. Da war eine seltsame Wut ...

Ann presste die Handflächen zusammen. »Ich finde es nur einfach nicht richtig, Cassandra mit Magie an unseren Coven binden zu wollen. Oder sie dazu zu bringen, zu lernen, was es heißt, eine Hexe zu sein, wenn sie es gar nicht ...«

Sein Schnauben schnitt ihr das Wort ab. »*Du* findest es nicht richtig? Du?« Er lachte höhnisch. »Ich will dir mal etwas sagen, junge Dame: Wenn du nicht so eine Enttäuschung wärst, müsste ich nicht zu solchen Mitteln greifen. Deine Mutter – Gott hab sie selig – war eine mächtige und geachtete Hexe. Ich bin einer der Richter dieses Covens. Das wird man auch nicht, weil man ein Versager ist. Und du? Du bist eine Schande für unsere Familie.« Ein abfälliges Kopfschütteln. »Und dann willst *du* mir erzählen, dass du etwas ›nicht richtig‹ findest? – Ich glaube, du überschätzt dich gerade ganz massiv, mein Fräulein.« Er schnaubte. »Ich will die Macht der Castairs zurück in unserem Coven.« Für eine Sekunde zuckte es hart an seinem Kiefer. »Ich habe schon genug dafür bezahlt. Die letzte Castairs gehört mir.« Er sah sie wieder an. Ein kleines, barsches Rucken mit dem Kopf. »Und jetzt komm her, damit ich dir den Zauber noch einmal erkläre. Es darf dir kein Fehler unterlaufen ...«

»Wenn es so wichtig ist, warum kannst du dann nicht selbst ...« Sie brachte den Satz nicht zu Ende.

Der Blick ihres Vaters wurde mörderisch. Seine Stimme klang gepresst vor Zorn. »Ich bin dir keine Rechenschaft schuldig, junge Dame. Wenn ich sage, du tust etwas, dann tust du es. Ohne Widerrede. Und ohne Fragen. – Und jetzt komm endlich her. Ich habe nicht ewig Zeit, mich mit dir zu beschäftigen.«

»Ja, Papa.« Die Hände noch immer ineinandergeschlungen trat sie neben ihn. Die Augen starr auf die Tiegel auf der Arbeitsfläche und den Folianten daneben gerichtet. Darum bemüht, ihn nicht sehen zu lassen, wie sehr sie mit den Tränen kämpfte.

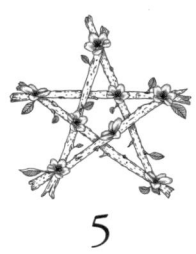

5

Die heiße Dusche und frische Sachen vertrieben den letzten Rest von Jetlag. Zumindest für den Moment. Und erinnerten mich daran, dass das Frühstück im Flugzeug heute meine letzte Mahlzeit gewesen war. Wobei man bei einem Erste-Klasse-Flug nicht mäkeln konnte. Aber wenn ich keine Lust darauf hatte, dass mein Magen demnächst anfing zu knurren, hieß mein nächstes Ziel wohl »Küche und Kühlschrank«.

Irgendwer hatte mein Gepäck neben der Tür abgestellt, während ich geschlafen hatte. Etwas, das mir so gar nicht behagte. Vor allem, weil ich rein gar nichts davon mitbekommen hatte.

Da mein Zimmer anscheinend am Ende des Korridors lag, gab es nur eine Richtung. Ich schaffte es bis zum Ende der Treppe aus dunklem Holz, die ins Erdgeschoss führte und in einer ebenso dunklen Eingangshalle endete, als aus dem hinteren Teil des Hauses plötzlich Stimmen erklangen und nur ein paar Sekunden später ein Pärchen aus einem Durchgang neben den letzten Stufen auftauchte. Als *sie* mich bemerkte, blieb sie so abrupt stehen, dass er um ein Haar in sie hineingelaufen wäre. So zierlich, wie sie gebaut war, hätte er sie damit wahrscheinlich glatt von den Füßen geholt. Allerdings brauchte sie nicht lange, um sich von ihrer Überraschung zu erholen. Ihr Lächeln hatte etwas absolut Ansteckendes.

»Du musst Cassandra sein. – Ich bin Sarah-Ann.« Sie verzog den Mund. »Aber Ann reicht vollkommen. Sarah klingt so ...« Ihre Geste verriet, was sie von ihrem Namen hielt. »... sagen wir: nicht gerade cool.« Sie kam auf mich zu, deutete hinter sich. »Das ist Luke.« Ich wurde mit einem lässigen Salut bedacht. Er war offensichtlich einer von den gut aussehenden, coolen Typen, nach denen sich alles, was weiblich war, umdrehte.

Ich verkniff es mir im allerletzten Moment, Darth Vaders »Nein, ich bin dein Vater« zu zitieren.

Anns Händedruck war erstaunlich fest. Ihre Hände selbst waren allerdings eiskalt.

Das also musste die Tochter des Richters sein. Und er? Ihr Freund? Unwahrscheinlich, dass sie Single war. Nicht bei diesem Aussehen. »Cass.« Weder Mom noch Granny hatten mir je verraten, wer auf die grandiose Idee gekommen war, mich nach dieser griechischen Seherin zu nennen. Und Dad hatte sowieso geschwiegen wie ein Grab. Ich schob möglichst unauffällig die Hände in die Taschen meiner Jeans, sah mich demonstrativ um. »Beeindruckend.« Mehr fiel mir zu der dunklen Täfelung, der ebensolchen Treppe, den schweren Teppichen und den Tischchen mit den Blumenvasen unter den Gemälden nicht ein. Zumindest nicht, ohne ihr zu nahe zu treten, wenn sie diesen Stil mochte.

Das Lächeln wurde zu einem Lachen. »Manche bezeichnen es als ›erdrückend‹ … wenn sie nett sind.« Sie warf einen kurzen Blick hinter sich. »Nicht wahr?«

Sein Schulterzucken hatte fast etwas Spöttisches. »Ich bin immer nett.« Vollkommen selbstverständlich legte sein Arm sich von hinten um ihre Taille. Aha. Freund.

Sie schnaubte, dann lehnte sie sich gegen ihn. »Wir hatten damit gerechnet, dass du früher aufwachst. Mein Vater ist in seinem Arbeitszimmer.« Mit einer kleinen Bewegung nickte sie zu einer Tür hinter mir. »Er hat gesagt, er empfängt dich, sobald du herunterkommst.«

Empfängt. Oha. »Dann sollte ich ihn wohl nicht länger warten lassen.« Mein Magen musste sich also wohl oder übel noch etwas gedulden.

Das Arbeitszimmer des Richters unterschied sich nicht sonderlich von denen meiner vorherigen Gastgeber. Deckenhohe Bücherregale entlang der Wände, Vitrinen mit irgendwelchen alten Folianten oder Kunstgegenständen mitten im Raum, schwere Teppiche auf dem wie poliert glänzenden Boden und ein ausladender Schreibtisch.

Richter Ambrose Wittmore war an den Schläfen schon grau. Aber ansonsten verriet nichts sein Alter. Wenn man mich gefragt hätte, hätte ich ihn auf Anfang fünfzig geschätzt. Nur war ich in so etwas nicht besonders gut.

Er hatte auf mein Klopfen mit einem deutlichen »Herein« geantwortet. Jetzt erhob er sich hinter seinem Schreibtisch, während ich die Tür hinter mir schloss.

»Cassandra, willkommen in meinem Haus. Ich hoffe, du hattest einen angenehmen Flug.« Er deutete auf einen der Sessel vor seinem Schreibtisch. »Setz dich.«

Erfahrungsgemäß hatte ich diese Begrüßungsansprachen schneller hinter mir, wenn ich das brave Kind spielte und mich genauso benahm, wie sie es erwarteten. Wie ich wirklich war, würden sie früh genug feststellen. Also setzte ich mich.

»Danke. Wie ein Erster-Klasse-Flug so ist. Und danke, dass Sie mich haben abholen lassen. Ich hätte mir aber auch ein Taxi nehmen können.« Wäre vielleicht unterhaltsamer gewesen.

»Unsinn. Dir einen Chauffeur zu schicken, war ja wohl das Mindeste.« Er winkte ab. »Hast du deinen Aufenthalt in Paris genossen?«

Ich hob gelangweilt die Schultern. Hoffentlich war dieser Small Talk bald vorbei. »Paris ist eine tolle Stadt ...«

»... die dich leider auch nicht dazu verleiten konnte, deine Studien aufzunehmen. –«

Halleluja. Er kam zur Sache.

Der Richter verschränkte die Hände auf der Tischplatte, musterte mich. »Was wir alle sehr bedauern. – Natürlich ebenso sehr, wie den Verlust deiner Mutter und deiner Großmutter. Agatha war eine … beeindruckende Frau.«

Vor der jeder Einzelne von euch den Schwanz eingezogen hat. Und die euch zum Teufel gejagt hat, als ihr Mom vorschreiben wolltet, wen sie heiraten soll. Anscheinend bedeutete bei seinen Ehren »zur Sache kommen« nicht auch zwingend zum Punkt zu kommen. – Leider.

»Entsprechend ist es mir eine Ehre, mich jetzt um ihre Enkeltochter kümmern zu dürfen.«

Ich rang mir ein höfliches Lächeln ab. Jedem einzelnen meiner bisherigen Gastgeber traute ich zu, die Finger bei dem Feuer, das Mom und Dad getötet hatte, im Spiel gehabt zu haben. Und dann bei Grannys Unfall keine zwei Wochen später.

»Umso mehr, da ich hoffe, dich davon überzeugen zu können, doch dein Erbe anzunehmen. Ein Talent wie das deine …«, er deutete ein Kopfschütteln an, »… es wäre eine unendliche Verschwendung, es nicht zu kultivieren.«

Ich unterdrückte das Schnauben im letzten Moment. Woher wollte er etwas über mein Talent wissen?

»Entsprechend kannst du natürlich mit jeder Unterstützung rechnen, die du für deine Studien brauchst.«

Das klang, als wäre es für ihn beschlossene Sache, dass ich endlich tun würde, was sie alle von mir erwarteten. Never ever.

»Und sollte es dir helfen, Luke zu benutzen …«

Wie bitte? Anscheinend sprach mein Gesichtsausdruck Bände. Der Richter lächelte.

»Offenbar ist es dir entgangen. Nun ja, man kann ja auch von jemandem ohne Ausbildung nicht erwarten, dass er solche Dinge erkennt: Luke ist ein Vertrauter.«

Dieses Mal holte ich scharf Luft. Die Katze. Dieser miese Bastard. Na warte.

»Natürlich soll er sich dauerhaft mit Sarah-Ann verbinden, wenn sie so weit ist.« War da gerade Missbilligung in seinem Ton? Ach? Hieß das, sein Töchterchen war nicht der Überflieger, den er gerne hätte, oder hatte er etwas gegen diesen Luke? »Aber ich denke, vorübergehend würde nichts dagegen sprechen …«

»Das wird nicht nötig sein.« Die Brauen seiner Ehren hoben sich. Anscheinend war er es nicht gewohnt, dass ihm jemand so einfach ins Wort fiel. »Ich will nichts mit der Hexerei zu tun haben. Meine Entscheidung steht fest. Und daran wird sich auch nichts ändern.«

Für den Bruchteil einer Sekunde war der Ärger in seinem Gesicht nicht zu übersehen. Dann hatte er sich wieder unter Kontrolle. »Nun, wir werden sehen …«

Ich hob die Schultern. »Wie Sie …« Sein Handy beendete meinen Satz. Also hatte man hier zumindest Empfang. Wenigstens ein Lichtblick.

»Entschuldige.« Für mein Gefühl fast ein bisschen zu hastig griff er danach. »Wittmore? W-« Wer auch immer am anderen Ende war, ließ ihn anscheinend nicht ausreden.

Und was auch immer er zu ihm sagte: Der Richter wurde schlagartig kalkweiß. »Das kann nicht ... – Warum sollte er das ... – Ja, ich weiß, dass man das auch bei Walter ... – Ja, natürlich ist mir bewusst ... – Ist die Polizei schon ... – Verdammt. – Ja, selbstverständlich komme ich. Sorg dafür, dass sie nicht zu viel herumschnüffeln, bis ich da bin. Nach der Sache mit Walter will ich nicht noch mehr Aufmerksamkeit.« Er stand so heftig auf, dass er gegen seinen Schreibtisch stieß. »Es ist mir egal, wie du das machst. Tu es!«

Polizei? Na, da sieh mal einer an. Da war wohl doch nicht alles so wunderbar in der heilen Welt seiner Ehren. Nur passte es dem Richter offenbar gar nicht, dass irgendetwas davon nach außen drang.

Und es war wichtig genug, dass er sich selbst darum kümmerte.

Ich stand auf, während er schon um den Schreibtisch herum kam. Mit einer Handbewegung wies er zur Tür, legte mir zugleich die andere auf den Rücken und schob mich regelrecht durch den Raum und aus ihm hinaus.

»Ich fürchte, wir müssen unsere Unterhaltung hier fürs Erste beenden.« Er machte eine kleine, bedauernde Geste. »Ein unschöner Zwischenfall bei einem Freund.« Sein Schulterzucken sollte wohl gleichgültig sein. »Nichts von Bedeutung.« Ja, klar. »Sieh dich in aller Ruhe um und fühl dich wie zu Hause. Wir sehen uns beim Abendessen.« Damit ließ er mich tatsächlich stehen und schloss die Tür zu seinem Arbeitszimmer hinter mir.

Einen Moment sah ich das dunkle Holz an. Und konnte ein dünnes Lächeln nicht unterdrücken. Da hatte es jemand aber verdammt eilig. Ich drehte mich um, als ein leises, fast spöttisches Klatschen hinter mir erklang.

»Also, so schnell hab selbst ich es nicht geschafft, aus dem Arbeitszimmer des Richters zu fliegen.«

Luke. Genau der Typ, mit dem ich ein paar Takte zu reden hatte. Er lehnte nachlässig an der Wand, verschränkte gerade die Arme vor der Brust.

»Was hast du angestellt?«

»Was machst du hier?« Scheinbar ebenso nachlässig ging ich auf ihn zu.

»Ich soll dir das Haus zeigen. – Also?«

»Wo ist Ann?«

Er verzog das Gesicht. »Bei ihren Studien.«

»Und du wirst dabei nicht gebraucht?« Direkt vor ihm blieb ich stehen. Er war nur etwas über einen halben Kopf größer als ich. Seine Augen schimmerten in einer Mischung aus Blau und Grün. Augen, in denen man sich verlieren konnte.

»Nope.« Er nahm die Hände herunter. Fast sah es so aus, als wollte er sie in die Hosentaschen schieben. Er ließ es. »Also?«

»Die Macht ist also stark bei diesem hier.« Na ja, nicht ganz Yoda, aber nahe dran. Seine einzige Reaktion war ein kurzes Zucken um seine Lippen. Das ich nicht deuten konnte. Auch gut. »Klartext: Du bist also ein Vertrauter?«

In einer winzigen Bewegung neigte er den Kopf. »Beantwortest du Fragen immer mit Gegenfragen?«

Ich setzte ihm zwei Finger auf die Brust. Genau unters Brustbein. Dahin, wo man nicht viel Kraft brauchte, dass es wehtat. Er hob eine Braue. Sagte aber nichts. »Ich mag Tiere. Ich habe auch kein Problem mit Katzen.«

»Ach …«

»Ja, ach.« Ich verstärkte den Druck meiner Finger ein klein wenig. Sein Blick ging zu seiner Brust, kehrte zu meinem Gesicht zurück. Seine Braue rutschte ein Stückchen weiter in die Höhe. »Was ich nicht mag, sind Spanner.«

Das Grinsen war schlagartig da. »Du redest im Schlaf, wusstest du das?«

Ich hob meinerseits eine Braue. »Sollte ich das nächste Mal, wenn eine Katze oder irgendein anderes Tier in meiner Nähe ist, auch nur den Hauch von einem Verdacht haben, dass du mit dabei bist, kannst du dich schon mal von deinen zukünftigen Söhnen und Töchtern verabschieden.«

»Sagte das Mädchen, das nichts mit der Hexerei zu tun haben will.« Er stieß ein Schnauben aus.

Ich legte den Kopf zur Seite. »Um dich zu kastrieren, brauche ich keine Hexerei. Da reicht ein schönes, scharfes Küchenmesser. – Aber vielleicht nehm ich auch eine Schere. Möglichst stumpf. Und rostig.«

Sein Lächeln hatte plötzlich etwas Gezwungenes. Ich erwiderte es zuckersüß. Und ließ es verblassen, während ich einfach nur die Hand sinken ließ und einen Schritt zurücktrat. Wir Castairs hatten den Ruf, zu meinen, was wir sagten. Und es auch wahr zu machen. Ich schob die Hände in die Hosentaschen. »Ich denke, ich sehe mir das Haus alleine an.«

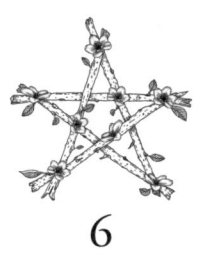

6

Etwas, das man immer und überall tun konnte, war Laufen. Egal, ob in Paris, Berlin, London oder New York. Es gab immer irgendwo einen großen Park oder ein Waldstück, das ausreichend Platz bot. Und das Beste daran: Man war allein! Die wenigsten der erlauchten Hexengesellschaft trabten woanders als im Fitnessstudio oder ihren privaten Gyms. Und selbst wenn sich einer dazu durchrang, mich zu begleiten – oder mir einen Bodyguard mitschickte, wie mein letzter Gastgeber – spätestens, wenn ich von den sauber geharkten Wegen abbog und querfeldein lief, war ich sie los. Und damit war die Sache erledigt. Okay. Der Bodyguard war etwas hartnäckiger gewesen. Bis ich ihn ein paar Mal im Nirgendwo einfach »verloren« hatte. Ups.

Hier war es genauso. Ann war keine besonders begeisterte Sportlerin. Vielleicht ließen ihr auch ihre »Studien« keine Zeit dazu. Luke beschränkte sich auf anzügliches Grinsen und gelegentliche Bemerkungen, konzentrierte seine Aufmerksamkeit allerdings weitestgehend auf Ann.

Außerdem hatte meine Ansage wohl gewirkt. Die Katze war mir zwar häufiger im Haus begegnet. Allerdings ohne ihn!

Und anscheinend war der Richter der Auffassung, dass ich nicht so dämlich wäre, mich hier draußen zu weit von seinem Anwesen zu entfernen. Nun ja, »weit« war relativ.

Ich stoppte bei einem umgestürzten Baumstamm, stellte den Fuß darauf, verschränkte die Hände auf dem Knie und lehnte mich vor, das andere Bein gestreckt. Wenn ich ehrlich war, war ich heute mehr außer Atem als gestern. Und ich hatte heute Morgen irgendwann jedes Zeitgefühl verloren. Ich richtete mich auf, sah mich um. Seit wann war es so still? Oder fiel es mir erst jetzt auf, weil ich es bisher über dem Geräusch meiner Schritte und meines Atems nicht wahrgenommen hatte? Ich nahm den Fuß vom Baumstamm, rieb die Handflächen mehr aus Reflex gegeneinander. Sofort war das vertraute Prickeln da. Mit einem leisen Fluch ließ ich die Hände wieder sinken. Drehte mich langsam um mich selbst. Ein Windstoß fuhr durch die Zweige. Die Blätter bewegten sich träge. Wie in Zeitlupe. Verursachten keinen Laut. Fast wirkten sie grau. Keine Spur mehr vom Gold und Kupfer des Indian Summer.

Ein Blatt segelte zu Boden. Nein, sank zu Boden. Als würde es durch Wasser gleiten. Landete auf den Falten eines bodenlangen Rockes. Der untere Teil dunkel von Feuchtigkeit und Erde. Eingerissen. Was …? Mein Blick zuckte hoch. Über den hellen Stoff, ein geschnürtes Mieder. Spitze am Ausschnitt. Auf der einen Seite heruntergerissen. Genau wie der Ärmel. Ein schmales, blasses Gesicht. Dunkelblondes Haar. Die Frisur zerzaust und aufgelöst … Für den Bruchteil einer Sekunde sahen wir uns in die Augen. Ihre waren grün. Tief. Dunkel. Weit aufgerissen. Ihr Blick zuckte zur Seite, eine Bewegung, als wollte sie sich zur Seite werfen, vor irgendetwas fliehen … da war nur noch Unterholz vor einem weiteren umgestürzten Baum. Irgendwo hoch über mir schrie ein Adler. Blätter fegten raschelnd über den Boden, wirbelten in einem wilden Tanz durcheinander.

Ich tat einen tiefen Atemzug. Noch einen. Löste meine Hände voneinander. Meine Handflächen schienen in Flammen zu stehen, so fest musste ich sie zusammengepresst haben. ›*Die Toten tun dir nichts, Cassandra*‹, hatte Granny immer gesagt. ›*du musst nur die Lebenden im Auge behalten. Und jene, die zurückkommen.*‹ Sofern ich also keine Halluzinationen hatte … oder Ann und Luke mir einen Streich spielten … oder der Richter der Meinung war, mich erschrecken zu müssen, um mich dazu zu bringen, mich mit meiner Gabe zu befassen … gab es hier einen Geist?

Vorsichtig stieg ich über den Baumstamm hinweg. Ging zu der Stelle hinüber. Das Laub auf dem Boden war nass. Lag locker übereinander. Ich kauerte mich hin. Da war nichts zu sehen. Nicht der geringste Abdruck. Oder irgendein anderer Hinweis, dass hier jemand gestanden hatte.

Abermals sah ich mich um, während ich mich aufrichtete. Durch die Spitzen der Bäume fiel Sonnenschein. Die Blätter leuchteten wieder in ihren normalen Farben. Das leise Rascheln und Wispern des Waldes lagen in der Luft. Und noch etwas anderes … Stimmen. Als würde jemand eine … Rede halten? Aus der Richtung, in die ich eben noch gelaufen war. Noch einmal ließ ich den Blick über die Bäume wandern, versuchte mir ihr Aussehen, irgendwelche Besonderheiten einzuprägen, damit ich die Stelle wiederfand. Dann kletterte ich zurück über den Baumstamm und ging in Richtung der Stimmen. Weiter den Trampelpfad entlang, dem ich bisher gefolgt war. Langsamer diesmal.

Nach und nach wurden die Stimmen lauter, wehte der Wind immer wieder Wortfetzen zu mir herüber, ohne dass ich sie verstanden hätte. Ich blieb abrupt stehen, als der Trampelpfad zwischen den Bäumen endete. Direkt am Rand eines Friedhofs. Auf dem sich eine ziemlich große Trauergemeinde an einem offenen Grab versammelt hatte. Selbst auf die Entfernung erkannte ich den Richter, direkt neben ihm Ann und hinter ihr Luke. Eben setzte sich einer nach dem anderen in Bewegung, um dem Toten noch einmal seinen Respekt zu zollen und der tief verschleierten Witwe die Hand zu schütteln oder sie in den Arm zu nehmen. Alle. Außer Luke. Er war ein gutes Stück zurückgetreten und wartete in der nächsten Grabsteinreihe, die Hände in den Hosentaschen vergraben. Kaum verhohlen gelangweilt wanderte sein Blick über die Anwesenden. Als er unvermittelt auch in meine Richtung ging, machte ich einen Schritt tiefer zwischen die Bäume. Warum, wusste ich selbst nicht.

Es war schneller vorbei, als ich dachte. In der Ferne hörte man immer wieder Autotüren und Motoren. Schließlich ging auch die Witwe. Stille machte sich breit. Aber irgendwie fehlte ihr dieses Friedliche, das ich von anderen Friedhöfen kannte.

Ich löste mich aus den Schatten der Bäume und ging zwischen den Grabsteinen hindurch. Je weiter ich mich vom Waldrand entfernte, umso neuer wurden die Gräber. Anscheinend lagen die Familienmitglieder beieinander. Keine Mausoleen, wie man es eigentlich erwartet hätte. Nur Grabsteine. Auf denen auch nicht mehr stand als der Name und die Daten des Toten. Im besten Falle noch ein ›Gattin des‹, ›Gatte der‹ oder ›Sohn, Tochter von‹ …

Granny hatte mir von diesem Friedhof erzählt. Die Mitglieder der alten Familien legten sehr viel Wert darauf, hier begraben zu werden. Die Castairs hatten irgendwann mit dieser Tradition gebrochen. Sehr früh sogar, wenn man dem Datum auf dem jüngsten Grabstein meiner Familie hier glaubt. Und sowohl Mom als auch Granny hatten bereits zu Lebzeiten ebenfalls ausdrücklich auf dieses ›Privileg‹ ›verzichtet‹.

Es war unmöglich, die drei frischen Gräber zu übersehen. Ich ging an den Reihen entlang.

Arthur Bartholomew.
Thomas Malcom.
Walter Sanderson.
Alle innerhalb der letzten zwei Wochen gestorben. Und nun auch noch Brent Simmons vor drei Tagen. Kein Wunder, dass die Polizei ermittelte. Beziehungsweise der Richter keinen gesteigerten Wert auf ihre Ermittlungen legte. Vermutlich konnte er froh sein, dass noch niemand das Wort »Serienkiller« oder »Psychopath« in den Mund genommen und damit das FBI auf den Plan gerufen hatte. Garantiert hatte auch irgendjemand an diversen Strippen gezogen oder andere Möglichkeiten genutzt, damit Simmons so schnell begraben worden war. Warum wohl? Gab es etwas, das die erlauchten Herrschaften zu verbergen hatten? Würde mich sehr wundern, wenn es nicht so war.

Bartholomew und Sanderson waren damals mit dem Richter zusammen bei uns aufgeschlagen, um mit Mom und Granny potentielle »Verbindungen« für mich zu besprechen. Die gemeinsame Macht von zwei angepissten – um es nett auszudrücken – Castairs-Frauen war im ganzen Haus spürbar gewesen. Und hatte die drei mit ziemlicher Sicherheit auch bis an die Grenzen unseres Zuhauses begleitet. Ebenso wie die deutliche Ansage, sich nie wieder bei uns blicken zu lassen. Dass sie es trotzdem noch mehrmals – wenn auch auf anderem Wege – versucht hatten, hatte Granny fuchsteufelswild gemacht. Was sie auch an keiner Stelle verborgen hatte. – Nur ein paar Wochen, nachdem Mom und Granny sie endgültig zum Teufel gejagt hatten, waren Mom und Dad von dem Feuer überrascht worden. Ein Feuer, dessen Ursache nie geklärt worden war. Und dann hatte Granny ihren »Unfall« gehabt …

»Kann ich Ihnen helfen, Miss?« An Simmons Grab packten zwei Totengräber gerade ihre Schaufeln aus. Ein dritter kam auf mich zu. Von der anderen Seite des Friedhofs rumpelte ein Bagger den Weg entlang, den sie während der Zeremonie wohl außer Sicht geparkt hatten. Ich zwang mich, die Fäuste wieder zu öffnen. Das Brennen in meinen Handflächen zurückzudrängen. »Haben Sie sich verlaufen, Miss?« Am Nachbargrab blieb er stehen und stützte sich auf seine Schaufel. »Oder kannten Sie einen von den Herren?« Seinem Tonfall nach zu urteilen, wäre das wohl nicht wirklich etwas Gutes.

»Ich bin hier nur zu Besuch.« Bei der Wahrheit bleiben, ohne zu viel zu erzählen, war immer das Beste. »Die sind aber ziemlich schnell hintereinander gestorben.« Und sollten meinetwegen in der Hölle verrotten.

»Und nicht freiwillig, wenn Sie mich fragen, Miss.« Er nickte zu Bartholomews Grab hin. »Der hat seinen Wagen frontal gegen einen Baum gesetzt. Aber so richtig volle Kanne.«

Ach? »Könnte auch ein Unfall gewesen sein.«

Mein Einwand wurde mit einem deutlich verächtlichen Schnauben beiseite gewischt. »Auf einer schnurgeraden

Strecke? Am helllichten Tag? Nee, Miss. Und besoffen war er auch nicht.«

Okay.

»Der ...«, diesmal ging das Nicken Richtung Sanderson, »... hat den falschen Ausgang genommen. Ist durchs Fenster im zweiten Stock. Und untendrunter war so ein alter Eisenzaun mit Spitzen. Schaschlik, sag ich da nur.«

Mahlzeit.

»Und der da ...«, seine Hand wedelte zu Simmons offenem Grab. Er ignorierte den schrillen Pfiff seines Kollegen, »... hat sich das Genick in seinem Pool gebrochen.« Er verschränkte die Finger über dem Ende des Schaufelstiels. »Ich kenn den Leichenbeschauer. Quincy. Der sagt, er hatte ein Riesenloch am Hinterkopf. So an der Seite. Hat sich eindeutig den Schädel am Beckenrand aufgeschlagen.« Bedeutungsvoll hob er die Brauen. »Und jetzt verraten Sie mir mal, Miss, wie man das schafft, sich seitwärts den Schädel am Poolrand einzuschlagen?« Er beantwortete seine Frage selbst. »Schwierig, oder? Es sei denn, jemand hat nachgeholfen. – Jaja, ich komm ja gleich. Seht ihr nicht, dass ich mich mit der hübschen, jungen Lady hier unterhalte?« Seine Handbewegung galt den anderen Totengräbern, ohne dass er es für nötig gehalten hätte, sich umzudrehen. »Der alte Malcom ... sie sagen, es wäre ein Schlaganfall gewesen. Aber der war noch topfit. Und ein richtiger Gesundheitsfanatiker. Hat immer nur frisches Gemüse und so'n Zeug eingekauft. War deshalb regelmäßig bei meiner

May auf dem Bauernmarkt. Da trifft einen doch nicht so einfach der Schlag – wenn Sie wissen, was ich meine, Miss. Hat außerdem jeden Tag seine Runden hier im Wald gedreht. Da haben sie ihn auch gefunden. Ein Stück weiter da hinten.« Er wedelte in die Richtung, aus der ich gekommen war. »Na ja, Sie …« Wieder ein Pfiff. Dieses Mal gefolgt von einem Hupen des Baggers. »Ja, ja. Schon gut.« Er tippte sich mit zwei Fingern an eine nicht vorhandene Hutkrempe. »Sie hören es, Miss. Mein Typ wird verlangt. Die Jungs kriegen scheinbar nichts geregelt ohne mich.« Den Kopf zur Seite gelegt, sah er mich eindringlich an. »Wenn ich Ihnen einen Rat geben darf: Am besten halten Sie sich von diesen Leuten fern. Alle, wie sie hier liegen. Die bringen nichts Gutes. – Schönen Tag noch, Miss.«

»Danke. – Und danke für den Tipp.«

Schon auf dem Weg zu seinen Kollegen winkte er mir über die Schulter zu.

Der Regen war schneller gewesen als ich. Zwar nicht viel, aber trotzdem genug, dass ich nass wurde. Die schweren, dunklen Wolken waren erstaunlich rasch aufgezogen. Eigentlich kaum, dass ich den Friedhof verlassen hatte. Und wenn es eine Abkürzung zum Anwesen der Wittmores gab, kannte ich sie natürlich noch nicht. Zu allem Überfluss waren die Tropfen so eisig und hart gewesen, dass sie sich schwer ignorieren ließen. Entsprechend sehnte ich mich nach etwas Heißem zu trinken, als ich die vordere Küche des Hauses betrat und meine Schuhe neben der Tür abstreifte. Ich konnte kaum schnell genug reagieren, als etwas Dunkles auf mich zuflog. Erst in der allerletzten Sekunde schaffte ich es, das Handtuch aufzufangen, ehe es zu Boden fallen konnte.

»Gute Reflexe.« Luke lehnte an der Küchenzeile, die Hände in den Hosentaschen. »Kaffee ist gleich fertig.«

Wenn ich ehrlich war, war ich genau diesem Duft gefolgt. »Woher wusstest du, dass ich komme?«

Mit einem kurzen, halben Lächeln hob er abwehrend die Hände. »Ich habe die Hintertür gehört. Und da alle im Haus sind, beziehungsweise seine Ehren niemals die Hintertür benutzen würde, konntest nur du es sein.« Er schob die Hände zurück in die Taschen. »Dass es regnet, ist auch nicht zu überhören.«

»Aha.« Ich drückte mir mit dem Handtuch das Wasser aus den Haaren, ehe ich es mir um die Schultern legte. Ein trockenes Shirt wäre auch nicht schlecht. »Und was verschafft mir das Vergnügen deiner Fürsorge?«

Die Kaffeemaschine gab ein letztes Blubbern und Spucken von sich. Luke nahm zwei Tassen aus dem Schrank. Goss sie voll. »Du trinkst ihn mit Zucker?«

Ich hob eine Braue.

»Pointers findet die Angewohnheiten von uns Zweibeinern sehr interessant.«

Pointers. Die dreifarbige Katzendame. Die offenbar eine Vorliebe für die Kissen unter meinem Fenster hatte. »Und du findest nichts dabei, von ihren Beobachtungen zu profitieren?«

»Nein.« Er sah zu dem gut bestückten Messerblock auf der Arbeitsplatte hin. Der keine Armlänge neben der Kaffeemaschine stand. Dann ging sein Blick zu mir. Wieder dieses Grinsen, das ich inzwischen nur zu gut kannte.

»Setz dich schon mal. Ich bring dir deinen Kaffee. – Zwei oder drei?«

»Was?« Ich ging hinüber zum Küchentisch und ließ mich auf einen der Stühle sinken.

»Löffel Zucker.«

»Hat Pointers dir das nicht verraten?«

»Sie hat's nicht so mit Zahlen. – Also?«

»Vier.«

Zu meinem Erstaunen verkniff er sich jeden Kommentar, löffelte einfach nur die weißen Kristalle in eine der Tassen, trug sie zum Tisch und stellte meine vor mich. Erneut ging sein Blick zur Arbeitsplatte und dem Messerblock. Neben dem die Zuckerdose stand. Wieder dieses schnelle Grinsen. Eindeutig spöttisch diesmal. Es war noch immer da, als er die Zuckerdose neben meiner Tasse platzierte.

»Sicher ist sicher.« Er setzte sich mir gegenüber und legte die Hände um seine Tasse.

»Sicher wärst du, wenn du ein Glas Erdnussbutter und einen Löffel dazugestellt hättest.«

»Aber Mrs Black muss ich noch nicht zu dir sagen?«

»»De boze geest is slecht, en slecht ben ik niet«.« Ich

nippte an meinem Kaffee. Stark. Eigentlich, wie ich ihn mochte. Aber zu wenig Zucker. Ich gab einen weiteren Löffel dazu, rührte um, kostete wieder. Gut. »Also?«

»›Also‹ was?«

»Was mir die Ehre deiner Fürsorge verschafft?«

»Du warst auf dem Friedhof.« Er machte eine kleine Handbewegung. »Und ehe du irgendetwas sagst: Nicht nur ich hab dich gesehen.«

»Und das ist ein Problem, weil …«

»… gewisse Leute der Meinung sind, dass du etwas mit den Toten der letzten Zeit zu tun hast.«

Für eine Sekunde vergaß ich, dass ich einen Schluck Kaffee hatte nehmen wollen. Dann konnte ich das Schnauben nicht unterdrücken. »Ernsthaft?«

»Du findest das witzig?« Seine Braue hob sich.

»Was sonst?« Ich nippte an meinem Kaffee.

»Ich würde keinen gesteigerten Wert darauf legen, von ihnen des Mordes bezichtigt zu werden.«

»Nur hab ich dummerweise ein wasserdichtes Alibi. Sogar für mehr als einen Toten.« Ich stellte meine Tasse zurück auf den Tisch. »Ich war in Paris. Und das kann die ganze Familie Saint Germain bezeugen. Immerhin haben sie mich die letzten Tage kaum aus den Augen gelassen.«

»Warum wohl?«

»Soll das ein Witz sein?«

»Nicht, dass ich wüsste.« Sein Schulterzucken war abfällig.

»Im Ernst?« Mein Lachen war es ebenso. »Schon vergessen: Ich will nichts mit dieser ganzen Hexerei zu tun haben. Ich bin fertig damit. Sie hat mich schon genug gekostet.«

Er hob eine Braue. *Zum Teufel, warum erzähle ich ihm das?*

»Anscheinend sind sie der Meinung, dass die Castairs-Macht selbst bis über den großen Teich reicht. Oder reichen würde. – Auch noch aus dem Grab heraus.«

Daher wehte also der Wind. Das ergab dann schon deutlich mehr Sinn. Es gab Flüche, die an eine Person gebunden werden konnten. Und dann interessierte es nicht mehr, ob die oder der, der sie gewirkt hatte, noch am Leben war oder nicht. »Sie denken, meine Großmutter hat sie verflucht?«

»Immerhin soll es gewisse … Unstimmigkeiten zwischen ihr und einigen Häuptern der großen Familien gegeben haben. Von denen jetzt vier tot sind. – Sagen zumindest die Gerüchte.«

»Aha.« Und da ich die Letzte der Familie Castairs war, war ich diejenige, die man zur Rechenschaft ziehen würde. Sippenhaft ließ grüßen. Und das tiefste Mittelalter gleich mit.

»Außerdem sind sie sehr … unzufrieden mit dir.« Er sah mich über den Rand seiner Kaffeetasse hinweg an, ehe er selbst einen Schluck nahm.

»Lass mich raten: Weil ich mich selbst hier nicht davon überzeugen lasse, mich irgendwelchen ›Studien‹ zu widmen.«

In einem wortlosen Salut hob er seine Tasse.

»Und du sollst mich dazu bringen, es doch zu tun? Oder was ist der Zweck dieser Unterhaltung?«

Sein Schnalzen war abfällig. »Was du tust, geht mich nichts an. Im Gegenteil. *Eine* dilettantische Hexe zu begleiten, reicht mir.« Die Kaffeetasse in der Hand schob er seinen Stuhl zurück und stand auf. »Nein. Das hier war reine Freundlichkeit meinerseits. Mach daraus, was du willst. – Außerdem wollte ich einen Kaffee.« Er ging zur Tür, blieb aber im Rahmen noch mal stehen und drehte sich zu mir um. »Ach ja. Nur so als kleine Vorabinformation: Ann hat ein paar Freundinnen zu einer Pyjamaparty eingeladen …«

»Freundinnen?« Ich hatte mich auf meinem Stuhl umgedreht. Es fiel mir nicht schwer, das Wort zynisch klingen zu lassen.

»Natürlich.«

»Natürlich. – Und alles Hexen, nehme ich an.«

»Natürlich. – Alles junge und …«, er verzog das Gesicht, »… äußerst begabte Hexen.«

»Aha.«

»Und du bist natürlich auch eingeladen.«

»Natürlich.« Ich nickte gewichtig.

»Allerdings will sie dir das selbst sagen. Nachher beim Essen, glaube ich.« Er wandte sich zum Gehen. »Ich dachte, du wüsstest es vielleicht ganz gerne vorher. Dann kannst du dir überlegen, ob du dir vier gackernde Junghexen antust und sie fürs Erste ruhigstellst, oder ob du es dir allein gemütlich machst und den Richter vor den Kopf stößt. Wir sehen uns beim Abendessen. – Der Wetlook steht dir übrigens.«

Er ging, ehe ich die Kaffeetasse nach ihm werfen konnte. Einen Moment sah ich ihm nach. Dann wandte ich mich wieder meinem Kaffee zu. Warum erzählte er mir das alles? Was zum Teufel bezweckte er damit?

Ich beugte mich über den Tisch, legte die Hand dorthin, wo seine zuvor gewesen waren. Das Kribbeln erwachte augenblicklich. Nur einen kurzen Moment … Nein. Ich ballte die Hand zur Faust. Zog sie zurück, presste beide fest gegen die Kaffeetasse, konzentrierte mich auf die Hitze an meinen Handflächen, bis das Kribbeln vergangen war. Nein!

Noch immer beide Hände um die Tasse gelegt, nahm ich einen weiteren Schluck. Starrte in die dunkle Flüssigkeit. Ließ sie kreisen.

Er hatte recht. Nahm ich nicht an Anns Pyjamaparty teil, stieß ich den Richter – mal wieder – vor den Kopf. Vor allem, nachdem diese Party garantiert seine Idee gewesen war. – Drei von Anns Freundinnen, Ann und ich. Ergab nach allen Gesetzen der Mathematik fünf. Fünf Hexen. Die ideale Zahl für einen kleinen Zirkel. – Wer diese Nachtigall nicht hörte, war stocktaub. Und mehr als begriffsstutzig obendrein.

Nahm ich teil, bewies ich – zumindest nach seiner Auffassung – wenigstens etwas guten Willen. Und erkaufte mir damit ein bisschen Zeit. Ich drehte den Henkel auf die andere Seite. Mit ziemlicher Sicherheit kannten die vier die Geschichte dieses Ortes. Und die Geistergeschichten, die man sich erzählte.

Bis dahin würde ich sehen, was ich in der Bibliothek des Richters selbst herausfand. Und vielleicht konnte ich auch noch das eine oder andere über Luke erfahren.

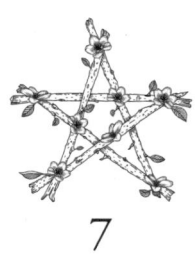

7

Das mit den »gackernden Junghexen« war deutlich übertrieben. Aber ich hätte es eindeutig begrüßt, wenn er mich gewarnt hätte, dass die Pyjamaparty noch am selben Abend stattfinden sollte. Und ich nach dem Abendessen gerade noch Zeit für eine Dusche gehabt hatte, bevor sie auftauchten.

Wahrscheinlich wusste Ann nur zu gut, dass mir klar war, wessen Idee das alles gewesen war. Denn sie wirkte erstaunlich verlegen, fast unsicher, als sie mir die drei vorstellte: Melissa. Dunkelblond, mit täuschend sanften, braunen Augen. Die ein Selbstbewusstsein ausstrahlte, das beinah erschreckte. Dabei war sie – zumindest im ersten Moment – weder arrogant noch überheblich. Anscheinend nur sehr von ihren Fähigkeiten überzeugt.

Die beiden anderen, Alice und Isabelle, standen eindeutig in ihrem Schatten. Alice hatte einen dunklen, fast schwarzen Bob, dessen Ansatz verriet, dass sie eigentlich deutlich heller war. Bei Isabelle war es umgekehrt. Ihr Weißblond hatte irgendwie etwas ... Falsches. Als versuchten sie beide etwas zu sein, was sie nicht waren.

Ich hatte damit gerechnet, begafft zu werden wie eine Rarität. Melissa – Lissa – reichte mir die Hand, musterte mich eingehend von oben bis unten. »Hi. Du bist also Cassandra Castairs. Ich hoffe, es ist okay, wenn wir dich auch einfach nur ›Cass‹ nennen. Freut mich, dich kennenzulernen. Immerhin bist du derzeit DAS Thema bei uns. Die Castairs-Hexe, die nicht hexen will. Und sich einen Teufel drum schert, was unsere alten Herrschaften wollen. – Was ich persönlich sehr cool finde.« Das ›Ich bin gespannt, ob du doch was draufhast‹ hing unausgesprochen zwischen uns. Dabei hatte sie ein Lächeln auf ihren blassrot nachgezogenen Lippen, das ihrem Ton die Härte nahm. Alice und Isabelle – Izzy – waren weniger direkt und auch deutlich … zurückhaltender, aber anscheinend auch keine gackernden – zumindest keine gaffenden – Hühner. Mit ein bisschen Glück konnte der Abend doch ganz angenehm werden.

Vor allem, nachdem der Nachmittag schon ein Reinfall gewesen war. Genauer genommen die Bibliothek des Richters. Bei jemand seines Kalibers hatte ich Regale voller alter Folianten erwartet, ähnlich wie bei Granny. Wissen und Abhandlungen, vielleicht sogar hart an der Grenze des Erlaubten. Zumindest aber etwas über die Geschichte dieser Gegend. Stattdessen: Standardwerke. Über alles Mögliche. Aber nicht das, was ich gesucht hatte. Allerdings hatte ich herausgefunden, dass seine Bibliothek mit einer Alarmanlage gesichert war. Ich hatte noch keine fünf Minuten einen Fuß in den Raum gesetzt und gerade begonnen, mich zwischen den Regalen umzusehen, als seine Ehren ebenfalls auftauchte. Und es nach einem kurzen Moment der Verblüffung anscheinend wohlwollend zur Kenntnis nahm, dass ich der Eindringling war. Fürsorglich hatte er mir das Regal mit den ›Basiswerken‹ gezeigt, mit denen eine ›junge, unerfahrene Hexe‹ am ehesten ›zurechtkommen‹ würde, ehe er mir viel Erfolg bei meinen ›Studien‹ wünschte und wieder gegangen war.

Und mich mit einem seltsamen Gefühl zurückgelassen hatte.

Hätte ich auf Marshmallows in heißer Schokolade aufgelöst gestanden, wäre der Abend auf jeden Fall ein voller Erfolg geworden, angesichts der Massen an Süßkram, die sich in diversen Schalen und Schüsseln zwischen mir und den anderen häuften. So löste die Tatsache, dass ich nichts davon wirklich mochte, eine gewisse Schockiertheit aus. Vor allem bei Izzy und Alice. Ann war es regelrecht peinlich. Fast, als hätte sie Angst, ich könnte einfach gehen, weil ich nicht bei der Aussicht auf einen riesigen Zuckerschock in Verzückung ausbrach. Okay, zugegeben, wenn es um Kaffee ging, hielt ich es wie Mom. Er musste schwarz wie die Nacht, heiß wie die Hölle und süß wie die Sünde sein. Aber ansonsten? – Süßigkeiten, nein danke. Ihre Erleichterung war nicht zu übersehen, als ich mir die einzige Schüssel mit gesalzenem Popcorn schnappte und grinsend verkündete, dass sie mit ihrem Süßkram glücklich werden konnten, aber ich das hier nicht zu teilen gedachte.

Anns Zimmer war deutlich größer als meines, wenn auch ziemlich ähnlich eingerichtet. Sah man einmal von den Bergen aus Decken und Kissen ab, die derzeit auf dem Boden verteilt lagen. Und etwas, das wohl so eine Art »Arbeitsecke« war: ein nicht übermäßig großer Holztisch, über den ein einfaches weißes Leinentuch gebreitet war, das bis auf den Boden reichte und sich dort noch zu Falten bauschte. Darauf eine Schale mit diversen kleinen Halbedelsteinen, einige geschliffen, andere roh. Daneben ein kleiner Metallkessel auf einem dreibeinigen Fuß über einem Bunsenbrenner. An den Wänden darüber waren hölzerne Borde, auf denen Bücher und alte Folianten neben Säckchen und Tiegeln, wahrscheinlich mit Kräutern oder Ähnlichem, standen. Kleine Kästchen aus verschiedenen Hölzern und Stein, die wohl andere Utensilien und »Werkzeuge« enthielten. Kerzen in mehreren Farben und verschiedenen Größen …

Als wäre es das Normalste der Welt, schlenderten die drei zu Anns Arbeitsecke, begutachteten die Borde und den Tisch.

»Hast du was Neues?« Lissa schaute über die Schulter zu Ann, die ihnen in einem kleinen Abstand gefolgt, allerdings ein Stück hinter ihnen stehen geblieben war. Waren die vier so gut befreundet, dass sie einander von jeder neuen Errungenschaft erzählten?

»Was ist das denn?« Izzy griff nach einem Kästchen, das noch hinter den Kerzen auf einem der oberen Borde gestanden hatte. Schwer zu erkennen.

Ich holte scharf Luft. Hielt sie unwillkürlich eine Sekunde an, als sie es dann aufklappte und herausnahm, was darin war. Auch wenn die vier möglicherweise tatsächlich alles teilten: Die Dinge einer anderen Hexe ohne ausdrückliche Erlaubnis einfach zu berühren, war absolut tabu. Hexerei konnte äußerst nachtragend sein.

Das Messer wirkte aus der Entfernung alt und abgenutzt. Es sah aus, als wäre Stoff – oder irgendwelche Fäden – um den anscheinend vollkommen zerkratzten Griff gewickelt. Etwas Dunkles schien an der Schneide zu kleben. Mom hätte mir die Ohren lang gezogen, wenn ich meine Sachen in einem solchen Zustand einfach weggepackt hätte. Von Granny ganz zu schweigen. Sie hätten so etwas nur akzeptiert, wenn irgendwelche Zauber an den Gegenstand gebunden gewesen wären. Aber selbst dann hätte man ihn nicht in einem Kästchen bei den anderen Sachen aufbewahrt, sondern in einem anderen Raum oder sogar vergraben. Am besten in geweihter Erde. Oder zumindest an einem Ort, an dem er nicht zu finden war. Auch in Hunderten von Jahren nicht.

Und tatsächlich schien Ann auch alles andere als begeistert. Zumindest war sie erstaunlich schnell neben Izzy, nahm ihr das Messer aus der Hand und verstaute es wieder in dem Kästchen, das sie entschieden zuklappte und an seinen Platz zurückstellte. Den Gesichtern nach zu urteilen, hatte keine der drei mit einer solchen Reaktion gerechnet. Für eine Sekunde hing ein seltsames Schweigen in der Luft.

»Das ist etwas, das Papa mir gezeigt hat. Ich übe noch …«

Die anderen tauschten Blicke. Lissas perfekte Brauen hatten sich zusammengezogen. »Dein Vater? Wow …«

Anns Blick wurde schmal. Lissa hob abwehrend die Hände und kehrte in die Mitte des Raumes zu den Decken und Kissen zurück. »Ich wollte dir nicht zu nahetreten. Ich hätte nur nicht gedacht, dass er im Augenblick dafür Zeit hat. Vor allem, so wie er sonst drauf ist. Du weißt schon, mit seinem ›Frauen sollen die Hexerei von Frauen lernen und Männer von Männern‹ und dem ganzen Getue …«

Sie wedelte mit der Hand, während sie sich mit überkreuzten Beinen auf ihrem Kissen niederließ.

Ich verbiss mir den Kommentar im allerletzten Moment. Lieber Himmel, das war schon kein Mittelalter mehr, das ging schon Richtung Steinzeit. Kein Wunder, dass Mom und Granny nichts mit dem Richter und seinen Freunden zu tun haben wollten.

»Denkt ihr wirklich, Mr Simmons Tod war ein Unfall?« Izzy und Alice waren Lissa gefolgt und setzten sich ebenfalls. Izzy stellte die Frage, als wäre es das Normalste auf der Welt, und angelte nach der Marshmallow-Schüssel.

Lissa ließ ein abfälliges Schnalzen hören. »Denkt ihr,

dass das bei Bartholomew, Malcom und Sanderson Unfälle waren?«

»Was soll es denn sonst gewesen sein?« Ann sank neben Lissa in den Schneidersitz.

Schweigend setzte ich mich auf ihre andere Seite.

»Selbstmord?« Izzy klang nicht wirklich überzeugt.

»Mr Malcom hatte einen Schlaganfall.« Mit einem Kopfschütteln tunkte Alice ein Marshmallow in ihre Tasse. »Er kann ja wohl kaum Selbstmord begangen haben.«

»Was ist mit Mord?« Mit der Tasse in der Hand beugte Lissa sich vor und nahm sich ebenfalls ein Marshmallow.

Izzy verschluckte sich fast. War ihr Blick eben tatsächlich für einen Sekundenbruchteil in meine Richtung gegangen? »Lass das bloß niemanden hören. Und am allerwenigsten den Richter.«

»Leute, wir reden von richtig mächtigen Hexen. Aus den ältesten Familien der Gegend. Wer sollte denen schon was anhaben können?«

»Eine andere Hexe? Vielleicht eine, die mächtiger ist?«

Diesmal ging Izzys Blick tatsächlich zu mir.

Ich schüttelte den Kopf. »Ich war's nicht.«

»Aber vielleicht ja deine Großmutter.« Mit fragend gehobenen Brauen sah mich jetzt auch Lissa an.

Ich lachte. »Klar. Weil wir Castairs-Frauen ja auch jeden verfluchen, der uns mal schräg von der Seite anschaut.« War ihnen auch nur ansatzweise klar, dass sie bei jeder anderen Castairs mit dem Feuer gespielt hätten? Granny hätte auf eine solche Anschuldigung deutlich anders reagiert. Vor allem, wenn sie vor Zeugen ausgesprochen worden war.

»Na, da soll aber einiges mehr gewesen sein …«

»Warum fragen wir ihn nicht selbst?« Geradezu unschuldig sah Alice von einem zum anderen.

Ann war schlagartig leichenblass.

Lissa beendete ihren Satz nicht.

Das Marshmallow in Izzys Hand verharrte auf halbem Weg zu ihrem Mund. Sie neigte den Kopf. »Vielleicht haben wir heute mehr Erfolg als beim letzten Mal. Immerhin ist er noch nicht so lange tot.«

»Beim letzten Mal?« Es rutschte mir einfach heraus. Sie hatten gerade nicht wirklich das vor, was ich befürchtete?

Alice zuckte die Schultern. »Wir haben versucht den Geist einer anderen Hexe zu beschwören.« Ihr Blick huschte wie sichernd zu Lissa, wanderte weiter zu Ann. »Außer Kerzengeflacker, kalter Luft und aufgewirbeltem Staub hatten wir leider nicht wirklich viel Erfolg.«

Izzy poppte das Marshmallow in ihren Mund, kaute kurz und nickte. »Aber dieses Mal sind wir ja auch zu fünft.«

Wie bitte? »Wo-ho. Langsam.« Abwehrend hob ich die Hände. »Lasst mich da raus.«

»Warum?« Reines Unverständnis sprach aus Alice' Ton. Zumindest auf Lissas und Izzys Mienen stand die gleiche Frage.

Weil man die Toten in Frieden ließ. Im wahrsten Sinn

des Wortes. »Weil ich nichts mit dem ganzen Hexenkram zu tun haben will. Schon vergessen?«

»Ach, komm schon. Was hat so eine kleine Séance mit ›Hexenkram‹ zu tun?« Mit einem abfälligen Schnauben griff Izzy nach dem nächsten Marshmallow. Machte zu viel Zucker eigentlich unzurechnungsfähig?

Lissa zog die Nase kraus. »Wisst ihr noch? Andrea Mitchell. Sie hat sich immer aufgeführt wie die allergrößte Hexe.«

»Stimmt. Mit ihren Ketten voller Amulette und irgendwelchen sinnlos zusammengestellten Halbedelsteinen. Sie hatte keine Ahnung, was sie da tat. War aber tatsächlich der Meinung, dass sie eine von uns wäre.« Izzys Blick ging bedeutsam zu mir. »Und dann hat sie auch noch andauernd irgendwelche Pseudo-Séancen abgehalten.« Sie tunkte den Rest Marshmallow in ihre Tasse. »Ich hab gehört, sie zieht es immer noch durch.«

»Wie kann man nur so dumm sein.« Ach? Alice' leises Lachen war boshaft. »War es dein Bruder, der ihr die tote Katze an die Haustür gehängt hat, als ihre Familie mal nicht da war, Izzy?«

Wie bitte? Mit einem Schlag schmeckte das Popcorn bitter.

Izzy hob mit einem feinen Grinsen die Schultern. »Er denkt immer noch, dass ich es nicht weiß. – Aber irgendwer musste ihr wirklich mal klarmachen, was es heißt, eine Hexe zu sein.«

Ich würgte hinunter, was noch in meinem Mund war. Vielleicht sollte euch das auch mal jemand klarmachen?

»Hat sie eigentlich deshalb die Schule gewechselt? Oder war es der tote Frosch, der beim Sezieren in Biologie plötzlich mit ihr geredet hat?« Alice pustete in ihren Kakao. Fächelte die Dampfschwaden, die plötzlich erneut von ihm aufstiegen, in Lissas Richtung. Irgendetwas schien sich darin zu bewegen. Zu zucken. Wie ein toter Frosch, an dessen Beine man im Biologieunterricht Elektroden anlegt und Strom durchjagt.

Lissa strich mit den Fingern durch die Schwaden und sie zerstoben. »Keine Ahnung. Aber es war besser für sie, dass sie gegangen ist.« Sie überkreuzte die Beine. »Na, komm schon, Cass. Gegen so eine kleine Séance ist doch nichts einzuwenden. Was sagst du?«

Dass sich die Tore zur Hölle auftun müssen, damit ich mit euch freiwillig einen Zirkel bilde. Auch wenn es mir schwerfiel: Irgendwie brachte ich ein höflich ablehnendes Kopfschütteln zustande. »Dasselbe wie vorhin: Lasst mich da raus.«

Alice zog eine Schnute, zuckte dann aber die Schultern. »Wie du willst.« Sie sah auf ihre mit blauen Steinen besetzte Uhr. »Wenn wir uns beeilen, haben wir noch genug Zeit bis Mitternacht.« Entschieden stellte sie ihre Tasse vor sich auf den Boden und stand auf. Lissa und Izzy taten es ihr nach. Ann war die Letzte.

»Sind die ganzen Sachen noch oben?« Izzy wischte sich die Hände an ihren Jeans ab.

Auf Lissas Stirn erschien eine dünne Falte. »Wir hatten beim letzten Mal kein Salz mehr, oder?«

Ann nickte. »Ich hole ein Päckchen aus der Küche.« Sie ging zu ihrem Arbeitstisch, zog eine Schublade auf und holte etwas heraus. Anscheinend aus der hintersten Ecke. Einen Schlüssel. So, wie er glänzte, musste er neu sein.

Izzy runzelte die Stirn. »Wolltest du den nicht oben lassen?«

In der Andeutung einer Bewegung hob Ann die Schultern. »Ich hab ihn versehentlich eingesteckt. Macht der Gewohnheit.« Sie kam zu den anderen zurück und gab ihn Lissa. »Ihr könnt schon mal vorgehen. Aber seid leise. Und lasst euch von niemandem sehen.«

Lissa warf ihn in die Luft und fing ihn wieder auf. »Logisch. – Keine Angst. Dein Vater hat beim letzten Mal nichts gemerkt, er wird auch dieses Mal nichts merken.« Alice und Izzy nickten.

Ich sah von einer zur anderen. Luke hatte sich geirrt. Das hier waren keine gackernden Junghexen. Das hier waren bodenlos dumme Gänse.

Und vielleicht sollte sie irgendjemand im Augen behalten. Wo war Pointers, wenn man sie mal brauchte?

Ich drückte mich vom Boden hoch. »Auch wenn ich nicht mitmache, kann ich euch ja zusehen. – Wenn das in Ordnung ist?«

»Vielleicht kommst du ja doch auf den Geschmack.« Izzy grinste.

»Oder du kannst noch was lernen.« Mit einem leisen Lachen zwinkerte Alice mir zu.

Garantiert nicht. So sehr ich mich auch bemühte, mein Lächeln nicht gezwungen wirken zu lassen: Ich war absolut nicht sicher, ob es mir gelang.

Ein ausgestopfter Steinkauz starrte uns von einem Sparren herab aus seinen toten Glasaugen an. Lissa schloss die Speichertür hinter Alice und dirigierte mich mit einem Kopfnicken und einem »Geradeaus« tiefer in die staubig riechende Dunkelheit. Izzy war schon irgendwo vor mir. Das Geräusch eines Streichholzes, das angerissen wurde, dann flammte ein winziges bisschen Helligkeit auf, die zu einer Kerzenflamme wurde – und auf immer mehr Kerzen übersprang, bis sie einen Kreis aus Licht bildeten. Mit einem fünfzackigen Stern in seinem Inneren.

Lissa drängte sich an mir vorbei. »Auch wenn du nicht mitmachst, kannst du dich ja trotzdem an eine der Spitzen setzen.«

Ich zuckte die Schultern. »Okay.« Da sie mir nicht sagte, an welcher sie mich haben wollte, suchte ich mir selbst eine aus. Und nahm dabei wie durch Zufall die, die in die ungefähre Richtung des Friedhofs wies. Niemand protestierte. Entweder fiel es ihnen nicht auf oder es war ihnen egal. Sollte mir recht sein. Wenn sie keine Fragen stellten, musste ich mir keine dummen Antworten einfallen lassen. Ich setzte mich mit überkreuzten Beinen hinter die

Kerze an der Spitze des Sterns. Die Flamme flackerte einmal kurz in meine Richtung, ehe sie ruhig und gleichmäßig weiterbrannte. Für einen Moment hielt ich die Hand über sie. Spürte ihre Hitze an der Handfläche. Wie sie sich mir kaum merklich entgegenstreckte. Das vertraute Kribbeln …

»Ist es wahr, dass deine Eltern in einem Feuer umgekommen sind, bei dem euer ganzes Haus abgebrannt ist?« Abrupt zog ich die Hand zurück und sah auf. Alice blickte zu mir.

»Ja.« Ich wischte die Handflächen an meinen Jeans ab, lehnte mich etwas zurück und stützte mich mit beiden Händen hinter mir auf dem Dielenboden ab. Meine Linke stieß gegen etwas, das sich anfühlte wie ein Buch.

»Tut mir leid.« Sie schaute ehrlich betroffen.

»Schon okay. – Trotzdem danke.« Ohne mich umzudrehen oder die Hand vom Boden zu nehmen, fuhr ich mit den Fingerspitzen über den Schnitt. Er fühlte sich unregelmäßig an, das Papier alt. »Wen wolltet ihr beim letzten Mal eigentlich rufen?« War das ein Stück Stoff zwischen den Seiten? Vielleicht so was wie ein Lesezeichen?

»Sarah Warren. Eine Hexe aus dem 18. Jahrhundert.« Izzy platzierte eine Kerze in der Mitte des Pentagramms. Schwarz. Etwas, das aussah wie ein Stück alte, vergilbte Spitze, war um die Mitte geschlungen. Wachs, das schon beim letzten Mal an ihr herabgeflossen sein musste, hatte sie zusätzlich angeklebt. Für einen Moment versuchte Izzy sie von der Kerze zu lösen. Sie schaffte es nicht. Und anscheinend war es ihr nicht wichtig genug, um die Spitze dabei zu zerreißen. Oder sie gegen eine andere, unbenutzte Kerze auszutauschen.

»Was war an ihr so besonders?«

Die Dachbodentür öffnete und schloss sich und Alice drehte sich zu Ann um. »Alles glattgegangen?«

»Natürlich. – Ich musste nur Pointers aus dem Weg gehen.«

»Denkst du, Luke würde uns verpfeifen?«

»Ich habe keine Ahnung, was Luke tun würde und was nicht.« Sie reichte das Salz an Lissa weiter. »Aber nachdem es mein Vater war, der ihn ins Haus geholt hat, gehe ich da kein Risiko ein.«

Aha? Interessant. – Und außerdem eine tolle Basis für eine Hexe und ihren Vertrauten.

»Aber du sollst dich noch immer mit ihm verbinden?« Lissa hatte das Salzpäckchen in eine Schale gegossen und begann nun, mit den weißen Kristallen einen Kreis um die Kerzen zu ziehen, während die anderen sich an die übrigen Spitzen des Pentagramms setzten.

»Genau das ist Papas Plan.« Ann zog die Schultern hoch.

Izzy ließ ein Schnalzen hören. »Nicht das Verkehrteste, wenn es um Macht geht. – Gibst du mir bitte das Buch hinter dir, Cass?« Erst mit einiger Verspätung sah sie zu mir her. »Dein Großvater war doch auch einer.«

»Ein was?« Gehorsam griff ich hinter mich und reichte

es ihr über die Kerzen hinweg. Selbst der Einband hatte schon bessere Tage gesehen. Zwischen den Seiten hing ein weiteres Stück Spitze heraus, das dem an der Kerze ähnelte. Hätte ich mir ja denken können, dass sie sich über mich »informiert« hatten.

»Ein Vertrauter?«

»Ja, war er.« *Nicht, dass dich das etwas anginge.* »Also, was war jetzt an dieser Sarah Warren so besonders?«

»Mal abgesehen davon, dass sie die Namensvetterin von unserer Sarah-Ann hier ist?« Izzys Grinsen war nicht zu übersehen. Ann warf ein Stück Wachs nach ihr.

»Sie soll mehrere männliche Hexen ermordet haben.« Lissa ließ sich an der letzten Spitze des Pentagramms neben mir nieder und schloss den Kreis aus Salz hinter sich. »Darunter auch ihren Geliebten.«

»Aber anscheinend hat man nie herausgefunden, welcher davon es war.« Alice lachte, ergriff Anns Linke. »Eine verbotene Liebe … du weißt schon.«

»Sie soll behauptet haben, dass die Männer, die sie getötet hat, eigentlich ihren Geliebten ermordet haben und anschließend auch sie umbringen wollten.« Izzy schlug das Buch an der markierten Stelle auf, schob es ein Stück zu Lissa hin, ehe sie ihr ihre Hand hinstreckte. »Und sie soll jeden verflucht haben, der etwas mit ihrem Prozess zu tun hatte.« Sie senkte die Stimme. »Mit Blutmagie.«

»Und, hast du es dir überlegt, Cass?« Lissa setzte sich bequemer hin und ergriff Izzys Hand.

Ich schüttelte den Kopf, verschränkte die Finger ineinander und schob sie zwischen meine Knie. »Wie gesagt: Lasst mich da raus.«

»Wie du willst.« Sie streckte Ann an mir vorbei die Linke hin. »Dann lasst uns anfangen.«

Für einige Sekunden waren das leise Rascheln und Scharren zu hören, mit dem sie sich zurechtsetzten. Anscheinend rechneten sie damit, dass das hier länger dauern würde. Dann schloss eine nach der anderen die Augen. Stille machte sich breit. Im ersten Moment nur durchbrochen vom Geräusch ihrer Atemzüge. Ein paar Sekunden musterte ich sie. Wirklich entspannt wirkte nur Izzy. Und Ann.

Ich hatte erwartete, dass Lissa die Beschwörung führen würde. Dass Izzy als Erste zu sprechen begann, damit hatte ich nicht gerechnet. Lissa fiel erst als Zweite ein. Danach folgten Ann und Alice. Für einen kurzen Augenblick hob sich die Stille, machte ihren Stimmen Platz, dem Namen, den sie immer wieder nannten: »Brent Simmons«. Dem leisen, kaum bis gar nicht verständlichen Geflüster der Beschwörung. Und kam dann mit einer seltsamen Wucht zurück. Breitete sich unter ihren Worten aus. Kalt. Düster. Etwas, das im Dunkeln lauerte. In den Ecken einer Gruft kauerte. Vergessene Schatten, deren Erinnerung man besser nicht weckte. Brachte Kälte mit. Das Geräusch von heftigen Atemzügen. Das Krachen und Knacken von Zweigen, die von Händen zurückschnellten, unter gehetzten Schritten brachen. Das Bellen von Hunden. Wild. Hoch. Japsend. Im Jagdfieber. Das Donnern von Hufen auf Waldboden. Aufspritzende Erde. Beiseitegeschleuderte Blätter. Feucht von Tau oder Regen. Sonnenlicht glitzerte in Moos, das zwischen Steinen wuchs und an dunklen Baumstämmen empor. Verblasste. Wurde zu nebligem Grau. Trug den Geruch von nasser Erde. Sie stand übergangslos auf der anderen Seite des Pentagramms. Außerhalb des Salzes. Der Saum ihres Kleides reichte bis auf den Boden, war bis hoch hinauf dunkel von Schlamm und Feuchtigkeit. Obwohl es eigentlich hell war. Fein gewebt. Schön. Zerrissen. Das geschnürte Mieder mit kleinen Blumen bestickt. Spitze zierte den Ausschnitt. Über der Schulter bis fast zur Mitte heruntergerissen. Wie der Ärmel. Die weiche Haut darunter voller Kratzer. Ihr Haar war dunkelblond, zerzaust – Blätter klebten darin –, hing in Strähnen aufgelöst um ein schmales Gesicht. Hübsch. Blass. Ihre Lippen formten Worte. Wieder. Wieder. Wieder. Immer wieder. Immer wieder die gleichen. Und dann war da plötzlich ein Lächeln. Fein. Kaum sichtbar. Höhnisch. Über die anderen hinweg sah sie mich an. Lissa, Izzy, Alice, die immer noch leise murmelten. Immer noch Brent Simmons' Namen riefen. Die Augen noch immer geschlossen hielten. Die Stimmen seltsam heiser. Schatten glitten über ihr Gesicht. Verzerrten es. Färbten es dunkel. Huschten davon. Etwas in ihren Augen verschwand. Das Lächeln veränderte sich, verblasste. Ihr Blick ging hinter mich. Kehrte zu mir zurück. Dann war das Lächeln wieder da. Ein leises Lachen. Ich konnte den Dreck unter ihren Nägeln sehen. Und das Blut. Sie hob die Finger an die Lippen. Mit einem Schlag erloschen die Kerzen. Flackerten in fast derselben Sekunde wieder auf, brannten ruhig weiter. In Lachen aus Wachs. Bis auf die in der Mitte. Hinter Izzy und Alice war nur noch Dunkelheit. Neben mir verstummte Lissa mit einem leisen Husten und öffnete die Augen. Dann schwiegen auch Izzy und Alice, sahen sich wie Lissa um. Meine Hände schienen in Flammen zu stehen. Und waren zugleich taub. Ann blinzelte, als würde sie aus einem Traum erwachen.

»Wieder nichts.« Izzy stieß ein Zischen aus und ließ Lissas und Alice' Hände los.

Ich starrte sie an.

»Mist.« Alice gab Anns Hand frei, rieb sich den Nacken und streckte sich. »Verflixt, meine Beine sind eingeschlafen.«

Anns Blick hing auf der Kerze in der Mitte. Unverwandt. Sie zuckte regelrecht zusammen, als Lissa aufstand.

»Alles okay?« Die Stirn gerunzelt sah Lissa auf sie hinab.

Ann blinzelte, nickte dann. »Ja. Natürlich.« Sie drückte sich ebenfalls vom Boden hoch. »Alles okay.«

Fast beiläufig wischte Izzy mit der Hand durch das Salz. Brach den Kreis. Stand auf. »Dieses Mal hatten wir noch nicht mal Kerzengeflacker.« Sie klang fast schon wütend. Ihr Blick streifte mich. Nur für den Bruchteil einer Sekunde. Und doch lange genug. Ehe er zu Lissa weiterwanderte. Deren Blick ebenfalls zu mir ging. Kaum länger als Izzys. Und dann zu Izzy zurückkehrte. In wortlosem Einverständnis.

Ich sagte nichts. Stand einfach nur auf. Machte einen Schritt zurück, raus aus dem Kreis.

Lissa bückte sich nach dem Buch, schlug es zu, begann die Kerzen zu löschen. Alice und Ann taten es ihr auf der anderen Seite des Kreises nach. – Die mittlere ohne Flamme fiel ihnen noch nicht einmal auf. Warum kam ich mir gerade vor wie in einem schlechten Horrorfilm? *Weil du unvermittelt in einem gelandet bist, Castairs?* Oh Mann. Ich ging ihnen noch weiter aus dem Weg. Umrundete langsam den Kreis. Keine beachtete mich. Meine Handflächen fühlten sich geradezu roh an. Der Einband des Buches war alt und abgegriffen. Solche Bücher hatte Granny in ihren Regalen gehabt. Der Kloß war übergangslos in meiner Kehle. Ich würgte ihn hinunter. Die Schrift auf seinem Einband war beim besten Willen nicht mehr zu entziffern. Zumindest nicht aus dieser Entfernung. Zwischen den Seiten lag tatsächlich ein Stück Spitze. Ann löschte die letzte Kerze. Ich sah das feuchte Glänzen auf dem Boden in dem Sekundenbruchteil, bevor die Dunkelheit unter die Dachsparren zurückkehrte. Ein Blatt. Anscheinend nass von Tau oder Regen. Daneben Spuren von Erde. Außerhalb des Kreises aus Salz. Den Lissa geschlossen hatte, ehe sie mit ihrer Beschwörung begonnen hatten.

Alles, was sie heute Nacht gerufen hatten, hätte innerhalb des Kreises erscheinen müssen.

Nicht außerhalb. Niemals außerhalb.

Wen oder was hatten die vier gerufen? Und warum zum Teufel sahen sie es nicht? War ihnen nicht klar, mit welchen Mächten sie spielten? Was sie womöglich anrichteten? Merkte der Richter nicht, was unter seinem Dach vorging? Oder interessierte es ihn nicht? Ernsthaft? Schwer vorstellbar. – Aber war es mein Job, es ihm zu sagen? Garantiert nicht. Mit all dem wollte ich nichts mehr zu tun haben. *Nicht meine Affen, nicht mein Zirkus.* Ich würde sehr bald wieder von hier verschwunden sein. Etwas, was ich ohnehin kaum erwarten konnte. Sollten sie mit dem, was sie hier verbockten, alleine klarkommen.

Und trotzdem. Was auch immer sie gerufen hatten, hätte niemals außerhalb des Kreises sein dürfen.

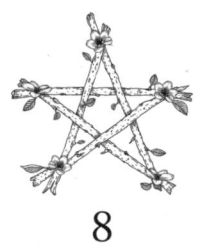

8

William

Sie stand zwischen den Bäumen, als wäre sie selbst ein Wesen des Waldes. Der Wind spielte mit ihren Haaren und mit ihrem Kleid. Entblößte ihre Schultern und ihre nackten Füße. Und wie immer zog sich bei ihrem Anblick sein Herz zusammen. In der alten Welt hätte man sie eine Fee oder einen Kobold genannt. Vielleicht auch ein Wechselbalg. Aber hier ... war sie Sarah Warren. Seine Lippen pressten sich zu einem harten Strich zusammen. Und sie war Thomas Wittmore versprochen. Wenn ihr Vater nicht schon im Grab liegen würde, würde er ihn dafür zur Rechenschaft ziehen. Eine Frau wie Sarah gehörte nicht an die Seite eines Mannes wie Wittmore. Esquire hin oder her. Und er gedachte, das zu ändern. Sie musste nur »Ja« sagen.

Sie drehte sich um, als er seinen Rappen am Rand der Lichtung zum Stehen brachte. Vielleicht hatte sie den Hufschlag oder das leise Klirren des Zaumzeugs gehört. Vielleicht hatte sie es aber auch von anderen Quellen erfahren.

»Will.« Das Strahlen, mit dem sie seinen Namen aussprach, brachte sein Herz zum Stolpern. William Castairs glitt vom Rücken seines Pferdes und hatte gerade noch Zeit, sich Sarah wieder zuzuwenden, als sie auch schon in seinen Armen lag. Er zog sie noch fester an sich, als sie sich ohnehin schon an ihn schmiegte. Diese wenigen Stunden mit ihr hier draußen waren das Kostbarste, was es für ihn gab.

»Hat dich jemand gesehen, Will?«

Er lachte leise, schob sie ein kleines Stück von sich fort. »Du bist diejenige, die dem Esquire versprochen ist, um mich brauchst du dir keine Sorgen zu machen.« Auch wenn er in letzter Zeit das seltsame Gefühl hatte, dass Catherine ihn manchmal auf eine eigenartige Weise beobachtete. »Ich bin froh, dass du kommen konntest, liebstes Herz. Ich möchte mit dir über etwas sprechen.« Er streifte seinen Rock von den Schultern und breitete ihn auf dem Boden aus. Wies einladend darauf. »Setzen wir uns.« Ihre Hand in seiner, ließ sie sich darauf nieder. Er nahm neben ihr Platz.

Erwartungsvoll – und zugleich wie ... besorgt – sah sie ihn an.

Sanft strich er ihr über die Wange. »Keine Sorge, Liebes. – Du erinnerst dich doch, dass ich dir von meinem Freund im Norden erzählt habe?«

»Dem Gouverneur?«

»Genau. – John hat mir Land überlassen.«

Scharf holte sie Atem. Will nahm auch noch ihre andere Hand in seine. »Geh mit mir fort, Sarah. Fort von hier. Kehren wir all dem hier den Rücken. Ich zahle Wittmore deinen Brautpreis zurück und was auch immer er sonst noch als Entschädigung will. Wir nehmen Catherine mit und fangen im Norden ein neues Leben an. Frei von dem Coven hier und den Zirkeln. Nur wir zwei.« Angespannt forschte er in ihren Augen. Grün und funkelnd wie der Wald. »Was sagst du, Sarah. Gehst du mit mir fort?« Er hob ihre Finger an seine Lippen. Ließ sie wieder sinken, ohne sie loszulassen. »Gehst du mit mir fort und wirst meine Frau?«

Abermals holte sie Atem. Dann beugte sie sich vor, legte ihrerseits die Lippen auf seinen Handrücken. Als sie ihn wieder ansah, glitzerten ihre Augen ein bisschen mehr. Vor Tränen.

»Wittmore wird mich niemals freigeben ...«

Brüsk schüttelte er den Kopf. »Lass Wittmore meine Sorge sein.« Es gab genug Dinge zwischen Himmel und Erde, mit denen man auch einen Thomas Wittmore überzeugen konnte. Und über ein paar davon verfügte er. »Also?« Sein Tonfall war weich. »Was sagst du?«

Ihr Lachen war fast ein Schluchzen. »Ja, William. Ja. Von ganzem Herzen. Zu beidem.«

Er musste an sich halten, um seine Freude nicht hinauszuschreien. Stattdessen hob er ihre Fingerknöchel erneut an seine Lippen. »Du machst mich zum glücklichsten Mann dieser Erde.«

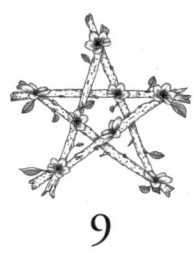

9

Allmählich entwickelte ich bedenklich viel kriminelle Energie. In Paris war es das Ausbrechen gewesen. Hier das Einbrechen. Was für mich die Frage aufwarf, ob meine Gastgeber eventuell einen schlechten Einfluss auf mich hatten.

Nach ihrer »erfolglosen« Séance hatten die vier es gerade geschafft, den Kreis aus Salz endgültig verschwinden zu lassen, dann waren sie zurück in Anns Zimmer geschlichen und hatten es sich auf und unter ihren jeweiligen Kissen und Decken bequem gemacht. Das Licht bis auf eine einzelne Kerze zwecks einer besseren Atmosphäre zu löschen, hatte sich als Fehler erwiesen. Für sie. Ihr Versuch, mir von ihrer Hexerei und dem Leben hier zu erzählen, hatte sehr schnell mit Gähnen und in Alice' Fall sogar in leisem Schnarchen geendet.

Als auch die anderen schliefen, war ich zurück nach oben gegangen. Mit den Fingerspitzen fuhr ich am Türrahmen entlang. Hier hatte ich Ann vorhin mit dem Schlüssel gesehen ... Ich berührte kaltes Metall. Da war er. Hing am

Holz. Nicht zu sehen. Mit dem Fingernagel schnippte ich dagegen. Er löste sich einfacher, als ich erwartet hatte. Die ältesten Tricks waren immer noch die besten.

Als ich vorsichtig die Tür öffnete und wieder schloss, starrte der Steinkauz wie zuvor auf mich herab.

»Ich hoffe, du wirst mich nicht verraten.« Er schwieg. Vollkommen reglos. »Ich nehmen das mal als ein ›Ja‹.« *Okay, Castairs. Dir ist aber schon klar, dass er ausgestopft ist, oder?*

Das Buch lag noch an der gleichen Stelle. Keine hatte sich die Mühe gemacht, es vom Boden aufzuheben, geschweige denn, wegzuräumen. Granny hätte mir den einen oder anderen Takt dazu erzählt.

Mit zwei Fingern strich ich über den Docht der Kerze, die ich mir aus Anns Vorrat mitgenommen hatte. – Also nicht nur Einbruch, auch noch Diebstahl. Und das alles in einer Nacht. – Die kleine Flamme loderte auf, flackerte noch nicht einmal, als ich die Kerze auf den Boden stellte.

Ich schlug das Buch bei dem Stück Spitze auf: Zwischen den vergilbten Seiten lag ein weißes Blatt Papier. Anscheinend hatte jemand die Beschwörung aus einem anderen abgeschrieben. Wohl ziemlich hastig, denn die Tinte war bei einigen der Buchstaben verschmiert. Über einem Wort befand sich sogar ein Daumenabdruck. Ich legte das Blatt neben mich auf den Boden, fuhr mit den Fingern über die Spitze. Sie war alt, roch modrig und war unter meiner Berührung gefährlich nah am Zerfallen. Was mich zu dem Schluss brachte, dass ich nicht wissen wollte, wo sie sie herhatten. Der Verdacht, der sich mir aufdrängte, war mehr als genug.

Die Seite darunter war nur wenig besser erhalten, die Schrift halb verblasst:

Sarah Warren. Tochter von James Warren – Sohn von Malcom Warren – und Mary Warren – Tochter von Jacob Corey und Ann Corey – geboren am 6. Januar 1763 ...

Auf den nächsten beiden Seiten waren die Namen von Großeltern, Urgroßeltern und Onkeln und Tanten aufgeführt. Dann der Eintrag:

... dem Sohn des ehrenwerten Richters Henry Wittmore, Thomas Wittmore, zur Gemahlin versprochen ...

Ach, sieh mal einer an ...

Die folgenden Seiten fehlten.

Ich starrte auf die ausgefransten Überreste, wo sie jemand herausgerissen hatte. Mindestens drei Seiten. Vielleicht auch mehr. Mom hatte mir mehr als einmal bestätigt, dass ich äußerst undamenhaft fluchen konnte. Ich war nicht sicher, was sie zu diesem Ausbruch gesagt hätte.

Ich legte das lose Blatt und die Spitze wieder an ihren Platz, klappte das Buch zu und betrachtete den Einband noch einmal genauer. Der Titel war beim besten Willen nicht mehr zu entziffern. Aber darunter … Ich nahm die Kerze vom Boden auf, hob sie ein wenig höher. Wachs rann an ihr herab. Im letzten Moment konnte ich verhindern, dass es auf den Einband tropfte. Schatten flackerten darüber … Ich verfluchte mich selbst, dass ich mein Handy nicht eingesteckt hatte. Nur war ich nicht davon ausgegangen, es bei einer Pyjamaparty zu brauchen. Beziehungsweise seine Kamera. Oder seine Taschenlampe.

Auch wenn man die Schrift nicht mehr lesen konnte, die verschlungenen Linien, die darunter in das Leder eingeprägt waren, kamen mir bekannt vor. Von einem von Grannys Folianten.

Zum Glück hatte John sich geweigert, all die alten Bücher zu verbrennen, worum ich ihn nach ihrem Tod gebeten hatte. Ich warf einen schnellen Blick auf meine Uhr. Fast hätte ich über mich selbst gelacht. Bis ich John erreichen konnte, dauerte es noch eine ganze Weile. Immerhin lagen fünf Stunden Zeitverschiebung zwischen uns. Und er nahm es einem sehr übel, wenn man ihn vor seinem zweiten Frühstücks-Ei störte.

Außerdem war es wahrscheinlich keine schlechte Idee, wieder bei den anderen zu sein, ehe eine von ihnen aufwachte.

Ich stand auf und hob für einen Moment die Kerze etwas höher, in der Hoffnung, in der Dunkelheit etwas mehr zu erkennen als nur Umrisse und Schatten. Vergebens. Ob es hier oben noch mehr interessante Dinge gab? Warum sonst sollte jemand eine Dachbodentür mit einem so modernen Schloss ausstatten. Wie oft benutzte Ann ihren Schlüssel wohl, um sich hier heraufzuschleichen? Wenn ich mich hier oben umsehen wollte, wann immer mir der Sinn danach stand – oder ich einen Ort brauchte, um zu »verschwinden« – sollte ich mich vermutlich besser nicht darauf verlassen, dass er immer am Türrahmen draußen versteckt war. Ihn länger als einen oder zwei Tage zu behalten, war aber vermutlich keine gute Idee. Vielleicht sollte ich ihn mir dann einfach nachmachen lassen?

An der Tür blies ich die Kerze aus und schob den Schlüssel in meine Hosentasche. Ohne abzuschließen. Sollte Ann hier hochkommen, ehe ich ihn zurückgebracht hatte, ging sie hoffentlich davon aus, dass sie vergessen hatte abzuschließen und den Schlüssel aus reiner Gewohnheit eingesteckt und irgendwo verlegt hatte. Sobald ich meinen eigenen hatte, konnte ich ihren wieder in die Schublade in ihrem Zimmer legen oder hier oben irgendwo deponieren. Ich konnte mir das süffisante Lächeln nicht ganz verkneifen: So tief, wie Ann ihn in ihrer Schublade vergraben hatte, war es gut möglich, dass sie ihn selbst gar nicht haben durfte. Und der hier auch schon nachgemacht war. Das Gähnen kam absolut ungebeten. Ich rieb mir übers Gesicht. Wenn ich zumindest noch ein bisschen Schlaf bekommen wollte, sollte ich zusehen, dass ich ins Bett kam. Mein Bett. Ich hatte nämlich keinerlei Lust, in der Gesellschaft gackernder Junghexen aufzuwachen.

10

»Du siehst so richtig scheiße aus.« Lukes Begrüßung stoppte mich keinen Meter hinter der Küchentür.

Genau das, was ein Mädchen am frühen Morgen hören wollte. Ich knurrte ihn an. »Du mich auch.« Ob ihm bewusst war, dass er zwischen mir und der Kaffeemaschine stand? Von hier sah es so aus, als wäre die Kanne leer.

Unübersehbar spöttisch hob er eine Braue. »Schlecht geschlafen?«

So konnte man den Rest der letzten Nacht auch umschreiben. Wenn man es positiv ausdrücken wollte. Ich war immer wieder aufgeschreckt. Aus einem Traum, den ich nur zu gut kannte. In dem unser Haus in Flammen stand. Ein Feuerwehrmann mich mit aller Kraft festhielt, damit ich nicht hineinrannte. Weil ich Mom und Dad dort drin meinen Namen schreien hörte. Dass Granny plötzlich da war und verhinderte, dass ich mich gegen ihn wehrte. Mit dem, was ich war. Mit dem, was ich konnte. Dass ich sie anschrie, weil sie das Feuer nicht löschte. Dass sie Mom und Dad sterben ließ. Dass sie mir immer und immer wieder sagte, sie könne sie nicht retten. Und dass da noch etwas gewesen war. Etwas, an das ich mich nicht erinnern konnte … »Ist noch Kaffee da?«

Sein fast schon schuldbewusster Blick zu der Tasse in seinen Händen war Antwort genug. *Böser Fehler.* Ich ging auf ihn zu. »Wolltest du den trinken?« Ehe er etwas sagen konnte, griff ich nach der Tasse.

Für den Bruchteil einer Sekunde schlossen seine Finger sich fester darum, begegneten sich unsere Blicke. Dann ließ er los. Hob abwehrend die Hände. »Ich mach mir einen neuen.« Er trat einen Schritt zurück.

»Gut.« Ich nahm einen Schluck. Heiß. Kein Zucker. Na ja. Ich ließ den Blick schnell durch die Küche gleiten. Eine Zuckerdose war zumindest auf Anhieb nicht zu sehen. Allerdings hatte ich auch keine Lust, mich auf die Suche zu machen.

»Ann und die anderen sind im Frühstückszimmer.« Luke ging zur Kaffeemaschine hinüber.

»Aha.« Ich nippte an seinem Kaffee.

Er warf mir einen kurzen Blick über die Schulter zu. »Für dich haben sie auch gedeckt.«

»Aha.« Nach letzter Nacht hatte ich keinerlei Sehnsucht nach ihrer Gesellschaft. »Hast du ein Auto?« Das hatte der Richter bei all seiner »Fürsorge« für mich anscheinend »vergessen« – mir ein eigenes Auto vor die Tür zu stellen. Oder zumindest die Dienste seines eigenen Chauffeurs anzubieten. So wie es seine Vorgänger gehalten hatten.

Lukes Hand verharrte mit der Kaffeekanne unter dem Wasserhahn. Plötzlich sehr wachsam drehte er sich halb zu mir um. »Jaha …«

Konnte man zwei Buchstaben noch viel länger dehnen? »Leihst du es mir?«

»Nein!« Seeeehr entschieden. »Garantiert nicht!«

Ich zog eine theatralische Schnute. »Ich kann Autofahren.«

»Das eine hat nichts mit dem ander–« Wasser strömte über den Rand der Kaffeekanne. Mit einem Fluch riss er sie unter dem Strahl heraus. Und verursachte eine Überschwemmung auf der Arbeitsplatte. Was ihn erneut fluchen ließ. Eins musste man ihm zugestehen: Kreativ war er. Er schnappte sich eines der Küchenhandtücher und knallte es auf den Wassersee, während er gleichzeitig die Kanne in den Spülstein stellte und den Hahn zudrehte.

Dann wandte er sich zu mir um. »Ich muss nachher ohnehin Izzy und Alice nach Hause fahren. Dann kann ich dich mitnehmen und im Anschluss für dich auch noch den Chauffeur spielen. Abgesehen davon, und um eins klarzustellen: Du bekommst mein Auto nicht. Zu keinem Zeitpunkt.«

»Woa, ja, schon gut. Ich hab's verstanden.« Ich nippte an seiner Tasse. »Da ist aber jemand mies drauf, wenn er morgens noch keinen Kaffee hatte.«

Diesmal knurrte *er mich* an.

Ich hatte keine Ahnung gehabt, dass Luke einen Porsche fuhr. Hätte ich es gewusst, hätte ich Laufen möglicherweise doch in Erwägung gezogen. Das hätte mir zumindest die eingeschlafenen Beine erspart. Entsprechend hatte ich mir das erleichterte Stöhnen nicht ganz verkneifen können, als Izzy endlich ausstieg und ich den »Rücksitz« ganz für mich allein hatte. Was Luke nicht entgangen war und was er mit einem Blick in den Rückspiegel und einem anzüglichen Grinsen an meine Adresse quittierte. Ich war mir nicht sicher, ob er meinen erhobenen Mittelfinger sah. Als wir dann auch Alice zu Hause abgeliefert hatten, wechselte ich auf den Beifahrersitz.

»Wo soll's hingehen?« Am Ende der langen Auffahrt zum Anwesen von Alice' Eltern hielt Luke an.

»In die Stadt, wenn das okay für dich ist.« In meiner Hosentasche steckte Anns Dachbodenschlüssel.

»Wohin genau?«

»Gibt's da so was wie eine Mall?« Da waren meine Chancen wahrscheinlich am größten, dass ich einen Laden fand, wo man mir den Schlüssel nachmachte. Ich hatte mir zwar im Internet eine Karte der Stadt angesehen, aber die stammte anscheinend aus dem letzten Jahrhundert. Und Google Streetview hatte diese Gegend scheinbar auch schlicht übersehen. »Oder einen Eisenwarenladen?«

»Beides. Liegt relativ dicht beieinander.« Er bog in die Straße ein, gab Gas. »Brauchst du lange?« Der Wald huschte an uns vorbei. Die Bäume wirkten grau. Irgendwie sah es nach Regen aus.

»Hast du noch was vor?« Ich streckte meine Beine. Das linke kribbelte noch immer.

»Kommt drauf an.« Sein Schulterzucken hatte etwas von »Geht dich nichts an«. Meinetwegen.

»Dann setz mich doch einfach an der Mall ab und sammel mich da auch wieder ein.« Zumindest hatte ich so auch keinen unliebsamen Zeugen, was den Schlüssel anging. »Wann passt ... Vorsicht!« Der BMW stand direkt hinter einer Kurve. Mitten auf der Spur. Die Fahrertür stand sperrangelweit auf. Im letzten Moment riss Luke das Steuer herum, brachte den Porsche auf die gegenüberliegende Straßenseite, vorbei an dem BMW. Wieder zurück auf unsere Spur.

»Welcher Idi- ...«

Sie stand nur ein paar Meter weiter am Straßenrand. Für den Bruchteil einer Sekunde trafen sich unsere Blicke. Lächelte sie. Böse. Zufrieden. Dann drehte sie sich um, verschwand zwischen den Bäumen.

»Halt an! Stopp! Sofort!«

Luke trat auf die Bremse, als rechnete er damit, dass ich ihm aus dem fahrenden Wagen springen würde. Was vielleicht daran lag, dass ich den Türgriff schon in der Hand hatte, noch ehe er richtig reagieren konnte. Die Reifen quietschten. Der Porsche drehte sich um sich selbst, kam mit der Schnauze in Gegenrichtung zum Stehen. Luke umklammerte das Lenkrad mit beiden Händen. Holte Luft, um mich anzubrüllen ... Ich war aus dem Wagen und rannte auf die Bäume zu, zwischen denen sie verschwunden war, ehe er loslegen konnte. Er war hinter mir trotzdem nicht zu überhören.

Kaum hatte ich die ersten Bäume passiert, waren es die Laute vor mir allerdings auch nicht. Eine Mischung aus Wimmern und Jammern. Mal lauter, mal leiser. Wortfetzen. Nicht wirklich zu verstehen. Ich kämpfte mich durch Gebüsch, Zweige, die wie Peitschen hinter mir zurückschnellten, stolperte auf eine kleine Lichtung, übersät mit abgebrochenen Ästen, und kam abrupt zum Stehen. Sie stand auf der anderen Seite. Wieder mit diesem Lächeln. Der Mann zwischen uns sah aus, als sei er stundenlang durchs Unterholz gehetzt. Oder gehetzt worden. Dabei war das vermutlich sein Wagen auf der Straße. Das, was einmal ein Maßanzug gewesen sein musste, hing in Fetzen. Und er fuchtelte mit einer Pistole herum. Vollkommen ziellos.

»Verschwinde! Bleib weg! Lass mich in Frieden!« Taumelnd drehte er sich um sich selbst. Fiel halb auf die Knie, rappelte sich wieder auf. Die Pistole wischte in meine Richtung.

Mehr aus Reflex duckte ich mich, hob die Hände. »Alles okay. Ganz ruhig ...« Hatte so was eigentlich schon mal irgendjemandem das Leben gerettet?

Auf der anderen Seite umkreiste sie die Lichtung. Lauernd. Wie ein Raubtier, das auf seine Beute wartete. Sich zum Sprung bereit machte. Ihr leises Kichern wehte bis zu mir herüber. Die Blätter rauschten in den Bäumen. Ihre Kronen schwankten.

Abermals stolperte er um sich selbst, fuhr mit der Pistole unkontrolliert durch die Luft.

Ich machte einen Schritt auf die Lichtung. War ich wahnsinnig? »Hören Sie? Es ist alles in Ordnung. Legen Sie die Pistole weg, ja?« Meine Handflächen schienen in Flammen zu stehen. Ich nahm es nur am Rande wahr. Ebenso, dass mein Atem in fahlen Schwaden davontrieb.

Sein Blick irrte zu mir. Er blinzelte. Stöhnte. Zerrte mit der freien Hand an seiner Krawatte. Die ohnehin schon lose um seinen Hals baumelte. Schüttelte den Kopf. »Wir wollten das nicht. Wir wollten das nicht, Mädchen. Wir wollten dir nichts tun.« Sein Blick wurde flehend. »Hörst du, Mädchen, wir wollten nichts Böses ... Deine Mom und dein Dad ... Wittmore. Wittmore, er ...«

Ihr Kichern wurde zu Gelächter. Wind fegte durch die Blätter.

Wieder taumelte er um sich selbst. Wie auf der Suche nach ihr. »Geh weg! Lass mich! Verschwinde! ...« Nackte Panik in seiner Stimme.

Ihr Lachen wurde lauter. Kam von allen Seiten.

Lauter.

Lauter ...

Ich presse die Hände über die Ohren. Lag auf den Knien, ohne zu wissen, wie ich dorthin gekommen war. *wir wollten nichts Böses ... Deine Mom und dein Dad ...* Was?

Übergangslos stand sie vor ihm.

Streckte die Hände nach ihm aus.

Seine Augen weiteten sich.

Das Wimmern drang bis zu mir.

Selbst über ihr Lachen hinweg. Durch meine Hände.

Stammeln. Vollkommen unverständlich.

Er drückte sich die Mündung der Pistole unters Kinn.

Mein »Nein!« ging in dem Schuss unter, als er abdrückte.

Schlagartig brach das Lachen ab.

In der gleichen Sekunde stolperte Luke hinter mir auf die Lichtung. Kam genauso abrupt zum Stehen wie ich zuvor.

Quer über die Lichtung hinweg sah sie mich an. Der Ausdruck in ihrem Gesicht veränderte sich. Ihre Lippen formten lautlos Worte.

Dann war die Lichtung leer.

Bis auf die Leiche am Boden.

Und Luke und mich. »Was zum? ... Bist du okay?« Luke hatte mich an den Schultern gepackt, vom Boden hochgezogen. Drehte mich zu sich um. Schob sich zwischen mich und die Leiche. Versuchte er tatsächlich, ihren Anblick vor mir zu verbergen? Um ein Haar hätte ich gelacht. *Zu spät, mein Held.*

»Mir geht es gut.« Ich wollte an ihm vorbei, auf den Toten zu. Meine Handflächen fühlten sich wie erfroren an. *wir wollten nichts Böses ... Deine Mom und dein Dad ...* Er hielt mich auf.

»Nicht. Da kannst du nichts mehr machen. Und wenn ich eins gelernt hab, dann das: Halt dich von Leichen fern. – Was zum Teufel ist hier passiert?«

Unwillig schüttelte ich seine Hände ab. Wenn er geahnt hätte, wie nah er damit der Wahrheit kam. Allerdings würde ich ihm das garantiert nicht sagen. Geschweige denn von Sarah Warren erzählen. Also machte ich eine vage Geste zu dem Toten hin. Warum zitterten meine Hände? »Keine Ahnung. Er faselte immer wieder etwas wie ›Geh weg! Lass mich in Ruhe!‹. Dabei war er vollkommen panisch, hat sich immer wieder um sich selbst gedreht und mit der Pistole herumgefuchtelt. Und plötzlich hält er sie sich unters Kinn und drückt ab.« *wir wollten nichts Böses ...* »Dann bist du aufgetaucht.« *Deine Mom und dein Dad ...* Ich zwang mich, ihn anzusehen. »Du hast ziemlich lange gebraucht.«

Er bedachte mich mit einem unwilligen Blick. »Ich musste dich erst mal finden. Außerdem konnte ich den Wagen ja wohl kaum mitten auf der Straße stehen lassen, so wie Osborne es getan hat.«

»Du kennst den Typen?«

Er nickte. »Das ist Karl Osborne. Einer der fünf Richter dieser Gegend. Und soweit ich weiß, der zweitmächtigste

Mann nach Wittmore.« Seine Augen wurden schmal. »Woher wusstest du, dass er hier ist?«

Weil ich Sarah gesehen habe. Und den Ausdruck auf ihrem Gesicht ... Ich unterdrückte in letzter Sekunde ein Schaudern. »Ich habe ihn in den Wald laufen sehen.«

»Ja, klar. Zwischen den Bäumen? Warum habe ich ihn nicht auch gesehen?«

»Woher soll ich das wissen? Vielleicht warst du ja zu beschäftigt mit Fluchen?« Wieso war mir plötzlich so kalt? Ich schlang die Arme um mich.

Auf seiner Stirn erschien eine scharfe Falte. »Und deshalb bist du mir fast aus dem Auto gesprungen? In voller Fahrt? – Ist wirklich alles okay?«

»Wenn einer eine Pistole in der Hand hat, soll es Menschen geben, die ein bisschen heftiger reagieren.« War ja klar, dass er mir kein Wort glaubte. Hätte ich an seiner Stelle auch nicht. »Ja, mit mir ist wirklich alles in Ordnung.«

»Ach, die hast du auch gesehen? Was bist du? Supergirl mit dem Röntgenblick?« Seine Stimme troff vor Sarkasmus.

»Und was bist du? Die verdammte Inquisition?«, schnappte ich dagegen.

»Sag Quasimodo zu mir.« Das Grinsen war übergangslos da. Auch wenn es noch immer etwas Angespanntes hatte.

Es nahm mir komplett den Wind aus den Segeln. »Falsches Buch«, brummte ich.

»Ich weiß. Aber Heinrich Kramer oder noch besser, Henricus Institoris, klingt einfach nicht so gut.« Er fischte sein Handy aus der Jacke, dann zog er sie aus und legte sie mir um die Schultern. Seine Wärme hing darin. Irgendwie hatte sie etwas Beruhigendes. Um ein Haar hätte ich meine Nase in seinem Kragen vergraben. *Hallo? Castairs? Geht's noch?*

»Ich rufe den Sheriff an.« Mit einem Kopfschütteln sah er zu dem Toten hin. »Und anschließend Wittmore.« *Wittmore. Wittmore, er ...* »Er wird erfahren wollen, dass Osborne sich erschossen hat.« Er wischte durch die Kontakte, tippte auf einen, hob das Handy ans Ohr, während er gleichzeitig Richtung Straße nickte. »Lass uns beim Wagen warten. Hier würde der Sheriff uns ohnehin nicht finden.«

Gehorsam drehte ich mich um und setzte mich in Bewegung. Warum wunderte es mich nicht, dass er die Nummer des Sheriffs gespeichert hatte?

Der Sheriff erreichte uns noch vor dem Richter. Und wagte es dann sogar, Wittmore von uns fernzuhalten, während er mir fast die gleichen Fragen stellte wie Luke. Und ich ihm dieselbe Geschichte erzählte. Ob der Richter sich genauso leicht zufriedengeben würde, war fraglich. Andererseits: Was blieb ihm anderes übrig? Dem Sheriff konnte ich kaum erzählen, dass Sarah Warren diesen Osborne geradezu in den Selbstmord gejagt hatte, wenn ich nicht in der nächsten Klinik landen wollte. Und dem Richter …? Nein. Auch wenn er mir eigentlich glauben müsste. Mein Gefühl sagte mir, dass es ein Fehler wäre. Vor allem, nach dem, was dieser Osborne gestammelt hatte.

Mein Gefühl stellte mir allerdings noch eine weitere Frage: Hatte Sarah Warren auch etwas mit den anderen Leichen der letzten Zeit zu tun?

Aber da waren die Worte, die ihre Lippen geformt hatten: *Hilf mir.*

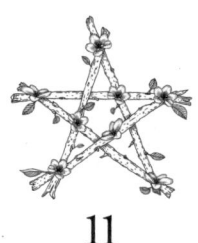

11

Ich registrierte erst, dass wir wieder auf dem Anwesen der Wittmores waren, als Luke mir die Beifahrertür öffnete. ... *wir wollten dir nichts Böses ...* Osbornes Worte waren wie ein animiertes Gif in meinem Kopf, das sich ständig wiederholte.

Das Angebot des Richters, mit ihm zurückzufahren, hatte ich dankend abgelehnt. Er würde mir seine Fragen so oder so stellen. Da konnte ich mir auch noch ein wenig mehr Zeit verschaffen.

Lukes Jacke immer noch um die Schultern stieg ich aus. Im ersten Stock wirbelte eine Gardine hinter einem offenen Fenster auf, legte sich auf das Fensterbrett. Auf der untersten Stufe zur Haustür blieb ich stehen, drehte mich um, als Luke mir nicht folgte. ›Ich erwarte euch in meinem Arbeitszimmer. Beide!‹ Die Ansage des Richters war unmissverständlich gewesen.

»Ich fahr noch den Wagen weg.« Luke verzog das Gesicht. »Wir sehen uns gleich zur hochnotpeinlichen Befragung.« Es war, als hätte er meine Gedanken gelesen.

In der Halle war es erstaunlich kalt. Unwillkürlich zog ich mir die Jacke enger um die Schultern. Vom letzten Treppenabsatz aus sah Ann mir entgegen, glitt ihr Blick über mich. Für den Bruchteil einer Sekunde glaubte ich eine schmale Falte auf ihrer Stirn bemerkt zu haben. Aber als sie die Stufen herunter und auf mich zukam, war ich mir nicht mehr sicher. »Was ist passiert?« Auf der letzten blieb sie stehen. Musterte mich erneut. Hingen ihre Augen tatsächlich einen Moment länger auf Lukes Jacke?

Ich hob die Schultern. »Irgend so ein Typ, Osborne, hat sich nur ein paar Meter vor mir eine Kugel in den Kopf gejagt.«

Sie öffnete den Mund ... und vergaß ihn ziemlich lange wieder zu schließen. Ihr »Was?« kam dann auch mit entsprechender Verspätung.

Okay. Das hatte gewirkt.

Was auch immer sie sonst hatte sagen wollen, wurde durch den Richter verhindert, der zur Haustür hereinmarschierte und sofort mit einem brüsken »Cassandra« in Richtung Arbeitszimmer wies. Allerdings glaubte ich ihren Blick in meinem Rücken zu spüren, bis er die Tür hinter mir geschlossen hatte.

»Wo ist Luke?« Unübersehbar aufgebracht durchquerte er den Raum und ließ sich hinter seinem Schreibtisch nieder.

»Fährt den Wagen weg.« Wobei er sich vermutlich sehr viel Zeit ließ. Was ich durchaus verstehen konnte.

Seine Ehren stieß ein Knurren aus, während er auf einen der Sessel auf der anderen Seite seines Schreibtischs zeigte. Gehorsam setzte ich mich. Die Freundlichkeit, die er mir gegenüber sonst an den Tag legte, war wie weggewischt. »Sheriff Hamilton sagte, Karl Osborne hätte sich direkt vor deinen Augen erschossen.«

»Ja, das stimmt.« *Und etwas anderes werde ich dir auch nicht erzählen.*

Offensichtlich genügte ihm das nicht. »Was genau ist passiert.« Das klang jetzt eindeutig mehr nach einem Verhör und nicht mehr nur nach einer Frage.

»Osbornes Wagen stand mitten auf der Straße. Sie hat ihn mit der Pistole in der Hand im Wald verschwinden sehen und ist mir beinah aus dem fahrenden Auto gesprungen, um ihm hinterherzurennen.«

Ich hatte nicht gehört, wie Luke hereingekommen war. Der Richter offenbar ebenso wenig. Jetzt drückte Luke die Tür hinter sich zu und kam zu uns herüber, die Hände in den Hosentaschen vergraben. Hinter meinem Sessel blieb er stehen. Legte die Unterarme auf die Lehne. »Als ich sie auf dieser Lichtung gefunden habe, hat er sich gerade die Pistole unters Kinn gesetzt und abgedrückt. Ziemliche Sauerei.«

»War das alles?« Die Augen des Richters waren gefährlich schmal.

»Osborne hat irgendetwas gebrabbelt, bevor er abgedrückt hat …« Ich drehte mich auf meinem Sessel zu Luke um. Daran hatte ich überhaupt nicht gedacht ... hatte er tatsächlich etwas davon mitbekommen? Er hob die Schultern, sah weiter unverwandt den Richter an. »... aber was genau, konnte ich nicht verstehen.«

Wittmores Blick ging zu mir. »Genauso war es.« Ich nickte, stand gleichzeitig auf. »Wenn wir dann hier fertig sind ...« Ich deutete zur Tür. »Ich würde gerne duschen.« Ohne eine Antwort abzuwarten, schob ich mich an Luke vorbei. Ich hörte seine Schritte hinter mir, als er mir folgte, die Tür hinter uns zuzog. Wie zuvor schon Anns spürte ich den Blick des Richters zwischen meinen Schulterblättern.

Am Fuß der Treppe hielt mich Luke mit der Hand an meinem Arm auf. »Du schuldest mir was.«

Unwillig streifte ich seinen Griff ab. »Wie kommst du darauf?«

»Weil du weißt, dass das gerade die Version für den Richter war.«

Für einen Moment sagte ich nichts. Sah ihn einfach nur an. Schließlich nickte ich. »Dann schulde ich dir gleich noch mehr.« Ich nahm seine Jacke von den Schultern und stieß sie ihm vor die Brust. Seine einzige Reaktion war, dass er eine Braue hob. Und erst mit ziemlicher Verzögerung nach seiner Jacke griff. »Ich will, dass du mir zeigst, wo der Richter und seinesgleichen die Zutaten für ihre Hexerei herbekommen. Er wird sie ja wohl kaum im Internet bestellen.« Jetzt hob er auch die zweite Braue. »Vor meinen Augen hat sich gerade so ein Irrer erschossen. Ich habe keine Lust auf Albträume.« Etwas in seinem Blick veränderte sich. Für eine Sekunde drehte er sich halb um, sah zum Arbeitszimmer des Richters. Als er sich mir wieder zuwandte, lag ein dünnes Lächeln auf seinen Lippen. Das verschwunden war, bevor ich mir sicher sein konnte, dass es wirklich da war.

Mit einem Nicken trat er zurück, warf sich die Jacke über die Schulter. »Sei in einer halben Stunde in der Bibliothek. Dann zeig ich dir was.« Damit ließ er mich stehen. Für einen Moment sah ich ihm verblüfft nach.

Was wollte er mir zeigen?

Und was zum Teufel hatte er mitbekommen. Und warum hatte er den Richter angelogen?

Die Einzige, die mich in der Bibliothek erwartete, war Pointers. Wobei ich mich fragte, wie sie hier hereingekommen war. Und ob Luke sie wieder als Spionin benutzte. Zumindest machte sie mir sehr deutlich klar, dass ich mich an den schweren Tisch aus dunklem Holz in der Mitte des Raumes zu setzen hatte, damit sie auf meinen Schoß springen und sich von mir kuscheln lassen konnte.

Fast rechnete ich damit, dass auch der Richter wieder auftauchen würde, um zu sehen, wer sich in seiner Bibliothek herumtrieb. Erstaunlicherweise tat er es nicht. Stattdessen stand Luke irgendwann zwischen den Regalen. Pointers sprang von meinem Schoß, als hätte sie nur auf ihn gewartet, strich mit einem Schwanzzucken an seinen

Beinen vorbei und verschwand Richtung Tür. Ich drückte mich deutlich langsamer von meinem Stuhl in die Höhe und schob die Hände in die Hosentaschen.

»Okay. Hier bin ich. Und jetzt?«

Das Lächeln, mit dem er auf mich zukam, und wie er mir mit einem kleinen Kopfrucken bedeutete, ihm zu folgen, hatte etwas Verschlagenes. Vor einer Regalwand, die anscheinend sämtliche Bände der *Encyclopedia Britannica* beherbergte, blieb er stehen, warf mir erneut einen Blick zu. »Abrakadabra.« Er kippte einen der Bände ein Stück weit aus dem Regal. Es gab ein Klicken, dann stand die Täfelung neben mir einen Spaltbreit offen. Ich stieß ein Zischen aus.

Luke schob die Täfelung etwas weiter auf, wies mit einer übertrieben tiefen Verbeugung hindurch. »Nach Ihnen, Mylady.«

Ich drückte mich an ihm vorbei und durch die Tür. Direkt dahinter blieb ich wieder stehen.

Hatte ich es doch gewusst! Das da draußen hatte unmöglich die gesamte Bibliothek der Wittmores sein können. *Hier* war die richtige. Und anscheinend seine ganz persönliche Hexenküche. Auf den Regalen und in den Vitrinen an den Wänden reihten sich nicht nur Bücher und alte Folianten, sondern auch unzählige Schachteln, Beutel, Tiegel und Fläschchen in allen erdenklichen Größen, Farben und Materialien. Eine Art Weinkühlschrank stand unter einem der Regale halb in die Wand eingebaut, doch anstelle von Weinflaschen auch hier: Töpfe, Säckchen und kleine, verkorkte Flaschen, die meisten aus dunklem Glas. Manche Kräuter oder Mixturen lagerte man eben besser bei ganz besonderen Temperaturen. Mehrere schmale, hohe Fenster vom Boden bis zur Decke sorgten für Helligkeit. Allerdings würde ich jede Wette halten, dass man von außen nichts als massive Mauern sah. Im hinteren Drittel stand ein schwerer, alt und abgenutzt aussehender Holztisch. Das schmiedeeiserne Dreibein unter einem Kessel mit einer Feuerschale darauf war ein weiterer Beweis dafür, wie oldschool seine Ehren offenbar war. Ein Pentagramm aus hellem Stein war in der Mitte des Raumes in den dunkel gefliesten Boden eingelegt. Auf meinem Weg zu den Kräutern im hinteren Teil machte ich einen Bogen darum. Granny hatte einmal gesagt, dass solche Dinge zwar praktisch waren, weil man sie immer wieder brauchte – und sie nicht immer neu zeichnen zu müssen, sparte Zeit. Aber sie neigten auch dazu, sich an das zu »erinnern«, was in ihnen geschah. Und niemand konnte genau sagen, wie sich solche Erinnerungen auf die Hexerei in ihrem Inneren auswirkte, wenn sie zu »alt« wurden. Oder was ihnen anhaftete und was sie allein durch ihre Existenz bewirken konnten. Klein-Tschernobyl hatte Granny solche Pentagramme genannt. Und ich hatte nun mal keine Lust, verstrahlt zu werden.

»Ich nehme an, dass du hier alles findest, was du

brauchst.« Luke hatte die Tür hinter uns wieder geschlossen, war aber auf der anderen Seite des Raumes stehen geblieben.

»Ich schulde dir was.« Was nichts daran änderte, dass ich ihn entweder wieder loswerden oder später allein noch mal wiederkommen musste. Die Dinge, die ich brauchte, um herauszufinden, was Osborne mit seinem Gestammel gemeint hatte – und vielleicht auch, was Sarah von ihm wollte – konnte ich wohl kaum vor seinen Augen zusammensuchen. Nicht, wenn ich es nicht darauf anlegte, dass er Fragen stellte.

»Irgendwelche Einschränkungen, was diesen Gefallen angeht?« Er schob die Hände in die Hosentaschen.

Ich riss meinen Blick von den Regalen mit den Kräutern los, sah zu ihm hin. »Ich bin kein Djinn, der Wünsche erfüllt.« Es sollte scherzhaft klingen, kam aber irgendwie total falsch heraus. Etwas, was mir immer wieder mal passierte, wenn ich mit den Gedanken bei etwas vollkommen anderem war. Anscheinend hatte der Richter tatsächlich alles hier, was ich brauchte. Und noch einige andere Sachen, bei denen ich mich fragte, wem er Schaden zufügen wollte.

»Hexen erfüllen auch keine Wünsche. Außer ihre eigenen.« Die Worte klangen hart und zynisch. Ich hob eine Braue. Okay. Es war nicht nur vollkommen falsch heraus-, sondern auch vollkommen falsch *an*gekommen. Verdammt. Er schnaubte. »Ich vergaß. Du bist ja keine Hexe. Du willst ja damit nichts zu tun haben.«

»Das ändert nichts daran: Ich schulde dir was.«

In seinem Schulterzucken lag etwas, das ich nicht deuten konnte. Ärger? Frust? »Vergiss es.« Er nickte hinter sich, zur Tür. »Ich nehme an, dass du mich hier nicht brauchst. Drück die Täfelung hinter dir einfach wieder zu. Sie rastet von selbst ein. Die Steuerung für die Alarmanlage ist hinter dem Vorhang links neben der Tür zur Bibliothek. Schalte sie wieder scharf, wenn du gehst, damit der Richter nicht merkt, dass jemand hier war. Und vielleicht solltest du dir nicht zu viel Zeit lassen.« Er wandte sich zum Gehen, hielt dann aber nochmal inne. »Der Code für die Alarmanlage ist übrigens 3-1-1-0-0-1-1-1. – Nur für den Fall, dass du hier noch mal etwas ›brauchst‹.«

Die Tür hatte sich schneller hinter ihm geschlossen, als ich reagieren konnte. *Toll gemacht, Castairs. Gaaaaanz toll gemacht.*

12

William

»Was soll das heißen: Du wirst nicht mit mir von hier weggehen, Catherine?« William bemühte sich, seine Stimme ruhig klingen zu lassen. Ihm gegenüber umklammerte Catherine ihr Besteck so fest, dass ihre Hände weiß waren. »Ich habe Mutter auf dem Totenbett geschworen, mich stets um dich zu kümmern und für dich da zu sein. Ich kann dich nicht hier zurücklassen. Ganz zu schweigen davon, dass sich das nicht schicken würde.« Und er würde den Teufel tun und den Ruf seiner jüngeren Schwester, seiner einzig noch lebenden Verwandten, ruinieren. Außerdem gab es auch in dieser Gegend genug Gesindel, das eine alleinlebende Frau – selbst wenn sie über Dienerschaft verfügte – als Freiwild betrachtete. Auch wenn Catherine mächtig war, vielleicht sogar mächtiger als er: Er würde ihr Wohlergehen nicht aufs Spiel setzen.

»Und ich werde nicht mit dir gehen!« Ihre Stimme wurde immer lauter. Und schriller. Fast verzweifelt.

»Catherine, ich …«

»Nein. Du kannst mich nicht zwingen.«

»Du weißt sehr wohl, dass ich das könnte, wenn ich es wollte.« Auch sein Ton wurde jetzt schärfer. *Ruhig, William, ruhig*, mahnte er sich selbst. Wenn er bei Catherine laut wurde, würde er endgültig nichts mehr bei ihr erreichen. Im Gegenteil. In einer beschwichtigenden Geste hob er die Hände. »Dann sag mir, warum du nicht mit mir kommen willst. An dieser reizenden kleinen Stadt mit ihren noch viel reizenderen Bewohnern …«, jetzt troff seine Stimme vor Sarkasmus, »… kann es kaum liegen. Dafür beklagst du dich zu oft über diese ›bigotten Matronen‹ und die ›gackernden Gänse‹, die dich ihre Freundin nennen wollen.«

Catherine legte ihr Besteck fast übertrieben langsam neben ihren Teller. Und holte fast ebenso übertrieben tief Luft. »Ich wollte es dir eigentlich bei einer anderen Gelegenheit sagen, Will, aber …« Wieder ein Luftholen. »Es gibt da einen Mann.«

Jetzt war es an William, tief einzuatmen. Er hob eine Braue. Eigentlich hätte er schon lange damit rechnen müssen. – Hatte er das nicht schon? – Catherine war eine schöne, junge Frau. Der Fluch eines jeden älteren Bruders. Außerdem eine mächtige Hexe. Die noch nicht einmal das volle Ausmaß ihrer Macht ausschöpfte. »Ein Mann. Aha. – Sprich weiter.«

»Ich liebe ihn, Will …« Sie verstummte, wie hilflos.

Tja. Er wollte aus Liebe von hier fortgehen, Catherine aus Liebe bleiben. Unter diesen Umständen hatte er wohl kaum das Recht, sie zum Mitkommen zu zwingen. Sofern der Betreffende ein ehrbarer und guter Mann war und ernste Absichten hatte. »Wer ist er?«

»Jonas.«

Bei ihrer Antwort verschluckte sich William fast. »Jonas Howe?« Übergangslos war seine Stimme wieder scharf, als sie nickte. »Howe ist ein Tunichtgut und Schürzenjäger. Er spielt und trinkt. Bei den Dirnen ist er Stammgast ...« Das waren die Dinge, die er seiner Schwester gegenüber anführen wollte und konnte. Von all den anderen Gräuel, die er über Howe wusste, schwieg er lieber.

»Das ist alles nicht wahr. Übles Gerede.« Catherine hob beschwörend die Hände. »Ich liebe ihn, William. Bitte. Er hat mir versprochen, mich ...«

Mit einer brüsken Geste schnitt er ihr das Wort ab. »Du hältst dich von Howe fern. Und das ist mein letztes Wort!«

»So wie du dich von Sarah Warren fernhältst, Bruder?« Die Augen böse zusammengezogen, lehnte Catherine sich vor.

»Wie bitte?« William starrte sie an.

»Oh ja, ich weiß von euch. Und von dem, was ihr treibt.« Sie stieß ein Zischen aus. »Ich bleibe hier. Und ich werde mich nicht von Jonas Howe ›fernhalten‹. Ich liebe ihn. Und wenn er mich fragt, werde ich seine Frau. – Und das ist *mein* letztes Wort.« Sie schob ihren Stuhl so heftig zurück, dass er umkippte.

»Jonas Howes Frau? Nur über meine Leiche.« Will sprang ebenfalls auf. »Catherine, du wirst nicht …«

Ohne auch nur für einen Herzschlag innezuhalten, stürmte sie aus dem Speisezimmer. Gleich darauf hörte er ihre Schritte die Treppe hinauf. William fluchte.

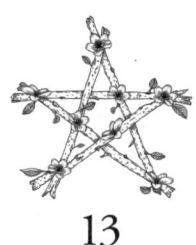

13

Ich duckte mich unter dem Absperrband hindurch. Erstaunlich, dass die Polizei den Ort, an dem jemand Selbstmord begangen hatte, absperrte wie bei einem Mord. Zumindest prangte auf dem gelben Band in unübersehbarem Schwarz »CRIME SCENE – DO NOT CROSS«. Nicht, dass ich mich dadurch von irgendetwas abhalten lassen würde.

Zugegeben, was ich vorhatte, wäre mit der Leiche zusammen in einem Raum deutlich leichter gewesen. Aber Zutritt zu einem Bestattungsinstitut, um mit einem Toten allein zu sein, bekam man nun mal nicht so einfach, wenn man weder besondere Beziehungen zum Bestatter unterhielt noch zur Familie gehörte. Also musste das hier reichen. Ich ließ meinen alten Rucksack von den Schultern gleiten. Und hier war für meine Zwecke vermutlich auch mehr als genug von Osborne zurückgeblieben.

Die Stelle, an der er sich die Pistole unters Kinn gedrückt hatte, war nicht zu übersehen. Blut klebte auf den Grashalmen. Und anderes. Das Schaudern kroch ungefragt über meinen Nacken. Ich verdrängte es aus meinen

Gedanken. *Fokus, Cass, Fokus. Wer sich ablenken lässt, begeht Fehler.* Und jemanden rufen zu wollen, der noch keinen Tag und keine Nacht tot war, war nie ganz ungefährlich. Ich zerrte den Reißverschluss meines Rucksacks auf und räumte aus, was ich in der Hexenküche des Richters hatte mitgehen lassen. Und aus der gewöhnlichen Küche. Ob irgendwann jemandem der immense Salzverbrauch der letzten Tage auffiel?

Ich zog den inneren Kreis um Osbornes Überreste ziemlich großzügig, damit nichts von ihm außerhalb war. Dann das Pentagramm. Beides aus dem reinen Salz, das ich aus der normalen Küche besorgt hatte. So, dass die Linien des Pentagramms gerade so den Kreis berührten. An die Spitzen setzte ich die Bergkristalle. Eine kleine Schatulle unter dem Arbeitstisch war voll davon gewesen. Ich hatte mir die reinsten herausgesucht. Bei Tag waren sie deutlich besser geeignet als Kerzen. Nur Diamanten hätten das Licht noch besser eingefangen. Ich warf einen kurzen Blick zum Himmel hinauf. Wie wenig davon auch da sein mochte, es gab keinen besseren Schutz als Licht. Ich kippte den Beutel mit den Kräutern in den kleinen Steinmörser, den Mom mir zu meinem zwölften Geburtstag geschenkt hatte, und zerstieß sie zu einem feinen Pulver, vermischte das meiste davon mit dem restlichen Salz und zog damit den äußeren Kreis um das Pentagramm, ohne ihn ganz zu schließen. Zumindest jetzt noch nicht. Meine Handflächen waren warm.

Ich kippte den Rest der zermörserten Kräuter zu dem übrigen Salz, räumte meine Sachen, bis auf das Salz und zwei weitere Bergkristalle, unter einen umgestürzten Baum auf der anderen Seite der Lichtung und kniete mich dicht neben den ersten Salzkreis. Suchte nach einer Position, in der mir nicht zwangsläufig irgendwann die Beine einschlafen würden. Ich hatte gewusst, warum ich noch einmal in mein Zimmer gegangen und meine ältesten und bequemsten Jeans angezogen hatte.

Das Gras war erstaunlich kalt.

Über mir jagten Wolken über den grauen Himmel. Entweder bekamen wir einen Sturm oder Regen. Oder beides. Ich wollte jedenfalls nicht mehr hier sein, wenn es losging. Verrückt – als ich vom Anwesen der Wittmores losgelaufen war, war da nichts gewesen als Blau und Sonnenschein.

Vorsichtig zog ich mit dem Rest der Salz-Kräuter einen weiteren Kreis. Diesmal um mich. Schloss anschließend zuerst den anderen Kreis und dann meinen. Etwas wie ein leises Knistern rann durch das Salz. Der Duft der Kräuter wurde stärker, wehte träge davon. Nur im inneren Kreis würde er noch wahrzunehmen sein.

Den einen der beiden verbliebenen Bergkristalle legte ich mit spitzen Fingern auf die Stelle, an der sich die beiden Kreise am nächsten waren, wobei ich peinlich darauf achtete, meinen Kreis nicht zu verletzen. Verband die beiden miteinander. Das Feuer erwachte in meinen Handflächen, als ich nach dem letzten der Steine griff. Ganz langsam holte ich einmal tief Luft, konzentrierte mich darauf, was ich von dem Mann wollte, der hier gestorben war, blies über den Stein. »Karl Osborne.« Ich flüsterte den Namen nur.

Das Feuer in meinen Handflächen brannte schlagartig schärfer. Die Steine loderten auf. Alle zur gleichen Zeit. Und wurden sofort wieder dunkel. *Was zum …?* Sie hatten geantwortet. Und hätten weiter leuchten müssen. Zumindest ganz sanft glühen. Für einen Moment schloss ich die Augen. Konzentrierte mich erneut auf den Toten, versuchte mich noch besser an ihn zu erinnern, sein Gesicht, den Ausdruck in seinen Augen, seine gehetzten Atemzüge … Von einer Sekunde zur anderen stand das Salz des Pentagramms in Flammen. Fraß sich Feuer durch die Kreise. Durch die Kristalle. In meine Handflächen. Um ein Haar hätte ich den Stein in meinen Händen fallen lassen. Ein scharfer Geruch lag in der Luft. Wurde bitter. Beißend. Pochte hinter meiner Stirn. Brannte in meinen Augen. Trieb mir die Tränen hinein. Zwang mich, sie zu schließen. Ich kannte diesen Geruch …

Leises Gelächter. Ich riss die Augen wieder auf. Sarah Warren stand auf der anderen Seite der Kreise. Ihr Lächeln war böse. Und zynisch. Ganz langsam begann sie, um mich und meine Kreise herumzugehen. Wie sie es bei Osborne getan hatte. »Er antwortet nicht. Nicht wahr? Wie sie alle.« Ihre Stimme hatte etwas Sanftes. Schmeichelndes.

»Was willst du?« Ich versuchte sie nicht aus den Augen zu lassen. Innerhalb meines Kreises war ich sicher.

Sie blieb stehen, legte den Kopf zur Seite. »Du denkst, ich bin es?« Ein Schnalzen. Abfällig. »Nein. Warum sollte ich? – *Sie* blockieren dich. Sie haben ihnen die Stimme genommen. Damit sie sie nicht verraten können.«

»Wer …« Sarah kniete übergangslos auf der anderen Seite meines Kreises. Unwillkürlich zuckte ich zurück. Um ein Haar hätte ich das Salz berührt. Der Wind peitschte zwischen den Ästen hindurch. Riss an ihnen. Abermals legte sie den Kopf schief. Beugte sich vor. Musterte mich. Wie man ein Insekt mustert. Mit einem Ausdruck in den Augen … Wahnsinn ließ grüßen. »Castairs …« Sie schnalzte mit der Zunge. Kicherte. »Kleine Castairs …« Irgendwie gefiel es mir ganz und gar nicht, dass sie meinen Namen kannte. Der Himmel war noch dunkler geworden. »Sie war schuld, weißt du. Sie war schuld, die kleine Castairs. Sie war schuld. Mit ihrer Eifersucht.« Wolken jagten immer schneller über ihn hinweg. »Sie hat es den Richtern erzählt.« Wann war Sarah aufgestanden? »Er hat mich geliebt, weißt du. Und ich ihn.« Wann war *ich* aufgestanden? »Ein Castairs … – Einen Castairs liebt man nicht. Sie sind Macht. Macht gehört allen …« Donner grollte. Krachte über den Himmel. Das Gebell ging fast in ihm unter. Gebell? Ein Blitz zerriss die Luft zwischen den Bäumen.

Hufschlag.
Wiehern.

Rufe.

Die Reiter brechen aus dem Unterholz. Donnern auf die Lichtung. Direkt auf mich zu. »Da! Ergreift die Hexe!« *Die Hunde sind keinen Meter mehr von mir entfernt. Ihre Fänge weit aufgerissen. Die Zähne gefletscht.*

Ein Reiter direkt vor mir. Das Pferd steht senkrecht auf der Hinterhand. Die Hufe ganz dicht vor meinem Gesicht.

Ich riss den Arm hoch.

Duckte mich.

Schrie.

Ein einziger Schritt zurück. Ich konnte spüren, wie ich den Kreis durchbrach.

Der erste der Hunde hängt an meinem Kleid, zerrt daran. Der Stoff reißt. Der nächste springt auf mich zu. Ich ducke mich. Werfe mich herum. Laufe um mein Leben. Hinein ins Unterholz. Wo sie mir mit den Pferden nicht folgen können.

»*Bleib stehen, Miststück!*«

Äste schlagen mir ins Gesicht. Reißen an meinen Haaren. Zerkratzen mir die Haut.

»*Da drüben ist sie!*«

Regen peitscht auf meine bloßen Schultern, meine Arme. Der Boden ist nass, glitschig. Ich stolpere, falle auf Hände und Knie, raffe mich wieder auf. Fliehe weiter. Mein Atem kommt keuchend. Die Hunde sind noch immer dicht hinter mir.

»*Lasst sie nicht entkommen.*«

Mein Kleid klatscht mir um die Beine. Der Saum ist schwer von Schlamm und Nässe. Zerrissen von Ästen. Den

Zähnen der Hunde. Ich taumele weiter. Wäre fast wieder gefallen. Halte mich gerade noch an einem Baum.

»Fasst die Hexe!«

Meine Handflächen sind blutig. Die Rinde rau. Ich stoße mich ab. Taumele weiter. Zwischen den Bäumen hindurch. Einer der Reiter ist direkt hinter mir. Ich kenne ihn. Richter Malcom. Ein Freund meines Vaters. Er beugt sich vor. Will nach mir greifen. Die Luft brennt in meinen Lungen. Ich weiß um ihr Geheimnis. Seines. Und das der anderen. Was sie getan haben. All die Toten ... Sie werden mir den Prozess machen. Ich ducke mich, weiche ihm im letzten Moment aus. Einer der Hunde springt mich an. Ich stolpere zur Seite. Mein Fuß verfängt sich ... Die Scheinwerfer waren direkt vor mir. Eine rote Motorhaube. Mehr aus Reflex streckte ich die Hände vor mich. Als könnte ich den Aufprall verhindern. Ein harter Schlag. Im nächsten Moment lag ich auf dem Asphalt. Schmeckte Blut. Meine Seite schien in Flammen zu stehen. Jeder Atemzug war ein stechender Schmerz. Die Welt war trüb. Verschwamm immer mehr. Ein Schatten beugte sich über mich.

»Scheiße! Cassandra!« Hände glitten über mich. »Bist du verletzt?«

»Luke?« Männer konnten so dämlich fragen. Ich war mir nicht sicher, ob ich auch nur einen Ton herausbrachte. Geschweige denn seinen Namen. Dann war alles schwarz.

Ich tauchte mit dem Gefühl zu schweben wieder aus der Schwärze auf. Reiter. Hunde. ›*Fasst die Hexe.*‹ Jemand trug mich. Nein!

»He!«

Meine Gegenwehr entlockte dem Jemand einen überraschten Laut. Luke. Ganz in der Nähe brummte ein Motor. Was …?

»Alles okay. Ganz ruhig, Cass. Ich bring dich ins Krankenhaus.«

Krankenhaus? Nein! – Die Scheinwerfer. Eine Motorhaube. Rot. Der Porsche. Ich war vor ein Auto gelaufen. Lukes! Die Bewegung änderte sich, ging abwärts. Das Gefühl von Leder in meinem Rücken. Schmerz jagte in meinen Schädel hinauf. Schlagartig war mir übel. Der Autositz. Meine Hände fanden Lukes Brust, drückten ihn von mir weg. »Nein.« Kein Krankenhaus. Jetzt nicht. Tote. Da waren zu viele Tote …

»Was …? – Scheiße, was hast du mit deinen Händen gemacht?«

Keine Ahnung. Sie taten weh. Aber nur wie aus weiter Ferne. Gedämpft. Irgendwie schaffte ich es, die Augen zu öffnen. Und mich gerade noch vornüber aus dem Auto zu lehnen, bevor ich Luke den Inhalt meines Magens vor die Füße spuckte. Eins musste man ihm lassen: Seine Reflexe waren gut. Er konnte sogar noch verhindern, dass ich kopfüber aus dem Wagen kippte.

Sehr behutsam schob er mich zurück in die Senkrechte

und in den Sitz. »Du hast garantiert eine Gehirnerschütterung.« *Ach? Ernsthaft, Dr. House?* »Wo zum Teufel bist du hergekommen? Und was hast du hier getrieben?« *Aus dem Wald. Geht dich nichts an.* Die Hand an meiner Schulter, die mich die ganze Zeit aufrecht gehalten hatte, verschwand. Warum beugte er sich über mich? Ah, … Sicherheitsgurt. »Bleib, wo du bist.« *Aber klar doch, Chef.* – Als ob ich vorgehabt hätte, irgendwo hinzugehen. Die Beifahrertür schloss sich. Gleich darauf glitt er neben mir auf den Fahrersitz und schlug seine eigene Tür zu. Zu laut. Viel zu laut. Noch ein paar Dezibel mehr und mein Kopf würde explodieren. »Okay. Versuch wach zu bleiben.«

»Nein.« Ich versuchte meine Hand über seine am Zündschlüssel zu legen, schaffte es aber erst beim zweiten Anlauf. Wieso änderte das Ding auch seine Position? »Nicht ins Krankenhaus.«

»Ja, klar.« Seine Stimme troff vor Zynismus.

Ich hatte keine Lust, mit ihm zu streiten, und tastete nach dem Sicherheitsgurt.

»Was wird das?« Seine Hand stoppte meine, als ich das Schloss gefunden hatte und es aufschnappen ließ.

»Ich steige aus.« Kam das überhaupt halbwegs verständlich aus meinem Mund? Anscheinend. Oder zumindest teilweise.

»Bestimmt nicht.« Er drückte den Gurt zurück ins Schloss.

Ich knurrte ihn an. Fummelte wieder an dem Schloss, um es erneut aufschnappen zu lassen. Mein Schädel pochte, als würde er jede Sekunde platzen. Sehr schlechte Voraussetzung für einen Streit. »Nicht in ein Krankenhaus.«

»Vergiss ...«

»Nicht in ein Krankenhaus!« Klang ich so hysterisch oder hörte sich das nur für mich so an? Seine Brauen schossen in die Höhe. Seine Augen trafen meine. »Fahr mich zurück.« Ich schaffte es tatsächlich, die Worte in halbwegs normalem Ton herauszubekommen.

Er zögerte. Sehr lange. Forschte mit seinen Augen in meinen. Es kam mir vor wie eine Ewigkeit, bis er schließlich nickte. »Okay. Ich fahr dich zurück.« Entschieden drückte er die Gurtschnalle noch einmal ins Schloss. Wie um sicherzustellen, dass der Gurt auch tatsächlich eingerastet war. Oder um seinen Worten Nachdruck zu verleihen. »Aber damit eins klar ist: Spuckst du noch mal, drehe ich um und fahr dich postwendend ins Krankenhaus. Und wenn ich dich dafür k. o. schlagen muss.«

Ich schluckte krampfhaft runter, was gerade wieder meine Kehle hinaufgekrochen kam, presste die Lippen zusammen und nickte. Böser Fehler. Hastig schluckte ich erneut.

Ich hätte es nicht für möglich gehalten, dass er die Braue noch weiter heben konnte. »Fein.« Er ließ den Porsche an. Ohne mich dabei aus den Augen zu lassen »Ach ... und falls du bewusstlos wirst, gilt das Gleiche.«

Im letzten Moment unterdrückte ich den Wunsch, ihm den Mittelfinger zu zeigen. Stattdessen konzentrierte ich mich darauf, das zu tun, was er verlangt hatte: mich nicht noch einmal zu übergeben und bei Bewusstsein zu bleiben – zumindest halbwegs. Mein Erfolg war mäßig.

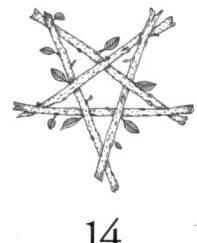

14

Ann

»Luke hat was getan?« Es hatte ihrem Vater nicht gefallen, dass sie ihn um eine Unterredung gebeten hatte, kaum dass Luke und Cassandra sein Arbeitszimmer wieder verlassen hatten. Aber der Anblick von Cass mit Lukes Jacke über der Schulter ... war wie eine Ohrfeige gewesen. Nein. Schlimmer. Auch wenn sie es sich selbst kaum eingestehen wollte ... – Bevor diese intrigante, unfähige Kuh hierhergekommen war, war alles in Ordnung gewesen. Zumindest halbwegs. Ihr Vater hatte ihr zwar schon immer zu verstehen gegeben, dass sie eine Enttäuschung für ihn war ... dass ihre Fähigkeiten seinen Ansprüchen nicht genügten ... aber jetzt? Jetzt ging es nur noch um »die Macht der Castairs«. Cassandra Castairs hier, Cassandra Castairs da. – Und das, obwohl Cass keinen Finger rührte, um diese Macht zu nutzen. Sie hatte ja noch nicht einmal bei ihrer Séance mitgemacht. Nur daneben gesessen. Auch wenn sie sich sicher gewesen war, das eine oder andere Mal ein kurzes, abfälliges Zucken um ihren Mund gesehen zu haben. Fast so, als würde sie glauben, alles besser zu wissen. Ausgerechnet sie. Immerhin hatte sie bisher null Ausbildung in den Künsten genossen. Womöglich hielt sie sich allein deshalb für etwas Besseres, weil sie aus der ach so alten und ehrwürdigen Familiendynastie der Castairs stammte. Um ein Haar hätte Ann die Hände zu Fäusten geballt. Die Familie Wittmore war mindestens genauso alt und angesehen.

»Hast du mich gehört, Sarah-Ann?« Die Stimme ihres Vaters ließ sie zusammenzucken.

»Papa?«

»Ich habe dich gefragt, ob du sicher bist.«

Sicher? Wessen sollte sie sich sicher sein. Ach, ja, natürlich … »Ich bin mir sicher, Papa.« Sie nahm die Schultern zurück. Nickte entschieden. »Alle möglichen Tiere haben Mr Osborne regelrecht vor sich hergehetzt bis zu dieser Lichtung. Wo er sich dann erschossen hat. Direkt vor Luke.«

»Und warum sagst du mir das erst jetzt?« Der Blick, mit dem er sie fixierte … unwillkürlich machte sie einen Schritt zurück.

»Ich … ich wollte nicht …«

Seine Geste brachte sie zum Schweigen. Es interessiert ihn nicht. Genauso, wie ihn nichts von dem interessierte, was sie tat. Weil es nicht gut genug für ihn war. Weil *sie* nicht gut genug für ihn war.

»Zumindest hast du es mir jetzt gesagt.« Wieder diese Geste. »Ich kümmere mich darum. Du kannst gehen, junge Dame.« Er nickte zur Tür, widmete sich dann erneut den Papieren vor sich.

Sie zögerte, machte einen Schritt näher an seinen Schreibtisch heran. »Papa?«

Unwillig sah er auf. »Was ist noch?«

»Könntest du ...« Ann schlang die Finger ineinander. »Könntest du bitte Luke nichts davon sagen, dass du die Informationen von mir hast?« Wenn Luke herausfand, dass *sie* eine solche Lüge über ihn in die Welt gesetzt hatte ... Dann würde er sich garantiert noch weniger für sie interessieren, als er es ohnehin schon tat – und sie würde ihn an Cass verlieren. Da war sie sich sicher.

Das Kopfschütteln ihres Vaters war ebenso abfällig wie seine Geste zuvor. »Wie du willst.« Scharfe Falten erschienen auf seiner Stirn, als sie noch immer keine Anstalten machte, zu gehen. »Was ist noch?«

»Du wirst ihn aber nicht fortschicken, oder?«

»Und die einzige Chance vertun, dass du nicht gänzlich versagst?« Sein Auflachen war hart und bissig. »Nein. Natürlich nicht. Und jetzt wäre ich dir dankbar, wenn du mich endlich allein lassen würdest.«

»Natürlich, Papa. Entschuldige.« Gehorsam wandte sie sich zur Tür und tat, was er gesagt hatte.

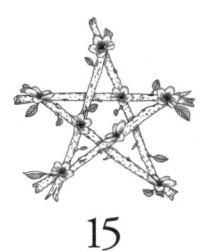

15

»Was hast du ihnen gesagt?«

Ich bemühte mich, die Augen zu öffnen. Etwas sehen, obwohl sie weiter geschlossen waren, war unmöglich, oder? Alles war dunkel und trüb. Ich war nicht sicher, ob tatsächlich um mich herum oder doch nur hinter meinen Lidern und in meinem Kopf. Der pochte, als würde irgendjemand darin Abbrucharbeiten durchführen.

»Was hast du ihnen gesagt?« Wieder diese Stimme. Der Boden unter mir bewegte sich. Sank ein Stück weit ein. »Ich weiß, dass du wach bist. – Was zum Teufel hast du ihnen gesagt, Castairs?« Was auch immer unter mir war, schwankte stärker. »Antworte!«

Meine Lider wollten sich einfach nicht heben. Zumindest waren das Dunkle und Trübe immer noch da.

»Antworte!«

Ein bitter-süßlicher Geschmack war auf meiner Zunge. Er sollte mir irgendetwas sagen. Irgendetwas ...

»Antworte mir, Castairs ...«

...

Die Sonne schien viel zu grell durch das Fenster. Obwohl ich die Augen noch nicht einmal geöffnet hatte. Dass ich mich streckte, war ein Fehler. Ein großer Fehler. Das sagten mir nicht nur meine Rippen, sondern auch mein Rücken und meine Schultern. Eigentlich protestierte alles an mir. Vor allem meine rechte Seite. Von meinem Kopf brauchten wir überhaupt nicht erst zu reden. Und von meinen Händen auch nicht.

»Hallo, Dornröschen.«

Die Stimme erklang irgendwo links von mir. Luke. ›Antworte mir, Castairs ...‹ Da war etwas, an das ich mich unbedingt erinnern sollte ...

Man hätte glauben können, irgendwer hätte meine Augen mit Panzertape zugeklebt, so schwer, wie es mir fiel, ein Lid auch nur ein winziges Stück weit zu heben. Bei dem Anblick, der sich mir bot, beeilte ich mich, auch das zweite schnellstmöglich in die Höhe zu bekommen. Luke saß in dem Sessel schräg gegenüber von meinem Bett, noch halb im Schatten. Wie der Fürst der Hölle persönlich. Pointers lag auf seinem Schoß und starrte mich an.

Neben seinen Füßen stand mein Rucksack.

Er drehte irgendetwas zwischen den Fingern.

›Antworte mir, Castairs ...‹

Von einer Sekunde zur anderen hatte ich ein ganz mieses Gefühl.

»Du hättest dich von mir ins Krankenhaus fahren lassen sollen.«

Schwerfällig stemmte ich mich hoch. Dumme Idee. Der ganze Raum bekam übergangslos Schlagseite.

»Brauchst du einen Eimer?« Er klang eher zynisch als besorgt.

»Nein, danke.« Für den Bruchteil einer sehr langen Sekunde war mein Magen anderer Meinung.

Luke warf in die Höhe, was auch immer er da in der Hand hatte, fing es wieder auf.

Warf es in die Höhe.

Fing es auf ...

Einer meiner Kristalle. Schwarz. Ausgebrannt. Mein Blick zuckte zu meinen Händen. Irgendjemand hatte die Handflächen verbunden. Ziemlich fachmännisch.

Ich sah wieder zu Luke hinüber.

Der neigte den Kopf ein kleines Stück. »Ich habe deine Sachen von der Lichtung geholt. Und den Rest ...« Die Andeutung eines Schulterzuckens. »Wäre vielleicht nicht so gut, wenn sie irgendjemand dort finden würde. Inmitten von all dem Absperrband. Ein Pentagramm aus Salz ... Bergkristalle an den Spitzen ... In einem Kreis aus Salz ...« Ja, ich wusste, was ich auf der Lichtung zurückgelassen hatte. Danke auch. »Hexenkram eben.« Ach, ernsthaft? »Man hätte fast glauben können, irgendjemand hätte versucht, dort Hexerei zu betreiben?« Er hob fast übertrieben fragend eine Braue »Vielleicht einen Toten zu beschwören?« Wäre ich nie draufgekommen. »Auch wenn mir *die* Methode ziemlich neu wäre.« Irgendwie klang er spöttisch. Nicht mein Problem. Pointers machte einen Buckel, als er mit der Hand über ihren Rücken strich. »Wie gesagt: Du hättest dich besser von mir ins Krankenhaus fahren lassen sollen.«

Vielleicht. Vielleicht auch nicht. Der Gedanke, mich an einem Ort aufzuhalten, an dem so viele Menschen starben und schon gestorben waren, war mir nicht besonders verlockend erschienen. Nicht, nachdem ich gerade selbst versucht hatte einen Toten zu beschwören und dank meiner Kollision mit einem Auto nur bedingt geradeaus denken konnte.

Nur: Was war im Anschluss passiert? Möglichst unauffällig schaute ich mich um. So wie Luke ganz offensichtlich drauf war, würde ich ihm garantiert nicht noch zusätzlich in die Karten spielen und ihn direkt danach fragen.

Er hatte mich zurück zum Anwesen der Wittmores gebracht. Und irgendwie musste ich hierher in mein Zimmer und in mein Bett gekommen sein … Meine Sachen hatte ich noch an. Abgesehen von meinen Schuhen. Alles an mir schrie nach einer Dusche. Das Shirt war ein Fall für den Müll. Die Jeans ließen sich vielleicht noch retten. – Shabby Chic dann eben. Und ich musste mir etwas einfallen lassen, wie ich die Blut- und Erdflecken aus dem Bettzeug bekam. Auf dem Nachttisch neben dem Bett stand eine große Tasse. Leer. Daneben eine Schüssel, noch halb gefüllt mit einer leicht rötlichen Flüssigkeit …

Er hatte mir heißes Wasser besorgt und …

Mein Blick sog sich an der Tasse fest. Im Inneren stand

noch mein Teesieb ... Verdammt! Ich hatte ihn in die Kräuterküche des Richters geschickt ... Und ich erinnerte mich an den bitteren Nachgeschmack des Tees, weil er zu lange gezogen hatte ...

›*Was hast du ihnen gesagt? – Antworte mir, Castairs ...*‹

Schlagartig potenzierte sich mein mieses Gefühl deutlich.

»Was willst du?« *Und was habe ich dir erzählt, verflucht noch mal?*

»Was hast du ihnen gesagt?«

»Wem?« Ich schob mich ganz langsam zur Bettkante und ließ die Beine darüber gleiten. Selbst der Teppich brauchte eine Reinigung, »Was soll ich wem gesagt haben?« Okay, keine neue Seenotwarnung in meinem Kopf. Dafür schrien meine Rippen und mein Rücken Mord und Totschlag. Die Jeans waren bei genauerem Hinsehen doch ein Fall für die Tonne.

Er beugte sich vor. Pointers fauchte und sprang von seinem Schoß. Wir beobachteten beide, wie sie zu ihrem Kissen unter dem Fenster lief und sich dort mit ungehalten zuckendem Schwanz niederließ. Und wie auf Kommando sahen wir wieder einander an.

Seine Hände lagen sehr fest um den ausgebrannten Kristall.

»Wem soll ich denn was auch immer gesagt haben?«, wiederholte ich.

»Dem Richter und seinen Freunden.«

»Geht das noch ein bisschen genauer?« Wie ich solche Ratespielchen hasste. Aber solange ich nicht wusste, was ich *ihm* erzählt hatte, würde ich ihm nicht auf gut Glück irgendetwas sagen.

Sein Blick wurde gefährlich schmal. »Dass *ich* Schuld an Osbornes Tod bin.«

Bitte was? »Und wie sollst du das angestellt haben? Immerhin hatte er schon abgedrückt, als du dazugekommen bist.«

»Ich hätte ihm meine Tiere auf den Hals gehetzt.«

»Aha.« Nur, dass da weit und breit keine Tiere gewesen waren. Nur Osborne und ich. Und Sarah Warren. Was mich zum nächsten Punkt brachte: »Und wer sagt überhaupt, dass ich diesen Schwachsinn behauptet hätte? – Was ich nicht habe. Nur fürs Protokoll.«

»Der Richter.«

»Der Richter.« Ich versuchte gar nicht, den Spott aus meiner Stimme herauszuhalten, warf zugleich einen schnellen Blick auf meine Uhr. War ich mehr als vierundzwanzig Stunden weggetreten gewesen? Meine Blase sagte Nein. »Wann und wo?«

Luke hob eine Braue. »Nachdem ich dich verarztet hatte und selbst auf dem Weg unter die Dusche war, hat er mich abgefangen und in sein Arbeitszimmer zitiert. Er hat mich geradezu inquisitorisch befragt, was ich bezüglich Osbornes Tod genau gesehen hätte.« Er stützte die Ellbogen auf die Knie. »Und dann meinte er, es gäbe einen Zeugen, der gesehen hat, wie Tiere Osborne durch den Wald gejagt hätten. Und da ich ganz offensichtlich in der Nähe – um nicht zu sagen vor Ort – war ...«

»... ›*einen Zeugen*‹ ...« Ich stieß ein Zischen aus. »Aber er hat nicht gesagt, dass *ich* dieser ›*Zeuge*‹ war.«

Er schnaubte. »Du warst als Einzige dabei.«

Zumindest, was die Lebenden anging. Unwillig bleckte ich die Zähne. »Ich war es aber nicht. Was hätte ich davon, so einen Schwachsinn zu behaupten? Noch dazu dem Richter gegenüber. Warum sollte ich dir eins reinwürgen wollen? Nenn mir nur einen guten Grund.«

»Du bist eine Hexe.«

»Und das reicht als Grund?«

»Nach meiner Erfahrung schon.« Wieder ein Schnauben. Wütender als zuvor. »Und wenn dir das nicht als Grund genügt: Vielleicht willst du ja von dir ablenken. Immerhin verdächtigen sie dich ja schon, etwas mit den vorherigen Leichen zu tun zu haben. Und jetzt willst du mich –«

Mein Zischen war diesmal fast schon ein Fauchen. Und brachte ihn übergangslos zum Schweigen. »Ich sag das jetzt zum letzten Mal. Also sperr die Lauscher auf:

ICH.

WAR.

ES.

NICHT.

Glaub es oder lass es.«

»Und wer soll es sonst gewesen sein?«

»Na, so charmant wie du bist, gibt es garantiert jemanden, dem du auf die Zehen getreten bist.«

Der Laut, den er von sich gab, war mehr als eindeutig.

»Was willst du? Einen Eid auf die Bibel? Besorg mir eine und du kriegst ihn.«

»Als ob das für euch Hexen irgendeine Bedeutung hätte.«

»Wenn du so eine wahnsinnig hohe Meinung von uns hast, warum bist du dann überhaupt hier? Es steht nirgendwo geschrieben, dass Vertraute sich zwingend einer Hexe anschließen müssen.« Täuschte mich mein Gefühl, oder drehten wir uns im Kreis?

Wieder gab er diesen Laut von sich. Nur dass dieses Mal noch etwas anderes darin mitschwang. Etwas ... Bitteres? Was zum Teufel ging hier vor?

Mein Kopf fühlte sich an, als würde er jeden Moment platzen. Für eine Sekunde presste ich die Lider zusammen. Als keine Erwiderung kam, öffnete ich sie wieder. Sah zu Luke hinüber. Er hatte sich in seinem Sessel zurückgelehnt. »Was?« Ich klang deutlich gereizt.

»Weißt du was? Vielleicht warst du ja tatsächlich nicht dieser ›Zeuge‹.« Noch immer drehte er den Bergkristall in den Händen.

Ich hob eine Braue. »Ach? Und woher jetzt dieser Sinneswandel?«

»Weil du es mir selbst gesagt hast.«

›*Antworte mir, Castairs* …‹ »Was soll ich gesagt haben?«

»Dass du einen Geist gesehen hast. Als Osborne sich erschossen hat, kurz bevor du mir vors Auto gelaufen bist. Und zwar den Geist von Sarah Warren. Zugegeben, der Rest war ein bisschen verworren …«

Mein Knurren beendete seinen Satz. »Du mieser Bastard!«

Vollkommen unbeeindruckt hob er die Schultern. »Was kann ich dafür, wenn du die Wirkung deines eigenen Tees nicht kennst?«

Oh, natürlich kannte ich die Wirkung. Und die Nebenwirkungen. Nur zu gut. Vor allem, wenn man ihn auch nur ein bisschen zu lange ziehen ließ. Ich hatte nur nicht damit gerechnet, dass er solche Spielchen mit mir spielen würde.

»Okay. Und was genau heißt das jetzt? Was willst du von mir?«

»Hilf mir herauszufinden, wer dieser ›Zeuge‹ war.«

»Wie bitte?«

Wieder dieses Schulterzucken. »Du legst anscheinend keinen gesteigerten Wert darauf, dass der Richter von deiner missglückten … ›Séance‹ –« Wieder war da dieser spöttische Unterton. »– erfährt. Und dass dieser Geist hier herumspukt. – Meinetwegen. Dein Ding.« Er warf mir den Stein zu. Etwas ungeschickt fing ich ihn auf. »Aber ich will wissen, wer mir etwas anhängen will. Und da der Richter uns in dieser Sache offenbar beide im Visier hat, dachte ich, könnten wir uns vielleicht gegenseitig helfen.«

»Aha. Und was habe ich davon? – Außer, dass du dem Richter nichts von meiner …. ›missglückten Séance‹ oder von Sarah Warren erzählst?«

Wie zuvor beugte er sich vor und stützte die Ellbogen auf die Knie. »Ich gehe mal davon aus, dass du nicht auf diese Lichtung zurück wärst und dich in diesem Hokuspokus versucht hättest, wenn du nicht herausfinden wolltest, warum dieser Sarah-Geist hier ist.« Er machte eine dramatische Pause. »Und was Osborne mit diesem ›… *wir wollten nichts Böses …*‹-Gestammel gemeint hat. Und mit dem Rest von wegen deiner Mom und deinem Dad und Wittmore.« Erneut hob er die Schultern. »Ich bin schon länger hier als du. Vielleicht kann ich dir ja bei der einen oder anderen Sache von Nutzen sein. Und ein privater Chauffeur, der dir zur Verfügung steht, ist bestimmt auch nicht zu verachten. – Also?«

Ich musterte ihn einen sehr langen Moment. »Eine Hand wäscht also die andere.«

Mit einem kleinen Nicken hob er die Brauen. Ein winziges Stück. Wie fragend. »Wenn du es so ausdrücken willst.«

Wieder musterte ich ihn. Dann nickte ich meinerseits. »Okay. Deal.« Damit konnte ich leben … und alles musste er ja schließlich auch nicht erfahren. »Wo fangen wir an?«

Das Lächeln, das auf seine Lippen kroch, hatte etwas Kaltes. »Du bist die Hexe. Sag du es mir.«

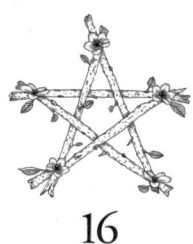

16

William

»Das kann nicht sein.« Die Hände in den Taschen seines Rocks vergraben, wanderte Will in der schmalen Gasse zwischen den beiden Lagerhäusern hin und her. Sarah hatte ihn abgefangen, als er aus der Schmiede gekommen war, und geschickt auf Distanz hierher gelotst. Was der pure Wahnsinn war. Wenn sie jemand zusammen sah ... – entsprechend ging sein Blick immer wieder sichernd zum Eingang der Gasse, während Sarah halb verborgen hinter ein paar Fässern auf der gegenüberliegenden Seite stand. »Niemand hier würde ...«

Ihr Kopfschütteln beendete seinen Satz. »Ich habe es selbst gesehen, Will: die Leichen von fünf Kindern. Auf einer Lichtung, westlich vom Anwesen der Howes. Sie waren an Händen und Füßen gefesselt. Ihre Kehlen waren durchschnitten. Eines der Mädchen trug sogar noch die Jacke, die ich ihm vor ein paar Tagen geschenkt habe. Da hat sie mit ihrem Bruder vor meiner Tür gestanden und nach Arbeit und Essen und einem Platz zum Schlafen gefragt. – Und jetzt ist sie tot – und alles stank unerträglich nach Bluthexerei.«

Die Lippen zu einem Strich zusammengepresst schüttelte auch er den Kopf. »Du musst dich irren, Sarah. Das kann nicht sein. Niemand hier würde einen solchen Frevel ...«

»Ich irre mich nicht, Will. Du musst mir glauben.« Jede andere Frau hätte flehentlich die Hände gerungen. Seine Sarah hatte die Hände zu Fäusten geballt und schob entschlossen das Kinn vor. Zorn in ihren grünen Augen. Wobei er sich nicht sicher war, ob auf ihn oder auf die Mörder dieser Kinder. Dennoch schüttelte er erneut den Kopf. Es gab niemanden hier, dem er solche Taten zutraute.

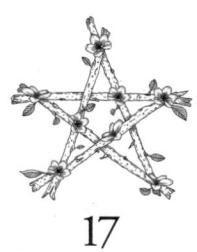

17

Finde den Fehler, Cassandra!

Die Sonne hatte es noch nicht geschafft, den Nebel zwischen den Bäumen vollständig zu vertreiben. Als wäre sie hier um einiges später aufgegangen als über dem Anwesen der Wittmores. Feucht und schwer hing er dicht über dem Boden, perlte auf Blättern und auf dem Absperrband, sammelte sich zu großen Tropfen und folgte der Schwerkraft Richtung Erde. Warum war mir zuvor nicht aufgefallen, wie dicht die Bäume hier standen? Meine Rippen und mein Rücken plädierten auf ein Korsett oder wenigstens eine große Dosis Schmerzmittel. Ersteres besaß ich nicht und das zweite ... Nein. Schmerzmittel vertrugen sich nicht besonders gut mit Castairs-Genen. Und die entsprechenden Nebenwirkungen konnte ich mir im Moment absolut nicht erlauben. Aber zumindest hatten meine Hände sich inzwischen so weit erholt, dass sie auch ohne unter den Verbänden nicht mehr wehttaten.

Ein bisschen umständlich duckte ich mich unter dem Plastikband hindurch. ›Wenn etwas nicht so läuft, wie du dachtest, dann geh zurück an den Anfang, Kind.‹, hatte Granny immer gesagt. Besagter Anfang lag allerdings vermutlich bei Sarah Warren. Da es aber nun mal nach den aktuell bekannten Gesetzen der Physik unmöglich war, in der Zeit zurückzureisen, musste es eben der nächstmögliche ›Anfang‹ sein: Osborne. Beziehungsweise der Ort, an dem er sich erschossen hatte.

Luke hatte ganze Arbeit geleistet, was das Beseitigen meiner Spuren anging. Man musste schon sehr genau hinsehen, um irgendwelche Salzreste zwischen dem dichten grünen Blätterteppich und den kleinen roten und weißen Blüten des Sandthymian auf dem Boden zu erkennen. Und was noch da war … es würde nicht mehr als einen kleinen Regenschauer brauchen, um auch noch den letzten Rest verschwinden zu lassen. Der Nebel trug jetzt schon seinen Teil dazu bei.

Luke hatte mich an der Straße rausgelassen und war dann weitergefahren, um den Porsche auf einem Feldweg in der Nähe abzustellen. Dort, wo er nicht direkt von jedem gesehen wurde. Was auch immer ich zu finden hoffte – ich sollte es gefunden haben, bevor er hier auftauchte.

Ganz langsam drehte ich mich um mich selbst. Versuchte alles um mich herum zu sehen. *Finde den Fehler.* Meine Steine hatten reagiert. Aber dann … Als hätte man bei Dads Lieblingsserie »Stargate« vergessen, die Iris des Portals zu öffnen. Oder sie sofort wieder geschlossen. Aber wie war das möglich …? Abermals drehte ich mich um mich selbst. Sarah war aufgetaucht. Und da war dieser Geruch gewesen ... Dieser Geruch, der sich in diesen beißenden Gestank gewandelt hatte ... *Finde den Fehler, Cass. Finde de-* ... Thymian! Irgendjemand hatte hier Thymian verbrannt. – Aber wer ... ›*Wittmore. Wittmore, er ...*‹ Hatte der Richter tatsächlich ein so großes Interesse daran, dass niemand mit Osborne sprach? Dass *ich* nicht mit Osborne sprach? Das ergab keinen Sinn. So wichtig konnte ich für ihn nicht sein. Vor allem dann nicht, wenn er tatsächlich davon ausging, dass ich bisher keinerlei Ausbildung in der Hexerei genossen hatte. Aber wenn doch? Was hatten er und all die anderen zu verbergen? Was hatte Osborne mit seinem »Wir wollten nichts Böses«-Gestammel und von wegen Mom und Dad gemeint? ... Der Richter musste sich auf jeden Fall ziemlich beeilt haben, um die entsprechenden Rituale ... – Um ein Haar hätte ich mir selbst mit der Hand vor die Stirn geschlagen.

Wie konnte ich nur so blind sein! Der Boden hier war bedeckt mit Sandthymian. Einem dichten Teppich davon. *Zu* dicht, als dass er innerhalb von nicht einmal 48 Stunden hätte so wachsen können. Diese Pflanzen mussten sehr viel älter sein. ›... geh zurück an den Anfang, Cassandra ...‹ Ich trat zurück, duckte mich unter dem Absperrband heraus. Sah mich erneut um. Wenn man wusste, wonach man suchte, war es offensichtlich ... »Seelenblume« hatte Granny die kleinen weißen Blüten manchmal genannt. Dann, wenn sie an ganz besonderen Stellen gewachsen waren. Auf den Gräbern von Toten. Toten, die nie richtig betrauert worden waren. Aber hier waren die Blüten nicht nur weiß. Die meisten davon waren rot. Tiefdunkel. Wie Blut. So wuchsen sie nur über Menschen, die gewaltsam gestorben waren. Gewaltsam und durch Hexerei. Dunkle Hexerei.

›*Sie* blockieren dich‹, hatte Sarah gesagt. ›Sie haben ihnen die Stimme genommen. Damit sie sie nicht verraten können.‹

Wenn man Thymian auf eine ganz besondere Art verbrannte, verströmte er diesen Gestank. Und es gab nur einen Grund dafür: um die Toten daran zu hindern, mit den Lebenden zu reden. Und umgekehrt. Rief man die Toten an einer solchen Stelle, kehrte der Geruch manchmal zurück.

Die ganze Zeit war ich davon ausgegangen, dass Sarah vom Richter und seinen Freunden sprach. ›… finde den Fehler, Cassandra …‹. Das hier war nicht das Werk des Richters oder seiner Freunde. Das hier war älter. Viel älter. – Vielleicht war ich tatsächlich bis an den Anfang zurückgegangen. Hierher.

Ganz langsam ließ ich mich auf die Knie sinken. Beugte mich vor. Spreizte die Finger. Schob sie zwischen die Blätter und Knospen des Sandthymians. Versuchte möglichst viele der roten und weißen Blüten zugleich zu erreichen. Atmete ein paar Mal tief ein und aus. Das Brennen erwachte in meinen Händen. Vielleicht war es ja gut, dass meine Handflächen verbunden waren. Dass mir nur die Finger blieben. Da war eine Baumwurzel unter den Blüten ... Ich legte die Fingerspitzen auf sie, schickte das Brennen zu ihr ...

Es strich über meine Haut.

*Castairs ...

Hexe ...* Wie ein Flüstern. Etwas, das man hörte, ohne es verstehen zu können. Oder sich daran erinnern.

Ich schloss die Augen. Atmete tief und lang aus.

Ein.

Aus ...

*Castairs ...

Schwester ...* Die Wurzel regte sich. Streckte sich. Weiter hinein in die Erde. In die Dunkelheit. Der Gang eines Maulwurfs. Sein Bewohner duckte sich. Schnupperte. Schnaufte. Huschte davon.

Vorbei an anderen Wurzeln. Flüstern. Raunen. Mehr regten sich. Streckten sich ...

Streckten sich ...

Bleich und weiß ...

Manche zerbrochen ...

Leere Höhlen ...

Fetzen von vermodertem Stoff ...

Mit einem Keuchen riss ich die Hand zurück. Und begegnete Lukes Blick quer über die Lichtung hinweg. Zwischen seinen Brauen stand eine scharfe Falte.

»Alles okay?«

Ich holte zittrig Luft. Hatte ich irgendwann aufgehört zu atmen? Nickte.

Die Falte vertiefte sich. Aber er sagte nichts.

Umständlich und steif stand ich auf, klopfte mir Erde und Gras von den Knien. Wenn ich wirklich wissen wollte, was hier geschehen war, gab es nur eine Möglichkeit: »Du hast nicht zufällig eine Schaufel oder so in deinem Auto?«

Hatte er tatsächlich. Die Frage, wofür er so etwas in seinem Wagen herumfuhr, verkniff ich mir lieber. Und solange er mich ebenso wenig explizit nach etwas fragte, hielt ich es wie König Haggard: »Meine Geheimnisse hüten sich selbst: Hüten sich auch die deinen?«

Als ich ihm den kleinen Klapp-Spaten aus der Hand nehmen wollte, schnaubte er nur abfällig. »Sag mir einfach, wo ich graben soll.«

Mein Problem war: Ich hatte nur eine vage Ahnung davon, wo wir suchen mussten. »Versuch es da, wo mein Salzkreis gewesen ist. Und vielleicht sollten wir die obere Schicht mit den Pflanzen nicht zu sehr beschädigen …« Wahrscheinlich wäre es intelligent, nicht allzu viele Spuren zu hinterlassen. Immerhin standen wir inmitten des gelben Tatortbandes des Sheriffs. Und es war auch nicht ganz ausgeschlossen, dass Wittmore oder einer seiner Freunde hier noch einmal auftauchten und sich umsahen …

Für einen Moment musterte Luke mich. Nickte dann. »Okay.« Gut möglich, dass er zu dem gleichen Schluss gekommen war wie ich. Doch als ich mich nach dem ersten abgestochenen Stück bücken wollte, ließ er ein unwilliges Schnalzen hören. »Was soll das werden?«

»Ich will dir helfen.«

Dieses Mal stieß er ein hartes Lachen aus. »Ja, klar. Kann sich kaum bewegen, aber will mir helfen.« Er fuchtelte mit dem Spaten. »Setz dich da drüben unter den Baum und halt die Klappe.«

Wie bitte? Ich vergaß, den Mund wieder zu schließen.

Ohne mir auch nur einen Hauch mehr Beachtung zu schenken, hob er das Grasstück auf und trug es beiseite. Eine Sekunde starrte ich auf seinen Rücken, überlegte, ob ich ihm erklären sollte, was ich davon hielt, wenn man mich herumkommandierte. Ich ließ es. Wenn ich ehrlich war, wollte ich genau das: mich einfach irgendwo hinsetzen und für einen Moment nichts tun. Den bösen Blick an seine Adresse, als er sich wieder umdrehte, konnte ich mir trotzdem nicht verkneifen. Er quittierte ihn mit einem halben, herablassenden Lächeln, dann machte er weiter.

Sie lagen nicht besonders tief. Ich rappelte mich von meinem Platz unter dem Baum auf und trat an den Rand des Absperrbandes, als er in die Knie ging und mit den Händen begann, Erde beiseite zu wischen.

Je länger es dauerte, umso langsamer wurden seine Bewegungen.

Und umso mehr stieg mir die Galle in der Kehle empor.

Schließlich richtete er sich langsam wieder auf. Wich ein

paar Schritte in meine Richtung zurück. Für den Bruchteil eines Moments ging sein Blick zu mir. Ich sah, wie er die Zähne zusammenbiss …

»Eins – zweidrei – vier …« Seine Hand bewegte sich wie in Zeitlupe durch die Luft, »… fünfsechs – scheiße, das kann doch kaum mehr als ein Säugling gewesen sein – sieben …«, deutete auf einen fahlweißen Schädel nach dem anderen, »… acht.« Er drehte sich heftig zu mir um. »Acht! Hier liegen acht Leichen. Leichen von Kindern. Kinder!« Sein Ton wurde immer schärfer. Und wilder. »So klein wie die Knochen sind, noch nicht mal Teenager.« An seiner Wange zuckte es. »Hast du das gewusst?«

»Neun.« Ich wies auf einen Schädel, den er ausgelassen hatte. Der bittere Gestank schien wieder in der Luft zu hängen. Zumindest für mich. »Nein, hab ich nicht.«

»Aber du konntest mir sehr genau sagen, wo ich graben muss …« Er bückte sich zu den Knochen, die ihm am nächsten lagen, wischte noch mehr Erde beiseite. Holte scharf Luft, stieß sie mit einem Zischen wieder aus. »So wie die Handgelenke liegen, war zumindest das Kind hier gefesselt. Gefesselt, Cassandra.« Er beugte sich ein Stück zur Seite, schob auch hier Erde weg. »An Händen *und* Füßen.« In der gleichen Bewegung, mit der er sich aufrichtete, drehte er sich erneut zu mir um. »Was zum Teufel ist das hier, Castairs? Ein verdammter Friedhof?« Seine Hände hatten sich zu Fäusten geballt. »Was ist mit diesen Kindern passiert?«

Mein Rücken protestierte erneut überdeutlich, als ich

mich neben Luke unter dem Tatortband hindurchduckte. »Ich weiß es nicht.« *Bist du sicher, Cass? Oder willst du es nicht wissen, obwohl du es eigentlich ganz genau weißt?*

Luke schnaubte verächtlich.

Fast übertrieben langsam kniete ich mich hin. Beugte mich vor. Die Knochen selbst waren unversehrt. Zumindest soweit ich das beurteilen konnte. Ich streckte die Hand aus, berührte sie. Ein Unterarm. Ein Rest modriger Stoff hing noch daran ... und etwas ... Dunkles. Nicht zu sehen. Wie besudelt. Das sich nach mir ausstreckte. In meine Finger fraß. Weiter.

In mich hinein.

Schwarz.

Böse.

Immer weiterfraß.

Der Boden drehte sich unter mir.

Ich schaffte es gerade noch, mich in der Erde abzustützen. *Das Kleid bauscht sich um meine Knie. Die Steine glühen. Tiefrot. Für den Bruchteil eines Herzschlags ist da ein Flüstern. Ein Weinen.*

Schreien.

Wimmern.

Murmeln.

Hexerei. Schwarz. Böse. Blutmagie ... Auf der anderen Seite der Lichtung ein Rascheln. Äste knacken ... Ich reiße den Blick los ... »Catherine ...« Sie dreht sich um, rennt davon ... Ich taumelte hoch. Knickte um, stolperte irgendwie zur Seite, weg von den Leichen, ehe ich mich übergab. Wieder und wieder. Bis nur noch Galle kam ...

Wie durch Watte registrierte ich, dass Luke neben mir war. Sein Arm um meine Mitte lag. Verhinderte, dass ich vornüberkippte. »Verdammt. Du hast doch eine Gehirnerschütterung!«

»Deck sie wieder zu!«

»Was?«

»Deck sie wieder zu! Bei allem, was dir heilig ist, deck sie wieder zu!«

Ich spürte sein Zögern. Und dann ließ er mich los, packte den Spaten und warf hastig die Erde zurück über die Leichen. Die Fragen würde er später stellen. Da hielt ich jede Wette. Aber wahrscheinlich kannte er die Antwort bereits. Genauso wie ich.

Ich atmete ein paar Mal langsam tief ein und aus. Die Übelkeit wollte nur allmählich nachlassen.

Wie hatte ich nur so dumm sein können. Granny und Mom hätten mir sicher ein paar Takte dazu erzählt, wenn sie hier gewesen wären. Wahrscheinlich drehten sie sich gerade im Grabe um oder leugneten auf der anderen Seite, dass sie überhaupt mit mir verwandt waren. An einer solchen Stelle fröhlich drauflosbuddeln. Und dann auch noch eine der Leichen berühren. Einfach so. Wenn man genau wusste, dass das, was einen erwartete, nichts mit weißer Hexerei zu tun hatte. *Ganz toll, Cassandra. Gaaaaanz toll. – Sechs, setzen!*

Luke klopfte das letzte Stück Erde fest, dann kam er wieder zu mir herüber. Ich stemmte mich vom Boden hoch.

»Also gut, Castairs: Osborne erschießt sich genau an der Stelle, an der über ein halbes Dutzend Kinderleichen verscharrt sind. Ein Geist jagt dich mir vors Auto und du kotzt dir die Seele aus dem Leib. – Und ich möchte wetten, dass du diese Sarah Warren gerade schon wieder gesehen hast. – Ganz nebenbei sagst du mir sehr genau, wo ich graben muss, um die Leichen zu finden.« Er rieb die Erde mit dem Absatz vom Schaufelblatt. »Was weißt du, was ich nicht weiß?«

»Auch nicht mehr als du.«

Wieder stieß er dieses Lachen aus. »Ja, klar. – Versuch's noch mal, Pinocchio.«

Ich klopfte mir die Erde von den Händen. »Okay, Sherlock, dann erzähl ich dir mal, was ich weiß: Hier liegen die Leichen von neun Kindern. – Zumindest haben wir so viele gefunden. – So wie sie aussehen, liegen sie hier schon ziemlich lange. Ich bin nicht Temperance Brennan, aber wenn ich raten müsste, würde ich sagen, sie stammen aus der Zeit von Sarah Warren. Was uns zu der Frage bringt, warum dieser Osborne sich ausgerechnet hier erschossen hat. Was hat Sarah Warren damit zu tun? Hat sie überhaupt etwas damit zu tun oder war es nur Zufall? – Und was ich mich noch frage: *Falls* sie etwas mit Osbornes Tod zu tun hat, hat sie dann auch etwas mit den Toten der letzten Wochen zu tun?« Ich schnippte mit den Fingern. »Ach ja, ich vergaß: Und ich konnte dir nur deshalb so halbwegs genau sagen, wo du graben musst, weil es relativ logisch war, dass sie unter dem Sandthymian liegen müssen. – So ein Hexending, du weißt schon.« Ich legte den Kopf ein kleines Stück zur Seite. »Und was machen wir jetzt daraus, Sherlock?«

»Abgesehen davon, dass diese Kinder mit ziemlicher Sicherheit *ermordet* wurden?« In einer perfekten Imitation meiner Bewegung legte er ebenfalls den Kopf schief und schnippte wie ich zuvor mit den Fingern. »Wir sollten wohl der Bibliothek des Richters einen Besuch abstatten.«

Dieses Mal stieß ich ein Lachen aus. »Und du glaubst wirklich, dass da in irgendwelchen Chroniken die *tatsächlichen* Fakten stehen?« Ansonsten keine hohe Meinung von uns Hexen, aber hier würde Luke uns vertrauen? »Und auch ausgerechnet noch in der Bibliothek des Richters?« Wenn man Blutmagie betrieb, hinterließ man keine Spuren. »Träum weiter, Prince Charming.«

»Und was schlagen Mylady stattdessen vor?«

»Lass es mich mit meinen Quellen versuchen.«

»Die da wären?«

John Patrick Mason. Aber das ging ihn nichts an. Also hob ich anstelle einer Antwort nur eine Braue.

Sein Schnauben war verächtlich. »Hätte ich mir ja denken können.«

18

Meine Füße waren nass. Meine Schuhe baumelten lose von meinen Fingern. Das Gras in Grannys Garten war immer mindestens Knöchel hoch gewesen. In einigen Ecken hatte es mir sogar bis über die Knie gereicht. Ungebändigt und voller Leben. Wenn man Pech hatte, gab der Boden an manchen Stellen ein kleines Stück unter einem nach, sobald man darauf trat, weil eine Kaninchen- oder Mäusefamilie genau hier zu eifrig im Hausbau und Gänge-Graben gewesen war.

Das Gras auf dem Anwesen der Wittmores war ordentlich getrimmt und kurz geschnitten. Gezähmt. Und doch war da immer noch Leben. Genau das, was ich nach dieser Lichtung mit den Leichen gebraucht hatte.

Ich hatte Luke dazu gezwungen, mich am Anfang der Zufahrt zum Haus der Wittmores aus dem Auto zu lassen. Wenn ich eines nicht tun würde, dann in Reichweite fremder Ohren mit John telefonieren. Und Wittmore und Co. verraten, dass ich nach wie vor in Kontakt zu ihm stand. John Patrick Mason war vieles: zuerst Grandpas Freund

und Waffenbruder, später Grannys »Anwalt«, dann auch der von Mom und Dad und heute ihr Testamentsvollstrecker und der Verwalter meines Erbes. Ein Bibliomane vor dem Herrn, der Grannys Bibliothek besser kannte als ich und der sie vorsorglich nach ihrem und Moms Tod in den Tiefen seiner eigenen hatte »verschwinden« lassen, ehe sie irgendwelche Begehrlichkeiten bei solchen Leuten wie dem Richter hatte wecken können. Ein Mann, der seinen Martini geschüttelt, nicht gerührt trank, schnelle Autos mochte, sein Leben auch ansonsten in vollen Zügen genoss und in seiner inoffiziellen Vita mehr blinde Flecken hatte als mancher Pate. Und der trotzdem immer für mich da gewesen war. Selbst in meiner »rebellischen« Phase. Granny hatte ihm blind vertraut und einen großen Teil ihrer Geheimnisse mit ihm geteilt – gegen jedes Gesetz der Coven.

Er war derjenige, der nach ihrem Tod auf den Cayman Islands und in der Schweiz Konten für mich eingerichtet hatte. Von denen nur er und ich wussten und die sicherstellten, dass ich zu jeder Zeit über mehr als genug Geld verfügte, um notfalls einfach verschwinden zu können. Und der für mich an jedem Ort, an den sie mich bisher weitergereicht hatten, in einem Bankschließfach die entsprechenden Papiere hinterlegt hatte. Ein Mann mit Beziehungen, die weiter reichten, als man in der Regel vermutete. Und der diese Beziehungen auch ohne Skrupel spielen ließ. Nur eines war er nicht: eine Hexe. Was mehr als gut war, denn damit war er nicht auf dem Radar der Hexen. – Eines war jedenfalls sicher: Wenn es ein Buch gab, in dem etwas über die Leichen auf dieser Lichtung stand, kannte er es. Oder zumindest wusste er, wo er suchen musste. Oder welche seiner eigenen Quellen er anzapfen konnte, wenn er in Grannys Büchern nichts fand.

Seine erste Frage, als er ans Handy gegangen war, lautete: ›Soll ich dich abholen?‹ Um ein Haar wäre ich in schallendes Gelächter ausgebrochen. Das war so typisch für John. – »Onkel John«, wie ich ihn nennen durfte, nachdem er mich mit 15 aus einer Biker-Bar gezogen hatte. Gegen meinen Willen – und auch den meiner neuen »Freunde« – aber erst, nachdem er mit den Typen dort mehrere Bier getrunken und diverse Runden Billard gespielt hatte. Die nie damit gerechnet hatten, dass dieser gepflegte Kerl mit den weißsilbernen Haaren sie dabei mit Leichtigkeit abziehen würde. – Ich war sehr versucht gewesen, ›Ja‹ zu sagen, nur um das Gesicht des Richters zu sehen, wenn er hier aufgetaucht wäre. Ich hatte es mir verkniffen und ihm versichert, dass es mir gut ging. Zumindest für den Moment hatte er nicht darauf bestanden, sich persönlich davon zu überzeugen.

Er hatte sich meinen Bericht über das, was geschehen war, ruhig angehört. – Wobei ich geflissentlich meinen Zusammenstoß mit Lukes Porsche »vergessen« hatte. – Hatte erklärt, was wir gefunden hatten, und ihn gebeten, nach irgendwelchen Hinweisen auf verschwundene Kinder zu

Sarah Warrens Zeiten zu suchen. – Auf seine leicht sarkastisch, britisch humorige Art machte er mir nicht sonderlich viele Hoffnungen, dass er tatsächlich etwas herausfinden könnte. Denn wenn die dafür verantwortlichen Hexen schlau gewesen waren – was anzunehmen war – dann hatten sie sich seiner Meinung nach nicht an den Kindern aus der Gegend vergriffen, sondern sich an irgendwelche Streuner oder vielleicht sogar Sklaven- oder Indianerkinder gehalten. – Blut war Blut, Hexerei interessierte sich nicht für irgendwelche Ethnien. Und leider war es nicht sehr wahrscheinlich, dass deren Verschwinden in einer Chronik oder Ähnlichem erwähnt worden war. – Wo er recht hatte, hatte er bedauerlicherweise recht. Aber er hatte mir versprochen, mir zu schicken, was auch immer er fand, und sei es nur der Hauch eines Hinweises.

Auf seine Frage: ›Kann ich sonst noch etwas für dich tun, Cassy?‹, war es mir rausgerutscht. ›Kannst du mir Grandpas Ring schicken?‹ Anscheinend hatte mein Hirn kurzfristig ausgesetzt. Für eine Sekunde hatte am anderen Ende der Leitung tatsächlich so etwas wie verblüfftes Schweigen geherrscht. Hatte ich etwas anderes erwartet? Ernsthaft? John kannte sich nun mal mit meinesgleichen aus, und er wusste nur zu gut, was Grandpa gewesen war und was es mit seinem Ring auf sich hatte. Sein: ›Gibt es da etwas, das du mir sagen möchtest, Cassandra?‹, hatte vollkommen harmlos geklungen. Sollte ich aber jetzt anfangen zurückzurudern und zu drucksen, würde er erst recht Fragen stellen. Und John war schlimmer als die spanische Inquisition. Entsprechend hatte mein ›Im Moment noch nicht‹ bei ihm auch nur ein leises, spöttisch wissendes Lachen ausgelöst. ›Ich schicke ihn dir. Am besten postlagernd, damit Wittmore nichts davon mitbekommt.‹ John, umsichtig wie immer. ›Du denkst daran, dass am Logan Airport alles für deinen Rückflug bereit liegt, Süße? Ticket, Papiere ... alles da. Dein Flug geht um 4:00 Uhr. Falls du doch früher dort wegwillst, genügt ein Anruf, und ich buche dich auf einen anderen Flug um. Auch kurzfristig.‹ Ja, natürlich dachte ich daran. Und ich konnte es kaum erwarten. In der Nacht von Halloween war ich um Schlag Mitternacht aus dieser ganzen Nummer raus und endgültig meine eigene Herrin. Jegliches Herumgereiche oder die Begehrlichkeiten der Coven waren damit Geschichte. Endgültig. Ob es ihnen passte oder nicht. Aber vor allem war ich auf ihre Reaktion gespannt, wenn sie herausfanden, dass Granny sie selbst aus dem Grab heraus noch an der Nase herumführte. Sein leicht spöttischer Nachsatz – ›Ich gehe mal nicht davon aus, dass du vorhast, länger bei Wittmore zu bleiben‹ – hatte mir dann doch ein Lachen entlockt. ›Und du sagst mir Bescheid, wenn es aufwärts regnet, ja?‹ ›Aus Erfahrung weiß ich, dass bei euch Castairs auch so etwas im Rahmen des Möglichen läge.‹ Ich hatte sein Grinsen geradezu sehen können. Und auch, wie er wieder ernst wurde. ›Halt die Ohren steif, Mädchen. Und mach keine Dummheiten.‹ ›Du kennst mich doch.‹ Wieder ein leises Lachen. ›Eben. – Ich melde mich.‹ Damit hatte er aufgelegt.

Ich hatte das Handy in die Gesäßtasche gleiten lassen und mich endgültig auf den Weg zum Haus gemacht.

Ich sah nach oben, zu dem runden Bleiglasfenster unter dem Giebel des Dachbodens. Da war eine Frage, die in meinem Kopf immer wieder aufpoppte: Warum waren die Seiten über Sarah Warren eigentlich aus diesem Buch herausgerissen worden? Und wann? War es schon länger her oder erst vor Kurzem passiert? Und von wem?

An einem der Fenster darunter – ich vermutete Anns – bewegte sich eine Gardine. Hatte sie die Seiten herausgerissen? Und wenn ja, warum? Oder war es Wittmore gewesen? Mein kurzes Kopfschütteln galt mir selbst. Irgendwie drehte ich mich im Kreis und kam dabei keinen Schritt weiter.

Meine Füße hinterließen feuchte Abdrücke auf den Fliesen der Terrasse. Die Glastür zum Arbeitszimmer des Richters war nur angelehnt. Die Stimmen, die durch den Spalt nach draußen drangen, nicht zu überhören. Seine Ehren. Und Luke.

»… ich dachte, ich hätte mich klar ausgedrückt, was die kleine Castairs angeht.« Der Ton des Richters war scharf und hart. Instinktiv machte ich einen Schritt zurück, näher an die Mauer heran. Wenn es um mich ging, mussten sie nicht wissen, dass ich mithörte.

»Das hatten Sie, Sir …« Unwillkürlich hob ich die Brauen. Ich hätte nie gedacht, dass Luke so … klein klingen könnte. »Aber ich kann sie ja kaum …«

»Wie du das anstellst, ist mir gleichgültig. Und wenn du mit ihr ins Bett steigen musst, um sie gefügig zu machen, ist mir das auch egal. Du weißt, bis wann die Rituale vollzogen sein müssen.«

Ich holte sehr langsam Luft und stieß sie ebenso langsam wieder aus. So viel also dazu. »Aber ich habe mir nicht die ganze Mühe gemacht, nur damit du es letztlich verpfuschst.« Mühe? *Wir wollten das nicht, Mädchen. … wir wollten nichts Böses … Deine Mom und dein Dad … Wittmore. Wittmore, er …* Meine Hände schlossen sich zu Fäusten. Hart. So hart, dass ich den Schmerz schon nicht mehr spürte. Das Feuer, das schlagartig in meinen Handflächen brannte, dafür aber umso mehr. »Sieh zu, dass sie anfängt, sich der Hexerei zu widmen. Es sei denn, du willst zurück nach Seven Trees. Dieses Mal dann allerdings endgültig.«

Stille. Sekundenlang.

Schließlich: »Ich habe verstanden, Sir. – Was ist mit Ann?«

»Was soll mit ihr sein? – Die Macht der kleinen Castairs ist für unseren Coven wichtig, nicht meine unfähige Tochter.«

»Wie Sie meinen, Sir. – War es das?«

Wieder Stille. War das eben die Tür des Arbeitszimmers

gewesen, die ins Schloss geklackt war? Die Stille blieb. Nur ganz allmählich schaffte ich es, die Fäuste wieder zu öffnen. Wagte einen schnellen Blick an der Mauer vorbei ins Innere. Soweit ich das erkennen konnte, saß der Richter an seinem Schreibtisch, in irgendwelche Papiere vertieft. Allein.

Allein!

Ich könnte …!

Nein! Es fiel mir schwer, das Feuer zurückzudrängen. Die Wut. *Ernsthaft, Cassandra? Reicht dir tatsächlich nicht, was du gehört hast? Soll er dir ein Geständnis unterschreiben? Er hat etwas mit Moms und Dads Tod zu tun. Warum sonst wären sie nicht aus dem Feuer herausgekommen? Du hast es doch die ganze Zeit schon gewusst. Irgendwie zumindest. Und auch Grannys Tod. Warum sonst wäre sie bei ihrem Unfall ertrunken? Was brauchst du noch?*

Nein! Ich atmete tief ein. Nicht nur auf einen Verdacht hin. Ich brauchte Beweise.

Und ich würde sie finden.

Lautlos trat ich zurück, weg von der Tür. Ich war nicht daran interessiert, dass irgendjemand herausfand, dass ich dieses Gespräch mitangehört hatte. Was bedeutete, dass ich auch nicht den Weg über die Terrasse ins Haus nehmen würde.

Und was diese »Rituale« anging … Es gab Rituale, die eine Hexe vor ihrer Initiation an einen Coven binden konnten. Granny hatte mir davon erzählt. Und mich auch gewarnt, dass meine Macht diese Begehrlichkeiten wecken könnte – nein, würde. Allerdings gab es dafür einige Bedingungen. Ich konnte mir das feine Lächeln nicht verbeißen. Nun, der Richter würde zu All Hallows' Eve eine kleine Überraschung erleben.

Und Luke ... ich presste die Lippen zu einem dünnen, harten Strich zusammen. So viel also zu unserem Handel. Aber gut. Dieses Spiel konnten zwei spielen.

Vor der Haustür glitt ich wieder in meine Schuhe. In der Halle war es dämmrig und kalt. Und still. Von Luke keine Spur. So sehr mir der Weg durch das Gras auch geholfen hatte: Ich wollte eine Dusche. Möglichst heiß. Und frische Sachen. Wobei ich ernsthaft mit dem Gedanken spielte, diese hier in den Müll zu werfen.

Am Ende der Treppe zum ersten Stock begegnete mir Ann. Sie nickte mir mit einem kleinen »Hi!« zu, doch der Blick, mit dem sie an mir vorbeiging, war seltsam ... eisig. Ein Teil von mir fragte sich plötzlich, ob sie ebenfalls etwas von dem Gespräch zwischen ihrem Vater und Luke mitbekommen hatte. So unwahrscheinlich das auch war.

»Ann!«

Sie blieb ein paar Stufen unter mir stehen. Drehte sich zu mir um und sah mich abwartend an.

›*Nur um eins klarzustellen: Ich bin nicht an Luke interessiert. Nicht, dass da irgendwelche Missverständnisse zwischen uns entstehen.*‹ – *Ja, klar Cassandra.* »Ich dachte nur ...

vielleicht können wir bei Gelegenheit mal was zusammen machen. Einen Kaffee trinken gehen oder so. Vielleicht auch Kino. Mädelskram ...« *Grandios, Castairs, gaaaaaanz grandios. Entweder denkt sie, du willst etwas von ihr, oder sie hält dich für bescheuert. Oder beides. Im Improvisieren warst du auch schon mal besser.*

Für den Bruchteil einer Sekunde huschte etwas über ihre Züge, das ich nicht deuten konnte. Dann nickte sie. »Okay.«

Okay? Irgendwie hatte ich eine andere Reaktion erwartet. Ich schob die Hände in die Taschen meiner Jeans. »Okay. Dann ... bei Gelegenheit ...«

Sie nickte erneut. »Okay. – Du entschuldigst mich, ich bin mit Izzy verabredet. Zum Shoppen.« Damit drehte sie sich um und ging weiter die Treppe hinunter. Ich sah ihr nach, bis sie aus der Haustür verschwunden war. *Super gemacht, Castairs. Absolute Weltspitze.* – Ich drückte die Hände noch tiefer in die Hosentaschen. Warum hatte ich nur das Gefühl, dass hier irgendetwas nicht stimmte? Mal abgesehen von dem, was der Richter offenbar an Intrigen durchzog.

Mein Blick wanderte die Treppe hinauf. Gewöhnlich dauerte Shoppen seine Zeit. Und je nachdem, wo sie sich mit Izzy traf, konnte das noch ein bisschen länger dauern ...

Wenn sich eine Gelegenheit bot, sollte man sie nutzen. Und wer wusste schon, wann ich wieder die Chance bekam, die fehlenden Seiten in Anns Zimmer zu suchen. Die Dusche würde warten müssen.

Ich klopfte leise an, wartete, ob eine Reaktion kam, legte die Hand auf die Klinke und drückte sie vorsichtig hinunter, als es still blieb. Vorsicht war die Mutter der Porzellankiste. Ohne die Kissen und Decken, die bei der Pyjamaparty auf dem Boden verteilt gewesen waren, wirkte Anns Zimmer noch größer. Und irgendwie kalt. Aufgeräumt.

Ich drückte die Tür hinter mir zu, ohne sie tatsächlich ins Schloss schnappen zu lassen, damit ich Schritte draußen auf dem Korridor notfalls rechtzeitig hörte.

Der erste Ort, der mir zum Suchen einfiel, war Anns Arbeitsecke. Und trotzdem zögerte ich, als ich davorstand. Was ich vorhatte, war eigentlich ein absolutes No-Go. *Aber es ist okay, eine Hexe durch einen Vertrauten gefügig machen zu wollen? – Nur dass Ann nichts damit zu tun hat. – Aber du willst Antworten. Was sich übrigens erledigt hat, wenn du noch viel länger hier herumstehst und sie dich erwischen.* Was das Letzte war, das ich wollte.

Ich ließ die Hände über das Leinentuch gleiten, für den Fall, dass Ann die Seiten einfach darunter geschoben hatte … Nichts. Wäre auch zu einfach gewesen. Auch der Blick unter das Tuch auf die Unterseite des Tisches: Fehlanzeige. Dabei sah man in irgendwelchen Krimis so oft, dass wichtige Beweise ausgerechnet da festgeklebt worden waren. Also weiter.

Ich versuchte schnell und gleichzeitig gründlich zu sein. Dabei hielt ich immer wieder inne, um zur Tür hin zu lauschen. Auf dem Korridor war es ruhig. Ich griff nach den Kerzen auf den oberen Borden, hob eine nach der anderen an, tastete darunter und dahinter. Nichts. – Aber das Kästchen mit dem Messer war nicht mehr da ...

»Anscheinend hatten wir beide die gleiche Idee.«

Ich fuhr mit einem Keuchen herum. Stieß den Bunsenbrenner mit dem Ellbogen vom Tisch. Luke fing ihn auf, ehe er zu Boden krachen konnte.

»Himmel, willst du mich zu Tode erschrecken?«

Ein verächtliches Schnauben. »Das nächste Mal rufe ich dich vorher an, wenn ich hinter dir stehe.« Er stellte den Bunsenbrenner an seinen Platz zurück.

»Was willst du hier?«

»Nachsehen, ob Ann irgendetwas verbirgt, das interessant sein könnte und uns einen Hinweis liefert. – Und wonach suchst du?«

»Nach dem Gleichen wie du.«

Er hob eine Braue.

Nein, ich würde ihm nicht mehr Informationen geben, als ich unbedingt musste. Nicht, nach dem, was ich mit angehört hatte. Ich wandte mich um und stellte die Kerze an ihren Platz zurück. Und verkniff mir den Kommentar, als er an mir vorbeigriff und sie ein Stück weiter nach rechts rückte. Als er mich wieder ansah, war seine Braue noch ein Stückchen höher gerutscht. Auch wenn es schwerfiel, irgendwie schaffte ich es, seinen Blick zu ignorieren.

»Du kennst sie besser als ich: Wo könnte Ann noch Dinge verstecken, von denen sie nicht will, dass andere sie finden?« Ich strich das Leinentuch glatt, um die letzten Spuren meiner Suche zu beseitigen – und danach stand es knapp unter der oberen Kante ein kleines Stück ab …
»Warte mal …« Ich schlug es hoch. Na, sieh mal einer an … Anns Arbeitstisch ließ sich bei Bedarf ausziehen. Was bedeutete, dass da noch mal jeweils die beiden Hälften einer zweiten Tischplatte unter der durchgängigen oberen waren. Dazwischen war ein Spalt. Und aus dem ragte eine Ecke vergilbtes Papier heraus. Ich ging in die Hocke, tauchte dann unter den Tisch, zog dabei mein Handy aus der Hosentasche, öffnete die Taschenlampe und leuchtete in den Spalt. *Bingo*. Allerdings kam ich auch von hier nicht richtig an die Seiten. Und ob sie es überstanden, wenn man einfach an einem Eck zog, war fraglich. Zumindest wollte ich da kein Risiko eingehen. »Kannst du die obere Platte ein bisschen anheben?«

»Mit oder ohne Bruch?«

»Was?«

»Vergiss es. – Warte mal kurz.«

»Worauf?« Wir hatten ja auch alle Zeit der Welt.

»Wirst du sehen.«

Gleich darauf ein Klicken, wie von einer Handykamera. Ein zweites und drittes Mal. »Sekunde noch.«

Über mir scharrte es auf der Platte. Es klirrte kurz. Dann: »So. Okay. Auf drei, wenn du fertig bist.«

»Mach schon. Ich will hier wieder raus sein, ehe Ann zurückkommt.«

»Wie Sie wünschen, Mylady. – Drei.«

Um ein Haar hätte ich ihm sehr deutlich die Pest an den Hals gewünscht. Stattdessen bemühte ich mich hastig, die Seiten aus dem Spalt zu fischen. Schwierig mit nur einer Hand, wenn man kaum mit den Fingerspitzen drankam und sie obendrein nicht beschädigen wollte. Über mir klirrte es auf der Tischplatte.

»Beeil dich. Das Ding ist schwer.«

Ich leuchtete noch einmal in die Spalte. Anscheinend hatte ich alle Blätter. »Okay.«

Mit einem deutlichen Ächzen ließ Luke die Platte auf ihren Platz zurückgleiten. Diesmal klirrte es sehr viel lauter.

Ich kam wieder unter dem Tisch hervor … »Shit!« Auf ihm herrschte Chaos. »Ich hoffe wirklich, du hast eben tatsächlich Fotos davon gemacht, wie es vorher ausgesehen hat.«

»Hab ich. Keine Sorge.« Er räumte zwei umgefallene Kerzen beiseite, damit ich die Seiten auf den Tisch legen konnte. Auch wenn ich nicht mehr genau im Kopf hatte, wo die Passage im Buch oben auf dem Dachboden geendet hatte: Anscheinend waren das hier tatsächlich die Seiten, die fehlten.

... am 27. Oktober 1789 angeklagt des Mordes durch schwarze Hexerei an den ehrenwerten William Ca...

Wie bitte?

»Warum habe ich nur den Eindruck, dass du genau danach gesucht hast?«

Irritiert sah ich Luke an. *... angeklagt des Mordes durch schwarze Hexerei ...* Und brauchte ein paar Sekunden, bis ich begriff, was er gesagt hatte. Erwartete er darauf tatsächlich eine Antwort? *... angeklagt des Mordes durch schwarze Hexerei ...*

Ich zuckte zusammen, als Lukes Hand vor meinem Gesicht herumwedelte. »Erde an Cassandra. – Hast du gehört, was ich gesagt habe?«

»Was?«

»Kannst du das lesen?« Seinem Ton nach zu urteilen, hatte er das schon einmal gefragt. Mindestens.

... des Mordes durch schwarze Hexerei ... – Konzentrier dich, Cass! Ich sah auf die Seiten, blätterte sie schnell durch. »Ja. Kann ich. – Sieht aus wie irgendeine Art Protokoll ...« *... des Mordes durch schwarze Hexerei ...* Vermutlich also das Protokoll eines Hexenprozesses. »Aber dafür brauch ich einen Moment ...«

»Den hast du nicht.« Luke hatte mich beim Tisch stehen lassen und war zum Fenster gegangen. Er sah hinaus, ohne dem Vorhang zu nahe zu kommen. »Ann kommt zurück.«

Verdammt. »Ich dachte, sie ist shoppen.« Die Kinder

meiner vorherigen Gastgeber hatten dafür in der Regel den halben Tag gebraucht, während ich bei Starbucks gestrandet war. Ich zerrte mein Handy aus der Hosentasche, in die ich es vorhin zurückgeschoben hatte, begann hastig die Seiten abzufotografieren.

»Dachte ich auch.« Er kam zu mir zurück. »Beeil dich!«

»Was glaubst du, was ich hier tue.« Ich brauchte von jedem Blatt Vorder- und Rückseite. Und man musste auch die besonders verblassten Stellen lesen können. »Warum kommt sie eigentlich durch den Garten?«

»Woher soll ich das wissen. Vielleicht will sie dem Richter nicht über den Weg laufen. Gut für uns, dass sie es getan hat. – Wie weit bist du?«

»Letzte Seite. – Okay!«

Luke schob die Blätter zusammen, während ich hastig durch die Fotos wischte, um sicherzustellen, dass sie etwas geworden waren. Sollte gehen. »In Ordnung. Gib her.« Ich stieß mein Handy zurück in die Hosentasche, nahm ihm in derselben Bewegung die Seiten ab und tauchte erneut unter den Tisch. Zumindest musste er die Platte nicht wieder anheben, damit ich sie in ihren Spalt zurückschieben konnte. Ich konnte nur hoffen, dass Ann die Ecke des einen Blattes nicht mit Absicht hatte herausragen lassen. Über mir scharrte und rumorte es, als Luke eilig versuchte, Anns Tisch wieder in den Ausgangszustand zu versetzen. Ein Hoch auf Handykameras. Etwas kullerte über den Boden davon. Er fluchte unterdrückt. Ich kam unter dem

Tisch hervor, fing die Lapislazulikugel wieder ein, die heruntergefallen war und gerade dabei war, unter Anns Bett zu verschwinden. Als ich sie endlich hatte und zu Luke zurückbrachte, warf er gerade einen prüfenden Blick auf sein Handy, um sich noch einmal zu vergewissern, dass alles so stand, wie es sollte.

Er nickte knapp, legte den Lapislazuli an seinen Platz bei den anderen Steinen in der Schale und wandte sich zum Gehen. »Okay. Abflug.« Noch in der Bewegung ergriff er mich am Arm und zog mich hinter sich her. An der Tür hielt er kurz inne, spähte hinaus. »Okay.« Er schob sich hindurch, ohne den Spalt weiter als unbedingt nötig zu öffnen, ließ mich an sich vorbei und schloss sie leise hinter uns.

»Hier lang.« Er wandte sich Richtung Treppe.

»Falsche Richtung.« So würden wir Ann auf jeden Fall begegnen.

»Nein.« Abermals zerrte er mich hastig mit sich. Den Korridor hinunter. »Spiel einfach mit.« Auf der Treppe erklangen Schritte.

»Was …?«

Weiter kam ich nicht. Im nächsten Moment hatte ich die Wand im Rücken, Luke direkt vor mir, seine Arme zu beiden Seiten meines Kopfes und seine Lippen auf meinen. Und Ann keine zwei Meter von uns entfernt auf der letzten Treppenstufe. Wo sie wie angewurzelt stehen geblieben war. Zu uns her starrte. In letzter Sekunde widerstand ich dem Drang, ihn in die Lippe zu beißen. Meine Hände erstarrten auf seinen Schultern, ehe ich ihn wegstoßen konnte. Und fielen einfach herab, als er sich fast träge wieder von mir löste. Für sein Grinsen hätte ich ihn am liebsten geschlagen. Stattdessen ballte ich die Fäuste. Ohne etwas zu sagen. Sah zu, wie er sich abwandte, zur Treppe ging und an Ann vorbei die Stufen hinunterstieg. Sie schaute ihm genauso nach wie ich. Als sie sich wieder umwandte, begegnete ich ihrem Blick. Er war mörderisch. Und er galt mir.

»Ann ...« Ich stieß mich von der Wand ab. Selbst wenn mich ihr Zischen nicht zum Schweigen gebracht hätte, hätte ich keine Ahnung gehabt, was ich sagen sollte. ›*Es ist nicht so, wie es aussieht.*‹ Klar doch.

Entsprechend schwieg ich, als sie an mir vorbei zu ihrem Zimmer ging.

Ich wartete gerade lange genug, bis ihre Tür sich geschlossen hatte, dann folgte ich Luke die Treppe hinunter.

An der Hintertür erwischte ich ihn. »Das wäre nicht nötig gewesen.«

Er schnaubte. »Und wie wolltest du ihr sonst erklären, dass wir dort oben waren? Mein Zimmer liegt nicht auf ihrem Gang. Deins auch nicht.«

Auch wenn er recht hatte ... »Trotzdem ...« Und es hatte ihm vermutlich mehr als in den Kram gepasst, nach seiner Unterredung mit dem Richter.

Wieder ein Schnauben. Dann nickte er in Richtung

meines Handys. »Bis wann weißt du, was auf diesen Seiten steht?«

Bastard. Ich biss für den Bruchteil einer Sekunde die Zähne zusammen, ehe ich mich mit einem knappen Nicken abwandte. »Komm eine Stunde nach dem Abendessen in mein Zimmer. – Aber sorg dafür, dass Ann dich nicht sieht. Oder der Richter.« *Dann zeig ich dir, wie ich dieses Spiel spiele.*

Ich wartete seine Antwort nicht ab.

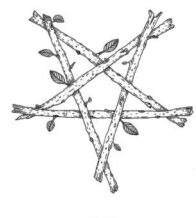

19

Ann

Als sie die Tür ihres Zimmers hinter sich schloss, zitterte Ann am ganzen Körper. Wie konnte Luke es wagen …? *Nein, wie kann sie es wagen, dir das anzutun.* Die Stimme in ihrem Kopf war wieder da. Wie ein Schatten. Der allmählich immer realer wurde. Ihr half, die Dinge zu tun, die ihr Vater von ihr erwartete. »Es war Luke, der …« *Nein. Nein, kleine Sarah-Ann, SIE war es. Cassandra. Die Castairs-Hexe. Sie sind rücksichtslos und falsch, die Castairs. Verraten die, die ihnen am nächsten sind. Sogar ihr eigenes Blut. Hüte dich vor ihr, kleine Sarah-Ann. Hüte dich vor ihr. – Und lass nicht zu, dass sie dir deinen Vertrauten stiehlt.*

Anns Lachen hatte beinah etwas Verzweifeltes. »Wie denn? Wenn sie in der Nähe ist, hat Luke doch nur Augen für sie. – Und Papa hat ihr ja sogar ausdrücklich erlaubt, sich seiner … ›zu bedienen‹. Egal wie. Nur um sie dazu zu bringen, sich endlich ausbilden zu lassen.« Ihr Ton

wurde höhnisch. »Damit er die Macht der Castairs wieder in seinem Coven hat. – Es geht doch nur noch um sie.«
Dann musst du sie loswerden.

20

Das Abendessen war der blanke Horror. Der Richter schwadronierte über die Halloween-Party, die er wie jedes Jahr geben würde, und wer alles kommen würde, während Ann mich mit eisigem Schweigen bedachte. Luke war erst gar nicht erschienen. Dass ich die erste sich bietende Gelegenheit nutzte, um mich zu verabschieden, schien seinen Ehren nicht wirklich zu gefallen. Was mir herzlich egal war.

Allerdings schaffte ich es nur bis zur Tür des Esszimmers, bevor mich sein: »Cassandra, warte!«, aufhielt.

Die Hand schon an der Klinke, drehte ich mich gehorsam um. »Sir?«

»Hast du ein angemessenes Kleid?«

»Ein Kleid, Sir?« Mir schwante Schlimmes.

Auf seiner Stirn erschien eine Falte. »Ein Kleid für den Ball, meine Liebe.«

Jetzt war das Ganze schon ein »Ball«. Was würde er wohl davon halten, dass ich nicht vorhatte aufzutauchen? Gab es einen Grund, ihm das mitzuteilen? Nicht wirklich. »Nein, Sir.«

Er nickte, als hätte er mit nichts anderem gerechnet. »Sarah-Ann und ihre Freundinnen wollten morgen der Boutique einer … Bekannten«, also wohl einer anderen Hexe, »einen Besuch abstatten, um dort ihre Kleider auszusuchen.« Auch wenn er nach wie vor mit mir sprach, sah er jetzt doch Ann an. »Was hältst du davon, sie zu begleiten?« Anns Messer schrammte quietschend über den Teller. Für den Bruchteil einer Sekunde wurde die Falte auf seiner Stirn unwillig, ehe sein Blick zu mir zurückkehrte. »Nun, was sagst du?«

Dass ich nach der Sache auf dem Korridor vorhin garantiert nicht mit Ann und den anderen shoppen gehen würde … »Sir, ich denke nicht …«

»Mach dir wegen der Kosten keine Gedanken. Natürlich geht das Kleid – und alles andere, was du sonst noch benötigen solltest – auf meine Rechnung.«

Ich vergaß immer wieder, dass die Herren und Damen der Meinung waren, dass sie meine Finanzen kontrollierten. »Das ist sehr nett, Sir, aber ich …« Ich sah zu Ann. Die auf ihren Teller starrte.

»Dann wäre das ja geklärt.«

Wie bitte?

Gerade nahm der Richter sein Besteck wieder auf. »Du wirst Cassandra also morgen zum Shoppen mitnehmen, Sarah-Ann.«

Der Laut, der von Ann kam, lag irgendwo zwischen Keuchen und Zischen. Ihr Blick zuckte hoch. »Ich bin nicht sicher, ob Cass das will, Papa. Oder die anderen ...«

»Unsinn.« Mit einer unwilligen Geste brachte der Richter sie zum Schweigen. »Ihr Mädchen werdet morgen einen schönen Tag miteinander verbringen. – Die Einzelheiten könnt ihr ja untereinander klären.«

»Ja, Vater. Natürlich.«

Ich sah zu Ann. Begegnete ihrem Blick. Oh ja, wir würden morgen einen *wahnsinnig* schönen Tag miteinander haben.

»Du kannst dann gehen, meine Liebe.«

Ich brauchte einen Moment, bis ich begriff, dass er mich meinte. »Ja, Sir.« Aber wenn ich ehrlich war, war ich froh, als ich die Tür des Esszimmers hinter mir geschlossen hatte. Von außen.

In meinem Zimmer lehnte ich mich mit dem Rücken gegen die Tür. Konnte dieser Tag eigentlich noch besser werden? Ich gab mir die Antwort direkt selbst. Ja, wenn Luke hier demnächst aufschlug. Ich rieb mir übers Gesicht. Was ich auf den Seiten gelesen hatte, hatte mir gründlich den Appetit verdorben. Mich zu dem Schluss gebracht, dass ich noch einmal auf den Dachboden musste.

Worauf wartete ich dann noch? Wir waren erst eine Stunde nach dem Abendessen verabredet. Mit einem kleinen Seufzen löste ich mich von der Tür, öffnete sie, während ich zugleich nur zur Sicherheit in meiner Hosentasche nach dem Schlüssel zum Dachboden tastete. Um ein Haar wäre ich mit Luke zusammengestoßen, der davorstand und anscheinend gerade die Hand gehoben hatte, um anzuklopfen. Abrupt blieb ich stehen, während er den Arm sinken ließ.

»Du bist zu früh.«

»Mea culpa.« Nicht, dass er besonders schuldbewusst klang. »Und du wolltest wo hin?«

Wenn er es herausfinden wollte, würde er es sowieso herausfinden. »Mir die anderen Eintragungen in dem Buch ansehen, zu dem Anns Seiten gehören.«

»Du weißt, aus welchem Buch sie stammen und wo es ist?« Er hob eine Braue, trat gleichzeitig zur Seite, um mich vorbeizulassen.

»Mea culpa.« Ich klang genauso schuldbewusst wie er zuvor.

»Dann nach Ihnen, Mylady.« Mit einer übertrieben tiefen Verbeugung wies er den Korridor hinunter.

Der Vorteil an großen Häusern war, dass man sich mit ein bisschen Glück noch nicht einmal besonders viel Mühe geben musste, um von A nach B zu gelangen, ohne von Leuten gesehen zu werden, von denen man nicht gesehen werden wollte. Die Einzige, die uns auf dem Weg zum Dachboden begegnete, war Pointers. Und sie zählte eigentlich nicht wirklich. Vor allem, da sie nur mit einem kurzen Schwanzzucken an Lukes und meinen Beinen vorbeistrich und dann wieder ihrer eigenen Wege ging.

Als ich vor der Tür zum Speicher in meine Hosentasche griff und den Schlüssel dazu hervorholte, hob Luke eine Braue. Sagte aber nichts. Besser war das. Es passte mir ohnehin nicht sonderlich, dass er überhaupt davon erfuhr.

Der Steinkauz hockte nach wie vor an seinem Platz und starrte auf uns herab.

»Hallo, Reginald.«

»Reginald?« Luke schloss die Tür hinter uns.

Ich hob kurz die Schultern. »Fiel mir eben nur so ein.«

Sein »Aha« hätte mindestens ein halbes Dutzend Bedeutungen haben können. Inklusive: ›Jetzt ist sie endgültig durchgeknallt‹. Er ließ die Taschenlampe auf seinem Handy aufleuchten. Gut, dann konnte ich meines stecken lassen. »Wo ist dieses Buch?«

Ich nickte tiefer hinein in den Dachboden. »Hier lang.«

Wieder vollführte er diese übertrieben tiefe Verbeugung, um mich vorzulassen. Dieses Mal zeigte ich ihm tatsächlich den Mittelfinger.

Irgendjemand hatte die Spuren unserer Séance beseitigt. Zumindest standen die Kerzen nicht mehr auf dem Boden herum. Selbst die Lachen aus Wachs waren verschwunden. Nur letzte Reste von Salz hingen noch bleich in den Ritzen der Dielen. Wenn ich raten müsste, würde ich auf Ann tippen. Gut, dass ich nicht abgeschlossen hatte, als ich mir den Schlüssel »ausgeborgt« hatte. Ich hoffte sehr, dass sie inzwischen davon ausging, ihn verschusselt zu haben …

An einer Stelle war sie allerdings nachlässig gewesen: Das Buch lag noch genauso da wie nach der Séance. Ich kniete mich davor auf den Boden und schlug es bei dem Stück Spitze auf. Zog mein Handy aus der Hosentasche und rief die Fotos auf, die ich von den Seiten in Anns Zimmer gemacht hatte, wischte mich durch sie durch. Luke leuchtete mir mit seinem über die Schulter.

»Mist.« Es war genau so, wie ich angenommen hatte.

»›Mist‹?« Er lehnte sich vor, um besser sehen zu können. »Klärst du mich auf?«

»Die Seiten stammen wirklich aus zwei verschiedenen Büchern.«

Das Licht der Taschenlampe huschte über die Seiten zu meinem Handy, zurück zu den Seiten. »Aus zwei?«

»Ja. Ich hab es auch erst beim Lesen gemerkt. Die Seiten sahen auf den ersten Blick vollkommen gleich aus. Aber nur der erste Teil stammt aus dem hier.« Ich wischte mich zu den entsprechenden Seiten. »Chronikaufzeichnungen. Wer mit wem verwandt war und so. In Sarahs Fall Eltern, Großeltern und Co. Und wem sie versprochen war. Beziehungsweise, dass sie des Mordes durch schwarze Hexerei angeklagt war und deshalb hingerichtet wurde.« Ich wischte mich zu den anderen Seiten. »Das andere sind Seiten aus ihrem Prozess. Aber nur ein Teil davon.«

»Und du hattest gedacht, du findest die anderen hier oben.«

»Genau.«

»Das heißt, wir suchen nach einem zweiten Buch, das das gleiche Format hat wie das hier.«

»Ja. – Es könnte aber genauso gut sein, dass die anderen Seiten schon viel früher aus dem Original herausgerissen und in das hier hineingelegt wurden und auch Ann sie nur hier drin gefunden hat ... Aber selbst wenn nicht: Ich habe keine Ahnung, wo wir suchen sollten.«

Er verzog das Gesicht. »Gibt es nicht so etwas wie einen Finde-Zauber?«

Ich warf ihm einen Blick über die Schulter zu. Hob die Brauen. »Gibt es. Zumindest so was Ähnliches. Aber der funktioniert nur bei lebenden Dingen, nicht bei toten. Und überhaupt: Finde-Zauber, also wirklich.« Ich schnalzte abfällig mit der Zunge. »Wohl zu viele schlechte Hexenfilme gesehen?«

»Gibt es davon auch gute?« Okay. Punkt für ihn. »Dann müssen wir wohl auf meine Ressourcen zurückgreifen.«

»Deine Ressourcen?«

Er nickte, zuckte gleichzeitig fast spöttisch-nonchalant die Schultern. »Meine Ressourcen.«

Auch wenn ich ahnte, was er meinte, war ich mir nicht ganz sicher, was mich erwartete. Ich hatte Grandpa nie kennen gelernt, weil er lange vor meiner Geburt gestorben war. Und so wahnsinnig viele Vertraute gab es in unserer

Zeit nicht mehr. Zumindest war ich in den letzten gut zehn Jahren keinem begegnet. Luke war damit der Erste, den ich »in Aktion« erlebte.

Aber es war wie mit jeder »echten« Hexerei. Es geschah nichts Spektakuläres. Luke schloss nur für einen kurzen Moment die Augen. Und als er sie wieder öffnete, war selbst in diesem Licht zu erkennen, dass sein Blick irgendwie ... unscharf war. Dafür setzte um uns herum plötzlich ein Huschen und Rascheln ein. Schien sich an manchen Stellen die Dunkelheit regelrecht zu bewegen. Etwas rannte daraus auf uns zu. Eine Maus. Klein. Vielleicht ein Mäuse-Teenager. Schnupperte zuerst an Lukes Hosenbein, dann an meinem. Ich ging in die Hocke, langsam, um sie nicht zu erschrecken. Hielt ihr die offene Hand hin. Sie erstarrte. Nur um dann den Kopf vorzuschieben. Ich hätte nicht gedacht, dass eine Maus sich so langmachen konnte, ohne sich einen Millimeter zu bewegen. Ihre Schnauze zuckte. Näherte sich meinen Fingern. Schnupperte. Ehe sie ohne Vorwarnung auf meine Hand kletterte. Weiterschnupperte. Mich mit ihren winzigen schwarzen Knopfaugen ansah. Eine Vorderpfote in der Luft.

Ich hob sie in die Höhe. Hielt sie mir mit etwas Abstand vors Gesicht. Sie reckte mir die Nase entgegen. Ihre Barthaare bebten.

»Hi, Mickey. Oder bist du Minni?«

Die Maus quiekte, rannte meinen Arm hinauf, auf

meine Schulter und sprang von da in die Dunkelheit hinter mir.

Ich konnte nicht genau sagen, wie lange das Gehusche und Geraschel anhielt. Aber irgendwann war es von einer Sekunde zur anderen wieder genauso still wie davor.

Luke stieß langsam und lange die Luft aus, ehe er ein paar Mal die Lider fest aufeinanderpresste und mich dann wieder ansah. »Fehlanzeige. Sie wissen nur von diesem Buch«, er nickte hinter mich. »Wenn es hier noch ein anderes gibt, dann liegt es an einem Ort, an den sie nicht kommen.« Für einen Moment verzog er das Gesicht und rieb sich die Schläfe.

»Alles in Ordnung?«

»Ja, alles okay. Ich kann es leider nicht besonders gut kontrollieren.« Er ließ die Hand wieder sinken. »Und ein paar verstehen es dann als Aufforderung, sich mit mir zu unterhalten, wenn ich einmal mit ihnen Kontakt aufnehme.« Wieder verzog er das Gesicht. Warf einen unwilligen Blick in die Dunkelheit zu unserer Linken. Heftiges Rascheln erklang. Entfernte sich. Verstummte. Sein Blick kehrte zu mir zurück. »Bei Hunden ist es manchmal besonders schlimm. Labradore vor allem. Sie sind so … überschwänglich. Und distanzlos. Aber vollkommen. Meistens zumindest. Teilweise freuen sie sich so sehr über dich, dass sie dir wirklich *alles* erzählen wollen. Bis hin zu dem allerneusten – und wahnsinnig spannenden und aufregenden – Geruch, den sie in just diesem Moment in der Nase haben. Und das am besten innerhalb von fünf Sekunden. Sie überfluten dich dann regelrecht. Da musst du aufpassen, dass du nicht selbst anfängst zu hecheln.« Ein fast verlegenes Schulterzucken. »Bei Mäusen ist das zwar nicht ganz so schlimm, aber ähnlich. Da geht es meistens um die Familie und ums Essen.« Er verdrehte die Augen. »Nur Katzen sind nicht so. Da bist du ein gedankliches Schwanzzucken. So wie: ›Ach, du bist auch da? Gut zu wissen. Du entschuldigst mich. Ich habe zu tun.‹ – Sehr erfrischend.« Langsam rieb er sich den Nacken. »Bei jeder Art ist es einfach anders. – Wenn du es genau nimmst, ist es bei jedem einzelnen Tier anders. Jedes hat eine eigene Persönlichkeit. Die einen sind eher introvertiert, die anderen eher extrovertiert. Die einen vertrauen dir schneller, die anderen erst nach einer Ewigkeit …« Wieder ein Schulterzucken. »Aber nicht, dass du denkst, ich rede wirklich mit ihnen. Es sind eher … Bilder und … Gefühle …« Die Worte kamen hastig. Beinah zu hastig. Also tatsächlich verlegen? Ich verbiss mir das Lachen. Stattdessen nickte ich. »Ich weiß.« Manche Typen konnten irgendwie süß sein, wenn sie verlegen waren. Dass das bei Luke Bishop zutreffen könnte, hatte ich allerdings nicht gedacht. »Du erinnerst dich? Mein Großvater war auch ein Vertrauter.«

»Ja, klar. Sorry.« Wieder rieb er sich den Nacken. »Ich wünschte, ich hätte ihn gekannt. – Oder jemanden wie ihn.«

»Warum?«

»Dann könnte ich meine ›Gabe‹«, er sprach das Wort voller Sarkasmus aus, »vielleicht besser kontrollieren. Mörderische Kopfschmerzen zu bekommen, weil ein Schwarm Krähen in deinem Kopf randaliert, ist kein Spaß.«

»Hat es dir niemand beigebracht?«

Er stieß ein kurzes, hartes Lachen aus. »Wer denn bitte?«

Okay. Wieder ein Punkt für ihn. Anscheinend nahm ich zu viele Dinge, die die Hexerei betrafen – und alles, was sonst damit zusammenhing – zu sehr als selbstverständlich. Weil es für mich immer selbstverständlich gewesen war. Aber was wusste ich über ihn und sein Leben? Nichts, wenn man es genau nahm. – Abgesehen davon, dass der Richter ihn auf mich angesetzt hatte. Etwas, das ich nicht vergessen durfte.

»Verrätst du mir eigentlich irgendwann, was jetzt auf diesen Seiten genau steht?«

Lukes Stimme ließ mich ganz kurz zusammenzucken. Mehr, als ich hatte wissen wollen. Und doch hatten ein paar Details gefehlt, die uns vielleicht weitergeholfen hätten. Ich nickte zu der Chronik auf dem Boden.

»Entschuldige. Klar. – Die Kurzfassung ist: Sarah Warren wurde im Januar 1763 geboren. Soweit ich das verstanden habe, stammten beide Elternteile aus Hexenfamilien.«

»Also war sie mächtig?«

»Anscheinend. Zumindest war sie eine begehrte Heiratskandidatin. Es wurde explizit erwähnt, wer alles um ihre Hand angehalten hat. Und das, obwohl ihre Mitgift wohl nicht besonders groß war. Nur ein paar Morgen Land ...« Einige der Namen hatten selbst mir etwas gesagt. »Versprochen wurde sie schließlich einem ›Thomas Wittmore‹ –«

»Ach?« Luke klang deutlich sarkastisch. »Verwandt mit dem Richter?«

»Gut möglich. – Jedenfalls war ihre Hochzeit mit Thomas für den Herbst 1780 angesetzt. Allerdings kam es nicht dazu, weil sie drei Monate vorher der Hexerei und des Mordes durch schwarze Hexerei angeklagt und ein paar Wochen danach hingerichtet wurde.«

Luke verzog das Gesicht. »Aua. Nicht nett von der Lady.«

Was ihre Ankläger mit ihr gemacht hatten, war tatsächlich auch alles andere als »nett« gewesen. Und der Chronist hatte anscheinend sein Vergnügen daran gehabt, jedes noch so kleine Detail von dem, was sie ihr angetan hatten, aufzuschreiben. Bei manchen Ausführungen hatte es mich regelrecht geschüttelt. »Sie hat es bis zum Schluss abgestritten.«

Luke hob kurz die Schultern. »Na ja, was stand damals auf schwarze Hexerei? – Da hätte es wohl jeder abgestritten.«

»Aber bis zum Schluss? – Bei dem, was sie mit ihr bei der ... sogenannten ... Befragung gemacht haben ... Soweit ich weiß, hat bei den Hexenprozessen irgendwann jeder alles zugegeben.« Ich schüttelte den Kopf. »Ich weiß nicht. – Sie hat sogar ihre Richter der Tat beschuldigt und ihnen vorgeworfen, sie zum Schweigen bringen zu wollen. Weil *sie* Blutmagie betrieben.«

Luke verzog die Lippen. Fast ... spöttisch. Oder bitter. »Wenn die Herrschaften damals ähnlich getickt haben wie die heute, klingt das für mich fast schon wieder, als könnte es stimmen. – Stand irgendwo, wer die Ankläger waren?«

Das war das Problem. »Genau die Stelle war so verschmiert, dass ich die Namen nicht mehr entziffern konnte ...« Wie bei der Stelle mit der Anklage ...

Er hob fragend eine Braue. »Gar nichts mehr zu erkennen?«

Abermals schüttelte ich den Kopf. »Die Namen der Hexen, die sie umgebracht haben soll, habe ich auch nirgends gefunden. Ich denke aber, dass es mehr als einer war, weil sie immer im Plural von ihren Opfern gesprochen haben. Und damit haben sie nicht die ermordeten Kinder gemeint. Die haben sie immer gesondert erwähnt. – Aber es fehlen anscheinend auch hier Seiten.«

»Kinder?« Ich wusste, was er dachte. »Okay. Dann jetzt bitte noch mal langsam: Was genau hat man ihr vorgeworfen?«

Ich tippte auf mein Handy, um den Bildschirm wieder zum Leben zu erwecken, und wischte mich durch die Fotos der Seiten, bis ich die entsprechende gefunden hatte:

»Sie soll mindestens vierzehn Kinder mittels Bluthexerei in – ich zitiere – ›ihrer Gier nach Macht‹ ermordet haben, um ›dem Teufel zu gefallen‹ und ›einen bösen Pakt‹ mit ihm zu schließen, zum ›Schaden aller guten und rechtschaffenen Menschen dieser Gemeinde‹.«

»Vierzehn?« Er rieb sich über den Mund. »Inklusive oder exklusive der neun, die wir auf dieser Lichtung gefunden haben?«

»Ich weiß es nicht.« Warum hatte John sich eigentlich deswegen noch nicht gemeldet? Hatte er nichts gefunden? Aber dann hätte er mir sicherlich trotzdem Bescheid gegeben.

»Was denkst du? War sie es?«

Ich hob die Schultern.

»Könnte es sein, dass wir noch irgendetwas in dieser Chronik finden?«

Ich zögerte, schüttelte dann den Kopf. »Ich hätte jetzt eher auf dieses andere Buch gesetzt. Da standen anscheinend die Sachen bezüglich ihres Prozesses und der Anschuldigungen gegen sie drin …«

Unvermittelt hob Luke den Kopf, waren seine Augen für den Bruchteil einer Sekunde ebenso abwesend wie vorhin. Ich verstummte. Er fluchte unterdrückt.

»Was ist?«

»Ann kommt hier hoch.«

»Verdammt.« Ich warf einen Blick zu der alten Chronik. Wenn ich sie einfach mitnahm, würde das garantiert auffallen. »Lass uns verschwinden.« Lukes Hand an meinem Arm stoppte mich, als ich zur Tür wollte.

»Nicht. Sie ist schon unten an der Treppe.«

Dieses Mal fluchte ich kreativer. Und sah mich hastig um. Keine Ahnung, was sich jenseits des Handylampenscheins befand.

»Hier lang.« Anscheinend kannte Luke sich hier oben besser aus. Er zog mich hinter sich her, duckte sich mit mir unter einer Schräge hindurch ... Die Speichertür schob sich weiter auf. Mist. Wir hatten hinter uns nicht ganz zugemacht. Warum auch. Wer rechnete schon damit, dass irgendjemand außer uns mitten in der Nacht hier heraufkam. Ausgerechnet heute. Ich sah zu Luke. Dessen Blick war ebenfalls in Richtung Tür gezuckt. Jetzt drückte er mich hastig in eine Mauernische, quetschte sich zu mir. Beinah in derselben Sekunde glitt der Strahl einer Taschenlampe durch die Dunkelheit. Auf unser Versteck zu. Unwillkürlich hielt ich den Atem an. Über es hinweg. Weiter durch die Dunkelheit. Kam nicht zurück. Leise Schritte auf den Holzdielen. Bewegten sich tiefer in den Speicher hinein. Zu der Stelle hin, an der wir zuvor gestanden hatten. Langsam und leise ließ ich die Luft wieder entweichen. Und hielt sie gleich darauf wieder an. Hatte ich die Chronik offen liegen lassen oder wieder zugeschlagen? *War* sie geschlossen gewesen, als wir heraufgekommen waren? Oder doch *offen*? Mist, verdammter. Ich konnte mich weder an das eine noch das andere erinnern.

Dort, wo sie lag, rumorte es. Scharrte. Ein leises Murmeln erklang. Seit wann führte Ann Selbstgespräche? Ich hätte mich aus unserem Versteck heraus ziemlich weit vorbeugen müssen, um etwas zu sehen. Und dieses Risiko würde ich nicht eingehen. Stattdessen sah ich Luke an. Auch er schien angestrengt zu lauschen. Doch dann wandte sein Blick sich mir zu. Er schluckte hart. Verlagerte sein Gewicht. Sah mir weiter in die Augen. Lehnte sich vor. Wenn auch nur ein winziges Stück. Ein neuerliches Scharren. Dann ein Knall, als sei irgendetwas Schweres zugeschlagen worden. Oder zu Boden gefallen. Luke fuhr zurück. Ein leiser Fluch. Wieder ein Scharren. Gleich darauf wieder Schritte. Dann wurde die Speichertür zugezogen. Luke war erstarrt. Ich legte die Hand in seinen Nacken, zog ihn wieder dichter zu mir heran. Sein Atem stockte. Ich stellte mich auf die Zehenspitzen, kam seinem Mund mit meinem ganz nah. So nah, dass sein Atem sich mit meinem mischte. Ich lächelte. Glaubte zu spüren, wie er hart schluckte. Drückte ihm die andere Hand auf die Brust. Spreizte die Finger. Wieder ein Schlucken. »Cass ...« Rau. Fast heiser.

»Ja?« Ich flüsterte das Wort nur.

»Ich ...« Er verstummte. Abermals ein Schlucken.

Ich ließ mein Lächeln träge werden. Und schob ihn übergangslos von mir weg, soweit es die Nische erlaubte. »Genau. Vergiss es!« Wäre die Mauer in seinem Rücken nicht gewesen, wäre er garantiert rückwärts getaumelt. Er starte mich an. Selbst dann noch, als ich mich aus der

Nische herausschob. Und vermutlich auch noch, als ich mich wieder auf den Weg zum vorderen Teil des Dachbodens machte. Zumindest dauerte es eine ganze Weile, bis er mir folgte. Und mich am Arm packte und herumzerrte.

»Was zum Teufel sollte das eben?«, herrschte er mich an. »Findest du das witzig? Oder fair?«

Mit einem Ruck machte ich mich los. »Genauso witzig wie die Nummer vorhin auf dem Korridor. Oder fair.«

Luke öffnete den Mund. Schloss ihn wieder. »Das war eine Retourkutsche?« Er klang fassungslos. Dann schüttelte er den Kopf. »Ich hätte nicht gedacht, dass du so ein Miststück bist. Andererseits: Was soll man von einer wie dir schon erwarten.«

»Einer wie mir?« Ich stieß ein Zischen aus.

»Einer wie dir. Einer Hexe.« Abfällig hatte er den Mund verzogen. »Aber glaub mir: Wäre sie an deiner Stelle gewesen, hätte Ann keinen zweiten Gedanken an dich verschwendet. Weder sie noch eine ihrer Freundinnen.« Mit einer unwilligen Bewegung fuhr er mit der Hand durch die Luft. »Ich denke, du kommst auch ohne mich klar. Du entschuldigst mich. Ich hab für heute genug von euch bösartigen Weibern.« Damit ließ er mich stehen und marschierte Richtung Dachbodentür. Zumindest sah er davon ab, sie nach dem Aufreißen hinter sich zuzuknallen und damit das ganze Haus zu wecken.

Sekundenlang stand ich in der Dunkelheit. Starrte ihm nach. Fuhr mir mit der Hand übers Gesicht. Ich sollte wütend auf ihn sein. Stattdessen fühlte ich mich einfach nur schlecht. ›Ich hätte nicht gedacht, dass du so ein Miststück bist.‹ Der Satz hatte gesessen. Genauso wie das mit den »bösartigen Weibern«. Allerdings konnte ich nicht sagen, ob mich der Vorwurf an sich so traf, oder weil er von ihm kam … *Halloooo, Castairs, geht's noch? Erinnerst du dich an die kleine Unterhaltung, die du mitgehört hast? Wie war das noch mal?* ›Und wenn du mit ihr ins Bett steigen musst, um sie gefügig zu machen, ist mir das auch egal.‹ *Ich kann mich nicht erinnern, dass dieser Mistkerl besonders heftig widersprochen hätte. – Nein, warte, er hat ja gar nicht widersprochen. Und jetzt kommt er dir so? Er hat alles verdient, was er gekriegt hat. Und genau genommen noch mehr. Also komm klar!* Und trotzdem … Nein! Abermals rieb ich mir übers Gesicht. Verscheuchte die Gedanken. Passiert war passiert. Ich konnte es nicht mehr ungeschehen machen. Und Luke war nun wirklich der Letzte, der ein Recht hatte, mir ein schlechtes Gewissen zu machen. – Und ganz nebenbei: Ich sollte besser sehen, dass ich auch von hier verschwand.

Ich zog mein Handy aus der Hosentasche, aktivierte die Taschenlampe und ließ den Lichtschein durch den Raum huschen. Zu der Stelle, an der zuvor die alte Chronik gelegen hatte.

Sie war nicht da.

Ich ließ den Strahl weiterwandern ... und fluchte leise. Nichts. Anscheinend hatte Ann sie mitgenommen. Aus welchem Grund? Hatte sie ein Stück weit Verdacht geschöpft oder war zumindest misstrauisch geworden, weil die Tür nicht abgeschlossen gewesen war? Und selbst wenn sie sie nur an einer anderen Stelle versteckt hatte ... wäre Suchen ziemlich sinnlos gewesen. Einfach, weil ich keine Ahnung gehabt hätte, *wo* ich suchen sollte. Ich würde auf einem anderen Weg herausfinden müssen, welche Hexen Sarah Warren damals umgebracht haben sollte. Und der Erste, der mir auf Anhieb einfiel, hieß John. Ich warf einen schnellen Blick auf die Uhr. Um diese Zeit war ein Anruf bei ihm noch lange kein Problem. Im Gegenteil. Aber nicht hier oben.

Den Strahl der Taschenlampe vor mir auf dem Boden, um nicht versehentlich gegen irgendetwas zu stoßen oder über irgendetwas zu fallen und mit dem entsprechenden Lärm doch noch den Richter oder Ann auf den Plan zu rufen, ging ich zur Tür des Dachbodens zurück.

Von Mickey-Minni und seinen Freunden war nichts mehr zu sehen oder zu hören. Nur Reginald saß unverändert schweigend an seinem Platz.

Die Hand schon auf der Türklinke hielt ich inne. Überlegte, ob ich Luke vielleicht doch nachgehen sollte, um mich bei ihm für die Nummer vorhin zu entschuldigen. Ich verwarf den Gedanken. Zum einem, weil die Geschichte mit Ann im Korridor einfach eine Scheißnummer gewesen war. – Und weil ich mir außerdem ziemlich sicher war, dass er mir entweder die Tür vor der Nase zuschlagen oder mich abblitzen lassen würde.

21

William

»Das dort drüben war noch nicht so, als ich zuletzt hier war.« Sarah wies an ihm vorbei auf einen kleinen Erdhügel zu seiner Linken. Auf dem sich bereits wieder Gras zu zeigen begann.

Will runzelte die Stirn. »Wann war das?«

»Vor vier Tagen.«

Also bemühte sich jemand, hier seine Spuren zu verwischen. Selbst die übrigen fünf Gräber waren nicht mehr als flache, kaum sichtbare Erhebungen auf der Lichtung. Bereits von Gras überwachsen. Und den kleinen, roten Blüten des Sandthymians. Man musste schon sehr genau wissen, wonach man suchte.

Er ließ die Satteltaschen auf die Erde gleiten. »Lass uns anfangen. Nicht, dass uns noch jemand überrascht.«

Sarah nickte wortlos, nahm ihm den Beutel mit der Asche und dem Salz ab und begann das Pentagramm über den Gräbern zu zeichnen, darauf bedacht, dass seine Linien jedes einzelne berührten, während er sich mit einem weiteren Beutel Salz – in dem er die entsprechenden Kräuter zerstoßen hatte – an den Kreis um das Pentagramm machte. Ohne ihn gänzlich zu schließen. Das würde er erst tun, wenn alle anderen Vorkehrungen getroffen waren. Schließlich reichte er Sarah die Bergkristalle – einen nach dem anderen –, damit sie sie an die Spitzen des Pentagramms legen konnte. Und hörte sie dabei ein paarmal leise und unwillig murmeln, wenn der Saum ihres Kleides drohte, über die Linien zu wischen. Wäre das alles hier nicht so ernst gewesen, hätte er sich vermutlich ein Lächeln nicht verbeißen können. Wenn es schicklich gewesen wäre, wäre Sarah vermutlich in Hosen gegangen.

Die Röcke zusammengerafft, trat sie schließlich aus den Linien des Kreises heraus und er schloss ihn hinter ihr.

»Und nun?« Sie sah ihm zu, wie er den Beutel mit Salz und Asche wieder in der Satteltasche verstaute und zugleich zwei weitere Kristalle herausnahm.

»Ich möchte, dass du dafür sorgst, dass wir nicht gestört werden. Die Beschwörung übernehme ich.«

Um ihren Mund zuckte es. »Ich soll also nur Wache stehen ...«

Dieses Mal konnte er sich das Lächeln doch nicht verwehren. So war sie, unverkennbar, seine Sarah. »Du sollst mir den Rücken freihalten, liebstes Herz. Und den vertraue ich nicht jedem an.«

Ihr Schnauben war schnippisch. Ihr Knicks ebenso. »Wie euer Gnaden wünschen.« Ihre Röcke schwangen um sie, als sie sich abwandte und zu der Stelle hinüberging, an der sie zuvor die Lichtung betreten hatten.

Will musste sich räuspern, seine Gedanken zu dem zurückzwingen, was er hier zu tun beabsichtigte. Weg von Sarahs Gestalt.

Er kniete sich neben den um die Gräber gezogenen Kreis und zog einen zweiten um sich. So, dass die Linien der beiden sich an einer Stelle berührten. Dorthin setzte er den ersten der beiden verbliebenen Kristalle. Etwas wie ein Knistern, ein Flüstern rann durch das Salz. Den zweiten Stein behielt er in den Händen. Der Geruch der Kräuter schien mit jedem Moment stärker zu werden. Für einen Herzschlag schloss er die Augen, atmete tief ein und aus. Und rief seine Gabe. Das Feuer erwachte schlagartig in seinen Handflächen. Ein weiterer Atemzug, dann öffnete er die Augen wieder. Es wäre einfacher gewesen, wenn er wenigstens einen Namen gekannt hätte. So blieb ihm nichts anderes, als jene zu rufen, die sich im Inneren des Kreises befanden.

Die Steine loderten auf wie ein einziger.

Und in ihrem Licht zeichneten sich die Schatten ab. Allmählich nur. Nach und nach. Die stärksten zuerst. Die schwächsten zuletzt. Und selbst dann nur neblig. Verweht und schwach. Nicht mehr als ein Hauch. Eine Ahnung. Sechs Kinder. Er hörte, wie Sarah auf der anderen Seite Atem holte. Verbannte sie aus seinen Gedanken.

Stattdessen rief er die Kinder.

Stellte seine Fragen.

Und sie berichteten von den Männern.

Die sie gelockt hatten.

Mit dem Versprechen von etwas zu essen. Einem Platz zum Schlafen. Arbeit und Lohn.

Oder sie einfach in einen Stall oder Schuppen gezerrt hatten.

Was sie mit ihnen getan hatten.

Vom Schmerz der Stricke an ihren Händen und Füßen.

Den Knebeln, die ihre Schreie erstickten. Ihr Flehen. Ihr Weinen.

Von der Angst.

Und dem anderen.

Dem, was die Männer mit ihnen taten.

An das sich zum Teil nur noch ihre Seelen erinnerten.

Nicht hier.

An jenem andern Ort. Mit dem gespaltenen Baum. Unter seinen schwarzen Ästen ...

Als ihr Flüstern verebbte, war Will in Schweiß gebadet. Ihre Schatten verblassten. Vergingen mit dem Wind wieder in der Erde. Seine Handflächen schienen in hellen Flammen zu stehen. Fühlten sich geradezu roh an. Als hätte ihm jemand die Haut davon abgezogen. Und trotzdem schloss er die Faust um den Kristall. *Diese elenden Bastarde.* Über die Gräber hinweg begegnete er Sarahs Blick. Ihre Augen schwammen in Tränen. Natürlich. Ihre Gabe war viel zu stark, als dass sie nicht auch gesehen, gehört hätte, was er gesehen und gehört hatte.

»Verzeih mir.« Mehr zu sich selbst schüttelte er den Kopf. »Verzeih mir, liebstes Herz, dass ich dir nicht von Anfang an geglaubt habe.«

Sarah nickte. Lächelte schwach. »Wir müssen ihnen ihren Frieden geben.« Ihre Stimme war nicht viel lauter als die der Kinder zuvor.

»Nein.« Er legte beide Hände um den Stein, presste sie um ihn herum. Bis er zerfiel. Und mit ihm alle anderen. Stand auf. »Wenn wir diese Bestien dingfest machen wollen, dürfen wir hier nichts verändern. Oder auch nur irgendwelche Spuren hinterlassen.« Die Kinder hatten keine Namen gekannt. – Natürlich nicht. – Und ihre Beschreibungen waren mehr als dürftig gewesen.

Und trotzdem hatte er den einen oder anderen Verdacht. Und eine ziemlich genaue Ahnung davon, wo sich dieser ›gespaltene Baum‹ mit ›den schwarzen Ästen‹ befand. Er würde herausfinden, wer diese Männer waren. Und dafür sorgen, dass sie zur Rechenschaft gezogen wurden.

Er hob die Hand, drehte die Handfläche nach oben … Der Wind erwachte, trieb die Reste der Steine fort, das Salz und die Kräuter. Verwehte die Kreise und das Pentagramm. Löschte alles aus. Langsam ließ er die Hand wieder sinken, verließ erst jetzt seinen Platz und ging zu Sarah hinüber. Sie flüchtete sich geradezu an seine Brust. Schmiegte sich an ihn. Ihr Zittern konnte ihm gar nicht entgehen. Mit einem unterdrückten Fluch streifte er sein Wams ab und legte es ihr um die Schultern. Nahm sie erneut in die Arme.

»Wir müssen etwas tun. Ihnen irgendwie Einhalt gebieten ...« Sie sprach gegen den Stoff seines Hemdes. Ihr Atem war warm.

›Wir‹? »Überlass das mir. Ich kümmere mich darum. Sei unbesorgt.« Er zog sie fester an sich. Barg ihren Kopf an seinem Herzen. »Ich will nicht, dass du dich unnötig in Gefahr begibst.« Sein Blick ging zu den Gräbern. Ein Grund mehr, dem allen hier den Rücken zu kehren. So schnell wie möglich. Und Catherine musste auch von hier fort. Gleichgültig, ob sie wollte oder nicht.

22

Der Chauffeur, der mich schon vom Flughafen abgeholt hatte, brachte Ann und mich kurz nach dem Frühstück – das ich zugunsten einer Tasse Kaffee in der leeren Küche hatte ausfallen lassen – zu unserem »Shopping-Trip«. Sie in der einen Ecke des Fonds, ich in der anderen. Keine von uns sagte etwas. Beide starrten wir aus dem Fenster. Draußen hatten Straßen mit Geschäften und Restaurants die Vorgärten voller Grabsteine, mit ausgehöhlten Kürbissen, Geister- und Hexengestalten, gigantischen Spinnen und Unmengen an künstlichen Spinnweben an und auf Gartenzäunen, Carports oder Garagentüren abgelöst. Allerdings waren die Schaufenster mindestens genauso halloweenmäßig dekoriert. Wie hatte der Richter gesagt? ›Ihr Mädchen werdet morgen einen schönen Tag zusammen haben.‹ – Ja, klar doch. Aber so was von.

In der vergangenen Nacht hatte ich noch mit John telefoniert und ihn gefragt, ob er eine Möglichkeit sah, für mich herauszufinden, welche Hexen in dieser Gegend kurz vor Sarah Warrens Anklage gestorben waren. Ich hatte ihn auf männliche oder weibliche Hexen angesetzt, obwohl ich inzwischen den unbestimmten Verdacht hatte, dass es sich bei Sarahs Opfern um Männer gehandelt haben musste. Und ich hatte ihn noch einmal nach den Kindern gefragt. – Zu denen er bisher nichts herausgefunden hatte. Waren sie tatsächlich nicht wichtig genug gewesen, um ihr Verschwinden zu erwähnen? Oder war es überhaupt nicht aufgefallen? – Vielleicht würde er ja mit dem ungefähren Zeitpunkt, zu dem sie ermordet worden waren, mehr Erfolg haben.

Er versprach, sich darum zu kümmern und mir dann eine Nachricht zu schicken. Und teilte mir ganz beiläufig mit, dass Grandpas Ring demnächst bei mir ankommen sollte. Ich nahm es genauso beiläufig zur Kenntnis. Nicht, dass ich vorhatte, ihn Luke nach letzter Nacht noch zu geben.

Alice und Lissa lehnten an der Beifahrerseite eines metallic-blauen Mercedes Cabrio. Izzy kam gerade um seine Schnauze herum, um sich zu den beiden zu stellen. So, wie sie mit dem Schlüssel spielte, gehörte der Wagen anscheinend Izzy selbst oder ihrer Familie. Wobei ich nach den drei Lippenstiften, auf die ich einen kurzen Blick in der Ablage der Mittelkonsole erhaschen konnte, auf »Izzy selbst« tippte. Etwas, wofür auch das strassglitzernde »I« des Schlüsselanhängers sprach. Alle drei hielten Pappbecher mit dem Starbucks-Logo in den Händen.

»Cool, dass du auch mitkommst, Cass.« Lissa kam auf mich zu, hakte sich bei mir unter. Nahm einen Schluck von dem, was in ihrem Becher war, während sie mich vorwärts und zu den anderen zog. »Wenn wir gewusst hätten, dass du dabei bist, hätten wir dir auch einen Kaffee besorgt. Oder was immer du trinkst. – Ann, warum hast du denn nicht Bescheid gesagt, dass du Cass mitbringst?«

»Echt. Eine kurze Nachricht hätte genügt.« Alice hielt Ann ein Papp-Tray mit einem weiteren Becher entgegen. »Vanilla Latte mit Sojamilch und extra Vanille. – Allerdings dürfte er inzwischen kalt sein. Wir warten nämlich schon eine Ewigkeit.«

Ann verzog das Gesicht, während sie ihr den Becher abnahm. Anscheinend war kalter Vanilla Latte nicht so ihr Ding. Oder Alice' letzte Bemerkung. »Danke. Nett von dir. – Entschuldigt.« Fast wartete ich darauf, dass sie mich als Ausrede benutzen würde. Was sie aber nicht tat.

»Gerne doch.« Alice beförderte das Tray zielsicher in den als neongelbes Skelett verkleideten Abfallkorb einen Meter weiter. Und ihren Becher direkt hinterher. »Dann mal los, Mädels. – Echt cool, dass du mitgehst, Cass.« Sie hakte sich auf meiner anderen Seite ein. Damit war Flucht unmöglich. »Nett, dass ihr mich mitnehmt. Ich war mir nicht sicher, immerhin klang es gestern, als wäre es eine Idee des Richters ... Wenn ihr also lieber allein shoppen gehen wollt ...«

»Blödsinn.« Izzys Becher fand ebenfalls seinen Weg in den Abfallkorb. Allerdings nicht ohne eine Spur aus – was? Milchkaffee? Latte mit wusste-der-Himmel was? – auf dem

Bürgersteig zu hinterlassen. Sie grinste mich an. »Wir müssen doch dafür sorgen, dass du beim Halloween-Ball vorzeigbar bist und uns keine Schande machst.« Sie hakte sich bei Ann unter und zog sie ebenfalls vorwärts. »Auf geht's, Ladys. Es wird Zeit, Geld auszugeben.«

Ich sah nur aus dem Augenwinkel, wie Ann einen Schluck von ihrem Vanilla Latte nahm, abermals das Gesicht verzog und ihren Becher dann im Vorbeigehen wie die anderen im Abfall versenkte.

Die Boutique, zu der sie wollten, befand sich nur ein paar Minuten zu Fuß von Izzys Wagen entfernt, an einem mit rötlichen Kopfsteinen gepflasterten Platz, der etwas tiefer lag als die für den Verkehr gesperrte Straße, über die er zu erreichen war. Die zwei- oder dreistöckigen Häuser, die ihn säumten, waren aus ähnlich roten Backsteinen. Sandfarbene Stufen führten auf das Straßen- und Laden-Niveau hinauf sowie auf die Höhe des Platzes hinunter. Die meisten Schaufenster waren bodentief mit weißen Rahmen und Sprossen. Boutiquen reihten sich hier neben Schuhgeschäfte, Kunsthandwerker- oder Blumenläden oder angesagte Vintage-Shops und den einen oder anderen Juwelier. Es gab sogar eine kleine Galerie, die anscheinend hiesige Künstler ausstellte und die sich den Eingang mit einer Buchhandlung teilte. Bäume sorgten in einer der Seitenstraßen des Platzes vor den Geschäften für Schatten. Über allem lag ein gewisser – und bestimmt so gewollter –

Neu-England-Charme. Und auch hier überall: ausgehöhlte Kürbisse, Skelette und Geister, die von Ästen hingen oder an Laternen, Spinnweben und diverses Kriechgetier. Dass Halloween vor der Tür stand, konnte hier niemandem entgehen.

Die Front der Boutique war mit weißem Holz verkleidet, das in der Sonne fast bläulich glänzte. Ein paar Stufen aus einem ähnlich rötlichen Sandstein wie das Pflaster und die Fassaden der Häuser rechts und links führten zur Eingangstür aus Glas. Im Inneren herrschte helle Kühle. Alles war in Beige- und blassen Ockertönen gehalten. An den Längswänden reihten sich an Edelstahlstangen Kleider ebenso aneinander wie Hosen, Blusen oder Shirts. Auf der einen Seite gab es eine Wand aus Spiegeln, auf der sich auch zwei mit undurchsichtigem, weißem – und derzeit mit schwarz glitzernden Hexen-Silhouetten verziertem – Stoff verhängte Anproben befanden. Der Platz davor war für eine Art Ottomane aus weißem Leder, einen dazu passenden Sessel und einen niederen Tisch freigeräumt, auf dem eine Schale mit Gebäck stand. Ein paar schon – ziemlich geschmackvoll – zusammengestellte Outfits hingen zusammen mit zwei ausladenden Kristallleuchtern – zwischen deren Tropfen Girlanden mit glühenden Augen, Kürbissen und schwarzen Hexen auf Reisigbesen hindurch geschlungen waren – an dünnen Stahlseilen frei von der Decke. Andere wurden von Schneiderpuppen getragen, die zwischen weiteren Ständern und riesigen Bodenvasen und

Kübeln mit anscheinend künstlichen Pflanzen im Raum verteilt dekoriert waren. Der ein oder andere Schal oder Gürtel war an kleineren Büsten auf Glas- oder Steinsockeln drapiert. Die Kasse stand auf einer Vitrine aus Glas und Edelstahl, auf deren inneren Ebenen Schmuck und kleinere Accessoires auf heller Seide ausgebreitet waren. Was ich auf den ersten Blick sah, reichte das Angebot von sportlich-elegant bis zu nur-noch-elegant. Mit gut erkennbarem Schwerpunkt auf Letzterem. Dazwischen gaben sich kleine Kürbisse aus orangenem Kristall und ebensolche Spinnen in Schwarz mit rot glitzernden Augen ein Stelldichein. Nur auf eines hatte man verzichtet: Spinnweben.

Bei den Anproben zeigten zwei junge Frauen, die ich irgendwo auf Mitte bis Ende zwanzig schätzte, einander anscheinend gerade das, was sie aktuell anprobiert hatten. Nach den Fetzen ihrer Unterhaltung, die ich quer durch den Raum aufschnappte, suchten sie etwas für die Geburtstagsparty der Mutter einer der beiden. Die das Motto – Überraschung – »Halloween« hatte. Eine dritte Frau, nur wenig älter, stand dabei und schien sie zu beraten. Zumindest drehte sie sich gerade um und wollte wohl zu einem der Ständer in der Mitte des Raumes. Als sie uns sah, stockte sie kurz, lächelte dann aber zu uns herüber.

»Ich bin gleich bei Ihnen. Sehen Sie sich doch ruhig schon mal um.« Sie wies auf einen breiten Durchgang. Der in mindestens einen weiteren Raum führte. Und der anscheinend von Anfang an das Ziel von Alice, Ann, Lissa und Izzy gewesen war. Zumindest durchquerten sie zielstrebig die Boutique, ohne den Kleiderständern um sie herum auch nur einen Blick zu gönnen.

Bisher war mir nicht so klar gewesen, warum sie ausgerechnet diese Boutique auserkoren hatten – aber hier kam das Wow, das alles erklärte. Es gab nur eine Ankleide, die jedoch deutlich mehr Platz bot, als die beiden draußen zusammen, – und die Spiegel standen als »V« in der Mitte des Raumes, mit einer weiteren Ottomane auf der offenen Seite, während ein dritter Spiegel darüber schräg von der Decke hing. – Anscheinend war dieser Raum einzig und allein für Abendkleider reserviert. In allen nur erdenklichen Farben. Ein halbes Dutzend weiterer Schneiderpuppen stand fast kreisförmig auf ähnlichen Sockeln wie draußen, die kleineren Büsten um die Spiegel herum. Jede trug ein bodenlanges Kleid in einer anderen Farbe und einem anderen Stoff. Von Halloween war hier nichts zu sehen. Halleluja.

Lissa hatte den Raum als Erste betreten. Und blieb nun abrupt stehen. Als sie sich dann umdrehte, wirkte sie alles andere als amused. »Ich dachte, wir wären allein?« Es klang beinah wie eine Anklage. Neben ihr wandte Izzy sich ebenfalls um, die Nase unübersehbar gerümpft.

Auf der gegenüberliegenden Seite hatte eine weitere Kundin ein blass fliederfarbenes Kleid zwischen den anderen hervorgeholt. Entweder hatte sie bemerkt, wie wir hereingekommen waren, oder sie hatte Lissa gehört, denn sie sah sich zu uns um. Nur um sich sofort wieder abzuwenden. Ganz so, als wäre sie sehr viel lieber an jedem anderen Ort als hier mit uns – oder zumindest mit Lissa, Izzy, Alice und Ann. Kannte sie die vier näher? Und wenn ja, woher?

Ann schob sich an mir vorbei. Runzelte die Stirn. »Papa sagte, er wollte dafür sorgen, dass wir die Boutique hier hinten für uns haben …«

Alice schnaubte. »Na ja, zumindest werden wir nicht dieselben Kleider anprobieren wollen.«

Es dauerte mehrere Sekunden, bis ich begriff, was sie meinte.

Izzy kapierte es deutlich schneller und kicherte. »Stimmt.«

Wie bitte?

»Dein Vater hat sie aber nicht auch zu eurem Halloween-Ball eingeladen?« Lissa wandte sich zu Ann um.

Die hob deutlich unangenehm berührt die Schulter. »Ihre Eltern gehören zum Coven und Sue hat dieses Jahr ihre Initiation …« Das ›Alles andere wäre ein Affront gewesen‹ sprach sie nicht aus.

Izzy schnalzte unwillig mit der Zunge. »Na ja, da kann man nichts machen. Wenn man Familie mit den entsprechenden Beziehungen hat, ist der Rest egal.«

Und das alles laut genug, dass die andere es gerade noch hören konnte. Genau genommen hören *musste*. Und gleichzeitig doch nicht so laut, dass man ihnen Absicht unterstellen konnte. Ich biss mir auf die Zunge. Schluckte einen entsprechenden Kommentar runter. *Nicht mein Zirkus. Nicht meine Affen.* Und trotzdem ... *Nein, Cassandra. Lass es!*

Also war diese Sue auch eine Hexe. Und aus einer Familie, die entweder genug Einfluss in dieser Stadt, Macht oder Geld hatte, um in den »Kreisen« der Wittmores zu verkehren.

Auf der gegenüberliegenden Seite hängte Sue das Kleid zurück. Einen Moment rechnete ich damit, sie würde gehen. Das Zögern, mit dem sie vor den Stangen stand, sprach mehr als dafür. Doch dann nahm sie kaum merklich die Schultern zurück und zog ein anderes Kleid hervor.

Und das mit vier Hyänen im Nacken. Respekt.

Alice stieß ein ziemlich übertriebenes – und wieder gut hörbares – Seufzen aus. Dann rieb sie sich die Hände. »Na los, lasst uns mal Geld ausgeben, Mädels. – Brauchst du Hilfe, Cass?«

Irritiert sah ich sie an. »Hilfe?«

Lissa hob nonchalant die Schultern. »Dabei, etwas Passendes für dich auszusuchen.«

Meinte sie mit ›passend‹ ›angemessen‹ oder ›in deiner Größe‹? »Ich bin ein großes Mädchen. Ich denke, ich schaff das schon.« Mein Lächeln war zuckersüß. »Wir sehen uns dann vor den Spiegeln.«

Wieder ein Schulterzucken. »Wie du meinst.«

»Falls du doch Hilfe brauchst, sag Bescheid.« Izzy hakte sich bei Lissa unter und zog sie mit sich.

»Mach ich.« – *garantiert nicht*. Damit wandte ich mich mit voller Absicht der Seite des Raumes zu, auf die *sie nicht* zuhielten.

Kleider – im Sinne von »Dinge, die einen Rock am unteren Ende hatten« – shoppen, gehörte nicht wirklich zu meinen Lieblingsbeschäftigungen. Wobei meine Begeisterung dafür im antiproportionalen Verhältnis zur Länge des Rocks stand. Mom hatte immer geseufzt, dass ich diesbezüglich zu einhundert Prozent nach Dad schlug. Was das Klamotten-Einkaufen betraf. Und sie hatte es nicht gerade hilfreich gefunden, wenn er sich bei solchen Gelegenheiten mit mir zum nächsten Diner oder Eisgeschäft abgesetzt hatte. Weshalb sie ihn in der Regel schon vorher dort geparkt hatte und nur mit mir allein losgezogen war. Sozusagen, um eine gemeinsame Flucht zu verhindern.

Die Auswahl an Kleidern war groß genug, um für jeden Geschmack und jedes Alter etwas zu bieten. Allerdings nicht für jeden Geldbeutel. Zumindest bei den Kleidern, bei denen ich mehr durch Zufall einen Blick auf die Etiketten warf. Meist, weil ich die Größe suchte. Und an dieser Stelle wurde es interessant: Es gab jedes Kleid hier anscheinend nur ein Mal. Ob noch weitere Größen irgendwo in einem Lager hingen, konnte ich natürlich nicht sagen. Aber ansonsten machte jedes Kleid den Eindruck, ein Einzelstück zu sein. Wenn dem tatsächlich so war, verringerte das die Gefahr, demselben Teil mehrmals auf einer Party zu begegnen, ungemein.

Das ein oder andere fand ich zumindest interessant genug, um es mir wenigstens einmal vor den Spiegeln anzuhalten. Allerdings hängte ich sie alle wieder an ihren Platz. Bis auf eins.

Zu diesem ganz bestimmten Kleid zog es mich immer wieder zurück ...

»Du darfst kein Schwarz tragen.«

Überrascht und irritiert drehte ich mich vom Spiegel weg zu Lissa um. Die Spitze des Kleides schmiegte sich in der Bewegung um meine Beine. »Und warum?« Die ganze Zeit war sie doch mit Izzy zusammen gewesen ... Und ich war anscheinend von meinem eigenen Anblick abgelenkt genug, um nicht zu bemerken, dass sie auf mich zukam.

»Schwarz ist den initiierten Hexen vorbehalten.« *Na dann ...* »Wusstest du das nicht? Haben deine Leute dir das nicht erklärt?« Ihr Ton sagte deutlich: ›*War ja klar, dass du doch Hilfe brauchst.*‹ Nein, weder Mom noch Granny hatten eine solche »Regel« jemals auch nur mit einer Silbe erwähnt. – Also war es für sie nicht von Bedeutung gewesen. Oder hatte sie schlicht nicht interessiert. Ich hielt mir das Kleid erneut an. »Na ja, da es ohnehin nur ...«, sehr, »... dunkelgrün ist, sollte das ja kein Problem sein.« Wobei: Wenn man es genau nahm, konnte der Stoff sich anscheinend nicht wirklich entscheiden, ob er jetzt doch vielleicht schwarz sein wollte. Die einzige Regel, die ich kannte und die ansatzweise in diese Richtung ging, war, dass man die Farbe des Feuers nicht tragen sollte, wenn man mit seinem gegensätzlichen Element – also dem Wasser und/oder seinen Elementaren – arbeiten wollte. Oder umgekehrt. Vor allem sie nahmen so was ziemlich genau. Erde und Wind waren da deutlich entspannter.

Meistens zumindest.

Na ja, manchmal bis selten.

Lissa sah aus, als hätte sie auf eine Zitrone gebissen. »Wie du meinst. Aber sag nicht, wir hätten dich nicht gewarnt, wenn du Ärger bekommst.« Steif wandte sie sich ab und ging zu Izzy hinüber. Was sie zu ihr sagte, verstand ich nicht. Aber ihre Blicke waren deutlich genug. *Wir?* Gingen wir nicht nur einfach so und mehr oder weniger durch »Zufall« zusammen Kleider kaufen? Oder hatte der Richter sie absichtlich mitgeschickt, damit sie mich im Auge behielten? Dafür sorgten, dass ich nicht aus der Reihe tanzte? Wäre ihm durchaus zuzutrauen. Und theoretisch hätte ich da auch schon deutlich früher draufkommen können. Im Spiegel begegnete ich den Augen der fremden Hexe. Für den Bruchteil einer Sekunde sah sie wie sichernd zu Lissa und Izzy hin, dann lächelte sie mir fast schüchtern zu. Ich lächelte zurück. Das Kleid, das sie in den Händen hielt, würde ihr ziemlich gut stehen. Und auch ihre mehr oder weniger großen oder kleinen Problemzonen geschickt kaschieren. Es musste nur passen. Und das war in dieser Boutique vermutlich das Problem. Jeder, der auch nur ein bisschen über Model-Maß lag, hatte hier nur wenig Chance, etwas zu finden.

Beziehungsweise eigentlich gar keine.

Abermals ging ihr Blick zu Lissa und Izzy, dann kam sie noch immer wie zögernd herüber. »Darf ich?« Sie nickte zu den Spiegeln.

»Natürlich.« Ich machte ihr Platz.

Abermals hielt sie das Kleid an.

»Steht dir.« Ich ließ den Blick an ihrem Spiegelbild auf- und abwandern.

»Danke.« Wieder dieses Lächeln. »Was du da hast, sieht aber auch super aus.«

Alice schlenderte zu uns herüber. Hielt ihrerseits ein Kleid an. Leuchtend violett. Und ließ ebenfalls die Augen über Sues Spiegelbild gleiten. »Wie schade, dass du da wohl niemals reinpassen wirst, Sue.«

Ich holte scharf Luft. Sie schien es nicht zu bemerken. Zumindest beachtete sie mich nicht.

»Woher willst du das wissen?« Die andere wurde erst blass, dann rot. »Anprobieren werde ich es auf jeden Fall. – Nicht, dass dich das etwas anginge.«

»Ist doch auf den ersten Blick zu sehen.« Alice stieß ein gehässiges Lachen aus. »Tu dir keinen Zwang an. Aber sei vorsichtig, dass du es nicht zerreißt. Wäre schade drum. Vielleicht möchte es ja jemand kaufen, dem es passt.«

Du vielleicht? Alice würde es vermutlich auch gut stehen.

Was auch immer die Fremde – Sue – hatte sagen wollen, ich war schneller. »Ich würde es gerne mal an dir sehen.« Auch wenn ich mit Sue sprach, fixierte ich Alice dabei im

Spiegel. »Und da das hier ja ein freies Land ist …« Jetzt drehte ich mich doch zu Sue um. Ließ die Fingerspitzen federleicht und wie beiläufig über den Stoff des Kleides gleiten. »Ich finde, du solltest es anprobieren. Wenn du es willst, wird es dir auch passen.«

Wieder dieses Lächeln. Dann nickte sie mir zu, beschied Alice ein ›Du entschuldigst mich‹ und ging hinüber zur Ankleide. Alice' Blick hätte genügt, um den Vorhang hinter ihr in Flammen aufgehen zu lassen, wenn sie dazu in der Lage gewesen wäre. »Wusstest du, dass ihre Familie erst seit einer Generation zu den Zweiten der Coven gehört, Cass?« Sie drehte sich zu mir um.

»Nein.« Ich hob eine Braue. Und musste innerlich grinsen. Das war einer der Gründe gewesen, warum Granny und Mom nichts mit den Coven hatten zu tun haben wollen. Dieses Denken in und Pochen auf Hierarchien innerhalb und zwischen den Coven und Zirkeln. Familien und Hexen, die dazu gehörten oder nicht. Mächtig waren oder einfach nur den Hauch einer Gabe besaßen. Wie früh oder spät man seine Initiation hatte, bei wem man »in die Lehre« gegangen war … ›Wir sind, was wir sind. Man kann nicht mehr – oder weniger – sein, als man ist. Und man kann es auch nicht lernen.‹ Granny hatte nie einen Hehl aus ihrem Standpunkt gemacht. Und was sie davon hielt, dass andere so sehr auf diesen Hierarchien beharrten. Ebenso wenig wie Mom.

»Ich dachte nur, es würde dich interessieren.«

»Okay.«

Stirnrunzeln. Offenbar war das nicht die Reaktion, die sie erwartet hatte. »Hat Lissa dir nicht gesagt, dass nur initiierte Hexen Schwarz tragen dürfen?« Sie wies mit dem Kinn auf das Kleid in meiner Hand.

»Na, dann ist es ja gut, dass es nicht schwarz, sondern dunkelgrün ist.« Ich lächelte sie unschuldig an und hielt das Kleid erneut vor mich. Meine Worte hatten bei ihr den gleichen Effekt wie bei Lissa.

»Probiert sie es jetzt doch an?« Lissa und Izzy kamen ebenfalls zu uns herüber.

Alice wandte sich zu ihnen um. »Ja.«

Ann folgte ihnen in einem kleinen Abstand.

Anscheinend hatte jede von ihnen etwas gefunden, was sie anprobieren wollte. Über Lissas und Izzys Armen glaubte ich, jeweils zwei scheinbar bodenlange Kleider zu sehen. Sie hatten sich bei den Stangen, an denen sie die ganze Zeit zugange gewesen waren, offensichtlich eine ganze Auswahl vornedrangehängt, sodass man sie auf einen Griff fand. Beide standen offenbar auf Blautöne. Ann hatte drei über dem Arm. Eines davon blutrot. Es war so lang, dass sein Ende bis auf den Boden reichte.

Izzy schnalzte missbilligend. »Schade um das Kleid. Hätte dir wirklich gut gestanden, Alice.« Sie hob die Stimme ein winziges Stück, damit man ihre Worte in der Umkleide auch ja nicht überhören konnte. »Und? Ist der Stoff schon gerissen?«

»Ich glaube, irgendwas klang gerade so.« Lissa kicherte. Plötzlich hatte ich das Bedürfnis, einen Schritt von ihnen wegzumachen. *Nicht meine Affen. Nicht mein Zirkus.* Ich musste es schon fast wie ein Mantra wiederholen. Mehr durch Zufall begegnete ich Anns Augen. Der Ausdruck darin … bescherte mir ein Frösteln. Mit ziemlicher Sicherheit würden wir in diesem Leben keine Freundinnen mehr werden. *Besten Dank auch, Luke Bishop.*

»Beeil dich mal, Sue. Hier sind noch ein paar Kundinnen, die ihre Kleider auch anprobieren wollen.« Izzy hatte die Stimme noch weiter gehoben. »Und die eine deutlich größere Chance haben, dass ihnen tatsächlich welche passen.«

»Falls du den Reißverschluss nicht auf Anhieb zubekommst, brauchst du es kein zweites Mal zu versuchen. Da wird es auch nicht klappen.« Lissa klang absolut freundlich. Grinsend gab Alice ihr die High Five.

Nicht meine Affen … Ich biss mir auf die Zunge.

Und hätte fast losgelacht, als Sue wie aufs Stichwort aus der Umkleide kam. So wie die anderen aussahen, hatten sie gerade auf etwas *noch* Saureres als Zitronen gebissen. Eine Sekunde starrten sie Sue einfach nur an.

Izzy war die Erste, die ihre Stimme wiederfand. Wenn auch erst nach einem Räuspern. »Na ja, ich würde mal sagen: Die Wurstpelle sitzt.«

Ich drehte mich heftig zu ihr um. *Nicht meine Affen …* Holte sehr langsam Luft …

»Sie sehen fantastisch aus, Sue.« Die Stimme der Verkäuferin. Sie kam gerade durch den Durchgang herein. Anscheinend waren die beiden anderen Kundinnen bedient. Alice, Lissa und Izzy drehten sich unisono zu ihr um. Sie schenkte ihnen ein kurzes Lächeln und Nicken, ehe sie weitersprach. »Als wäre es Ihnen auf den Leib geschneidert. Wirklich, wie für Sie geschaffen.«

Bibbidi bobbidi boo. Ich stieß die Luft langsam und lautlos wieder aus. *Erinnerst du dich noch Mom, als ich zu Halloween als gute Fee gegangen bin? Ich war vier oder so. Du hattest echt Mühe, zu verhindern, dass ich allen anderen Kindern ihre Wünsche erfüllt habe. Anscheinend hab ich's immer noch drauf.*

»Und es ist ein absolutes Einzelstück.«

Schade, Alice. Tut mir leid für dich. – Oder auch nicht. Manchmal schlug das Karma schneller zu, als man dachte.

»Ich habe vorne noch ein Schultertuch, das wunderbar dazu passt. – Soll ich es Ihnen zeigen, Sue?«

»Gern.« Sue drehte sich vor dem Spiegel. Begegnete meinem Blick. Ich schenkte ihr ein anerkennendes Nicken und ein »Daumen-hoch«.

Und hätte vermutlich tot umfallen müssen, wenn Blicke tatsächlich töten könnten. Zumindest was die von Izzy, Lissa und Alice betraf.

Vielleicht hatte die Verkäuferin ein gutes Gespür. Vielleicht war es Zufall – oder einfach der Wunsch, weitere Kundinnen nicht übermäßig lang warten zu lassen. Möglicherweise erinnerte sie sich auch daran, dass es da eine Absprache mit dem Richter gab. – Oder zumindest hätte geben sollen. »Vielleicht sollten wir Ihre Sachen mit nach vorne nehmen. Dann können die anderen hier ihre Kleider ebenfalls anprobieren, während sie sich in aller Ruhe die Tücher und Schals ansehen, die ich habe. Wenn ich mir das genau überlege, sind da nämlich so einige, die wunderbar zu diesem Kleid passen würden …«, schlug sie vor. Sie sah zu uns. »Sie kommen doch noch einen Moment ohne mich zurecht?« Allerdings wartete sie nicht auf eine Antwort, ehe sie sich wieder Sue zuwandte. »Gehen Sie schon mal vor, Sue. Ich nehme Ihre Sachen …« Damit verschwand sie in der Anprobe, tauchte gleich darauf wieder auf, Sues Kleider und Tasche über dem Arm, und strebte mit ihr zusammen auf den Durchgang zu. Formte noch einmal halb zu uns umgewandt ein lautloses ›Ich bin gleich zurück‹, dann waren sie weg. Um ein Haar wäre ich bei den Gesichtern der anderen in schallendes Gelächter ausgebrochen. In letzter Sekunde schaffte ich es, es auf ein harmloses Husten zu beschränken. Trotzdem erntete ich erneut unwillige Blicke. Vor allem von Izzy. »Manchmal sollte man sich gut überlegen, mit wem man Freundschaften schließt«, bemerkte sie spitz.

Ich sah sie an.

Mehr nicht.

Nach einer Sekunde verlagerte sie kaum merklich das Gewicht.

Nach einer weiteren Sekunde nickte ich langsam. »Ja.

Sollte man.« Aber: – Erstens hatte ich nicht vor, hier mit irgendjemandem welche zu schließen und: – Zweitens würde ich mir – falls doch – von niemandem Vorschriften diesbezüglich machen lassen. Weder, was das anging, noch in irgendeinem anderen Punkt in meinem Leben. Wie gleichgültig hob ich die Schultern. »Ich denke, ich gehe auch nach vorne, um das Kleid anzuprobieren. Ist ja nicht nötig, dass wir hier Schlange stehen.« Und so gerade und schmal wie mein Kleid geschnitten war, brauchte ich auch nicht mehr Platz, als die beiden Ankleiden draußen zu bieten hatten. Lissa und Alice sahen einander kurz an, ehe Lissa nickte. »Klar, gute Idee. Und Spiegel gibt es da draußen ja auch mehr als genug.«

Natürlich. Klar. Genau genommen gab es vorne sogar mehr als hier. Spiegel waren *das* Argument. Wirkte Izzy tatsächlich beinah ein bisschen erleichtert? – Ja, ich konnte ein Miststück sein, wenn ich wollte.

Ich wandte mich ab. Und begegnete im Spiegel Anns Blick … Nein. Nicht Anns … Sarah Warrens. Das Lächeln, mit dem sie mich bedachte, war … fein.

Spöttisch.

Und böse.

Mehr aus Reflex drehte ich mich zu ihr um. Vielleicht schneller, als ich beabsichtigt hatte. Natürlich war Sarah Warren nicht da. *Cass, du dummes Stück.* Auch wenn ich für den Bruchteil einer Sekunde fast geglaubt hatte, das gleiche Lächeln auf Anns Lippen zu sehen.

»Alles klar, Cass?« Wie fragend zog Lissa die Brauen in die Höhe.

Schnell schüttelte ich den Kopf. »Alles klar.« Warum sollte ich ihnen erzählen, dass ich Geister sah. – Nein, nur einen ganz bestimmten Geist. Und auch noch einen, den ursprünglich *sie* beschworen hatten. »Wir sehen uns später.«

Wenn ich ehrlich war, war ich froh, als der Vorhang der Umkleide draußen hinter mir zufiel und ich allein war.

Nein.

Nicht allein.

Sarah Warren stand hinter mir. Ihre Augen begegneten meinen im Spiegel. Dieses Mal drehte ich mich nicht um. Weil sie auch dieses Mal nicht da sein würde. Wind spielte mit ihren Haaren, ihrem Kleid. Bauschte im einen Moment den Rock um ihre Beine und schmiegte ihn im nächsten dagegen. Fast glaubte ich, den Duft von Laub und Erde zu riechen. Ihre Lippen bewegten sich. Formten lautlos Worte.

Wieder.

Wieder.

Sie hob die Hand.

Streckte sie nach mir aus.

Mir im Spiegel entgegen.

Ihre Lippen bewegten sich weiter. Kein Lächeln diesmal. Nur diese Worte.

Wieder.

Und wieder.

Wie von selbst hob sich meine eigene Hand. Trat ich näher an den Spiegel.

Fast berührten sich unsere Fingerspitzen.

Fast.

»Was willst du?« Meine Stimme klang hart. Härter als beabsichtigt.

Wieder die gleichen Worte. Wie auf der Lichtung. Sagte sie tatsächlich ›Hilf mir‹? Das konnte nicht sein. Nicht bei dem Hass, mit dem sie mich eben gerade noch in den anderen Spiegeln angesehen hatte.

»Wobei? Wobei soll ich dir helfen?«

Der Wind zerrte jetzt an ihren Haaren. Ihrem Kleid.

Nur wieder dieselben Worte.

»Wobei soll ich dir helfen?«

Auf dem Spiegel erschien ein Riss. Ohne da zu sein.

»Alles in Ordnung da drin?«

Die Verkäuferin. Ich sog scharf die Luft ein. Verdammt. Für einen Moment hatte ich vergessen, dass ich nicht allein war … »Ja. Ja, alles in Ordnung.«

»Brauchen Sie Hilfe?«

Ich schüttelte den Kopf. Erst mit einiger Verspätung wurde mir klar, dass sie das auf der anderen Seite des Vorhangs gar nicht sehen konnte. »Nein. Nein, danke. Ich komme klar. Alles in Ordnung.«

Zögern. Ein Murmeln, das ich nicht verstand. Dann Schritte, die sich entfernten. Leise. Kaum hörbar.

Mein Blick kehrte zu Sarah zurück. Ihre Hände waren rot. Blutig. Warum war mir das nicht vorher aufgefallen?

Weil es vorher nicht da gewesen war.

Jetzt war das Blut auch auf ihrem Kleid. Wurde immer mehr. In ihrer Hand ein Messer. Das gleiche Messer, das ich bei Ann gesehen hatte. Ihre Lippen formten nicht länger Worte.

Stattdessen schrie sie.

Gellend.

Lautlos.

So gellend, dass ich sie auch auf meiner Seite des Spiegels zu hören glaubte.

Wild.

Verzweifelt.

Der Schatten war unvermittelt hinter ihr im Spiegel. Stürzte auf sie zu. Auf mich. Nein, nicht hinter ihr …

Ich fuhr herum, stolperte zur Seite. Mein Fuß verfing sich in irgendetwas. Ich fiel. Riss halb den Vorhang mit – in derselben Sekunde, in der die Schaufensterpuppe durch ihn hindurchbrach.

In den Spiegel krachte.

Ihn zu Tausenden Scherben zerschlug.

Splitter flogen.

Das Vorhanggestänge stürzte der Puppe nach auf mich herab. Irgendwie schaffte ich es, die Arme über den Kopf zu reißen.

Mein Fuß hing immer noch in irgendetwas fest.

Wärme sickerte hinter meinem Ohr hervor. Perlte meinen Hals hinab.

Schreie um mich herum.

Bewegungen.

Hektisch.

Die Schaufensterpuppe hatte sich irgendwie über mir verkeilt. Hing halb im Spiegel. Hart stieß ich sie weg von mir. Zusammen mit dem heruntergerissenen Vorhang. Seinem Gestänge. Scherben rieselten auf mich herab. Wie zum Teufel hatte sich dieses Kabel so um meinen Knöchel schlingen können? Heftig machte ich mich davon los. Kämpfte mich in die Höhe. Jemand streckte mir die Hand hin. Ich ergriff sie. Die Verkäuferin. Nein. Sue. Ließ mir aufhelfen. Aus den Trümmern der Ankleide und der Puppe heraus. Spiegelscherben knirschten unter mir. Ich schüttelte den Kopf, um sie aus meinen Haaren herauszubekommen. Und von mir herunter.

»Sind Sie in Ordnung, Miss?« Die Verkäuferin tauchte jetzt auch neben mir auf. Komplimentierte mich und Sue von dem Trümmerfeld weg. »Mein Gott, was ist da nur passiert? Sind Sie unverletzt? Das tut mir so wahnsinnig leid. Ich habe keine Ahnung, wie das passieren konnte … Vielleicht eine Halterung, die nicht richtig fest war? Aber so was ist noch nie passiert …«

»Mir ist nichts passiert.« Möglichst behutsam-unauffällig machte ich mich von ihr und Sue los. Die arme Frau konnte einem fast leidtun.

Izzy, Lissa und Alice standen im Durchgang. Izzy in einem Abendkleid, dessen Reißverschluss im Rücken anscheinend noch offen stand. Zumindest nach dem, wie sie sich den Arm verrenkte, um es hinten so zuzuhalten, dass es nicht der Schwerkraft folgte. Der Fluch der trägerlosen Korsagen. Lissa schien zu überlegen, ob sie Alice ihre Kleider in den Arm drücken und zu mir herüberkommen sollte. Anns Blick ging zwischen mir und der Zerstörung hin und her. Der Ausdruck in ihrem Gesicht war nicht zu deuten. Oder doch? Nein. »Nur erschrocken.« Ein solcher »Unfall« mit einer Kundin musste die ultimative Horrorvorstellung für jemanden wie sie sein. Auch wenn ich nicht an die Erklärung mit der »Halterung« glaubte. Nicht mit Sarah Warren Sekunden davor im Spiegel.

»Kann ich irgendetwas tun …?« Sie flatterte um mich herum wie ein aufgescheuchtes Huhn.

Ich machte einen Schritt von ihr weg. Wäre beinah in Sue hineingelaufen. Hob abwehrend die Hände. »Nein. – Nein, alles in Ordnung.«

»Du blutest …« Sue wies auf meinen Hals.

Reflexartig griff ich an die Stelle. Nahm die Hand wieder weg, sah auf meine Fingerspitzen. Tatsächlich. Blut. Nicht allzu viel, aber trotzdem. Ich zog mein Taschentuch aus der Hosentasche, drückte es darauf.

Die Verkäuferin war jetzt endgültig totenblass. »Soll ich einen Krankenwagen rufen …« Auch wenn ich keine wirkliche Ahnung davon hatte, wie der Ruf des Richters in dieser Gegend war, konnte ich es mir doch ein Stück weit denken. Wahrscheinlich sah sie die Schmerzensgeldklage schon auf sich zukommen.

Schnell schüttelte ich den Kopf. Und ignorierte das scharfe Stechen in meinem Nacken. »Nein. Nicht nötig. Ist nur ein Kratzer ...«

Konnte man vor Erleichterung in Ohnmacht fallen?

Auf Sues Stirn war eine feine Linie erschienen.

Mit einem Kopfschütteln wich ich weiter von ihnen zurück. Richtung Ausgang. »Ich brauche nur einen Moment frische Luft.« Mal abgesehen davon, dass mir gerade nicht mehr nach Shoppen zumute war. Und das einzige Kleid, das mir gefallen hatte, ohnehin unter dem Trümmerfeld aus Garderobe, Schaufensterpuppe und Spiegel begraben lag. »Wir sehen uns später. Wartet nicht auf mich. Ich nehm mir ein Taxi, um zurückzukommen.« Ich gab weder Ann noch den anderen die Chance zu reagieren. Wandte mich ab, nickte Sue noch ein »War schön, dich kennengelernt zu haben« zu, marschierte zur Tür und verließ die Boutique. Ich hatte keine Lust auf irgendwelche Diskussionen, darüber, was ich durfte und was nicht.

Draußen trat ich von den Treppenstufen herunter, ging noch ein paar Meter weiter, ehe ich im Schatten eines der Bäume stehen blieb und tief Luft holte. Und einen kurzen Blick zu der Boutique zurückwarf. Warum auch immer diese Schaufensterpuppe umgestürzt war: Eine lose Halterung war nicht der Grund. Das war eine Warnung gewesen. Vielleicht auch mehr. Aber die Einzige, der ich einen Grund geliefert hatte, war Ann.

Nur traute ich es ihr einfach nicht zu. An allen Fronten. Und bisher war mein Gespür bei solchen Sachen ziemlich zuverlässig gewesen. Castairs-Gabe eben ...

Allerdings sagte mir mein Gefühl auch, dass auch Sarah Warren damit nichts zu tun hatte.

Das Zirpen meines Handys verkündete, dass ich eine Nachricht von John hatte. Manchmal war das Timing dieses Mannes einfach nur beängstigend. Fast erwartete ich, auf dem Display ein ›Was ist passiert? Alles in Ordnung mit dir?‹ zu lesen, als ich es aus der Hosentasche zerrte und einen Blick darauf warf. Stattdessen war da nur die Nachricht, dass das Päckchen mit Grandpas Ring auf dem Postamt für mich bereitlag, dazu ein Link mit der Adresse und allen anderen Daten, die ich brauchte, um es abzuholen. Und laut Google Maps waren es von hier keine zehn Minuten zu Fuß. Ich ließ das Handy in die Hosentasche zurückgleiten. Genau das, was ich brauchte, um runterzukommen: Ablenkung. Normalität.

23

Grandpas Ring war ein seltsam beruhigendes Gewicht in meiner Hosentasche. Auch wenn ich ihn nicht gekannt hatte, war von allem, was mit ihm zu tun gehabt oder ihm gehört hatte, für mich immer ein Gefühl der Sicherheit und Geborgenheit ausgegangen.

Dieses Mal war es genauso.

Ich war geradewegs zu der Poststation gegangen, die John mir in seiner Nachricht genannt hatte, und hatte das Päckchen mit dem Ring abgeholt. Die Verpackung hatte ich noch direkt vor Ort in den nächsten Mülleimer entsorgt. Der diesmal eine gigantische, haarige Spinne war, der bereits ein Bein und ein Auge fehlten.

Ich war weiter durch die Stadt gewandert. Irgendwie ziellos. Dafür innerlich deutlich ruhiger. Ich versuchte noch immer herauszufinden, warum mein Gefühl mir sagte, dass Sarah Warren nicht dafür verantwortlich war, dass diese Schaufensterpuppe mich um ein Haar erschlagen hätte.

Nein, genau genommen nicht ziellos. Ich war auf dem

Weg zu dem Park – oder was auch immer das sein mochte – dessen Baumwipfel ich gelegentlich über den Dächern der Häuser aufragen sah. Und der nur noch ein paar Hundert Meter entfernt sein konnte. Eher weniger.

Entsprechend brauchte ich einen Moment länger, bis mir bewusst wurde, dass ein tiefroter Porsche, die Schnauze auf meiner Höhe, neben mir her rollte. Und in genau dem Augenblick schneller wurde, vor mir halb auf den Bürgersteig einscherte, anhielt und mir damit den Weg abschnitt. Abrupt blieb ich stehen. Auf der anderen Seite öffnete sich die Fahrertür und Luke stieg aus.

»Was willst du?« Ich hatte nach wie vor keinerlei Verlangen nach Gesellschaft.

Für den Bruchteil einer Sekunde verzog er den Mund. Beinah ein unhörbares ›Du mich auch.‹ »Der Richter schickt mich. Ich soll dich nach Hause bringen.« Er sah bedeutungsvoll auf die Uhr an seinem Handgelenk. »Wahrscheinlich schickt er demnächst die Kavallerie, nachdem ich inzwischen die halbe Stadt nach dir abgesucht habe. – Steig ein.«

»Sag ihm, du hast mich nicht gefunden.« Nicht, dass der Richter ihm theoretisch nicht genau hätte sagen können, wo er mich fand. Erstaunlich, dass er es nicht getan hatte.

»Warum sollte ich das tun?«

Tja. Punkt für ihn. Vor allem nach der Aktion von gestern.

»Warum hat er dich mir eigentlich hinterhergeschickt?«
Er hob eine Braue. Und blinzelte kurz. Für den Bruchteil einer Sekunde wurde sein Blick ... unscharf, schien an mir vorbeizugehen. Ehe er zu mir zurückkehrte. »Weil Ann und die anderen ohne dich zurückgekommen sind und irgendwelches Zeug erzählt haben von wegen ...« Er verstummte. Wieder ein Blinzeln. Dann ein Zischen. Etwas, das wie »Dreckskerle« klang und nicht mir galt, dann ein »Warte hier!« an meine Adresse, während er schon die Tür des Porsche zuknallte, sich abwandte und die Straße hinunter strebte. In die Richtung, in die ich auch unterwegs gewesen war. Auf die Bäume zu. Die Hände zu Fäusten geballt. Mit jedem Schritt schneller. Schon nach dem dritten rannte er. Drängelte sich rücksichtslos durch die Passanten. Für eine Sekunde sah ich ihm irritiert nach. *Legst du es darauf an, abgeschleppt zu werden, Bishop?* Aber auch wenn ich keine Ahnung hatte, was in ihn gefahren war: Alles an ihm schrie geradezu vor nur mühsam beherrschter Wut. Und brachte mich dazu, ihm nachzulaufen.

Meine Versuche, mich bei den Leuten, die ich anrempelte, zu entschuldigen, gab ich sehr schnell auf.

Das wütende Hupen, als ich ohne Rücksicht auf den Verkehr hinter Luke über die Straße rannte, versuchte ich zu ignorieren. Ebenso wie die quietschenden Bremsen.

Erst am Rand des Parks holte ich ihn ein.

Luke setzt vor mir wie ein Profi-Hürdenläufer über die armdicke Zier-Absperrkette, die die Straße von der

Rasenfläche des kleinen Parks trennte. Verschwand auf der anderen Seite im Gebüsch. Ich folgte ihm. Ignorierte die Zweige, die mir entgegenpeitschten. Das Gelächter war nicht mehr zu überhören. Und das Schreien eines Tieres ebenso wenig. Voller Angst. Und Schmerz. Das Gebüsch endete jäh an einem umgestürzten Baumstamm. Wieder schrie der Hund. Schlitternd kam ich zum Stehen. Ein weiterer Stein traf ihn in den Rippen. Er versuchte davonzukriechen. Schafft es nicht mehr. Seine Leine war an einem Ast des Baums dahinter festgebunden. Ließ ihm keine Möglichkeit zu entkommen. Selbst wenn er noch in der Lage dazu gewesen wäre. Luke machte sich noch nicht einmal die Mühe, langsamer zu werden. Er warf sich einfach auf den schwarzhaarigen Typen, der ihm am nächsten war. Und gerade mit einem weiteren Stein auf das Bündel aus Fell und Blut zielte. Riss ihn mit einem Brüllen zu Boden. Die anderen drei fuhren herum. Und stürzten sich ihrerseits auf Luke, der über ihrem Freund kauerte und auf ihn eindrosch, zerrten ihn von ihm herunter. Begannen auf ihn einzuprügeln. Ich hing auf dem Rücken des Schwarzhaarigen und krallte von hinten nach seinen Augen, ehe er reagieren konnte. Er heulte auf. Im nächsten Moment landete sein Ellbogen in meinen Rippen, sodass mir für eine Sekunde die Luft wegblieb und ich nichts anderes herausbrachte als ein abgewürgtes Keuchen. Im gleichen Augenblick packte er meine Handgelenke, zerrte daran, beförderte mich über seine Schulter kopfüber vor sich auf den Boden, und wollte sich in der gleichen Bewegung auf mich stürzen. Ich rollte mich zur Seite. Sah die Bewegung nur aus dem Augenwinkel. Der Blonde hatte sich halb hingekauert. Schrieb mit der Linken etwas in den Boden. Das Feuer war übergangslos in meinen Handflächen. *Oh nein. Nicht so.* Mit dem Fuß wischte ich über die Zeichen. Schleuderte ihm eine Handvoll Erde in die Augen, als er mit einem Knurren aufsah. Der Laut wurde zu einem Schrei. Halb Überraschung, halb Schmerz. Und Wut. Der Schwarzhaarige war unvermittelt über mir. Ich kickte nach seinen Beinen. Versuchte hochzukommen und jaulte auf, als ich in den Haaren gepackt und zurückgerissen wurde. Ein Knie drückte sich knapp über meinen Schulterblättern in meinen Rücken Die Hand in meinen Haaren bog meinen Kopf schmerzhaft weit nach hinten, sodass ich zu dem Typen aufsehen musste, der hinter mir stand. Dass ich ihm die Fingernägel ins Handgelenk grub, interessierte ihn nicht. Der Blonde. Fast weißblond. Gut aussehend. Trotz der Stelle an seinem Kiefer, die sich gerade feuerrot färbte, und dem Blut unter seiner Nase. In dem Erde klebte. Die er eben mit einer unwilligen Bewegung wegwischte.

»Was zum Teufel ... du hast echt Todessehnsucht, Bishop, was?« Er drehte sich halb zu Luke um. Dass er dabei an meinen Haaren zerrte, war ihm egal. Im Gegenteil. Hastig legte ich die Hände fester um sein Handgelenk, um einen neuerlichen Ruck zu verhindern. Noch immer tat mir jeder Atemzug weh. Wenn ich Luke allerdings ansah ... Er lag auf den Knien. Zwei der Typen hielten ihn zwischen sich an den Armen fest. Eine Braue war aufgeplatzt. Blut lief ihm ins Auge, vermischte sich mit dem unter seiner Nase. Sein Shirt hatte mehrere Risse und Blut und Dreckflecken. Der Ausdruck in seinen Augen dagegen ...

»Fick dich, Robert.«

Robert? War das wirklich Izzys Bruder? Der, der diesem Mädchen ... wie war ihr Name gewesen? ... eine tote Katze vor die Tür gelegt hatte? Was für ein Psycho ... – Lag Bösartigkeit bei ihnen in der Familie?

Der ließ ein Schnalzen hören. »Was für eine Ausdrucksweise. Und das auch noch in Anwesenheit einer Dame.« Wieder ein Ruck an meinen Haaren. Wollte der Kerl mich skalpieren? Ich drückte ihm erneut die Fingernägel in die Haut. »Aber was will man von einem wie dir schon erwarten.« Er beugte sich zu mir herab. Der Zug an meinen Haaren verstärkte sich. »Und wenn du nicht damit aufhörst, du kleine Schlampe, erlebst du dein blaues Wunder, genauso wie er.«

Ich stieß ein leises Zischen aus. »Auf die Gefahr hin, dass das jetzt abgedroschen klingt: Fick dich, Robert.«

Seine Augen wurden schmal. Er lehnte sich so weit vor, dass sein Gesicht meinem ziemlich nah kam. Nur verkehrt herum. Was etwas von Alice im Wunderland hatte. Allerdings mehr von der Herzkönigin als vom verrückten Hutmacher. Geschweige denn dem weißen Kaninchen. »Du weißt wohl nicht, mit wem du es zu tun hast.«

Betont gleichgültig hob ich die Schultern. »Ach, weißt du ... Interessiert mich ehrlich gesagt auch nicht wirklich. – Was ich über dich wissen muss, weiß ich.«

»Ach? Und das wäre?«

»Dass du ein Psychopath bist, der sich einen Spaß daraus macht, Tiere zu quälen. Dass du dazu auch noch Hilfe von deinen Kumpels brauchst, bedeutet, dass du obendrein ein Feigling bist. –« Mehrstimmiges Keuchen um mich herum. Selbst Luke schnappte hörbar nach Luft. »– Schlimme Kindheit gehabt, was? Nie gut genug für Daddys Ansprüche gewesen? Oder waren es Mommys Ansprüche?« Ich sah den Schlag kommen. Hätte mich weggeduckt, aber seine Hand in meinen Haaren verhinderte es. Entsprechend traf er mich mit einer solchen Wucht, dass ich für einen Moment die berühmten Sterne sah. Irgendwann würde mein Mundwerk mich noch umbringen. Das prophezeite mir jedenfalls jeder, der mich kannte. Aber zumindest hatte er mich losgelassen. Auch wenn ich jetzt halb auf der Seite lag.

Er beugte sich zu mir. »Was würdest du sagen, wenn ich dir verrate, dass ich ein Hexenmeister bin?« Sein Lächeln war böse und überheblich zugleich.

Ich setzte mich auf. Klopfte mir Erde von den Handflächen. Erst dann sah ich ihn an. »Ich würde sagen, dass das auch für Männer ›Hexe‹ heißt und dass du gerade das Gesetz der Coven brichst.« Ich lächelte zurück. Süß und unschuldig. Und hätte beinah lauthals losgelacht, als seines schlagartig verschwand. Er machte einen Schritt rückwärts. Musterte mich von oben bis unten.

»Wer bist du?«

In gespieltem Entsetzen riss ich die Augen auf. »Echt jetzt? Du weißt nicht, wer ich bin? Wo ich doch laut Mellissa – du weißt schon, Lissa, sie ist eine Freundin deiner Schwester Izzy – DAS Gesprächsthema hier bin.« Dieses Mal schnalzte ich mit der Zunge. »Ich bin schockiert, Bobby.«

Wieder dieses Keuchen. Auch wenn es diesmal deutlich andere Qualitäten hatte.

»Das ist die Castairs-Hexe?« Der schwarzhaarige Typ mit dem Crew Cut starrte mich an, als wären mir Hörner gewachsen. Ich hatte mich halb zu ihm umgedreht. Noch immer auf den Knien. Auf seiner Wange hatten meine Fingernägel deutliche Kratzer hinterlassen. Manchmal bedauerte ich es wirklich, dass ich sie nicht länger trug. Und spitzer. Gerade ging sein Blick zu den beiden, die Luke immer noch zwischen sich hielten, huschte dann zu Robert.

»Genau die.« Ich stand gemächlich vom Boden auf.

Wieder tauschten sie Blicke. *Tjaja …*

»Und dann gibst du dich mit so einem ab?« Der Rothaarige ruckte an Lukes Arm, was ihn mit einem Knurren das Gesicht verziehen ließ.

Ich hielt in der Bewegung inne. Sah ihn von unten herauf an. Hatte da gerade sein Adamsapfel gezuckt? »Ja, weißt du, ich war schon immer sehr wählerisch, was meine Bekanntschaften angeht.« Ich klopfte Erde von meinen Jeans. Richtete mich endgültig auf. Irgendwie hatte ich für heute genug von arroganten Hexen-Idioten jeglicher Art. Mehr als genug. Mein ›*Nicht meine Affen. Nicht mein Zirkus*‹- Mantra funktionierte gerade auch nicht mehr so wirklich. »Und um das hier ein bisschen abzukürzen: Wir nehmen jetzt den Hund und gehen!«

Ich wandte mich dem wimmernden Bündel neben dem Baum zu.

Robert schnitt mir den Weg ab. »Glaubst du?«

»Ich bin mir sogar sich- …« Izzys Bruder versetzte mir einen Stoß, der mich gegen die Brust des Typen mit dem Stoppelschnitt beförderte. Der meinen Arm packte und ihn mir auf den Rücken drehte, als Robert ihm zunickte. Die Idioten waren ein eingespieltes Team.

»Weißt du, du bist tatsächlich DAS Gesprächsthema hier: die Castairs-Hexe.« Er machte eine dramatische Pause. Lächelte. Herablassend. »Die Castairs-Hexe, die nicht hexen kann. Die sogar Angst vor einer beschissenen, kleinen Séance hat. – Ja, Izzy hat mir davon erzählt. Meine Schwester erzählt mir alles. So, wie sich das für eine brave kleine Hexe gehört. – Und da glaubst du, wir kuschen vor dir?« Er lachte. »Das funktioniert vielleicht bei Bishop, aber nicht bei uns. Wir sind Hexen. *Richtige* Hexen. Jeder von uns wird einen sehr einflussreichen und bedeutenden Platz im Coven einnehmen, wenn wir initiiert sind. Vielleicht werden wir sogar die nächsten Richter hier, jetzt, wo die anderen tot sind und es bisher keine Nachfolger gibt.«

Oh mein Gott. Vergiss es! Ich biss im letzten Moment die Zähne zusammen. Drückte mir die Fingernägel in die Handflächen, dass es wehtat.

»Was also willst du tun, wenn ich das hier tue?« Er bückte sich nach einem Stein. Und warf ihn. Der Hund jaulte. Und lag dann entsetzlich still.

»Nein!« Der Wind war übergangslos da. Wie noch etwas anderes. *Es tut mir leid, Granny.*

»Hör auf!« Luke bäumte sich auf. Fast wäre er freigekommen.

Wieder dieses Lachen. »Willst du uns verbieten, Spaß zu haben?«

Spaß? Äste knackten.

»Dreckskerl!« Luke stieß das Wort nur als Zischen aus. Und kassierte dafür ein Knie in die Rippen. Mit einem Aufschrei krümmte er sich. Der Rothaarige musste sich vorbeugen, um ihn festhalten zu können. Und war zu langsam, als Luke hochschnellte. Sein Hinterkopf kollidierte mit der Nase des Rothaarigen, dass es krachte. Der heulte auf, ließ Luke los, um beide Hände vor seine Nase zu halten, taumelte zurück, als er sie – jetzt voller Blut – wieder herunternahm. Dem anderen hieb Luke im Hochkommen die Faust in den Magen.

Der Schwarzhaarige hinter mir riss meinen Arm höher. *Mistkerl!* Ich gab der Bewegung nach, beugte mich vor. Und rammte ihm den Absatz auf die Zehen. Er jaulte. Sein Griff lockerte sich. Ich drehte mich ein kleines Stück. Dieses Mal war es *mein* Ellbogen, der *seine* Rippen traf. Er ließ mich endgültig los. Nur, um sofort wieder nach mir zu greifen. Ich zog ihm die Fingernägel durchs Gesicht. Sah nur aus dem Augenwinkel, wie Robert sich umwandte, mit langen Schritten zu dem kleinen, schwarzen Bündel am Boden hinüberging. Noch einmal zu mir hersah ... lächelte ...

»Nein!«

... und zutrat. Der Hund jaulte, flog über den Baumstamm, in die Tiefe dahinter ...

Ich schrie, warf mich nach vorne, hörte Luke aufbrüllen, fiel, weil mir jemand ein Bein stellte. *Nein! Hilfe!* Eine Wurzel unter meiner Hand. *Hilf!* Es war wie ein Blitzschlag, der durch meine Handfläche fuhr. Die Leine straffte sich. Das Jaulen endete abrupt. *Nein!*

»Miststück.« Dieses Mal kassierte ich einen Tritt in die Seite. Ich rollte mich zusammen, zog die Knie an die Brust, schlang die Arme um den Kopf.

Über mir rüttelte der Wind an den Blättern. Äste knarrten. Knackten.

Schwester ...

Jemand fluchte. Fast rechnete ich mit einem weiteren Tritt. Ich hörte Luke schmerzerfüllt keuchen. Dann einen

Aufschrei. Wieder ein Fluch. Noch einer, gefolgt von einem weiteren Schrei. Noch einem.
Krachen.
Prasseln.
Wieder Flüche …
Gefolgt von Stille.
Die blieb.
Lange.
–

Langsam nahm ich die Arme herunter.
Und begegnete Roberts Blick, der neben mir kauerte. Eben seinerseits die Arme herunternahm … Dann eine Bewegung. Seine Hand schloss sich um meine Kehle. Ich war zu langsam. Schaffte es nur noch, meine Hände um sein Handgelenk zu legen. Er drückte nicht zu. Aber er beugte sich weiter zu mir. Sein Blick war schmal. Woher kam das Blut an seinem Haaransatz? »Merk dir eins: Wir haben hier das Sagen. Wenn dir das nicht passt, dein Problem. Aber hier bekommt jeder, was er verdient. Vergiss das nie wieder, Castairs. Und komm mir nie wieder in die Quere. Sonst wird es dir mehr als leidtun.« Für den Bruchteil einer Sekunde verstärkte er jetzt doch den Druck. Dann versetzte er mir einen kleinen Stoß und stand auf, ganz kurz ging sein Blick wie sichernd nach oben, ehe er seinen Freunden zunickte. »Wir verschwinden. Sollen sie mit dem Kadaver glücklich werden.«

Leises Gelächter. Das irgendwie … unsicher klang. Und trotzdem klatschten sie einander ab, als sie gingen. Robert, nicht ohne Luke noch einmal einen Tritt zu versetzen. Der Crew-Cut-Typ hinkte. Hatte ich ihn tatsächlich so hart erwischt?

Ich richtete mich langsam erst auf einen Ellbogen, dann auf die Knie auf. Und hielt inne: Der Boden war übersät mit abgebrochenen Ästen. Die vorhin noch nicht da gewesen waren. Ebenso wenig wie die Wurzeln, die nun über der Erde zum Vorschein gekommen waren. Eine davon keine Armlänge von mir entfernt. Blut an der Rinde.

Luke versuchte gerade, ein kleines Stück von mir entfernt, mühsam in die Höhe zu kommen. Die Richtung, in die sein Blick ging …

Hastig stolperte ich endgültig auf die Füße, zu dem umgestürzten Baumstamm hinüber, stieg über ihn hinweg. Dahinter war nur eine schmale Abbruchkante, auf deren anderer Seite es fast senkrecht mehrere Meter in die Tiefe ging. Die Leine verschwand über ihrem Rand … *Nein.* In meiner Kehle saß ein riesiger Kloß. Über mir rauschten die Blätter in den Ästen des Baumes. Wie von selbst ging mein Blick nach oben. Die Sonne blitzte durch das Grün. Rann wie flüssiges Gold den Stamm hinab, über die Rinde, die sich kräuselte, winzige Wellen schlug, als hätte jemand einen einzelnen Stein in die glatte Oberfläche eines Sees geworfen …

Ich griff mir den nächsten Ast, der in Reichweite war,

und lehnte mich vor, spähte über den Rand ... Von einer Sekunde zur nächsten hatte ich Herzklopfen.

Die Hand noch immer am Ast drehte ich mich um, stieg rückwärts über die Kante, suchte nach einem Halt. Der Ast bog sich, die Wurzel unter meinem Fuß war plötzlich da. Hielt mein Gewicht. Ich kletterte endgültig über den Rand. Beugte mich ein Stück zur Seite auf der Suche nach dem nächsten Tritt. Meine Rippen und mein Rücken protestierten. Mit jeder Bewegung lauter. Erde rieselte in die Tiefe, das nächste Stück Wurzel schob sich heraus. Gerade in meiner Reichweite. Ein Stückchen tiefer ein Stein, breit genug, um darauf zu treten. Etwas schob sich unter meine Hand, ich legte die Finger darum, hielt mich fest, tastete mich tiefer ...

Ein Nest aus moosüberwachsenen Wurzeln hatte sich zwischen den Steinen und aus der Erde herausgedrückt. Hatte die kleine Hündin aufgefangen. Und – auch wenn die Leine gestrafft war – verhindert, dass sie sie erwürgte oder ihr das Genick brach.

Ich suchte mir einen möglichst sicheren Stand, klickte das Halsband auf. Der kleine schlaffe Körper rutschte mir in die Arme. Ich drückte ihn vorsichtig an meine Brust. Das Halsband von der Leine zu lösen, war mit einer Hand ein umständliches Geschäft. Vor allem, weil meine Finger bereits voller Blut waren. Aber wenn die Kleine nicht gechipt oder tätowiert war, war es vielleicht die einzige Möglichkeit, den Besitzer zu finden. Endlich glitt der Ring aus der Öffnung des Karabiners. Ich schob das Band in die Hosentasche. Dann legte ich meine Hand für einen kurzen Moment auf das Moos. *Danke!*

Blätter rieselten auf mich herab. Eine kleine Spinne huschte über meinen Handrücken, verschwand in einem Riss in der Erde.

Castairs. Schwester. Es war wie ein kaum spürbares Wispern. Doch dann schwappte etwas anderes zu mir herüber. Ein Gefühl von Zorn. Hilflosigkeit. Leid. Blut, das zu oft über die Wurzeln geflossen war. Nicht nur diese Wurzeln. Wut auf die Hexen. *Diese* Hexen. Ich drückte meine Handfläche fester in das Geflecht aus Moos und Wurzeln. Ließ sie spüren, was in mir brodelte. Was zurückkam, war wie ein Lachen.

Zufrieden.

Befriedigt.

Castairs Als wäre der Name meiner Familie ein Versprechen.

»Cass? Cassandra?«

Ich sah in die Höhe. Luke hatte sich über den Rand der Kante gebeugt.

»Hol den Wagen!«

»Was ...?« Er lehnte sich noch weiter vor. Erde brach unter seinem Gewicht weg, rieselte auf mich herunter. Ich versuchte das Bündel Fell davor zu schützen. Anscheinend sah er erst jetzt den Hund in meinem Arm. Ich hörte ihn fluchen. Dann legte er sich bäuchlings über den umgestürzten Baum, zumindest streckte er mir die Hand entgegen. »Den Wagen kann ich noch holen, wenn du wieder oben bist. Alleine schaffst du das nicht.«

Auch wenn ich anderer Meinung war: warum mit Diskussionen Zeit verschwenden. Ich zog mich an dem Ast so weit in die Höhe, wie ich konnte, ohne umzugreifen, suchte mir den nächsten Tritt, schob mich weiter in die Höhe, die Schulter an der Erde des Abhangs. Der Ast hob sich, zog mich mit sich ... Wieder teilten mir meine Rippen mit, was sie aktuell von solchen Aktionen hielten. Luke streckte mir immer noch die Hand hin. Eine steile Falte zwischen den Brauen.

Der nächste Tritt, diesmal eine Wurzel ...

Lukes Finger schlossen sich um mein Handgelenk. »Ich hab dich! Lass los.«

»Ich schaff ...«

»Keine Sorge. Ich hab dich. Lass los.«

Warum mussten manche Männer eigentlich immer den Helden spielen? Aber okay. Ich ließ mich von ihm weiter hinauf zur Kante ziehen, versuchte dabei zu übersehen, dass er vor Schmerz die Zähne zusammenbiss. Schob den Ellbogen darüber, reichte ihm, so gut ich konnte, vorsichtig das kleine Bündel Fell.

»Nimm sie!«

Dieses Mal diskutierte er nicht, sondern nahm sie mir behutsam aus dem Arm, drückte sie vorsichtig an seine Brust. Wich auf die andere Seite des Baumstamms zurück, damit ich Platz hatte, um endgültig nach oben zu kommen. Der Schmerz, der auf seinem Gesicht stand … *Cass, du dummes Stück, er ist ein Vertrauter!*

»Gib sie mir wieder.« Ich stieg über den Baumstamm, streckte die Arme nach dem Hund aus. Sah es nur so aus oder zitterte er? Für den Bruchteil einer Sekunde zögerte Luke. Doch er ließ es zu, dass ich ihm das Tier abnahm.

»Ich hol den Wagen.« Nur aus dem Augenwinkel nahm ich wahr, wie er sich umdrehte und hastig in Richtung Straße verschwand. Eine Hand auf die Seite gedrückt.

Sehr viel langsamer folgte ich ihm. Konzentrierte mich nur auf den Hund in meinen Armen. Das Feuer in meinen Handflächen erwachte wie von selbst. Ich spürte den Schmerz. Das Leben. Spürte das Fell unter ihnen. Den Schmutz. Das Blut. Das kleine Herz, das so mühsam schlug. *Halt durch, Kleine. Halt durch.* Ich wiederholte es wie eine Beschwörung in meinem Inneren.

Ich hatte keine Ahnung, wie weit ich gekommen war. Der Porsche war wie aus dem Nichts neben mir. Dann die Tür offen vor mir. Lukes Hand an meiner Schulter bugsierte mich auf den Sitz. Er schloss die Tür wieder. Gleich darauf schlug auch seine zu. Ich hörte es nur wie aus weiter Ferne. Wie der Porsche aufröhrte, als er Gas gab. Hörte, dass er offensichtlich telefonierte. Uns ankündigte. Die kleine Hündin ankündigte. Wem auch immer. Häuser huschten an uns vorbei. Bäume. Andere Autos. Manchmal ein Hupen. Oder Bremsen. Ich spürte, wie sein Blick immer wieder zu ihr herüberging. Zu mir herüberging. Wie er die Hand ausstreckte, sie wieder zurückzog …

24

Alles an mir schien in Flammen zu stehen, als der Porsche endlich anhielt. Mein Kopf pochte. Mir war übel und schwindlig. Luke öffnete mir die Tür, wollte mir aus dem Wagen helfen. Um ein Haar hätte ich aufgeschrien, als er meinen Arm berührte. Und mich sofort wieder losließ. Zurücktrat. Mir Platz machte. Irgendwie schaffte ich es allein aus dem Auto.

Sein »Da lang!« dirigierte mich auf eine Glastür zu. Die gerade von einer Frau in einem blauen Kittel geöffnet wurde. Darüber ein Schild mit dem Äskulapstab unter dem ›V‹ der Tierärzte. Ich bewegte mich wie durch Nebel. Und wusste mit jedem Schritt mehr, dass ich mich daraus lösen musste.

Schnell.

Bald.

»Luke, was …« Der Blick der Frau ging von ihm zu mir, blieb an dem Bündel Fell in meinem Arm hängen. Schock zuckte über ihr Gesicht. Wurde abgelöst von Wut. Und dann kühler Professionalität. Sie nickte mir zu, drehte sich noch in der Bewegung um. »Hier lang.« Mit langen Schritten ging sie vor mir her. Und gab Anweisungen. Wir hatten noch nicht einmal das Wartezimmer erreicht, da tauchten schon eine junge Frau und ein kaum älterer Mann in hellgrünen Kitteln auf. Der Mann sagte etwas zu Luke, was ich nicht verstehen konnte. In meinem Kopf gab es noch immer nur die Beschwörung für mich und die kleine Hündin in meinem Arm. Beinah wäre ich gegen die Rolltrage gelaufen, die die junge Frau vor mich schob. Auch ihr Blick ging von Luke zu mir und dann zu dem Hund. Sie schluckte.

Loslassen! Ich muss loslassen!

»Jesus, Luke, was ist passiert?«

»Robert Howe ist passiert.« Luke klang, als würde er zwischen zusammengebissenen Zähnen hindurch sprechen.

Der Mann stieß ein Zischen aus. »Bastard. Hoffentlich bekommt er irgendwann mal, was er verdient.« Dann beugte er sich halb über die Trage. »Leg sie hierher.« Ich brauchte eine Sekunde, bis ich begriff, dass er mit mir sprach. *Loslassen, Cass!* Und eine weitere, bis ich meinen Körper dazu brachte, sich vorzubeugen, und meine Arme, den kleinen Körper auf das rote Kunstleder gleiten zu lassen.

Die junge Frau holte scharf Luft. »Das ist doch Jacks. Mrs Hollander sucht sie seit zwei Tagen.« Ihre Hand legte sich über meine. »Schon okay. Du kannst sie jetzt loslassen. Wir kümmern uns um sie. Doc Sawyer ist die Beste.«

Ich blinzelte sie an. Begriff erst nach und nach, dass ich die Finger immer noch in dem blutigen Fell hatte. Ich nickte, zog die Hand zurück und machte einen Schritt rückwärts, weg von der Trage. Der Boden schien unter meinen Füßen einfach wegzusacken.

»Wo-ho … langsam.« Luke fing mich in letzter Sekunde auf. Ich hielt mich an seiner Schulter fest. Alles an mir schien noch immer in Flammen zu stehen. Während ich zugleich erfror.

»Brauchst du einen Arzt, Kleine?« Die Ärztin bedeutete ihren beiden Helfern mit einem Wink, schon vorzugehen. Sie zögerte, sah zwischen ihnen und mir hin und her. Ich konnte spüren, wie sehr sie zu ihrer kleinen Patientin wollte.

»Nein.« Ich schüttelte hastig den Kopf. Allerdings, ohne Luke loszulassen. »Nein. Ich komm klar. Gehen Sie!« Zu schnell. Zu viel. »Ich muss mich nur einen Moment setzen.«

Sie nickte. »Luke, geh mit ihr in den Pausenraum und kümmer dich um sie. Und wenn irgendetwas ist, weißt du ja, wo du alles findest.« Damit folgte sie hastig den anderen beiden und rief noch im Laufen ihre Anweisungen hinter ihnen her.

Luke führte mich einen schmalen Gang hinunter in einen überraschend gemütlich eingerichteten Raum mit mehreren kleinen Tischen und sogar einem Sofa und zwei Sesseln in der Ecke. Es brauchte keine Aufforderung, dass ich mich auf die nicht mehr so ganz neuen Polster sinken ließ. Einen Moment sah er auf mich hinab.

»Willst du einen Tee? Oder lieber Kaffee?«

Ich ließ den Kopf zur Seite und gegen die Rückenlehne fallen. Mir war kalt. Tief drinnen. »Hast du auch was Stärkeres?« Einfach nur kalt. Ich konnte spüren, dass ich zitterte. Innerlich. Und äußerlich.

Er verzog das Gesicht. »Leider nein.«

»Dann Tee.« Ich musste warm werden. Irgendwie. Die Kälte loswerden. Ich registrierte sein Nicken nur am Rande. Streifte die Schuhe von den Füßen. Zog die Beine an, kauerte mich auf dem Sofa zusammen.

»Hier.« Luke kam von der Kochnische an der anderen Wand zurück. Ich konnte es in dem kleinen Wasserkocher blubbern hören. Wann war er hinübergegangen? Hatte er Wasser aufgesetzt? Ich hatte es nicht mitbekommen. *Nicht gut.* Er hatte eine Decke in den Händen. Schüttelte sie aus. Breitete sie über mich. Beugte sich dabei zu mir herab ... Meine Hände legten sich um sein Gesicht. Meine Finger gruben sich in sein Haar. Zogen ihn zu mir. Seinen Mund auf meinen. Warm. Leben. *Falsch. So falsch.* Er erstarrte. *Und verboten. Nicht, ohne zu fragen. Nicht ohne Erlaubnis.* Ich versuchte meine Hände zu lösen. Schaffte es nur, sie zu lockern. Wärme kroch in mein Inneres. Von seinen Lippen zu meinen. Ich presste die Lider aufeinander. *Aufhören!* Seine Hände waren mit einem Mal in meinem Haar. Hielten mich fest. Seine Lippen auf meinen veränderten sich. Wurden weich. Kamen mir entgegen. Dass es sich fast anfühlte, wie … ein Kuss. Wärme brandete über mich hinweg. Wie eine Sturmflut. Rann in mich hinein. Weiter in die Tiefe. Lukes Hand war in meinem Nacken …

Nein! Ich setzte ihm die Hände auf die Brust. Riss meinen Mund von seinem los. Stieß ihn zurück. Zu fest. Zu hart. Die Wärme verebbte, zog sich wieder zurück. Ließ die Kälte in meinem Inneren wieder aufbrodeln. Mit einem überraschten Keuchen fiel er zurück. Fing sich gerade noch an dem Sessel schräg gegenüber. Rutschte daran zu Boden. Lehnte mit dem Rücken daran. Den Arm halb auf dem Sitz. Außer Atem. Genauso wie ich. Er starrte mich an. Hob die Fingerspitzen an die Lippen. Berührte sie. Fast wie in Trance …

»Es tut mir leid …« Wir konnten bei Vertrauten wie Vampire sein. Wenn es darum ging, uns selbst zu schützen. Weil wir zu viel gegeben hatten. Von uns. Von unserer Kraft. Wenn wir unvorsichtig waren. Oder wütend. Oder verzweifelt. Und wenn wir zu viel nahmen, war das, was zurückblieb, dem Tod näher als dem Leben.

Er blinzelte. Ließ die Hand sinken. Fuhr sich in der gleichen Bewegung übers Gesicht.

Irgendwie hatte ich das Gefühl, dass er wusste, was ich getan hatte. Oder zumindest einen Verdacht hatte. Weil Ann es auch schon einmal getan hatte?

Vielleicht sogar mehr als einmal?

Der Stich war unvermittelt da. Und er fühlte sich an wie Eifersucht. Granny hatte gesagt, dass jede Hexe sich wünschte, dass ihr Vertrauter das einzig und allein mit ihr teilte.

Nur war Luke nicht mein Vertrauter.

Sondern der von Ann.

Entsprechend hätte es sich nicht so anfühlen sollen. Oder dürfen. Ich zog die Decke enger um mich. »Entschuldige …«

Mit einer fahrigen Bewegung winkte er ab, stemmte sich zugleich am Sessel entlang in die Höhe. Für eine Sekunde musste er sich an der Armlehne festhalten. Und fuhr sich erneut mit der Hand übers Gesicht. Schüttelte kaum merklich den Kopf. Sein Blick ging zu mir. »Wenn ich es nicht besser wüsste …« Die Worte kamen so leise, dass ich mir ziemlich sicher war, dass sie nicht für mich bestimmt waren. Wieder ein Kopfschütteln. Er sah hinüber zur Kochnische. »Das Wasser ist heiß. Ich hol dir deinen Tee.«

Ich sagte nichts. Nickte nur. Und beobachtete, wie er sich in der Kochnische erst einmal sekundenlang mit beiden Händen auf dem Rand des Spülbeckens abstützte, ehe er die Tür des Hängeschranks darüber öffnete und eine Tasse und Teebeutel herausnahm. Zögerte.

»Wir haben nur Pfefferminze …«

»Kein Problem.« Im Gegenteil.

Ich beobachtete, wie er heißes Wasser in die Tasse goss. Wieder zögerte.

»Zucker?«

»Nein. Danke.«

Auf dem Weg zu mir zurück wirkten seine Schritte noch genauso erschöpft wie zuvor. Ich nahm ihm die Tasse ab, umschloss sie mit beiden Händen und spürte der Wärme nach. Und hob fragend eine Braue, als Luke weiter vor mir stand und auf mich hinabsah.

»Alles in Ordnung?« Ich ließ den Teebeutel im heißen Wasser auf- und abtanzen.

Er zuckte kaum merklich zusammen, nickte dann. »Ja. Alles okay.«

»Vielleicht solltest du dich auch setzen. Du siehst nämlich aus, als gehörtest du in die nächste Notaufnahme.« Dunkle Pfefferminzwolken breiteten sich in der Tasse aus.

Abermals fuhr er sich mit der Hand übers Gesicht. Schnitt eine Grimasse. »Glaub mir, so fühle ich mich auch.« Er ließ sich auf den Sessel sinken. Sein Kopf fiel gegen die Rückenlehne. Ich nahm einen Schluck Tee. Spürte, wie seine Hitze in meinen Magen rann. Trank noch einen, dann einen dritten. Ließ das Feuer in meinen Händen erwachen. Es durch die Wände der Tasse dringen. Spürte, wie die Kälte in mir weiter zunahm. Ignorierte sie, während ich langsam und lange über den Tee blies.

Einmal.

Zweimal.

Dreimal.

»Vielleicht solltest du auch einen Schluck nehmen.«

Ich lehnte mich zur Seite und streckte ihm die Tasse hin. Er hob den Kopf. Blinzelte. Beugte sich dann zu mir und nahm mir die Tasse aus der Hand. Trank. Verzog das Gesicht. »Heiß.« Was ihn nicht daran hinderte, erneut einen Schluck zu nehmen. Und noch ein gutes Dutzend weitere, ehe er mir die Tasse zurückgab. Möglichst unauffällig warf ich einen schnellen Blick hinein. Zur Hälfte leer. Gut. Ich nahm meinerseits einen weiteren Schluck Tee.

Für eine Sekunde sah er auf seine Hände. Dann ging sein Blick wieder zu mir. »Danke.«

»Wofür?« Ich zog die Beine unter der Decke ein bisschen weiter an. Legte die Hände fester um die Tasse und den Kopf gegen die Lehne.

»Du hättest dich auch raushalten können.«

Ich nahm den Kopf gerade so weit in die Höhe, dass ich ihn direkt ansehen konnte. »Ernsthaft?« Wieder trank ich einen Schluck. Und noch einen.

Er hob die Schultern. Und zuckte zusammen, ehe er die Bewegung sehr viel langsamer zu Ende führte. »Jeder andere hätte es getan.«

Nur war ich nicht jeder andere. »Überraschung.«

Sein kurzes Lächeln hatte fast etwas Bedauerndes.

Ich trank den restlichen Tee, rutschte so weit in die Waagerechte, dass ich die Lehne halbwegs bequem unter dem Hinterkopf hatte. Und teilte meinen Rippen und meinem Rücken mit, dass sie gefälligst die Klappe halten sollten, während ich die Tasse auf den Boden stellte.

Ich konzentrierte mich auf die Kälte, die noch immer in meinem Inneren saß. Wenn auch lange nicht mehr so allumfassend. Auf die Wärme des Tees in meinem Magen. Die Stille, die zwischen uns hing wie etwas ... Greifbares. Fast ... Vertrautes.

Die Geräusche jenseits der Wände. Stimmen, bei denen ich nicht verstehen konnte, was sie sagten.

Schritte, die sich durch Räume und Gänge bewegten.

Mal langsam.

Mal eilig.

Und immer wieder die Stille.

Und die Wärme ...

Bis die Kälte nur noch eine Erinnerung war ...

Ich wusste nicht, wie viel Zeit verging.

»Wer waren die Typen? – Dieser Robert ist wohl Izzys Bruder. Und seine Kumpel?«

Luke hob den Kopf. Anscheinend brauchte er einen Moment, um in die Gegenwart zurückzufinden. »Der Schwarzhaarige, mit dem du es zu tun hattest, ist Blake Chapman. Der Rothaarige und der Dunkelblonde sind Cole und Alec Balder.«

»Brüder?«

»Jepp.«

»Gibt es einen fünften?«

»Du meinst, ob sie genug für einen Zirkel sind?«

Ich nickte.

»Nein. Aber Cole und Alec sind zweieiige Zwillinge.«

Was in einem Zirkel fast genauso gut war wie eine fünfte Hexe.

»Klang so, als hättest du schon öfter mit ihnen zu tun gehabt.« Um es nett auszudrücken.

Luke neigte den Kopf ein kleines Stück zur Seite. »Wird das hier ein Verhör?«

In letzter Sekunde verkniff ich es mir, mit den Schultern zu zucken. Nicht nötig, meine Rippen noch mehr zu ärgern. »Ich weiß nur gerne, mit wem ich es zu tun habe, wenn mir jemand droht.«

»Sagen wir einfach so: Wir sind keine Freunde.«

Ich konnte mir das kurze, spöttische Lachen nicht verbeißen. Meine Rippen jubelten. »Würde man nie draufkommen.« Ich kämpfte mich in die Senkrechte, ließ die Decke halb zur Seite rutschen, legte die Ellbogen auf die Knie. Sah ihn ruhig an. »Das war nicht das erste Mal, dass du sie bei so was erwischt hast.«

Etwas in seinem Blick veränderte sich. Fast so, als würde er vor mir zurückweichen wollen. Jeder andere hätte in diesem Moment gut daran getan. Er nicht. »Ich wusste gar nicht, dass man ›Castairs‹ ›I-n-q-u-i-s-i-t-i-o-n‹ buchstabiert.«

»Tut man auch nicht.« Ich lächelte sanft. »Wir sind schlimmer.«

Er stieß ein Schnauben aus. Und legte hastig die Hand auf seine Rippen. »Nein.«

»Aber …?« Ich glaubte, das Wort geradezu überdeutlich in seinem Ton zu hören.

»Ich war immer zu spät.« Es klang, als würde er sich selbst dafür einen Vorwurf machen.

»Will ich wissen, wie oft?«

Er schüttelte den Kopf. »Nein.«

»Und wenn ich frage?« Erstaunlich, dass ich es noch immer schaffte, den Zorn aus meiner Stimme herauszuhalten.

»Dann ist die Antwort: zu oft.«

Ich nickte. Warum hatte ich nichts anderes erwartet? Ich sah mich demonstrativ um. »Wie war das …? ›Du weißt ja, wo alles ist‹? – Wie kommt's?« Hatte er die früheren Opfer der vier hierher gebracht? Auch wenn es zu spät gewesen war?

»Tja, jeder braucht ein Hobby …«

Ich hob eine Braue. »Außer sich regelmäßig mit vier Hexen-Idioten anzulegen?«

»Genau.«

»Und ernsthaft?«

»Ihr seid echt schlimmer als die Inquisition.«

»Sag ich doch. – Also?«

»Ich habe nun mal gerne mit Tieren zu tun.«

»Wäre ich nie draufgekommen.«

»Tja. Früher wollte ich mal Tierarzt werden. Dummerweise kam mir was beim Highschoolabschluss dazwischen. Also helfe ich hier nur aus.« Für einen kurzen Moment zuckte etwas Bitteres über seine Lippen. Fast zu schnell, als dass ich wirklich sicher sein konnte, es gesehen zu haben.

»Natürlich nur sofern seine Ehren oder Ann meine Dienste nicht brauchen. – Und ich wäre dir verbunden, wenn du es ihnen nicht erzählen würdest.«

In der Andeutung einer Bewegung hob ich die Schultern. Böser Fehler. »Du hütest deine Geheimnisse, ich meine.«

»Damit kann ich leben.«

Vielleicht damit, dass ich deine Geheimnisse respektiere. Aber auch damit, hier nur auszuhelfen?

Wir sahen beide gleichzeitig auf, als sich die Tür öffnete und die Tierarzthelferin hereinkam. Mit einem kleinen Metalltablett in der Hand. Die Flasche neben den Tupfern, der Rolle Klebeband und dem Mull darauf sah verdächtig nach Desinfektionsspray aus. Sie wartete nicht, bis sie den Raum durchquert und uns erreicht hatte. »Doc Sawyer schickt mich, um zu schauen, wie es euch geht.« Ihr Blick ging von Luke zu mir und zurück. »Ich sag's ja ungern: Du siehst scheiße aus, Luke Bishop.« Ihre Augen kehrten zu mir zurück. »Nicht böse sein: du auch.« Sie stellte ihr Tablett neben mich auf das Sofa und streckte mir die Hand hin. »Ich bin Maggie, oder auch Mags, Kurzform für Margaret.«

»Ich bin Cass …« Ich zögerte, ihr die Hand zu geben, immerhin war sie noch voller Blut.

Mags hatte sie ergriffen, ehe ich sie wieder zurückziehen konnte. »Freut mich. Wenn andere Umstände auch schöner gewesen wären.« Sie neigte den Kopf ein klein wenig zur Seite. »Ich nehme an, dass Cass auch die Kurzform für irgendwas ist?«

»Cassandra.«

Mit einem kurzen Nicken nahm sie es zur Kenntnis. Dann ging ihr Blick erneut von Luke zu mir und zurück. »Braucht einer von euch einen Arzt? Ernsthaft jetzt, ihr seht beide wirklich so aus.«

Luke winkte ab. Und verzog das Gesicht, noch ehe er die Bewegung zu Ende geführt hatte. Was ihm ein unwilliges Schnalzen einbrachte. Als ich ebenfalls den Kopf schüttelte, zuckte sie die Schultern. »Okay. Dann müsst ihr mit mir vorlieb nehmen.« Sie zog sich den zweiten Sessel heran und setzte sich mir gegenüber. »Ladys first.«

»Ich hab nur ein paar blaue Flecken …«

»Dafür aber ziemlich viel Blut an dir.« Sie griff nach einem Tupfer und dem Desinfektionsmittel.

»Das ist nicht meins.«

Ihre Hände verharrten in der Luft. Schlossen sich für Sekunden zu Fäusten. Öffneten sich wieder. Dieses Mal zitterten sie.

»Alles okay?« Ich legte meine ganz leicht auf ihr Bein.

Ihr Blick irrte zu mir. Ihre Hände sanken herab. »Es sollte nicht so an mich gehen, aber … Diese Dreckskerle. Jacks ist Mrs Hollanders ein und alles. Sie hat niemanden mehr außer der Kleinen. Ihre Rente reicht gerade so, um über die Runden zu kommen. Aber Jacks bekommt immer alles, was sie braucht, und mehr. Lieber würde

Mrs Hollander hungern, als dass Jacks auf etwas verzichten müsste. Sie hat sie zwei Tage lang gesucht. War vollkommen verzweifelt. Und dann bringt ihr sie her. So.« Wieder schlossen sich ihre Hände zu Fäusten. »Und ihr könnt mir nicht erzählen, dass Jacks weggelaufen ist. Niemals. – Wisst ihr, was das heißt? Könnt ihr euch das vorstellen?« Ihre Knöchel wurden weiß. »Diese Schweine. Und sie werden wieder damit durchkommen. Wie immer. Weil wieder keiner etwas *gesehen* hat.« Ihre Stimme wurde sarkastisch. »Weil man sich das bei *so jemandem* wie ihnen *gar nicht vorstellen* kann.«

Sehr ruhig legte ich meine Hände über ihre. »Ich habe es gesehen.«

»Wir«, korrigierte Luke. Seine Hand schloss sich über meiner. Ganz kurz sah ich ihn an. In seinen Augen stand etwas, das ich da eigentlich nicht sehen wollte.

Mags schnaubte bitter. »Und was wird das bringen? Vier gegen zwei. Da heißt es dann Aussage gegen Aussage. Dazu noch ein teurer Anwalt und die Sache ist vom Tisch.« Sie schüttelte den Kopf. »Sie sind bisher damit durchgekommen und sie werden wieder damit durchkommen. Dieses Mal und in Zukunft auch.«

Ich schaute sie wieder an. »Das werden sie nicht.«

Abermals dieses bittere Schnauben. »Und du bist wer? Gott?« *Nein. Nur eine Castairs.* »Entschuldige. Es ist nur: Wir bekommen hier andauernd Tiere herein, die so zugerichtet wurden wie Jacks. Hinter vorgehaltener Hand munkeln die Leute, was sie gesehen haben. Aber laut spricht es keiner aus.«

Sehr langsam holte ich Luft. »Wie viele?«

»Was?«, irritiert sah Mags mich an.

»Wie viele Tiere waren es? Sagen wir ... in den letzten drei Monaten.« Wenn Luke mir keine Zahlen nennen wollte, dann bekam ich meine Info vielleicht hier ... *Es tut mir leid, Granny.*

»Acht, von denen wir wissen. – Aber vielleicht gab es noch andere, die niemand gefunden hat.«

Abermals sah ich Luke an. Seine Lippen waren zu einem harten Strich zusammengepresst. Seine Finger drückten sich fast schmerzhaft in meine. Was gerade nicht hilfreich war.

Erneut holte ich Atem. Langsamer als zuvor. Tiefer als zuvor. Das Feuer war in meinen Handflächen. Wieder holte ich Atem und ließ ihn entweichen. Und trotzdem wollte es sich seinen Weg weiterbahnen.

Nicht hier.

Nicht jetzt.

Du hast gesagt, wir Castairs richten nicht, Granny. – Aber du hast auch immer gesagt, dass unsere Macht Verantwortung mit sich bringt. Und dass es eine Grenze gibt, die unsereins niemals überschreiten darf. Zumindest nicht ohne Konsequenzen.

»Wie geht es Jacks?« Ich zog meine Hände unter Lukes heraus.

Mags nahm die Schultern zurück, befreite sich ebenfalls

von Luke und griff erneut nach Tupfer und Desinfektionsspray. »Doc Sawyer sagt, es ist ein Wunder, dass sie überhaupt noch am Leben war, als ihr sie hergebracht habt.« Anscheinend hatte sie ihre Prioritäten geändert, denn sie wandte sich damit Luke zu. »Sie hofft, dass die Kleine es schafft. Jacks ist im Moment stabil. Aber sie muss auf jeden Fall erst mal hierbleiben. Wenn sie heute Nacht übersteht, hat sie eine Chance. Aber wie lange sie bleiben muss …« Sie hob die Schultern. »Die Rechnung kann Mrs Hollander nie und nimmer bezahlen. Und selbst wenn Doc Sawyer einen Großteil der Kosten pro bono laufen lässt, kann sie das nicht ganz machen, sonst bekommt sie Ärger mit den Inhabern.« Luke stieß ein Zischen aus, als sie ihren Tupfer auf einen Riss über seiner Braue drückte. Mags bedachte ihn mit einem unwilligen Blick. Schnalzte mit der Zunge. »Sei nicht so ein Baby, Luke.«

»Weiß sie schon, dass Jacks wieder da ist?«

Ein Kopfschütteln. »Wir wollten warten, wie sie die Operation überstanden hat und bis sie aufwacht. Warum Mrs Hollander falsche Hoffnung machen …«

»Dann sagt ihr nichts von der Rechnung. Sie muss sie nicht bezahlen. Das übernehme ich.«

Lukes Blick zuckte zu mir. Aha. Er wusste also, dass der Richter meine Finanzen kontrollierte. Oder zumindest glaubte, das zu tun.

Ich hob in der Andeutung einer Bewegung die Schultern. »Du hütest deine Geheimnisse, ich meine.«

25

William

Langsam und vorsichtig bewegte William sich durch die Bäume rückwärts davon. Darauf bedacht, keinen Laut zu verursachen. Auch wenn er nicht sicher war, dass die Männer dort auf der Lichtung ihn tatsächlich hören würden. Er hatte genug gesehen. Genug von ihrem Tun, um zu wissen, dass er Sarah unrecht getan hatte. Mehr als genug. Bluthexerei. Bei der sich selbst ihm die Eingeweide zusammengezogen hatten. Das Wimmern des Indianerjungen klang noch immer in seinen Ohren. Aber er hatte nichts tun können. Verdammt sollten sie sein!

Zwei hatten zu weit vom Feuer entfernt gestanden, zu sehr im Dunkel verborgen. Aber fünf von ihnen hatte er trotz ihrer langen Umhänge und den Kapuzen erkannt. Noah Osborne, Elija Malcom, Jacob Sanderson, Walter Bartholomew und Fletcher Simmons. Jeder von ihnen ein angesehener Mann mit Macht und Einfluss. Jeder einer der Richter des Covens. Ausgerechnet die Männer, die solche Rituale eigentlich verfolgen und ahnden sollten. Will wandte sich um und ging schneller. Zurück zu seinem Rappen.

Aber Richter hin oder her: Er würde dafür sorgen, dass auch sie zur Rechenschaft gezogen wurden. – Und die Namen der beiden anderen nannten.

26

»Meinst du, der Richter hat die Kavallerie schon losgeschickt?«

Luke hatte den Porsche auf der Auffahrt, ein Stück hinter der Eingangstreppe, zum Stehen gebracht. Jetzt lehnte er sich mit der Schulter gegen die Tür. Warf einen schnellen Blick auf seine Uhr. Sah mich an. »Selbst wenn nicht. – Unser Testament sollten wir gemacht haben. Wenn er uns so sieht, reißt er uns den Kopf ab. Zumindest mir.«

Ich klappte die Sonnenblende herunter. Schob die Abdeckung des Schminkspiegels darin zur Seite. »Na ja, ist ja nicht so, dass wir uns zum Spaß geprügelt hätten …« Okaaaay. Da zeichneten sich ein paar blaue Flecken ab. Von den Kratzern, die jetzt schon deutlich zu sehen waren, ganz zu schweigen. Daran hatten auch Wasser und Desinfektionsmittel nichts ändern können.

»Und du glaubst wirklich, das interessiert ihn?« Luke schnaubte. »Nicht ernsthaft, oder?«

»Hast du ihm schon mal erzählt, was die vier so treiben?«

Ein leises, bitter-hartes Lachen. »Ich war so dämlich, ja.«
Klang ja vielversprechend. »Und?«

»Was denkst du? – Er hat mir kein Wort geglaubt.« Seine Hand schloss sich um das Lenkrad. »Und ich musste mir zudem noch anhören, wie …« Er spreizte die Finger. Schloss sie wieder ums Leder. »… wie ich es wagen könnte, solche haarsträubenden Dinge über vier junge Hexer aus so angesehenen Familien zu verbreiten.«

So viel also dazu. Aber wunderte es mich tatsächlich? Nach allem, was ich heute gehört hatte? Nein. »Na ja, vielleicht schaffen wir es ja bis nach oben und in unsere Zimmer, ohne ihm zu begegnen. Und morgen erzählst du ihm, du wärst gegen einen Türpfosten gelaufen, und ich behaupte, dass ich aus dem Bett gefallen bin – oder die Treppe runter.«

Er warf mir einen schnellen Blick zu. »Netter Versuch, Prinzessin. – Ich habe die Anweisung, dich zu ihm zu bringen, sobald wir zurück sind. Und ich fürchte, da kommen wir nicht drum herum.«

»Vielleicht fällt es ihm ja nicht auf.« Ich betrachtete mein Gesicht im Schminkspiegel. *Klar, Cassandra. Und du bist die Kaiserin von China.* Fuhr mit den Fingerspitzen federleicht darüber.

Wieder dieses harte Lachen. »Da müsste er schon blind sein.«

Ich drehte die Sonnenblende so, dass ich auch ihn in dem kleinen Spiegel sehen konnte. Ließ die Fingerspitzen ebenso darüber gleiten wie zuvor. *Spieglein, Spieglein ...* Für einen kurzen Moment begegnete ich seinen Augen darin.

Eine seltsame Hitze kroch in meinen Magen ...

Ich konnte den Blick nicht mehr aus seinem lösen ... *Er soll dich im Auftrag des Richters rumkriegen, damit du deine Fähigkeiten annimmst, Cassandra. Schon vergessen? ...*

Luke war es, der sich schließlich abrupt abwandte.

Nach etwas, das sich wie eine Ewigkeit und Sekundenbruchteile anfühlte.

Fast langte er ein bisschen hastig nach dem Türgriff und stieß die Tür des Porsche auf. »Lass es uns einfach hinter uns bringen.« Er stieg aus. Ich folgte ihm. Sah ihn über das Dach des Wagens hinweg an, als er zögerte. Nur leicht die Schultern hob. »Ich denke, du lässt besser mich reden beim Verhör.«

Nein, das denke ich nicht. »Na ja, vielleicht solltest du doch lieber mich reden lassen. Immerhin ist es relativ unwahrscheinlich, dass er mir genauso den Kopf abreißt wie dir.« Ich lächelte süß. »Ich werde noch gebraucht. Wie das bei dir ist, weiß ich nicht.«

Luke hob eine Braue. »Wie du meinst.« Sein Ton verriet deutlich, was er davon hielt.

Dass der Richter auf uns wartete, wurde spätestens in dem Moment klar, als wir die Halle betraten: Die Tür zu seinem Arbeitszimmer stand weit offen. Wir hatten noch nicht einmal die Eingangstür richtig geschlossen, als seine Stimme erklang. »Luke? Cassandra? Zu mir!« Die Ungeduld darin war nicht zu überhören. Ebenso wenig wie der Ärger.

Luke warf mir einen bedeutungsvollen Blick zu. Ich hob nur andeutungsweise die Schultern – bekam postwendend von meinen Rippen die Quittung dafür – und wandte mich Richtung Arbeitszimmer. Wobei ich dafür sorgte, dass Luke hinter mir war. Selbst dann noch, als wir vor dem Schreibtisch stehen blieben. Betont langsam sah seine Ehren von den Papieren vor ihm auf. Sollte das bedrohlich wirken? Na ja.

»Ich erwarte eine Erklärung!« So, wie er an mir vorbei zu Luke hinsah, galt das ganz allein ihm und nicht uns beiden. Ich konnte spüren, wie Luke hinter mir das Gewicht verlagerte. Luft holte, um zu antworten.

Ich war schneller. »Nach der Sache in der Boutique habe ich frische Luft gebraucht.« So viel also zu: ›Überlass das Reden mir.‹

Irritiert ging der Blick des Richters zu mir. Fast hätte man meinen können, ihm würde eben erst bewusst, dass ich auch im Raum war. Überrascht-unschuldig zog ich die Brauen hoch. »Hat Ann Ihnen nicht erzählt, was in der Boutique passiert ist?«

»Natürlich ...« Er sah unwillig zu Luke.

Betont gleichgültig hob ich die Schultern. Gerade so weit, dass mein Rücken sich nicht beschwerte. »Sie hätten

Luke nicht schicken müssen, um mich abzuholen. Ich hätte mir ein Taxi genommen. Das hatte ich auch Ann und den anderen gesagt. Haben sie es Ihnen nicht ausgerichtet, Sir?«

Wieder blickte er irritiert zu mir. Anscheinend war er tatsächlich der Meinung, er könnte über meinen Kopf hinweg mit Luke über Dinge reden, die mich genauso angingen, und mich einfach ignorieren. *Falsch, euer Ehren.* Und jeder, der mich auch nur ansatzweise kannte, wusste, dass ich auf solche Spielchen extrem allergisch reagierte.

»Könnt ihr mir dann vielleicht sagen, wo ihr jetzt herkommt?« Er warf einen deutlichen Blick auf seine Armbanduhr. »Ann ist schon seit Stunden zu Hause.«

Ich schob die Hände in die Hosentaschen. »Er musste nach mir suchen.«

»Suchen?«

»Wie gesagt: Nach der Sache in der Boutique habe ich frische Luft gebraucht. Und bin ein bisschen herumgelaufen.«

Für einen Moment schien der Richter zu überlegen, ob er mir glauben sollte. Dann nickte er abrupt. »Ich gehe davon aus, dass so etwas nie wieder vorkommt.« Die Art, wie er dabei eine Braue hob und gleichzeitig Luke fixierte war ... nicht freundlich. Um es nett auszudrücken.

Ich warf einen schnellen Blick über die Schulter zu Luke. Gerade sah er von mir fort und zum Richter zurück. Seine Miene war nicht zu deuten. »Ja, Sir.«

Ich wandte mich wieder um, nickte meinerseits. »Ja, Sir.« Ich hatte nicht vor, noch einmal fast von einer Schaufensterpuppe erschlagen zu werden. Was den Rest betraf – konnte ich nichts versprechen.

»Du kannst gehen.« Das galt eindeutig Luke. Spätestens sein »Mit Cassandra habe ich noch zu reden«, ließ daran keinen Zweifel mehr.

Abermals sah ich mich zu Luke um, der sich gerade wortlos zum Gehen wandte. Hatte er für den Bruchteil einer Sekunde eine Braue gehoben? Ich war mir nicht sicher. Ich wartete, bis er zur Tür hinaus war und sie hinter sich schloss, dann drehte ich mich wieder zum Richter um. »Sir?«

»Miss Audrey hat Sarah-Ann als kleine Wiedergutmachung wegen dieses Unglücks in ihrer Boutique für dich ein Kleid mitgegeben. Anscheinend war es das, das du dir ausgesucht hattest und anprobieren wolltest.« Er machte eine kleine, gleichgültige Handbewegung. »Es liegt oben in deinem Zimmer. – Sollte es dir wider Erwarten nicht passen, würde sie es dir natürlich in deiner Größe besorgen.« Betont nachdrücklich verschränkte er die Finger auf der Schreibunterlage ineinander. »Ich hoffe, dir ist bewusst, dass du es auf dem Halloween-Ball nicht wirst tragen können. Immerhin ist es schwarz.«

Und was würdest du tun, wenn ich es doch trage? Mich auf mein Zimmer schicken wie ein kleines Mädchen? Es mir vor aller Augen vom Leib reißen?

»Immerhin bist du noch keine initiierte Hexe.«

Tja ...

»Allerdings ... Wenn du jetzt doch endlich anfangen würdest, dich deiner Ausbildung zu widmen, könnte ich eventuell eine Ausnahme machen.«

Wie bitte? Um ein Haar hätte ich losgelacht. Wollte er mich gerade ernsthaft mit einem Kleid ködern? Echt jetzt? Seit meiner Ankunft hier hatte ich darauf gewartet, dass er mich irgendwie dazu zwingen würde, mich mit der Hexerei zu beschäftigen und meine »Studien« aufzunehmen. – Immerhin war es nicht mehr allzu lange hin, bis ich volljährig war und er und seinesgleichen keine Handhabe mehr über mich hatten. Oder dass er es zumindest versuchte. Aber statt seine Macht spielen zu lassen und mir mit Hexerei Druck zu machen, kam er mir so? Ernsthaft?

»Ich bin mir nicht sicher, aber ich denke nicht, dass meine Großmutter einen solchen Verstoß gegen die Gesetze gutheißen würde, Sir.«

Seine Miene gefror.

Was er konnte, konnte ich schon lange. *Fällst du vor Lachen schon von deiner Wolke, Granny?* Das hier war so was von einem Witz.

»Deine Großmutter ist tot, meine Liebe. – Gott möge ihrer Seele Frieden schenken. – Und es liegt mir nichts ferner, als Schlechtes über eine Tote zu reden, aber auch deine Großmutter war nicht der Ausbund an Tugend, für den du sie anscheinend hältst.«

Ich schaffte es irgendwie, ruhig weiterzuatmen. Jemand wie er konnte sich mir gegenüber viel erlauben. Da hatte ich mir inzwischen ein dickes Fell zugelegt. Kategorie: zum einen Ohr rein, zum anderen wieder raus. Nur eines durfte man nicht tun ... Ganz langsam rieb ich mit den Handflächen über mein Hosenbein.

Eigentlich hatte ich nicht vorgehabt, bei seinem Ball zu erscheinen. In der Nacht von Halloween ging mein Flieger nach Hause. Vier Stunden nach Mitternacht, vom Logan Airport. Endgültig.

Aber allmählich dachte ich mehr und mehr darüber nach, doch hinzugehen. In diesem schwarzen Kleid. *Ohne* mich zuvor irgendwelchen *Studien* gewidmet zu haben.

Um dann wie Cinderella um Schlag Mitternacht zu verschwinden.

Nur dass ich keinen gläsernen Schuh hinterlassen würde.

Er – und seinesgleichen – würden auch so wissen, wo sie mich finden konnten. Grannys altes Haus wartete auf mich.

Ich nahm die Bewegung, mit der er nach dem goldenen Feuerzeug griff, das neben einigen Papieren auf seinem Schreibtisch lag, nur am Rande wahr.

»Was sagst du, Cassandra?«

Ich blinzelte. »Ich denke nicht, Sir.«

Unwillig klopfte er mit dem Feuerzeug auf die lederne Schreibunterlage. Wieder und wieder und wieder. »*Ich* denke, du solltest gut darüber nachdenken. Bisher waren wir alle sehr nachsichtig mit dir.« Klopf. Klopf. Klopf. Klopf. Er lehnte sich ein kleines Stück vor. »Nach dem Tod deiner Großmutter ...« Klopf. Klopf. Klopf. Klopf. Klopf.

Ich konnte die Augen nicht von dem Feuerzeug lösen.

Klopf. Klopf. Klopf. »Dem Brand und dem tragischen Ende deiner Eltern ...«

Flammen, die aus den Fenstern schlugen. Glas zum Bersten brachten. Das Krachen des Dachstuhls, als er einstürzte. Die Rufe der Feuerwehrleute. Meine eigenen Schreie. Granny, die mich festhielt ... Klopf. Klopf. Klopf.

Plötzlich war mir übel, ohne dass ich wusste, warum.

Es war nicht die Erinnerung an das Feuer.

Es war etwas ... anderes ...

»Wir haben deinen Wunsch zu trauern respektiert ...«

Mein Blick schnappte von seiner Hand mit dem Feuerzeug hoch zu seinem Gesicht. »Entschuldigen Sie mich, Sir.« Ich machte kehrt, ging zur Tür. Hinter mir wurde ein Sessel heftig zurückgestoßen. »Wir sind noch nicht fertig, Cassandra ...«

Doch. Waren wir.

Ohne mich noch einmal umzudrehen, ließ ich die Tür hinter mir zufallen.

Und wäre um ein Haar in Luke gelaufen. Es war mir egal, ob er irgendetwas von meinem Gespräch mit dem Richter mitbekommen hatte. Ebenso, wie es mir egal war, ob er absichtlich noch hier war oder nicht.

»Alles in Ordnung?« Er hielt mich auf. Seine Hände schlossen sich um meine Arme.

Unwillig schüttelte ich sie ab. »Lass mich …«

Für eine Sekunde forschten seine Augen in meinen. Was auch immer er sah … »Okay.« Er machte einen Schritt zurück. Hob beschwichtigend die Hände. »Sag mir, wenn ich etwas tun kann.«

»Ja. Nein. Ich … lass mich einfach.« Ich drängte mich an ihm vorbei. Nahm die Treppe immer zwei Stufen auf einmal. Schloss die Tür zu meinem Zimmer hart hinter mir und lehnte mich mit dem Rücken dagegen. Ehe ich ganz langsam daran entlang zu Boden rutschte.

Ich hatte so ein Feuerzeug schon einmal gesehen.

Ich wusste nur nicht mehr, wo.

Aber irgendetwas sagte mir, dass ich mich erinnern musste.

27

Ich hatte das Abendessen ausfallen lassen. Mir hatte weder der Sinn nach Anns Gesellschaft noch nach der des Richters gestanden. Lukes Angebot durch die Tür, mir ein Sandwich zu bringen – oder auch nur ein Glas Erdnussbutter mit Löffel – hatte ich abgelehnt. Irgendetwas war mir auf den Magen geschlagen. Und was auch immer es war: Es hatte etwas mit diesem Feuerzeug zu tun. Das zumindest sagte mir mein Gefühl.

Aber so sehr ich mir auch das Hirn zermarterte, mir wollte nicht einfallen, was. Geschweige denn, wo ich es überhaupt zuvor schon gesehen hatte. Also hatte ich gewartet. Bis es im Haus still geworden war. Bis ich mir sicher war, dass jeder in seinem Bett war und schlief. Ich hatte mir die Zeit damit vertrieben, das Kleid aus der Boutique anzuprobieren. Die Kombination aus Seide und Spitze floss um mich herum, als sei sie nur für mich gemacht worden. Das Dekolleté war vorne eigentlich nicht vorhanden, dafür aber der Rücken umso tiefer ausgeschnitten … Dad hätte bei meinem Anblick sicher die

Augen verdreht und Mom nach Jungs-Fernhalte-Hexerei gefragt.

Und jetzt stand ich hier, im Arbeitszimmer des Richters, und schloss lautlos die Tür hinter mir. Vor dem Bücherregal links von mir prunkte ein hoher, schmiedeeiserner Kerzenständer mit einer wuchtigen Votivkerze. Nicht mehr als Deko, ohne Bedeutung. Ich weckte die kleine Flamme auf dem Docht, nahm sie dann herunter auf meine Handfläche und ließ sie dort weiterbrennen. Sie flackerte. Unstet und kränklich. Hatte ich nach all dem heute etwas anderes erwartet? Ich hatte so viel in die kleine Hündin fließen lassen und viel zu wenig von Luke genommen. Eigentlich hätte ich eine Nacht Schlaf gebraucht. Oder zumindest ein paar Stunden. Nun ja, da mir derzeit auch nicht der Sinn nach gemeinsamem Frühstück stand, würde ich morgen – beziehungsweise heute – früh einfach länger schlafen.

Aber zumindest genügte ihr Licht, um den Raum zu durchqueren, ohne irgendwo anzustoßen. Auf dem Schreibtisch setzte ich sie wieder ab. Ließ den Blick über die Schatten darauf gleiten. Wenn der Richter das Feuerzeug bei sich trug, war diese ganze Aktion umsonst. Allerdings hatte ich ihn noch nie rauchen gesehen … Meine Hände wanderten suchend über die Schreibtischplatte. Die Finger gespreizt, ein paar Zentimeter über dem, was darauf lag. Nichts. – Doch! Halb begraben unter irgendwelchen Papieren. Vorsichtig, um sie nicht mehr zu verrücken als notwendig, zog ich es hervor ... Das Gold lag kalt und tot in meiner Hand. Langsam drehte ich es im Licht der Flamme. Was hatte ich erwartet? Hexenmagie, die mich ansprang. Ich ließ den Deckel aufschnappen. Drehte mit dem Daumen den Feuerstein.

Funken.

Eine kleine Flamme.

Übergangslos war das Metall heiß in meiner Hand.

Und die Bilder da.

Es lag in dem Krimskramskörbchen aus geflochtenem Schilf auf dem kleinen Tischchen im Korridor. Wie ein goldenes Alien. Schatten huschten darüber. Spiegelten sich darauf. Der Deckel war halb aufgeklappt. Ich konnte das Zündrad sehen.

Die Flamme auf dem Feuerzeug in meiner Hand erlosch. Meine Finger zitterten. Die Bilder verschwanden. Ich rieb das Zündrad wieder ...

Funken schlugen aus dem Feuerstein. Ohne dass jemand ihn berührt hätte. Das trockene Schilf brannte sofort. Die Flammen schlugen hoch, sprangen auf die Vorhänge dahinter über. Auf den Tisch. Das Holz der Wand. Erreichten die Treppe. Das Treppengeländer. Die Stufen in den ersten Stock. Fraßen sich hindurch und hinauf.

Schneller als normale Flammen.

Heißer.

Viel heißer.

Hexenfeuer ...

Das Feuerzeug polterte aus meiner Hand auf den Boden. Ich taumelte rückwärts. Landete auf dem Sessel des Richters. Die Flamme auf dem Boden war erloschen. In meiner Kehle saß ein Schrei. Ich erstickte ihn mit der Faust vor dem Mund.

In der Nacht, bevor das Feuer ausgebrochen war.

Das Feuer, in dem Mom und Dad umgekommen waren.

Ich hatte es gesehen, als ich meine Schlüssel vom Bord genommen hatte.

Weil ich ins Kino wollte.

Warum war es mir nicht aufgefallen?

Warum hatte ich es nicht *wahrgenommen*?

Und wie war es da hingekommen? Wie, verdammt noch mal?

Ich nahm die Hand herunter. Starrte sekundenlang auf das Feuerzeug. Hob es schließlich mit einer abrupten Bewegung auf. Ignorierte, dass meine Hand dabei zitterte. Es hatte mir schon so viele Antworten geliefert ...

Wieder drehte ich den Feuerstein, ließ die Flamme aufflackern.

Langsam atmete ich einmal tief ein und aus. Es fiel mir schwer, mich zu konzentrieren ...

Zwei identische Feuerzeuge. Eins davon funktionierte wie ein Fernzünder. Man drehte bei dem einen am Feuerstein und bei dem anderen schlug die Flamme auf. Und setzte alles in Brand, was auch nur ansatzweise in der Nähe war. Egal, ob brennbar oder nicht ... Hatten sie uns alle umbringen wollen? Nein. Nein, das ergab keinen Sinn. Der Richter und seine Freunde hatten *mich* gewollt ...

Wieder holte ich Atmen ... und stieß ihn scharf aus.

Der Richter war noch einmal da gewesen.

An diesem Tag. Am späten Nachmittag, lange bevor das Feuer ausgebrochen war.

Ich hatte mich nicht daran erinnert. Es war wie ... ausgelöscht gewesen.

Meine Finger schlossen sich fester um das Feuerzeug. Die Flamme flackerte. Schlug für einen kurzen Moment hoch.

Woher hatte er gewusst, dass ich nicht da sein würde? Dass ich ins Kino wollte? – Warum hatte ich eigentlich ins Kino gewollt? Ich konnte mich nicht erinnern. Dad hatte mir seinen Wagen gegeben und Geld. Ich sollte noch tanken ... Aber an der Tankstelle ... ich hatte Annie Springwater getroffen, die Frau des Sheriffs. Ihr Bruder besaß die Autowerkstatt, zu der auch die Tankstelle gehörte. Wir hatten uns einen Moment unterhalten. Sie hatte mich gebeten, Mom etwas auszurichten. Dann hatte sie losgemusst und ich hatte den Tank voll gemacht, und dann war ich umgedreht. Nach Hause gefahren. Die beiden Feuerwehrzüge hatten mich nur kurz danach überholt ...

Jetzt war mir auch klar, warum die Feuerwehrleute keine Chance gehabt hatten, den Brand in den Griff zu bekommen. – Und warum Granny nichts getan hatte, um ihnen zu helfen. Ihr musste vom ersten Augenblick an klar gewesen sein, was sie da vor sich hatte. *Dass* sie nichts tun konnte. – Und wer dafür verantwortlich war.

Ich blies lange und langsam die Flamme aus, ließ das Feuerzeug zuschnappen.

Von einer Sekunde zur nächsten saß eine seltsame Kälte in meinem Inneren. Wie ein dunkles, eisiges Raubtier. Das an den Gitterstäben seines Käfigs entlangstrich. Bereit, herausgelassen zu werden ...

Granny hatte mir erklärt, dass dieses Raubtier niemals Teil unserer Hexerei sein durfte. *Würdest du das immer noch sagen, Granny? Würdest du wirklich?*

Wittmore hatte Mom und Dad ermordet. Was hatte Osborne gesagt? *Wir wollten das nicht. Wir wollten nichts Böses ... Deine Mom und dein Dad ... Wittmore, er ...* – Ganz egal, ob sie es gewollt hatten oder nicht.

Sie.

Hatten.

Davon.

Gewusst.

Ich ließ das Licht der kleinen Kerzenflamme auf dem Gold des Feuerzeugs tanzen. War das Gerede am Ende doch wahr und Granny hatte tatsächlich etwas mit den Toten der letzten Wochen hier in der Gegend zu tun? Ich hatte nicht jeden Besuch Wittmores und seiner Freunde mitbekommen. Aber wenn ich mich richtig erinnerte, waren zumindest die Namen Osborne, Sanderson und Malcom gefallen.

Hatte Granny sie mit Sarah Warrens Hilfe zur Rechenschaft gezogen? – Nein. Granny hätte sichergestellt, dass die Verantwortlichen für Moms und Dads Tod wussten, wem sie ihr Ende verdankten. Und ich konnte mir nicht vorstellen, dass sie tatsächlich so gnädig gewesen wäre, sie »nur« zu töten.

Was also dann?

Ich legte das Feuerzeug an seinen Platz zurück, ließ die Hände abermals über den Schreibtisch wandern. Macht hinterließ normalerweise irgendwelche Spuren. Wenn Granny den Richter zur Verantwortung gezogen hatte …

Da war nichts …

Ich brauchte mehrere Augenblicke, bis mir klar wurde, was wirklich fehlte: Macht.

Natürlich hing an allem in diesem Raum ein Echo von Hexerei. Selbst wenn der Richter sie hier nicht betrieb, hielt er sich hier doch ständig auf. Aber das, was hier zu spüren war, war eben tatsächlich nur das: ein Echo. Alt. Abgestanden. So, als hätte seine Ehren gar keine Macht mehr. Und das schon seit Monaten.

Ich lehnte mich im Sessel des Richters zurück. Er hätte Luke direkt sagen können müssen, wo ich war und wo er mich einsammeln sollte. – Das hatte er nicht getan.

Er hätte etwas von den Séancen mitbekommen müssen, die Ann und die anderen hier im Haus abhielten …

Er hätte in der Lage sein müssen, Sarah Warrens Fluch, ihre Rachepläne zu erkennen. Sie aufzuhalten …

All das hatte er nicht getan. Und auch keiner der anderen. – Weil Granny ihnen ihre Macht genommen hatte? Welchen anderen Grund sollte es sonst dafür geben? Man »verlor« seine Macht nicht so einfach. Aber was hatte er dann mit Grannys Unfall zu tun? Dass er dabei nicht die Finger im Spiel gehabt hatte … war unwahrscheinlich. Er hatte Mom und Dad ermordet, nur um an mich heranzukommen. Aber Granny hatte noch immer zwischen ihm und seinen Plänen mit mir gestanden. Er *hatte* etwas mit ihrem Tod zu tun. Aber wenn er keine Macht mehr hatte …? ›*Wenn man das Unmögliche beseitigt, dann muss das, was übrigbleibt – was auch immer das ist – die Wahrheit sein.*‹ War er tatsächlich den »normalen« Weg, ohne Hexerei, gegangen? Nun, wenn dem wirklich so war, wusste ich, wer mir helfen konnte, die Antwort auf diese Frage zu finden.

Ich zog mein Handy aus der Hosentasche. Das Licht seines Displays sollte schwach genug sein, um im Zweifel nicht bemerkt zu werden, auch nicht vom Garten aus. Ich warf einen kurzen Blick auf die Uhrzeit, ehe ich das Telefon und Johns Nummer aufrief. Es dauerte nur unbedeutend länger als sonst, bis er ranging.

»Cassy, ich nehme an, dir ist bewusst, wie spät es ist.«

»Entschuldige, ich wollte dich nicht wecken …« Mit einem Anflug von Schuldbewusstsein zögerte ich.

John stieß ein unüberhörbar spöttisch amüsiertes Schnauben aus. »Kleine, habe ich gesagt, dass ich bereits im Bett war? Ich bin im Ruhestand. Und in meinem Alter braucht man nicht mehr so viel Schlaf. – Was kann ich für dich tun, Cass?«

Im Ruhestand? Ja, klar. »Kannst du etwas für mich herausfinden?«

»Was genau?« Irgendetwas klirrte im Hintergrund. Eis in einem Glas?

»Geldbewegungen. Vermutlich von einem Konto in den USA.« Ich bemühte mich, möglichst leise zu sprechen.

»Stellst du mir diese Frage wirklich?« Wieder ein Schnauben. »Was willst du wissen?«

»Ich will wissen, ob Richter Wittmore kurz vor oder nach Grandmas Tod an irgendjemanden eine größere Summe Geld überwiesen oder bar abgehoben oder irgendwie anders … transferiert hat.«

Schweigen. Sehr, sehr lange. »John? Bist du noch da?«

»Ja, bin ich. – Du willst wissen, ob Wittmore irgendjemandem auf welchem Weg auch immer Geld gezahlt hat. Kurz vor oder nach dem Tod deiner Großmutter.« Es klang, als würde er das Handy auf die andere Seite wechseln. »Möchtest du, dass ich zwei und zwei zusammenzähle? Vielleicht komme ich ja zu einem falschen Ergebnis, Cassandra.« Seine Stimme war mit einem Mal sehr sanft. Und kalt.

Ich presste die Handfläche auf die lederne Schreibunterlage. »Du kommst zum richtigen Ergebnis, John. – Wahrscheinlich bist du es schon.«

Wieder Schweigen. Beinah glaubte ich, ihn nicken zu sehen. Dann: »Willst du mir irgendetwas sagen – darüber hinaus?«

»Nein. – Außer vielleicht: Halt dich von Wittmore fern. Ansonsten, tu, was du für richtig hältst.« Nicht, dass er sich davon hätte abhalten lassen. Es sei denn, ich hätte ihn ausdrücklich darum gebeten. Was ich nicht vorhatte.

Ich konnte sein Nicken geradezu vor mir sehen. »Ich melde mich, sobald ich etwas weiß. – Bis dahin versprich du mir, keinen Unsinn zu machen.«

Mehr aus Gewohnheit verdrehte ich die Augen.

»Und wage es nicht, mit den Augen zu rollen, junge Dame.«

Er kannte mich zu gut. »Zumindest keinen, den man mir nachweisen könnte.«

»Versuchst du, witzig zu sein?«

Eigentlich nicht. »Okay. Versprochen.«

»Gut. – Wie gesagt: Ich melde mich. – Und du solltest zusehen, dass du ins Bett kommst.«

»Mach ich. – Gute Nacht, John.«

Übergangslos war seine Stimme weich. »Schlaf gut, Cassy.«

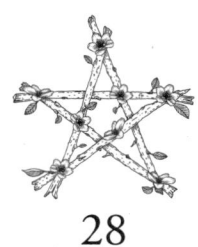

28

Ich hatte es nicht geschafft, wirklich viel länger zu schlafen als sonst. Sofern man bei meinem Hin- und Hergewälze tatsächlich von Schlaf reden konnte. Nun ja. Zumindest hatte es genügt, um zu träumen. Krude Träume, an die ich mich nur bedingt erinnern konnte. Irgendetwas mit Sarah Warren. Und Ann …

Und immer wieder das Feuer in unserem Haus. Die Funken, die von dem Zündrad des Feuerzeugs schlugen. Sich durch Vorhänge und Holz fraßen. Die Treppe hinauf. Meine Schreie. Die Feuerwehrmänner, die mich festhielten, damit ich nicht auch noch hineinrannte. Granny, die ihre Arme um mich geschlungen hatte, mich an sich presste … – Und Worte murmelte, die ich nicht verstand.

Und die vermutlich auch gar nicht für meine Ohren bestimmt gewesen waren.

Vollkommen gerädert war ich dann irgendwann heute Morgen aufgewacht.

Die Küche war zum Glück leer gewesen, sodass ich zumindest in Ruhe meinen Kaffee trinken konnte.

Ich war gerade wieder auf dem Weg nach oben in mein Zimmer, als ein gellender Schrei von unten erklang. Mitten im Schritt machte ich kehrt – und kam nur bis zur Küche, da Ann in mich hinein- und dann an mir vorbeirannte. Zur Treppe und nach oben. Hatte sie tatsächlich die Hand vor den Mund gepresst?

Luke stand draußen vor der Hintertür, einen Pappkarton in den Händen. Als er mich sah, bückte er sich hastig nach dem Deckel auf dem Boden. Ich erreichte ihn in dem Moment, als er die Schachtel zumachen wollte.

»Was ist das?«

»Nicht!« Er war schnell. Und trotzdem erhaschte ich noch einen kurzen Blick ins Innere, ehe er den Deckel gänzlich an seinem Platz hatte: dunkler Stoff.

Verwelkte Mohnblumen.

Schwarzes Gefieder.

Auf dem Blut klebte.

Ich holte scharf Luft.

Auf dem Deckel stand mein Name.

»Ann hat es aufgemacht.«

»Aha.« Sollte mich das jetzt wirklich interessieren? Mal abgesehen davon, dass man die »Post« anderer nicht ohne deren Erlaubnis öffnete: Sie würde diesen Fehler so schnell kein zweites Mal machen.

»Lass mich sehen.«

»Cass …«

»Lass. Mich. Sehen!« War mein Ton beim ersten Mal

noch ruhig gewesen, war er jetzt hart. Härter, als ich eigentlich beabsichtigt hatte.

Die Lippen zu einem Strich zusammengepresst, hob er den Deckel gerade weit genug, dass ich den Inhalt erkennen konnte.

Eine Krähe oder ein junger Rabe. Ich war mir nicht ganz sicher. Langsam streckte ich die Hand hinein, schob die Fingerspitzen unter das blutige Gefieder. Unter den Schwingen war der Körper noch warm.

Ich zog die Hand weg und trat einen Schritt zurück.

Luke rückte den Deckel endgültig richtig an Ort und Stelle. Mit einer Bewegung, die deutlich sagte, dass er ihn nicht wieder öffnen würde, wenn es nach ihm ging.

Das Blut an meinen Fingern schien sich wie Säure an ihnen entlang zu fressen. Meine Handflächen standen in Flammen. Ich presste sie gegen meine Jeans.

»Das ist eine Warnung.« Erst jetzt sah Luke mich an.

Nein. Genau genommen war es eine Drohung. Trotzdem nickte ich langsam. »Und wir wissen beide, von wem sie kommt.« Anscheinend hielt Izzys Bruder es für nötig, seinen Standpunkt noch einmal klarzumachen. *Böser. Fehler.*

»Tut mir leid, dass ich dich da mit hineingezogen habe ...«

Ich blinzelte ihn an. *Wie bitte? Falsche Prioritäten, Bishop.* Ich stieß ein leises Schnauben aus. »Wie hat Robert so schön gesagt: Jeder bekommt, was er verdient. – Ich hab's verstanden. Mach dir um mich keine Gedanken.«

Möglichst nachlässig schob ich die Hände in die Hosentaschen. »Kannst du mir einen Gefallen tun?«

Fragend neigte Luke den Kopf. Anscheinend darum bemüht, sich seine Überraschung nicht anmerken zu lassen. Und hinunterzuschlucken, was er hatte sagen wollen. Was hatte er erwartet? Dass ich wie Ann davonlaufen würde und mich übergeben? Und mich anschließend irgendwo verkriechen? Weil ein paar Großschnauzen versuchten, mich einzuschüchtern? *Sorry, Bishop, nicht mein Film.*

»Welchen?«

»Kannst du sie begraben?«

Seinem Gesichtsausdruck nach hatte er etwas anderes erwartet.

»Klar …«

»Und bitte ohne diese Mohnblumen und den Stoff.« Der Vogel hatte es nicht verdient, mit einer Todesdrohung zusammen beerdigt zu werden.

»Ich schau mal, ob ich irgendwo ein altes Handtuch oder sowas finde …«

»Klingt gut. – Und falls es für dich okay ist, wasch ihr das Blut ein bisschen ab und leg sie ›normal‹ hin.« Er hatte sie besser gesehen als ich. Von daher wusste er sehr genau, was ich meinte.

Luke nickte. »Noch was?«

»Vielleicht nimmst du eine Stelle unter einem Baum mit einer möglichst großen Krone.«

Wieder ein Nicken. »Und kann ich für *dich* noch irgendetwas tun?«

Ich schob die Hände tiefer in die Hosentaschen. »Nein. Mir geht es gut. – Wie gesagt: Mach dir keine Gedanken.« Ich neigte den Kopf zu dem Karton hin, während ich einen weiteren Schritt zurück machte. »Kannst du das gleich erledigen?«

»Ja. Logisch.« Abermals nickte er.

»Danke.« Ich drehte mich um und ging ins Haus zurück. Ich musste ein paar Dinge vorbereiten. Wenn Luke mit dem Vogel beschäftigt war, konnte er mir dabei nicht in die Quere kommen.

Sein Blick schien auf mir zu hängen, bis ich die Tür hinter mir zudrückte. Was ich sehr langsam tat. *Nun zu uns beiden, Robert Howe.*

29

William

»Und Ihr habt es mit eigenen Augen gesehen, Master William?« Der Honorable Henry Wittmore starrte ins Kaminfeuer, als er ihm diese Frage stellte.

Will nickte. Der Honorable war einer der ältesten Freunde seines Vaters gewesen. Hatte ihm selbst bei seiner Taufe Pate gestanden. Einen rechtschaffeneren Mann kannte er nicht. Und auch keine mächtigere Hexe. Allein gegen Simmons, Osborne, Bartholomew, Malcom und Sanderson vorzugehen, hätte ihn mehr gekostet, als er hatte. Er brauchte Wittmores Hilfe. »Ja, Sir. – Sowohl die Beschwörung als auch die Gräber. Und die Kinder.«

»Ich nehme an, Ihr habt sie befragt?«

»Ja. Und was sie beschrieben haben, lässt keinen Zweifel daran, dass diese Männer Bluthexerei betreiben. – Und, wie bereits gesagt, ich habe es mit eigenen Augen gesehen.«

»Und Ihr seid Euch sicher, dass Ihr diese Männer bis auf zwei zweifelsfrei erkannt habt?«

»Ja. Absolut.«

Wittmore rieb sich übers Gesicht. »Und so etwas in unserem Coven. Und ausgerechnet Männer wie Bartholomew und Osborne. Wir haben Seite an Seite gekämpft ...« Er schüttelte den Kopf. »Aber es ist wohl nicht zu ändern. Wenn ein anderer als Ihr mir so etwas berichtet hätte, Master William ... Ich hätte ihm vermutlich kein Wort geglaubt. Aber Ihr ...« Wieder ein Kopfschütteln. »Und dass Ihr damit zu mir gekommen seid ... Euer Vertrauen ehrt mich.«

»Und was soll jetzt geschehen, Euer Gnaden?« Will beugte sich auf seinem Sessel vor, verschränkte die Finger ineinander.

In einer fast müden Geste breitete Wittmore die Hände aus. »Eine gute Frage. Es ist spät. Ich bin kein junger Mann mehr. Gebt mir etwas Zeit, Master William. Ich muss selbst ein paar Nachforschungen anstellen. Dinge nachlesen ... Ich werde Euch zu gegebener Zeit eine Nachricht zukommen lassen.«

Will erhob sich. »Ich hoffe, Ihr schickt mir diese Nachricht bald. – Es dürfen nicht noch mehr Kinder sterben. Oder diese Männer noch länger ihr Unwesen treiben. Sie werden mit jedem Mal mächtiger ...«

Wittmore nickte, stand ebenfalls auf. »Natürlich, Master William. Seid unbesorgt. Bis spätestens morgen zur Mittagszeit habt Ihr Nachricht von mir. – Ich bin sicher, Ihr findet den Weg allein hinaus, nicht wahr? Gute Nacht.«

»Natürlich, Euer Gnaden.« Will deutete eine Verbeugung an. »Gute Nacht.« Wittmore stand noch immer am Kamin und sah ihm nach, als er die Tür zum Studierzimmer des Honorable hinter sich schloss.

Die Hand schon am Sattel seines Rappens sah William noch einmal zum Haus der Wittmores zurück. Er konnte nur hoffen, dass der Honorable Wort hielt. Länger warten würde er nicht. Es war nicht nötig, dass diese Männer noch mehr Leid brachten.

30

Ich tunkte den Finger in die Masse und leckte sie ab. Gut. Eigentlich zu schade für diese Idioten. Aber meinetwegen. Weiter mit den Feinheiten. Ich griff nach der Schale mit meinen anderen Zutaten und ließ sie in den Teig rieseln. Rührte sie mit dem Handmixer um.

Pointers blinzelte träge, als Luke im Türrahmen erschien, streckte sich und rollte sich wieder zwischen dem Paket Mehl und dem mit Zucker zusammen. Sie war aufgetaucht, kurz nachdem ich angefangen hatte, die Küche vorzubereiten, und hatte es sich nach einem kurzen Kontrollgang durch den Raum mit absoluter Selbstverständlichkeit auf der Arbeitsfläche bequem gemacht.

Unsicher warf er einen Blick hinter sich. So, als suche er irgendetwas. »Gibt es einen besonderen Grund dafür, dass es mir gerade ziemlich widerstrebt hat, hier reinzukommen?«

Gibt es. »Vielleicht hast du Angst, dass du abspülen musst?« *Und es gibt auch einen Grund, dass du jetzt hier bist.*

»Schon mal was von Spülmaschinen gehört? Ziemlich neumodischer Kram, aber ungemein praktisch.« Er durchquerte langsam die Küche, kam zu mir herüber. »Du backst?« Neben mir blieb er stehen.

»Ja. – Ist es erledigt?«

»Ja.« Er streckte die Hand aus, um Pointers kurz unterm Kinn zu kraulen, was die mit einem deutlich hörbaren Schnurren quittierte. »Irgendein besonderer Anlass?«

»Kommt drauf an.« Ja, ich wusste, dass manche Leute unschöne Situationen durch Aktionismus verarbeiteten. Anscheinend war er der Meinung, bei mir wäre es genauso.

»Worauf?«

»Was du unter einem besonderen Anlass verstehst. – Finger weg.« Ich schlug seine Hand beiseite, als er von dem Teig kosten wollte.

»Schon gut. Schon gut.« Abwehrend hob er die Hände. »Hast du vor, jemanden zu vergiften?« Er schaffte es nicht ganz, die Worte scherzhaft klingen zu lassen. – Und das, obwohl er anscheinend krampfhaft versuchte, das Thema ›Robert‹ zu vermeiden.

»Denkst du, es gäbe da jemanden?« Das war der Fluch dabei, eine Castairs zu sein: Wer wusste, wer wir waren – und was, wusste auch, wozu wir fähig waren. Und traute es uns in der Regel auch zu. Auch wenn ich diese Reaktion jetzt nicht gerade erwartet hätte.

Mit einem Schulterzucken griff er nach einem der letzten beiden Glasschälchen auf der Arbeitsfläche, hob es gegen das Licht. »Mir würde da schon jemand einfallen. – Was ist das?«

Ich nahm es ihm aus der Hand und gab den Inhalt in meinen Teig. »Datura stramonium.«

»Aha. – Und für Nicht-Lateiner?« Er griff nach dem anderen, betrachtete den Inhalt des Glasröhrchens, das darin stand. Fest verkorkt.

»Teufelsapfel.« Betont gleichmütig wischte ich mir die Hände an den Jeans ab und fischte das Röhrchen aus dem Schälchen. Es fallen zu lassen, käme nicht wirklich gut.

Er sah mich an, als wären mir plötzlich Hörner gewachsen. Öffnete den Mund und schloss ihn gleich wieder. Räusperte sich. Nickte zu dem Röhrchen. »Und das?«

»Aconitum napellus.« Vorsichtig entfernte ich den Korken. »Fuchswurz.« Oder auch Blauer Eisenhut. Nicht, dass ich vorhatte, ihm das *so* deutlich zu sagen. Dieses Mal nahm ich den Teigschaber, um alles unterzuheben. Manche Dinge sollten besser nicht aufgewirbelt werden. »Für Nicht-Lateiner.«

Er räusperte sich erneut. »Das mit dem ›Vergiften‹ war eigentlich als Witz gemeint.«

In gespieltem Entsetzen sah ich ihn an. »Ach so. Sag das doch gleich.«

Beinah hätte ich erwartet, dass er einen Schritt zurück machen würde. Stattdessen rieb er sich den Nacken. »Will ich wissen, wo du das Zeug herhast?«

Ich wandte mich wieder meinem Teig zu. So weit, so gut. Fehlten nur noch die letzten beiden Zutaten. »Keine Ahnung, ob du das willst.« Ein weiteres Mal wischte ich mir die Hände an den Jeans ab. »Aber es stammt aus den Vorräten des Richters.« Der zum Glück anscheinend heute einen längeren Termin außer Haus hatte.

»Ich hätte dir sein richtiges Arbeitszimmer nie zeigen sollen.«

»Stimmt. Böser Fehler.« Und vielleicht war es ein genauso böser Fehler, das hier in seiner Anwesenheit durchzuziehen? Wusste ich, ob ich ihm vertrauen konnte? Wirklich vertrauen? Nein. Das alles konnte auch nur Show im Dienste des Richters sein. *Hör auf damit, dir darüber den Kopf zu zerbrechen, Cassandra. Tu's einfach. Und wenn er dich tatsächlich verrät … es sind nur noch ein paar Tage. Dann ist das alles hier vorbei.* Und ich würde den Teufel tun und Robert und seine Freunde hier weiter ihre Spielchen spielen lassen. Garantiert nicht. »– Man sollte einer Castairs niemals verraten, wo sie die echt nützlichen Sachen findet. Wobei …« Ohne hinzusehen griff ich nach dem Messer, das ich unauffällig neben meiner Teigschüssel zurechtgelegt hatte. »… du zu deiner Verteidigung ja vorbringen kannst, dass du nicht wusstest, wozu ich fähig bin.« Er stieß ein bitteres Schnauben aus. »Allerdings habe ich mich ja gefragt, was *seine Ehren* mit dem Zeug vorhatte.« Es würde vieles einfacher machen, wenn er tatsächlich mein Vertrauter wäre. *Ist er aber nicht, Castairs, also hör auf damit und tu's endlich.* »– Tut mir leid.« Ich packte seine Hand, bog den Daumen nach außen und zog das Messer über die Spitze, ehe er reagieren konnte. Sofort stand Blut darauf. Ich ließ ein paar Tropfen davon in meinen Teig fallen, dann presste ich meinen Daumen auf seinen. Ich sah den Schock in seinem Blick. Der zu Zorn wurde. Er stieß ein Zischen aus, versuchte mir seine Hand zu entziehen.

Ich hielt fest.

Pointers sprang mit einem Fauchen und einem wilden Maunzen von der Arbeitsfläche und rannte Richtung Küchentür. Mehl stob auf, als sie die Tüte umstieß.

Ich hatte Schaden zugefügt, ich nahm ihn zurück.

Zucker floss hinter ihr in einem Sturzbach auf die Fliesen.

Ich spürte den scharfen Schmerz auf meinem Daumen und ließ Luke los. Mit einem Fluch trat er zurück.

»Wie gesagt: Tut mir leid.« Ich legte das Messer wieder neben die Schüssel, wischte sein Blut, das auf meinem Daumen stand, weg, drückte frisches, rotes aus dem Schnitt, der jetzt darauf prangte, und ließ etwas von meinem eigenen Blut in den Teig fallen. Dann schob ich mir den Daumen in den Mund, um die Blutung zu stoppen, ehe ich das Pflaster unter dem Handtuch neben mir hervorfischte und darüber klebte. Vorbereitung war alles. Verdammt, ich hatte nicht vorgehabt, *so* tief zu schneiden.

»Was zum Teufel sollte das?« Luke sah von mir zu seinem wieder vollkommen unversehrten – wenn auch leicht blutverschmierten – Daumen und zurück. In seinem Ton war der blanke Zorn nicht zu überhören.

»Ich sag's nochmal: Tut mir leid.« Ich wandte mich ab, griff nach dem Mixer und rührte alles noch einmal gut durch. Da war dieser Teil von mir, der diesen Zorn nicht auch in seinen Augen sehen wollte.

»Einen Teufel tut es.« Er ging zur Spüle hinüber und wusch sich das Blut ab. Jede seiner Bewegungen hart und abgehackt. Einfach nur wütend.

Eben hatte ich nach der Muffin-Form greifen wollen. Jetzt hielt ich inne. »Stimmt. Aber ich habe nun mal das Blut eines Vertrauten gebraucht.« Ich schaffte es nicht, meine Stimme ruhig klingen zu lassen. Da war dieser Teil von mir, der schrie.

»Du hättest fragen können.« Mit heftigen Bewegungen trocknete er sich die Hände ab. Nichts an seinem Ton änderte sich.

»Das nächste Mal weiß ich Bescheid.«

»Es wird kein nächstes Mal geben.« Er knurrte mich regelrecht an.

»So viel zu: ›Du hättest fragen können‹.« *Hör auf damit, Castairs. Schnippig macht es nicht besser. Du hättest ihn fragen können. Nein, du hättest ihn fragen* müssen! Ich ließ den Teig in die Vertiefungen der Form laufen. »Jetzt weißt du, warum ich es nicht getan hab.« Der Backofen war schon lange heiß genug. Ich schob die Muffins hinein. Machte mich daran, meine Utensilien zu säubern. Er beobachtete mich schweigend. Ich legte die Rührbesen zur Schüssel neben das Spülbecken. Bemühte mich nach wie vor, ihn nicht anzusehen.

»Was wird das alles?« Seine Hand wies zur Arbeitsfläche, dann zum Backofen. Seine Wut stand im Raum wie etwas Lebendiges.

»Das willst du nicht wissen.« Ich betrachtete das Chaos, das Pointers bei ihrem wütenden Abgang verursacht hatte. Wütend, weil er es gewesen war. Auf mich. Und noch immer war.

»Komisch. Ich dachte, ich hätte gerade danach gefragt.« Ich hatte ihn noch nie so beißend gehört. »Handfeger und Schaufel sind in dem Schrank neben der Spüle. Unten.«

»Danke.«

»Bitte.« Ein abfälliges Schnauben »Also?«

»Sagen wir: Ich will eine Rechnung begleichen.« Ich kehrte das Mehl von der Arbeitsfläche auf die Schaufel, dann den Zucker vom Boden, kippte alles in den Abfalleimer. Wenn ich mich mit dem Chaos beschäftigte, musste ich ihn nicht ansehen. Nicht den Blick in seinen Augen sehen. Den Ausdruck in seinem Gesicht. Nicht sehen, was er von mir hielt.

Für eine Sekunde hatte er wie erstarrt dagestanden. Jetzt machte er einen Schritt beiseite, um mir Platz an der Spüle zu machen. »Du?« Er lachte hart auf. Spöttisch. »Bei wem? – Ich hätte jetzt eher vermutet, dass andere Leute mit dir ihre Rechnungen zu begleichen hätten.«

Seine Worte waren wie Ohrfeigen. Ich versuchte sie zu ignorieren. »Das ist meine Sache.« Noch immer, ohne ihn anzusehen, griff ich mir das Geschirrtuch und trocknete meine Schüssel und die Schälchen ab. Stellte noch einmal sicher, dass keinerlei Reste von irgendetwas daran hängen geblieben waren. Gründlich. Um Zeit zu schinden.

»Da ist mein Blut mit drin …«

»Trotzdem.« Ich warf einen schnellen Blick auf meine Muffins. Sie gingen perfekt auf. Sehr gut. Ich trocknete die Rührbesen ab und legte sie an ihren Platz zurück. Dann nahm ich den Salzstreuer vom Bord – und zögerte. Wollte ich wirklich, dass Luke sah, was ich tun würde? Nach dem, was gerade zwischen uns war? Bei all seiner Wut auf mich? War ich mir sicher? Unsicher drehte ich den Salzstreuer zwischen den Fingern. Nein. War ich nicht. Ich sah zu meinen Muffins. Sie färbten sich ganz allmählich goldbraun. *Kommt schon, Leute, macht ein bisschen schneller.* Luke hatte sich mir gegenüber gegen das Sideboard gelehnt, ließ mich nicht aus den Augen. Anscheinend hatte er nicht vor, zu gehen, bis er eine Antwort hatte. Nur, dass er die nicht bekommen würde. Wieder schaute ich in den Backofen. Dann tat ich es ihm auf meiner Seite der Küche nach.

Wenn irgendwo in dieser Küche eine Uhr gehangen hätte, hätte man sie ticken gehört. Keiner von uns sagte ein Wort. Ich beobachtete, wie die Muffins immer mehr Farbe bekamen. Tick-tack-tick-tack. Nichts an Lukes Haltung änderte sich. Nichts an seinem Blick. Tick-tack-tick-tack. Ich presste die Lippen zusammen, ehe ich irgendetwas sagte, was ich später bereuen würde. Nein, ich würde mich nicht entschuldigen. Ich hatte getan, was ich tun musste. Und ganz nebenbei: Wie hätte *ich ihm* vertrauen können? Wieder schaute ich zu meinen Muffins. Sie sahen richtig gut aus … Tick-tack-tick-tack – Tick-tack-tick … Ach, verdammt. Wenn er mich an den Richter verraten wollte, hatte er bereits mehr als genug gesehen, um es zu tun. Mit einer brüsken Bewegung stieß ich mich von meiner Seite der Küchenzeile ab, ging mit dem Salzstreuer zu meiner Arbeitsfläche hinüber, – Lukes Brauen hoben sich – zog mein Handy aus der Hosentasche, rief eine Karte der Stadt auf und legte es auf die abgewischte Fläche. Ich ließ das Brennen in meinen Händen erwachen, als ich nach dem Salz griff und ein paar Kristalle auf meine Handfläche rieseln ließ. Und von da ganz langsam auf das Handydisplay. Sofort formten sie eine perfekte kleine Kugel. *Zeigt sie mir!* Das Display veränderte sich. Verschob die Karte. Ließ sie größer werden. Kleiner …

Luke trat neben mich. Sah mir über die Schulter. Ich konnte spüren, wie er sich anspannte, den Mund öffnete, um etwas zu sagen. Ihn wieder schloss. Mir ein bisschen mehr Raum ließ. Aber nur ein bisschen.

… die Kugel verharrte. Ebenso wie die Karte. Ich beugte mich vor, blies darüber. Die Salzkugel zerfiel, ihre Reste wehten von meinem Handy herunter. Über die Schulter sah ich Luke an. »Weißt du, wo das ist?«

Einen Moment sah es beinah so aus, als würde er überhaupt nicht reagieren. Dann beugte er sich doch fast widerwillig vor, runzelte die Stirn, ehe er nickte. »Ja.«

»Wie komme ich am schnellsten dahin?« Ich wandte mich zum Backofen um, warf erneut einen Blick auf die Muffins, ehe ich mir ein Handtuch griff. Fertig.

Als er nicht antwortete, schaute ich zu ihm hin, während ich gleichzeitig die Muffin-Form in den Spülstein absetzte, nach dem Auskühlgitter griff und es zurechtstellte. Er lehnte rücklings an der Arbeitsfläche, die Arme vor der Brust verschränkt und sah mich an. Die Brauen zusammengezogen. Prüfend. Und noch immer wütend. *Hast du etwas anderes erwartet, Castairs? – Nicht wirklich.*

Aber gehofft.

»Was ist?«

»Da hängen Isabelles Bruder und seine Freunde meistens herum.«

»Ach?« Ich drehte die Form über dem Gitter um. Die Muffins glitten folgsam aus ihren Mulden. Später musste ich daran denken, sämtliche Krümel verschwinden zu lassen.

»Ja.« Er rieb mit dem Mittelfinger über die Spitze seines Daumens. Da, wo zuvor der Schnitt gewesen war. Dann legte er den Kopf zur Seite. Sein Blick war noch immer prüfend. Zwischen seinen Brauen stand eine scharfe Falte. »Das ist auf der anderen Seite der Stadt. Ich denke, du kommst am schnellsten dahin, wenn ich dich fahre.« Die Worte klangen hart.

»Vergiss —«

Ein Zischen. »Genau. Vergiss es.« Er stieß sich von der Arbeitsplatte ab, kam auf mich zu. Fast schon drohend. Beinah hätte ich einen Schritt zurück gemacht. Nein! Meinetwegen konnte er wütend auf mich sein. Aber ich würde mich nicht einschüchtern lassen. Und nicht für das entschuldigen, was ich war und was ich tat. »Wir hatten einen Deal.« Zu dem ich noch nicht allzu viel beigetragen hatte. Geschweige denn, dass wir in irgendeiner Form weitergekommen waren. »Ich fahre dich.« Übertrieben spöttisch schob er die Hände in die Hosentaschen. Nicht ohne zuvor noch einmal einen bedeutsamen Blick auf seinen Daumen geworfen zu haben.

Ich ging meinerseits auf ihn zu, blieb dicht vor ihm stehen. »Okay. Aber egal, was passiert: Du mischst dich nicht ein.« Manchmal konnte man Leute am besten aus den eigenen Angelegenheiten heraushalten, wenn man sie denken ließ, sie steckten mitten darin.

Für einen Sekundenbruchteil huschte ein dünnes, fast böses Lächeln über seine Lippen. »Wie Sie wünschen, Ms Castairs.«

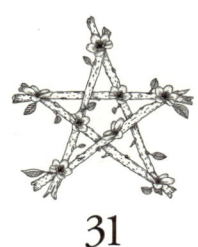

31

Die Papiertüte mit den Muffins in der Hand schlug ich die Autotür zu. Und runzelte die Stirn, als Luke ebenfalls ausstieg. Die ganze Fahrt über hatte er kein Wort mit mir gesprochen. Seine Wut war nach wie vor fast greifbar gewesen. »Was wird das? Wir hatten einen Deal.« Der kleine Park mit den Schachtischen unter den Bäumen und dem Spielplatz auf der einen Seite hätte bei diesem Sonnenschein voller Kinder und Gelächter sein sollen. Leuten, die Schach spielten. Oder zumindest Menschen, die das Wetter und die Wärme genossen. Stattdessen lag etwas … Angespanntes in der Luft. So, als würde eine Herde Schafe ahnen, dass ein Rudel Wölfe direkt jenseits des Gatters hockte. Nur dass diese Wölfe auf zwei Beinen gingen und bei dem Schachfeld mit den lebensgroßen Figuren auf der anderen Seite der Bäume herumlungerten.

Luke schloss seinerseits die Fahrertür und kam um die Schnauze seines Porsche herum. »Der Deal besagt, dass ich mich nicht einmische egal, was passiert. Nicht, dass ich im

Auto warte wie ein Hündchen.« Den angesäuerten Blick, mit dem ich ihn bedachte, ignorierte er. Stattdessen nickte er hinter mich. »Ist das da drüben nicht Isabelles Bruder?« In geheuchelter Überraschung riss er die Augen auf. »Was für ein Zufall.«

Ich zischte ihn an.

Er lächelte nur träge.

»Dann warte zumindest hier.«

»Hak es ab, Castairs. Ich werde nichts sagen oder tun. Genau wie abgemacht. – Es sei denn, Robert legt sich direkt mit mir an.« Erneut nickte er zum Schachfeld hin. »Aber ich lasse dich nicht allein da hin.«

»Ich brauche keinen Schutz.«

Ein hartes Auflachen. »Wer hat gesagt, dass ich dich beschützen würde?« Nachlässig schob er die Hände in die Hosentaschen.

Ich verzog unwillig den Mund, drehte mich dann aber um und ging auf Izzys Bruder und seine Freunde zu. Die gleiche Besetzung wie bei unserer letzten Begegnung. Sehr schön.

Der Erste, der uns bemerkte, war der Rothaarige. Cole, wenn ich mich richtig erinnerte. Und natürlich machte er die anderen direkt auf uns aufmerksam. Wie ein Mann drehten sie sich um und grinsten uns entgegen. Ohne sich von der Stelle zu rühren.

»Sieh an, sieh an.« Izzys Bruder Robert stemmte den Ellbogen auf die Schulter des weißen Springers und stützte den Kopf gegen die Faust. »Wenn das nicht die kleine Castairs-Hexe ist.«

»Die Castairs-Hexe, die gar nicht hexen kann.« Blake, der mit dem Crew Cut, stellte den Fuß auf einen umgeworfenen Bauern.

»Ach, stimmt ja.« Robert gab ihm die High Five.

Hinter ihnen grinste Alec. »Und ihren Bodyguard hat sie auch mitgebracht.«

Cole lachte. »Miauwauwau.«

Wieder klatschten sie einander ab, dann kam Robert mit einem trägen Lächeln auf mich zu, blieb so dicht vor mir stehen, dass ich noch nicht einmal den Arm hätte ausstrecken müssen, um ihm die Hand auf die Brust zu legen. »Was willst du hier? Wie du siehst, gibt es kein Hündchen, das du retten musst. Wir sind ganz brave Jungs. Nicht wahr?« Er warf einen kurzen Blick über die Schulter zu den anderen zurück, die seine Frage mit Feixen und Gelächter beantworteten, ehe er mich wieder anschaute. Sein Blick wurde hart. »Und außerdem dachte ich, ich hätte mich klar ausgedrückt, was passiert, wenn du uns nochmal in die Quere kommst. – Oder hast du mein Geschenk nicht bekommen?«

»Doch. Habe ich. Keine Sorge.« Ich hob die Tüte hoch genug, dass sie vor seinem Gesicht baumelte. Der Geruch der Muffins konnte ihm gar nicht entgehen. »Ich wollte euch nur etwas bringen.« Die absolute Verblüffung in seiner Miene hätte mich um ein Haar zum Lachen gebracht.

Ich verbiss es mir gerade noch. Damit hatte er nicht gerechnet.

»Was ist das?« Er riss mir die Tüte aus der Hand, öffnete sie. Sah hinein. Sah mich an. »Muffins?« Ließ sich Verblüffung noch mal steigern? Er klang fast schon schockiert.

Mit einem Nicken hob ich die Schultern. »Sagen wir einfach: Ich hab meine Lektion gelernt. Jeder bekommt, was er verdient.« Ich hakte die Daumen in die Taschen meiner Jeans. »Danke, dass du mich daran erinnert hast.«

»Jederzeit gerne.« Was hätte ich darum gegeben, ihm jetzt sofort sein selbstgefälliges Grinsen aus dem Gesicht wischen zu können. Er nahm einen Muffin heraus, roch daran, reichte die Tüte an Cole. Auch der griff hinein, ehe er sie weitergab.

Blake war der Erste, der in seinen hineinbiss. Kaute, anerkennend nickte. »Vielleicht ein bisschen süß …« Das war Absicht gewesen. Er schob sich den Rest mit nur zwei weiteren Bissen in den Mund, winkte gleichzeitig Alec zu, der die Tüte als Letzter bekommen hatte und sie immer noch in der Hand hielt. »Ist da noch was drin?«

Alec warf sie ihm zu, biss dann selbst in seinen Muffin. Zeigte mir gleich darauf mit einem Grinsen den erhobenen Daumen.

Ich sagte nichts. Wartete einfach nur ab, sah zu, wie sie die Muffins hinunterschlangen. Ich hatte für jeden zwei gerechnet. Wenn sie mehr aßen, war das ihr Problem. Blake war schon bei seinem dritten. Robert schob sich gerade den Rest seines zweiten in den Mund, machte Cole ein Zeichen, dass er ihm die Tüte ein weiteres Mal zuwerfen sollte, fing sie auf und grinste mich an, während er erneut hineingriff. »Die sind nicht schlecht. Da sieht man mal wieder, wie recht Wittmore hat: Frauen gehören in die Küche. Und nicht in einen Hexenrat. Hätte deiner Granny und deiner Mommy auch gutgetan, das zu beherzigen.«

Von einer Sekunde zur nächsten brannten meine Handflächen. *Nein. Nicht jetzt.* Ich presse sie gegen den Stoff meiner Jeans. Sah aus den Augenwinkeln, dass Luke sich bewegte. Ich machte einen Schritt zur Seite, blockierte ihm den Weg zu Robert. »Nicht.«

»Ja, Luke, lass. Sei ein braver Wauwau. Hör auf das Hexchen.« Robert grinste ihn an. – Und runzelte die Stirn. Räusperte sich. Hinter ihm begann Blake zu husten. Gleich darauf auch Cole und Alec. Und Robert.

»Was zum …« Er riss die Augen auf. Wankte, versuchte sich an dem Springer festzuhalten. Der kippte, hätte ihn um ein Haar mitgerissen. In letzter Sekunde schaffte er es, sich zu fangen.

»Timeo Danaos et dona ferentes«, hörte ich Luke hinter mir leise sagen. War das ein Lachen? Ich war mir nicht sicher.

»Du kleine Schlampe, was hast du …« Robert brach ab, hustete, würgte trocken. Nur würde es ihm nicht gelingen, sich zu übergeben. Weder ihm noch einem der anderen. »Was zum ...« Hinter ihm hielten seine Freunde sich entweder an den Schachfiguren fest oder lagen auf den Knien. Husteten, rangen nach Luft. Blake hatte die Hände gegen die Schläfen gepresst, krümmte sich vornüber. Die Laute, die er von sich gab, lagen irgendwo zwischen einem Wimmern und Schluchzen. Hätte ich mir ja denken können.

Ich lächelte. Dieses ganz bestimmte Lächeln, für das die Castairs-Frauen berühmt waren.

Und gefürchtet.

Als Kind hatte ich Stunden vor dem Spiegel zugebracht, um herauszufinden, wie es ging. Bis ich begriffen hatte, dass man dieses Lächeln nicht lernen oder üben konnte. Es war ein Teil von mir.

Ich ging auf Bobby zu, bis ich ganz dicht vor ihm stand. »Wie gesagt: Ich hab meine Lektion gelernt. Jeder bekommt, was er verdient.« Das Lächeln wich keine Sekunde von meinen Lippen. »Das gilt auch für dich und deine Freunde.« Ich trat noch weiter vor ihn, verschränkte meine Hände in seinem Nacken, ehe er ausweichen konnte. »Nur ihr habt eines vergessen: Ich bin eine Castairs. – Und ihr wart so dämlich, euch mit mir anzulegen.« Ich ließ meine Stimme zu einem sanften Singsang werden. Das Lächeln noch immer auf meinen Lippen. »Jeder Schmerz, jedes Leid, welche ihr ohne Not anderen zufügt, egal ob Mensch oder Tier oder welche Kreatur auch immer, wird von dieser Stunde an auf euch zurückfallen ...

Jeder Schmerz, jedes Leid, das durch euer Tun Mensch oder Tier oder welcher Kreatur auch immer zugefügt wird, wird von dieser Stunde an auf euch zurückfallen …

Ihr werdet es an eurem Körper und in eurem Geist erfahren, als wäre es euer eigenes. Was ihr an Schaden zufügt, nehmt ihr zurück. Was ihr getan habt, wird euch in euren Träumen heimsuchen. – Weil ich es will.« Ich löste die Hände aus seinem Nacken und trat langsam von ihm zurück. »Genau wie du gesagt hast: Jeder bekommt, was er verdient.«

Er starrte mich an. Blanke Panik im Blick. Stolperte einen Schritt rückwärts, stürzte, landete auf seinem Hintern, schob sich von mir weg. »Hexe.« Er brachte das Wort zwischen Husten und Räuspern kaum heraus.

Ich lachte. »Na endlich hast du es kapiert.« Abermals machte ich einen Schritt auf ihn zu. Beugte mich zu ihm hinab. Legte die Hand federleicht auf seine Brust. »Ich bin eine Castairs. Ihr alle neigt dazu, das zu vergessen.«

»Nimm es zurück.«

»Hab ich nicht vor.«

»Ich bring dich vor den Rat!«

Ich richtete mich wieder auf. »Tu das. Viel Spaß dabei.« Ich blies ihm einen kleinen, spöttischen Handkuss zu, drehte mich um. An dem Tag, an dem ich vor einem wie ihm Angst hatte, schneite es in der Hölle. »Schönes Leben noch.« Ich ging an Luke vorbei, als würde ich seinen Blick nicht bemerken. Stellte im Vorbeigehen die schwarze

Dame wieder auf. Schach war ein wunderbares Spiel. Dad und ich hatten manchmal ganze Nächte durchgespielt.

Erst am Auto blieb ich stehen. Wartete wortlos, bis Luke es geöffnet hatte, stieg ein. Noch immer schweigend. Luke glitt neben mich auf den Fahrersitz. Steckte den Schlüssel in die Zündung.

Und drehte ihn nicht.

Sah mich stattdessen an. Nachdenklich. Fragend. Schließlich schüttelte er den Kopf. »Wenn eine Hexe, die – zumindest nach dem, was der Richter sagt – nicht in den Künsten ausgebildet wurde, zu so etwas fähig ist, will ich nicht wissen, wozu eine fähig ist, die in ihnen ausgebildet wurde.«

Sehr langsam wandte ich mich auf dem Sitz zu ihm um. »Weißt du, was ich mich die ganze Zeit frage?«

Er neigte den Kopf.

»Wer behauptet hat, ich sei nicht ›ausgebildet‹ worden.«

»Du selbst.«

Ich schnaubte. »Ich habe gesagt, ich will nichts mehr mit der Hexerei zu tun haben.« Wann hatte ich mich eigentlich von diesem Vorsatz verabschiedet? Ich war mir nicht sicher. Irgendwo zwischen Bibbidi bobbidi boo und Robert Howe? Und wann hatte ich beschlossen, Luke meine Karten zu zeigen? Ich wusste es nicht. Es war einfach irgendwann ... passiert. Und hatte sich richtig angefühlt. So verrückt es klang. Auch für mich selbst. Ich lehnte mich vor, schrieb ein paar Zeichen auf das Armaturenbrett und der Motor erwachte schnurrend. Meine Familie. Mein Leben. Sie hatte mir einfach zu viel genommen. Lukes Blick zuckte zum Zündschlüssel. Ehe er die Hand danach ausstrecken konnte, schnippte ich mit den Fingern und das Schnurren erstarb wieder. Nur leider hatte Onkel Ben mit dem, was er zu Peter gesagt hatte, recht gehabt: ›*Mit großer Macht kommt große Verantwortung.*‹ Granny war immer der gleichen Meinung gewesen. »Meine Gutenachtgeschichten handelten meistens von einer kleinen Hexe. Von all den Zaubertränken, die sie gebraut hat, von der Hexerei, die sie betrieben hat, um ihre Freunde, die Tiere und Pflanzen, zu beschützen – und einige Menschen. Wie sie zum Beispiel Regen herbeigehext hat, wenn das Land zu trocken war und ihre Freunde zu verdorren oder zu verdursten drohten. Oder den Wind … Granny war sehr genau, was die Rezepte und Zeichen und Handlungen der kleinen Hexe in den Geschichten anging.« Und wie sehr hatte ich sie geliebt. »Irgendwann kannte ich jede einzelne auswendig. Wort für Wort. ›*200 Gramm Butter, 200 Gramm Zucker, vier Eier, 250 Gramm Mehl, 50 Gramm Kakao, 100 Milliliter Rum, 200 Gramm Rosinen – die man über Nacht in den Rum einlegen kann …*‹«

Luke hob eine Braue. »Das klingt eher nach einem Backrezept.«

»Das war das Lieblings-Kuchen-Rezept der kleinen Hexe.« Ich legte die Hand abermals auf das Armaturenbrett, bewegte die Finger in der Sonne. Beobachtete, wie sie Schatten malten. Drüben beim Schachbrett hatten Robert und seine Freunde sich anscheinend wieder so weit im Griff, dass sie in der Lage waren, sich vom Acker zu machen. Nicht ohne immer wieder zu uns herzusehen. Ich winkte ihnen zu. »Aber ein Rezept ist ein Rezept. Egal, ob für einen Kuchen oder einen Trank …«

»… oder ›besondere‹ Muffins …«

»… oder ›besondere‹ Muffins.« Nur kurz zuckte ich mit den Schultern. »Als ich vier war, hab ich angefangen, die Rezepte der kleinen Hexe nachzukochen und zu backen. – Als Mom das herausgefunden hat, durfte ich nur noch unter Aufsicht in ihre und Grannys besondere Küchen. – Eigentlich in jede ihrer Küchen … – Zumindest, bis ich richtig lesen konnte.« Ich legte den Kopf schief, sah ihn an. »Wenn du weißt, was du mit welchen Zutaten bewirkst, kannst du alles machen. Auch ohne Rezept.« Wie zuvor ließ ich dieses Castairs-Lächeln auf meinen Lippen erscheinen. »Und Improvisieren macht Spaß.«

Er verzog das Gesicht. Schauderte sichtlich. »Oh Mann.«

»Wieso?«

»Ich versuche mir nur gerade vorzustellen, was dabei herauskommen würde, wenn Ann ›improvisieren‹ würde. – Besser nicht.«

»Das ist gemein.«

»Aber die Wahrheit. Sie ist nun mal kein Überflieger. – Wobei: In den letzten Wochen ist es sehr viel besser geworden.« Er fuhr mit der Hand übers Lenkrad. Zögerte.

»Das in der Tierklinik … das war kein normaler ›Kuss‹, oder?«

»Nein.«

»So ein Hexending.« Er sagte es wie eine Feststellung.

»Ja, so ein Hexending.« Hatte Ann diese Art ›Kuss‹ doch noch nicht mit ihm ›geteilt‹?

Er nickte langsam. »Das hab ich mir gedacht. – Hat es etwas damit zu tun, dass Jacks noch am Leben ist?«

»Ja. Zumindest in gewisser Weise. – Und ich hätte vorher fragen müssen.«

»Schon okay.« Ein knappes Schulterzucken. »Sie lebt, und so wie es aussieht, wird sie es tatsächlich überstehen. Aber sie muss noch ein paar Tage auf Station bleiben. – Und du warst dann wohl auch dafür verantwortlich, dass der Richter nichts zu unserem … Aussehen gesagt hat.«

»Mea culpa.«

»Hey, du hast mir den Hals gerettet.« Sein kurzes Auflachen klang vollkommen humorlos. Dann schüttelte er ganz langsam den Kopf. »Robert wird dich mit ziemlicher Sicherheit vor den Rat bringen.«

»Glaubst du wirklich, er gibt seine eigene Blödheit zu? Und dass er ein solcher Psychopath ist?«

»Bei so viel Blödheit? Ja. – Und er ist der Meinung, dass er die besseren Karten hat. Immerhin kann jeder der vier bezeugen, was du getan hast.«

»Und was hab ich getan? Ich meine, außer ihnen ein paar selbst gebackene Muffins zu bringen? Die sie freiwillig gegessen haben. Sein Wort steht gegen meines. – Oder anders gefragt: Glaubst du wirklich, seine Freunde haben den Mumm, den Mund aufzumachen?«

»Er geht davon aus.«

»Dann sollte er sich damit beeilen. Sobald ich volljährig bin, gehört ein Platz in ihrem Rat mir.« Ob ich wollte oder nicht. Wobei: Es gab Momente – so wie heute – da freute ich mich fast darauf.

»Ich glaube nicht, dass ihm das bewusst ist.«

»Ich sag's ja: Blödheit.« Und das auch noch gepaart mit Arroganz. Und Feigheit. Eine ganz ungesunde Mischung. Ich sah hinüber zu dem verlassenen Schachbrett. Ein älterer Mann ging gerade mit einem kleinen, braun gescheckten Hund daran vorbei. Äugte anscheinend immer wieder ängstlich zu den Figuren hinüber. So, als suche er jemanden. Miese Bastarde. »Warum hat eigentlich keiner der Alten diesen Idioten mal die Grenze gezeigt?«

»Sie stammen aus alten Familien ...«

»Und das ist eine Entschuldigung?«

»Hier hackt eine Krähe nun mal der anderen kein Auge aus.«

Mein Blick ging zu ihm zurück. Ich legte den Kopf schief. Wie nachdenklich.

»Was?« Unruhig rutschte er auf seinem Sitz ein Stück weiter zur Tür.

»Du bringst mich auf Ideen. – Kennst du Hitchcocks ›Vögel‹?«

»Ja.« Er räusperte sich.

Ich ließ aus meinem Lächeln ein Grinsen werden. »Keine Sorge. Das war ein Witz.«

»Halleluja.« Er stieß die Luft aus.

»Aber mit der Hilfe eines Vertrauten durchaus machbar. – Granny kannte den guten Al übrigens in ihrer Jugend. Und sie hat erzählt, sie hätten …«

»Ich will es nicht wissen.« Abwehrend hob er die Hände, ließ sie wieder auf das Lenkrad fallen.

»Wie du meinst.« Ich wandte mich ihm weiter zu, lehnte mich gegen die Tür. »›Timeo Danaos et dona ferentes‹? Hast du nicht gesagt, du kannst kein Latein?«

Er hob nur leicht die Schultern. »Bei uns in der Straße wohnte ein Typ, der sich wohl für einen Historiker gehalten hat. Zumindest hat er immer mit irgendwelchen lateinischen und – ich schätze – griechischen Zitaten um sich geworfen. Ich hab ab und an seinen Rasen gemäht. Und dabei das ein oder andere aufgeschnappt. – Beantwortest du mir eine Frage?«

»Kommt auf die Frage an.«

»Wofür hast du mein Blut gebraucht? Deines kann ich mir denken. Aber meins? Ich hab zwar einen Verdacht, aber …« Er machte eine vage Geste. »Also? Wofür?«

»Wenn ich dir das sage, muss ich dich töten.« Eigentlich hatte ich mit dieser Frage schon viel früher gerechnet.

»Ha-ha. Grandioser Witz. Und so unglaublich neu. – Also?«

»Ich brauchte etwas, womit ich die Verbindung zu den Tieren herstellen konnte. Lebend wie tot. Nichts ist dafür besser geeignet – und mächtiger – als das Blut eines Vertrauten.« Nach den alten Gesetzen, die Granny mich gelehrt hatte, hätte ich eigentlich seine Erlaubnis dazu gebraucht. Ich entwickelte hier tatsächlich deutlich zu viel kriminelle Energie. »War das dein Verdacht?«

Er nickte. »Ja.«

Ich räusperte mich. »Eine Frage für eine Frage?« Eine bessere Gelegenheit würde sich mir vielleicht nie wieder bieten.

»Das ist nur fair.«

»Warum warst du in Seven Trees?«

Mit einem Zischen holte er Luft. »Woher weißt du von Seven Trees?«

»Ich habe dich und den Richter streiten hören. Als er dich gefragt hat, wie lange du noch brauchst, um mich rumzukriegen. Damit ich mich endlich wie eine Hexe benehme und anfange, meine Gabe anzunehmen. Und dass du besser bald Erfolge aufweisen solltest. Ganz gleich wie. Auch wenn du mich dafür ins Bett zerrst. Es sei denn, du wolltest nach Seven Trees zurück.« Ich machte eine vage Geste. »Und da ich von Natur aus neugierig bin, habe ich ›Seven Trees‹ gegoogelt. Ich hab so einiges gefunden. Unter anderem etwas, das sich ›Einrichtung für straffällig gewordene Jugendliche mit psychischen Problemen‹ nennt.« Ich lehnte mich mit dem Rücken gegen die Tür. »Warum warst du dort? – Ich meine: Okay, du hast deine Macken. Aber du machst auf mich jetzt nicht gerade den Eindruck eines mordenden Psychopathen. Dieses Seven Trees klang allerdings genau danach.«

Er sah aus dem Fenster. Die Hände um das Lenkrad geschlossen. Fest. So fest, dass seine Knöchel hervortraten. Sagte nichts. Nach einer schieren Ewigkeit löste er eine Hand, griff zum Zündschlüssel, ließ den Porsche an, setzte zurück, fuhr vom Parkplatz herunter und bog auf die Straße ein, die zum Anwesen der Wittmores zurückführte. *Okay.* Anscheinend würde ich keine Antwort auf meine Frage bekommen. Was sein gutes Recht war. Umso mehr verblüffte es mich, als er plötzlich den Blinker setzte und rechts ranfuhr. Und den Motor ausmachte.

»Um eins klarzustellen: Ich hatte nie vor, mit dir ins Bett zu gehen!« Die Worte kamen ziemlich heftig.

»Okaaay …«

»Oder auch sonst … irgendwie deshalb … ich meine …«

»Okaaayyyy.« Dieses Mal dehnte ich das Wort noch länger. Sein Stammeln war fast schon wieder … süß.

»Und auch sonst … Ach, verdammt …« *Okaaay …* »Ich war ein Idiot.« Er schaute mich immer noch nicht an, starrte geradeaus. Auf irgendeinen Punkt, den nur er sehen konnte. *Das sind Männer manchmal.* Ich verbiss mir den Kommentar. Irgendwann sah er doch zu mir. »In unserer Nachbarschaft gab es einen Rottweiler. Sanft wie ein Lamm. Aber sein Besitzer war ein Arsch vor dem Herrn.

Mit entsprechend vielen Leuten, die ihn gerne unter der Erde gesehen hätten. Mich eingeschlossen. Ich war damals so dämlich, keinen Hehl daraus zu machen. Im Gegenteil. Ich kam mir cool und gefährlich vor, mich mit jemandem wie ihm anzulegen.« Seine Finger strichen über das Lenkrad. »Wie gesagt. Ein Idiot eben. – Eines nachts höre ich Buster bellen und dann vor Schmerz fürchterlich jaulen. Ich bin natürlich rüber. Über den Zaun, weil das Tor verschlossen war. Buster lag am Boden und konnte sich nicht bewegen. Ich hab versucht, ihn zu beruhigen. Herauszufinden, was mit ihm los war. Er hat mir alles gezeigt. Die zwei Typen, die bei ihnen eingebrochen sind. Die Dreckskerle haben ihm mit einem Knüppel das Rückgrat gebrochen. Und sich anschließend seinen Besitzer vorgenommen. Er lag ein Stück weiter. Ich bin hin, um zu sehen, ob ich noch was tun kann, aber sie hatten ihm den Schädel eingeschlagen. Die Polizei hat mich über der Leiche erwischt. Meine Fingerabdrücke waren an dem Knüppel, weil ich ihn auf halbem Weg gefunden und aufgehoben habe, um mich notfalls mit ihm zu verteidigen. Immerhin wusste ich nicht, ob die Kerle noch da waren. Ich dachte, das Blut darauf wäre von Buster.« Seine Hände verharrten auf dem Lenkrad. Legten sich darum. »Für den Staatsanwalt war die Sache eindeutig: Mord.«

Ich sog scharf die Luft ein. »Hast du ihnen nicht gesagt, was passiert ist?«

»Doch, natürlich. – Abgesehen von der Tatsache, dass

ich das alles von Buster wusste. Ich konnte sogar die Typen beschreiben.«

»Lass mich raten: Sie haben dir kein Wort geglaubt.«

»Woher hätte ich das alles wissen sollen, wenn ich nicht schon vorher dort gewesen war. Aber was hatte ich mitten in der Nacht dort zu suchen? Und dass ich den alten Warner nicht ausstehen konnte, war bekannt. – Außerdem war ich kein Unschuldslamm. Meine Jugendstrafakte hat ein paar Seiten.«

»Was hast du angestellt?«

»Sachbeschädigung. Einbruch. Diebstahl.« Er hob die Schultern. »Was man so macht, wenn man sieht, wie Menschen mit ihren Tieren umgehen und die einen um Hilfe bitten.« Natürlich. »Ich hatte mit einem Pflichtverteidiger gerechnet. Stattdessen taucht da so ein Typ im Maßanzug auf. Er lässt mich alles erzählen und meint dann nur, ich soll ihn machen lassen. Erst bei der Anhörung hab ich erfahren, dass er auf ›vermindert schuldfähig‹ plädiert hat. Als ich wissen will, wie er darauf kommt, sagt er, er hätte Erkundigungen eingeholt, und ich hätte in den letzten Monaten mehrfach behauptet, ich könnte mit Tieren reden.«

»Hast du?«

»Bin ich dämlich? – Als kleiner Junge vielleicht, aber jetzt doch nicht mehr.« Er schüttelte den Kopf. »Auf jeden Fall meinte er, bei der Beweislage wäre das meine einzige Chance, nicht für den Rest meines Lebens hinter Gittern zu enden. Und eventuell könnte er mit dem Staatsanwalt einen

Deal aushandeln, wenn ich mich schuldig bekennen würde. Ansonsten könnte es gut sein, dass es auch auf vorsätzlichen Mord hinauslaufen würde. Bei meiner Vorgeschichte mit dem Opfer wäre es durchaus möglich. Ich dachte, er weiß, wovon er spricht. Und dann haben sie mich nach Seven Trees gebracht. Es war die Hölle. Überall Gitter. Alles hermetisch abgeriegelt. Ein Hochsicherheitstrakt ist ein Witz dagegen. Keinerlei Möglichkeit, mal an die frische Luft zu kommen.« Sein Blick ging aus dem Fenster. »Aber wenn du hinausschaust, ist da draußen dieser riesige Park mit seinen Bäumen und diesem Teich. – Es hätte genauso gut auf dem Mond sein können.« Für einen Moment kehrte das Schweigen zurück. Bis er weitersprach. »Entweder sie stopfen dich mit Psychopharmaka voll, dass du die Hälfte der Zeit neben dir stehst und alles nur wie durch Nebel wahrnimmst – wenn überhaupt – und die andere Hälfte auf dem übelsten Horrortrip bist, den du dir vorstellen kannst. Oder sie stecken dich mit den anderen in den ›Freizeitraum‹, und dort bist du entweder das Opfer oder der Jäger. Und selbst dann gibt es garantiert noch einen, der in der Nahrungskette über dir ist.« Er schaute mich wieder an. »Und irgendwann bekomme ich Besuch vom Richter.«

Verblüfft sah ich ihn an.

»Genau.« Er nickte. »Er sagte mir, er wisse, was ich sei, und bot mir ein Geschäft an: Er holt mich aus Seven Trees, dafür stehe ich seiner Tochter als Vertrauter zur Verfügung. Und ihm eventuell noch für den einen oder anderen ›Dienst‹.« Er verzog bitter die Lippen. »Natürlich nichts Ungesetzliches oder Anstößiges.« *Abgesehen davon, unwillige junge Hexen notfalls mit Sex auf Spur zu bringen.* Abermals ging sein Blick aus der Frontscheibe. »Ich hätte alles getan, um aus Seven Trees rauszukommen. Ausnahmslos.« Er spreizte die Finger auf dem Lenkrad. Krümmte sie dann zu Klauen. »Was er zu erwähnen vergaß, war, dass er mich jederzeit nach Seven Trees zurückschicken kann. Ohne eine Begründung.« Seine Stimme wurde hart. »Er hat mich komplett in der Hand.«

Ich sah meinerseits aus dem Fenster. Atmete tief aus. »Hast du dich nie gefragt, woher er wusste, dass du in Seven Trees warst?« Erst mit einer gewissen Verzögerung schaute ich ihn wieder an.

»Damals nicht.« Sein Blick wanderte zu mir. »Erst als ich einige Zeit raus war. Und woher er überhaupt wusste, dass es mich gab.« Er hob eine Braue. »Oder wer diesen Anwalt bezahlt hat.« Wieder richteten seine Augen sich auf jenen Punkt jenseits der Windschutzscheibe. »Woher der die ganzen Informationen über mich hatte. Warum er nicht auf ›unschuldig‹ plädiert hat statt auf ›vermindert schuldfähig‹ …«

»Gab es keine anderen Beweise, die dich entlastet hätten?«

»Keine Ahnung. Aber gut möglich, dass sie überhaupt nicht mehr nach weiteren Hinweisen gesucht haben. Sie hatten ja einen Schuldigen.« Abermals spreizte er die Finger am Lenkrad. »Vielleicht hat auch jemand dafür gesorgt, dass sie es nicht mehr taten.«

»Oder dass es überhaupt keine anderen Spuren gab.« Nachdenklich malte ich Kreise auf das Armaturenbrett.

»Wenn man im Nachhinein darüber nachdenkt, hat das alles dem Richter ziemlich gut in den Kram gepasst, nicht wahr?« Luke nickte. »Und die Polizisten waren damals erstaunlich schnell vor Ort.«

Schnell genug, um ihn über der Leiche zu erwischen. »Und Buster?«

Er hob die Schultern. »Ich nehme an, er wurde eingeschläfert. Es gab ja niemanden, der sich um ihn gekümmert hätte. Mal ganz abgesehen von den Kosten für eine Operation. Sofern man überhaupt irgendetwas für ihn hätte tun können. Und wer will schon einen gelähmten oder zumindest behinderten Hund. – Sein Besitzer war es nicht wert, dass er für ihn sein Leben riskiert hat.«

Oder dass er es für die Pläne des Richters lassen musste. Aber nicht nur der hatte Beziehungen. Wenn ich das nächste Mal mit John telefonierte … Für einen Moment musterte ich Luke von der Seite. Überlegte, ob ich ihn fragen sollte, ob ich John und seine unzähligen Verbindungen auf seine Akte ansetzen sollte. Und beschloss, es sein zu lassen. Wenn John irgendetwas erreichte, konnte ich es ihm immer noch sagen. Wozu falsche Hoffnungen wecken. Aber da war noch etwas: »Wann hast du eigentlich den Richter zuletzt mit Hexerei arbeiten sehen?«

Er zögerte. Auf seiner Stirn erschienen scharfe Falten. »Keine Ahnung ...«

»Auch nicht ungefähr?«

»Er war dabei immer ziemlich unauffällig. Was Spektakuläres hab ich ihn eigentlich noch nie tun sehen.« Er hob leicht die Schultern. »... vier Monate, fünf? Vielleicht mehr, vielleicht auch weniger. Aber länger als ein halbes Jahr her ist es bestimmt nicht.«

Granny war vor einem guten halben Jahr gestorben ...

»Und die anderen? Also Malcom, Osborne, Sanderson und die anderen, die in letzter Zeit ... ›verunglückt‹ sind?«

Die Falten vertieften sich. »Das kann ich dir noch viel weniger sagen. So oft bin ich ihnen nicht begegnet.«

Ich nickte, dann neigte ich den Kopf in die Richtung, aus der wir gekommen waren, zum Park hin. »Wie lange geht das da eigentlich schon so? Also, dass Izzys Bruder und seine Freunde denken, sie sind die Könige der Welt?«

Für den Bruchteil einer Sekunde zuckte etwas Hartes um seine Lippen. »Vielleicht drei, vier, vielleicht auch fünf Monate ...«

Natürlich. Nachdem Granny Wittmore und Co. ihre Macht genommen hatte, gab es niemanden mehr, der sie hätte in ihre Schranken weisen können. Selbst wenn sie es überhaupt gewollt hätten.

Ich nickte wieder. »Hast du Hunger?«

Irritiert sah er mich an. »Was?«

Ja, für meine Gedankensprünge war ich berühmt. Ich

wies aus dem Fenster. »Schau mal auf die Uhr. Und wenn du schon zwei Meter vor einem Italiener parkst ...«

Das Grinsen war schlagartig da. »Du zahlst.«

Ich blies ihm eine spöttische Kusshand zu und stieg aus. Oder wollte es. Er hielt mich am Arm zurück. Das Grinsen war spurlos verschwunden. Fragend sah ich ihn an.

»Noch mal zu diesem ›Kuss‹ in der Tierklinik ...« Er räusperte sich. »War das nur dieses ... Hexending, oder ... noch was ... anderes?«

Für einen Moment starrte ich ihn an, brachte keinen Ton heraus. Wie konnte man auch reden, wenn man von einer Sekunde zur nächsten keine Spucke mehr hatte? Ich musste mich ebenfalls räuspern. »Ich kann nur für mich sprechen ...« Ich beugte mich zu ihm hinüber, legte meine Lippen auf seine, küsste ihn. Und spürte, wie er mir nach einem kurzen Zögern entgegenkam ...

Bis er sich nach einem weiteren Moment ein Stück weit zurückzog. Seine Stirn gegen meine lehnte, etwas murmelte, das wie »Ich kann auch nur für mich sprechen. Aber ich denke, das haben wir geklärt« klang, ehe er mich seinerseits küsste. Deutlich tiefer als gerade eben noch.

Dieses Mal kam ich ihm entgegen. Ich hatte keine Ahnung, wann es passiert war. Aber an irgendeiner Stelle hatte ich mich in Luke Bishop verliebt. *Keine gute Idee, Cassandra. Gar keine gute Idee.* Nur war es mir gerade vollkommen egal.

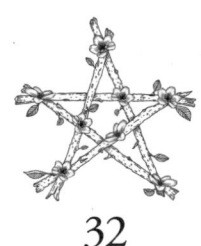

32

> Hey Cassy, hier die gewünschten Infos.
> Bzgl der Anklagepunkte zu S.W.: Sie soll einen gewissen ›Henry Wittmore‹ (wohl ihr Schwiegervater in spe – auch eine Möglichkeit eine Hochzeit zu verhindern) 😊 und einen ›William Castairs‹ 😕 um die Ecke gebracht haben.
> Übrigens ziemlich effektive Methode – Kehle durchschnitten
> Keinerlei Eintragungen bzgl. vermisster Kinder in dieser Zeit!
> Hauptankläger war ›Thomas Wittmore‹.
> Das sind zu viele Namen, die wir kennen.
> Cass, pass auf dich auf!
> 😊 JP

Ich drehte das Handy noch immer zwischen den Fingern, als es an meiner Zimmertür klopfte. »Wer ist da?«
   »Ich.«

Luke. Die beste Antwort, die man auf diese Frage geben konnte. Seine Stimme klang gedämpft. Und das war nicht nur der Tür geschuldet.

Ich verkniff es mir »Wer ›ich‹?« zu fragen. »Komm rein.« Anscheinend war es gestern niemandem aufgefallen, dass wir sowohl das Mittag- als auch das Abendessen verpasst hatten. Seine Ehren war ziemlich spätabends erst von seinem Termin zurückgekommen. Und ob Ann es mitbekommen hatte? … Begegnet war sie mir heute noch nicht, entsprechend konnte ich es nicht mit Sicherheit sagen.

Luke drückte die Tür hinter sich zu. Hob eine Braue und kam zu mir herüber. »Was ist los?«

Wortlos reichte ich ihm mein Handy. Er sah mich an, dann auf das Display. Las. Seine Braue rutschte noch höher. »Castairs?« Das: »… und Wittmore …«, kam mit deutlicher Verspätung. Er setzte sich neben mich aufs Bett, reichte mir mein Handy zurück. »Und was sagt uns das jetzt? Heißt das, du stehst auch auf der Abschussliste dieser Sarah Warren?«

»Keine Ahnung. – Auf diesen Seiten stand, dass sie geschworen hat, dass bei ihrer Rückkehr keiner ihrer *Richter* unversehrt bleiben würde. Nachdem William Castairs ja schon tot *war* …«

»Okay. Aber Wittmore dürfte damit auf ihrer Abschussliste stehen. Und eventuell auch Ann.«

Nicht, dass mich das bei Wittmore besonders interessieren würde. Wenn es nach mir ging, konnte sie ihn haben.

»Wie seid ihr eigentlich miteinander verwandt, dieser William und du?«

Ich hob die Schultern. »Ich kann mich nicht erinnern, dass ihn mal jemand erwähnt hat. Aber so viele Castairs gibt es nicht.« Zumindest nicht unter meinesgleichen. »Ich nehme also schon an, dass wir irgendetwas miteinander zu tun haben.«

Luke rieb sich den Nacken. Für einen sehr langen Moment ging sein Blick zur Decke, ehe er mich wieder ansah. »Vielleicht solltest du abreisen.«

»Wie bitte?« Auch wenn ich genau das vorgehabt hatte: Nach gestern war das auf meiner Prioritäten-Liste ein gutes Stück nach unten gerutscht.

»Komm schon, wenn ein verrückter Geist hinter dir her ist ...«

»... *möglicherweise* hinter mir her ist.«

Er schnaubte abfällig.

»Willst du mich loswerden?«

»Verdammt nein, aber ...« Er schüttelte heftig den Kopf. »Cass, seit du hier bist ... ich habe endlich das Gefühl, dass in meinem Leben mal was stimmt ...«

Jetzt verstand ich, was manche Leute mit »Schmetterlinge im Bauch« meinten. »Warum soll ich dann gehen?«

»Cass ...« Er schluckte. »... weil ich nicht will, dass dir etwas zustößt.«

Oh Mann, Bishop, du machst es einem echt schwer, bei der Sache zu bleiben. »Sarah Warren wird mir nichts tun.« *Nun gut, ihr Blick in dieser Boutique hat etwas anderes gesagt. – Klappe.*

Er musterte mich. Sehr, sehr lange. Zögerte. »Na ja, ich denke, wenn jemand so etwas beurteilen kann, dann du.« Sein Nicken wirkte, als müsse er sich selbst davon überzeugen. »Vielleicht hast du recht. Vielleicht stehst du ja tatsächlich nicht auf ihrer Liste. – Was nicht heißt, dass ich nicht trotzdem gut auf dich aufpassen werde. Zumindest, bis das alles vorbei ist.«

Ich verzog das Gesicht. »Du kannst nicht die ganze Zeit in meiner Nähe sein.«

»Wer sagt das?«

»Hast du Ann vergessen? Offiziell sollst du immer noch ihr Vertrauter werden.«

Wieder rieb er sich über den Nacken. Stand dann abrupt auf, begann in meinem Zimmer hin und her zu wandern. Mehrere Minuten beobachtete ich ihn wortlos dabei.

Irgendwann blieb er stehen. Rammte die Hände in die Hosentaschen. Was auch immer er vor sich hinknurrte, konnte ich nicht verstehen. Es klang allerdings nicht wirklich jugendfrei.

Andererseits … Ich wischte Johns Nachricht weg und schob das Handy in die Hosentasche. »Okay. Warum dann nicht lieber ein Ende mit Schrecken als ein Schrecken ohne Ende?«

»Was meinst du damit?« Fragend runzelte er die Stirn.

Ich hob ganz leicht die Schultern. »Irgendwann müssen

wir es ihr ohnehin sagen. Zumindest, wenn wir nicht wollen, dass sie es durch einen Zufall herausfindet. Und sie ist eh schon sauer auf mich, wegen deiner Kuss-Szene im Korridor ...«

Sein Lachen war eher ein Bellen. Hart. Und vollkommen humorlos. Eher das Gegenteil. »Bist du irre? Das gäbe offenen Krieg. Ganz zu schweigen davon, was der Richter tun würde, wenn ich ihm sage, dass ich nicht mehr vorhabe, Anns Vertrauter zu werden.«

Ich stieß ein Zischen aus. »Er kann dich nicht zwingen ...«

»Kann er nicht? Hast du Seven Trees schon vergessen?«

Wenn ich ehrlich war: Ja, hatte ich. – Ich würde John schneller als gedacht darum bitten müssen, sich diese Strafakte von Luke anzusehen. »Und mich wird der Richter nicht gehen lassen.«

Die Art, wie er nach einem Moment dann die Luft ausstieß, hatte etwas Resigniertes. »Das heißt dann wohl ...«

Ein kurzes, hartes Klopfen unterbrach ihn. Die Tür wurde geöffnet und Alice schaute um die Ecke, ohne auf ein ›Herein‹ – oder irgendeine andere Reaktion meinerseits – gewartet zu haben. Unwillkürlich hielt ich den Atem an. Im Moment stand Luke für sie im toten Winkel. Aber sie musste nur zwei Schritte in den Raum machen ...

»Ah, da bist du ja, Cass ...« Ihr Lächeln sah fast erleichtert aus. Tatsache. Sie war noch nie in meinem Zimmer gewesen. Soweit ich wusste jedenfalls.

»Ja, hier bin ich.« *Grandiose Antwort, Cassandra, grandiose Antwort.* Hastig stand ich auf, ging auf sie zu. Bemühte mich, nicht zu Luke hinzusehen. »Was ist?« Mit der Hand an der Türkante verhinderte ich, dass sie sie weiter öffnete. Oder weiter in den Raum kam.

»Izzys Bruder und ein paar seiner Freunde geht es nicht so gut.« *Ach? Tatsächlich?* Um ein Haar hätte ich jetzt doch zu Luke geschaut. *Reiß dich zusammen, Castairs.* »Wir wollen sehen, ob wir ihnen mit unseren Mitteln ein bisschen helfen können.« *Ga-ran-tiert.* »Und wir dachten, du würdest uns vielleicht dabei Gesellschaft leisten wollen. Immerhin kannst du so noch etwas lernen.« War das eben ein Schnauben von Luke gewesen? *Nicht hilfreich, Bishop.* »Der Richter findet auch, dass das eine gute Idee ist.«

Auch wenn mir der Sinn gerade nach allem stand, nur nicht danach, ihnen bei was-auch-immer-sie-vorhatten zuzusehen, bekam ich Alice vermutlich am schnellsten und unauffälligsten aus meinem Zimmer, wenn ich mit ihr ging und gute Miene zum bösen Spiel machte. – Und vielleicht auch einfach nur zur Sicherheit. So unwahrscheinlich es auch war: Aber manchmal fand auch ein blindes Huhn ein Korn.

Ganz nebenbei wollte ein Teil von mir wissen, in welcher Weise es Bobby und Co. »nicht gut« ging. Ein sehr großer Teil. Waren sie am Ende tatsächlich so dumm gewesen und hatten die Macht einer Castairs auf die Probe gestellt und getestet, ob alles vielleicht doch nur ein Fake war? *Böser Fehler, Freunde, böser Fehler.*

Möglichst nonchalant hob ich die Schultern. »Okay. – Jetzt gleich?«

Alice blinzelte. Anscheinend hatte sie damit gerechnet, mehr Überzeugungsarbeit leisten zu müssen. »Eigentlich schon …«

»Na dann …« Ich ging auf sie zu, zog dabei die Tür möglichst unauffällig hinter mir zu. Hastig wich Alice rückwärts auf den Korridor zurück.

»Ach, und hast du irgendwo Luke gesehen?«

Für den Bruchteil einer Sekunde setzte mein Herzschlag aus. *Weiteratmen, Cassandra!* »Nope?« Sie konnte ihn nicht bemerkt haben! »Wozu braucht ihr *ihn*?«

»Izzy dachte, vielleicht könnte er ja helfen, unsere Fähigkeiten ein bisschen zu verstärken.«

Aha – nicht, dass das tatsächlich so beliebig funktioniert.

Ihr Schulterzucken hatte etwas Gleichgültiges. »Vielleicht findet ihn ja eine der anderen. Irgendwo muss er ja sein.« Sie nahm mich an der Hand, ehe ich es verhindern konnte, und zerrte mich mit sich. »Wir treffen uns in der Küche.«

Ich schaffte es gerade noch, die Tür endgültig hinter mir zu schließen.

33

»Ich hab sie«, verkündete Alice, sobald wir die Küche betraten. Izzy und Lissa drehten sich zu uns um. Bei Ann dauerte es ein kleines bisschen länger. Ich runzelte die Stirn. Irgendwie hatte Alice geklungen, als würden die anderen das ganze Haus nach Luke absuchen. Entweder hatten sie schon deutlich früher damit begonnen oder es ziemlich schnell wieder aufgegeben. Oder beides.

»Cass! Himmel, hast du uns vorgestern in der Boutique einen Schrecken eingejagt.« Lissa kam zu mir herüber. »Ist alles okay mit dir?« Für einen Moment sah es so aus, als wollte sie mich umarmen. Oder zumindest an den Schultern packen. Sie ließ sowohl das eine als auch das andere. Musterte mich nur eingehend.

»Ja, alles in Ordnung.« Möglichst unauffällig brachte ich ein wenig mehr Abstand zwischen uns.

»Was ist eigentlich passiert?« Izzy. Von der Arbeitsfläche in der Mitte der Küche her. Genau dort, wo ich meine Muffins gebacken hatte. Ironie ließ grüßen. Gerade trat Alice neben sie und Ann.

Ich hob die Schultern. »Eine von den Schaufensterpuppen ist irgendwie umgekippt und in die Anprobe reingekracht.«

Izzys Luftholen war deutlich zu hören. »Klingt, als hättest du echt Glück gehabt.«

»Scheint so.«

»Glück? – Hast du ihr Gesicht nicht gesehen?« Lissa warf Izzy einen unwilligen Blick zu, sah mich wieder an und schnalzte mit der Zunge. Fast hätte ich erwartet, dass sie mich am Kinn packen und mein Gesicht hin- und herdrehen würde, um es von allen Seiten zu begutachten. »Na, wenn die Schrammen bis dahin nicht verschwunden sind, musst du am Halloween-Ball eben ausgiebig mit Concealer arbeiten. Notfalls kann eine von uns dir ja helfen.« Sie wandte sich halb zu Ann um. »Oder Ann?«

»Natürlich.« Ann nickte. So steif, dass ich mich fragte, warum es den anderen nicht auffiel.

»Ann ist nämlich eine echte Make-up-Künstlerin.« Izzy zog einen dicken Folianten zu sich heran, den Ann auf die Platte gelegt hatte, als Alice und ich in die Küche gekommen waren. »Können wir dann, Mädels? Ich habe keine Lust, morgen früh wieder die miese Laune meines Bruders abzubekommen, weil er sich die halbe Nacht die Seele aus dem Leib gekotzt und jetzt ›Kopfschmerzen‹ hat. – So ganz nebenbei hab ich schließlich heute noch was anderes vor.«

»Was ist mit Luke?« Lissa zog mich zum Tisch hinüber.

Izzy hob die Schultern. »Der wird schon noch auftauchen. Und falls nicht, geht es sicher auch ohne ihn.«

Ich trat auf die andere Seite der Arbeitsfläche, ihnen gegenüber, und warf einen schnellen Blick auf den Titel des Folianten, gerade als Izzy ihn aufschlug. Falsches Buch. – Okay, die Wahrscheinlichkeit, dass diese Hühner ein Korn fanden, sank damit gegen Minus-Unendlich.

»Und was fehlt ihnen genau?« Ich versuchte die Frage harmlos klingen zu lassen.

»Keine Ahnung. Aber als er heute Morgen zum Frühstück kam, sah er aus wie ein Zombie.« Izzys Kopfschütteln hatte etwas Abwesendes. Ebenso wie ihre Stimme, während sie langsam die Seiten umblätterte. »Er will, dass ich ihm einen Abwehrzauber gegen den Bösen Blick oder so was mache.«

Okay. *Ganz* falsches Buch. Nicht dass sie überhaupt etwas in *irgendeinem* Buch finden würden, das ihnen – beziehungsweise Bobby und seinen Freunden – half. Weil es nichts zu finden gab. Das war der »Vorteil«, wenn man ohne Rezept arbeitete: Niemand sonst kannte die Zusammensetzung. Und ohne wenigstens den Hauch einer Ahnung davon, war es mit »Gegenmaßnahmen« schwer bis unmöglich. Meist eher Letzteres.

Lissa ließ ein abfälliges Schnauben hören. »Klar. In solchen Sachen ist er ja nicht gerade der große Könner.«

Ach?

»Die anderen drei auch nicht.« Warum wunderte mich

das jetzt nicht? Alice lehnte sich ein Stück vor und nahm eines der Glasfläschchen in die Hand, die vor ihnen aufgereiht standen, und begutachtete seinen Inhalt. Anscheinend hatte irgendjemand schon ziemlich konkrete Vorstellungen, was sie brauchen könnten. Oder war das die Standard-Ausrüstung? Nach allem, was ich auf den Etiketten erkennen konnte, eine ... echt ungesunde Zusammenstellung. Harmlos ausgedrückt. Es sei denn, sie hatten ursprünglich etwas anderes vorgehabt. Mehr als die Hälfte der Zutaten mussten aus irgendeinem Giftschrank stammen. Aus dem des Richters? Hatten wir am Ende dieselbe Quelle gehabt?

Izzy zischte. »Lass sie das bloß nicht hören. Keinen von ihnen.«

»Seid ihr sicher, dass sie sich nicht einfach den Magen verdorben haben oder sich einen Magen-Darm-Virus eingefangen haben? Ich meine, wer hier in dieser Gegend würde so etwas tun?« Alice stellte das Fläschchen zurück. *So wie die vier sich aufgeführt hatten? Niemand. – Pech gehabt, Jungs. Kommt da eine von außerhalb und grätscht euch dazwischen. Tja, wie hatte Granny – und Mom – immer gesagt: ›Wer darum bettelt ...‹.*

»Wäre echt eine heftige Magen-Darm-Grippe. – Und soweit ich das verstanden habe, haben sie nicht alle die gleichen Symptome.« Lissa schüttelte den Kopf. Und verhinderte mit einer schnellen Bewegung, dass Izzy weiter umblätterte. »Was ist hiermit?«

Alle drei beugten sich vor. Über Alice' Schulter hinweg begegnete ich Anns Blick. Noch immer genauso kalt und feindselig wie die letzten Tage. Luke hatte recht: Wenn sie von uns erfuhr, würde es Krieg geben. Und darauf hatte ich keine Lust. – Dieses dünne, feine, böse Lächeln auf ihren Lippen erinnerte mich gerade sehr an Sarah Warren. Oder hatte ich mich getäuscht?

»Könnte funktionieren.« Lissa ließ ein leises Schnalzen hören.

Neben ihr nickte Alice, sah zu Ann hin. »Denke ich auch. – Was meinst du?«

»Hast du schon mal eine Hexensalbe angerührt?« Izzy stellte mir die Frage, ohne von den Seiten aufzusehen. Ich riss den Blick von Ann los. Die gerade ihren von mir löste, um Alice anzusehen. Und dann mit einiger Verzögerung nickte. Offenbar hatte Alice sie genauso überrascht wie Izzy mich. Ich schaute zu Izzy hin. »Nein.« Da ich nichts kannte, was ausdrücklich den Namen »Hexensalbe« trug, konnte ich das wohl guten Gewissens sagen. – Auch wenn ich mir ziemlich sicher war, was sie eigentlich meinten. Wozu auch ein großer Teil der Zutaten passte. Und das Buch. *Nachtigall, Nachtigall ...* Aber selbst diese spezielle Rezeptur hatte ich noch nie angerührt. Wozu auch?

»Und irgendwelche Tränke?«

»Ich hab's schon mal versucht.«

»Und?«

Mein Schulterzucken konnte alles Mögliche bedeuten. Sollten sie ihre eigenen Schlüsse ziehen. Was sie auch taten. Zumindest Izzy.

»Dann schau am besten gut zu.«

»Mach ich.« *Keine Sorge. Es interessiert mich nämlich brennend, womit ihr Bobby und seine Freunde vergiften wollt.* – Ja, Schadenfreude war manchmal fast so schön wie eine ordentliche, kalt genossene Rache. Vor allem, wenn andere einen dabei unwissentlich unterstützten.

»Gut.« Izzy sah von einer zur anderen, bis sie schließlich bei mir angekommen war. »Um eins vorab klarzustellen: Alles, was in diesem Raum geschieht, bleibt in diesem Raum.« Warum hatte ich nur das Gefühl, dass ihre Worte vor allem mir galten. Was dachte sie, wem ich es erzählen würde? Dem Richter? *Klar doch.*

Allgemeines Nicken. Ich schloss mich ihnen gehorsam an. Es gab andere Möglichkeiten, Leute zu manipulieren – warum sonst hatte Luke es gestern erst dann geschafft, die Küche zu betreten, als ich es gewollt hatte? – Aber jeder, wie er mochte. Oder konnte.

»Dann lasst uns anfangen.«

»Und womit?« Lissa drehte eines der Fläschchen in den Fingern.

»Am besten mit dem Zauber für Robert und seine Freunde, oder?« Alice tippte auf die aufgeschlagenen Seiten.

»Was ist das hier? Ein Hexentreffen?«

Um ein Haar hätte Lissa beim Klang von Lukes Stimme das Fläschchen fallen lassen. »Himmel, hast du mich erschreckt.« Als wollte sie es im Nachhinein noch verhindern, stellte sie es an seinen Platz zurück.

Er stand in der Tür zur Küche, Pointers auf den Armen, die sich genüsslich unterm Kinn kraulen ließ. »Sorry. War keine Absicht.« *Sicher, Bishop?* »Also, was wird das hier?« Eins musste man ihm lassen: Ein guter Schauspieler war er. Immerhin hatte er oben ja deutlich gehört, was die vier vorhatten.

»Hexenkram.« Wie abfällig wedelte Alice mit der Hand. »Aber du darfst trotzdem bleiben.« Mit einer kleinen, fast spöttischen Verbeugung machte sie ihm neben Ann Platz. Eine eindeutige Aufforderung.

»Wie gnädig von euch.« Lässig durchquerte er den Raum. Im Vorbeigehen streifte seine Hand meine. Es war wie ein Blitzschlag. Wieder begegnete ich Anns Blick ... – Sie wusste es. Himmelherrgott, sie wusste es. *Das ist nicht möglich!* Der Ausdruck in ihren Augen sagte etwas anderes. *Woher?*

Luke trat neben sie und legte ihr wie selbstverständlich einen Arm um die Schultern. Fast hätte ich erwartet, sie würde sich ihm entziehen. Aber ... Nein. Änderte sich das, was ich in ihren Augen zu sehen glaubte, tatsächlich? Wurde es ... triumphierend? *Du wirst paranoid, Castairs. Sie kann es nicht wissen.* Eben wandte sie sich mit einem Lächeln zu Luke um, streckte die Hand nach Pointers aus, um sie zu streicheln … Und riss sie mit etwas zwischen Schrei und Zischen zurück, als die Katze unvermittelt fauchte und mit blanken Fängen die Pfote gegen sie hob.

Aus Lukes Arm heraus einen Satz auf die Arbeitsplatte machte.

Dabei kümmerte es sie nicht, dass sie auf dem Buch landete und Izzy und Lissa zurückscheuchte.

Von da auf meinen Arm sprang.

Über meinen Nacken hinweg auf meine Schulter kletterte.

Dort balancierte.

Ihre Krallen ausfuhr und wieder einzog, während sie mit den Vorderpfoten hin und her trat, ohne sie wirklich von meiner Schulter zu nehmen. Die Spitzen durch mein Shirt in meine Haut bohrte. Wieder und wieder.

Ihr Knurren vibrierte neben meinem Ohr.

Sie starrte immer noch Ann an.

Ich verzog das Gesicht leicht gequält. »Ah … Sorry, Pointers, aber muss das sein? Da bin ich noch untendrunter …«

Das Hin- und Hertreten endete. Abrupt. Dafür fuhr jetzt ihre Zunge rau über meine Schläfe, erwischte ein paar Haare. Sollte das eine Entschuldigung sein? »Okay. Akzeptiert.«

»Was war das denn?« Noch immer einen Schritt vom Tisch entfernt sah Izzy von Ann und Luke zu Pointers und mir und zurück.

»Keine Ahnung.« Neben ihr zuckte Lissa die Achseln, als hätte die Frage ihr gegolten. »Luke?«

Der schüttelte den Kopf. »Sorry. Ich passe.«

Ein Schnauben von Izzy. »Was bist du für ein Vertrauter, wenn du nicht weißt, was das gerade war?« Langsam, als könnte Pointers jede Sekunde noch einmal quer darüber springen, trat sie wieder an die Arbeitsplatte. Allerdings hatte die Katze sich inzwischen auf meiner Schulter ausbalanciert und zurechtgesetzt. Und leckte sich arrogant elegant die Pfote. Noch immer schnurrend.

Der Blick, mit dem Luke Izzy bedachte, war mehr als unwillig. »Einer, mit dem Pointers gerade nicht spricht.« Sein Ton war genauso unwillig.

Anscheinend war die Pfote jetzt sauber. Zumindest hatte Pointers sie abgesetzt und drückte sich an mich. So, als sei überhaupt nichts geschehen. Und ignorierte Ann vollkommen. Die jetzt mich und Pointers mit Blicken erdolchen zu wollen schien. *Sehr hilfreich, Katze. Danke auch.*

Den Kopf schief gelegt musterte Alice mich, lachte dann leise. »Du siehst aus wie eine Hexe aus diesen staubigen Märchenbüchern, Cass. Die auf diesen alten Schwarz-Weiß-Zeichnungen.«

Lissa grinste und stieß sie mit dem Ellbogen an. »Fehlt nur noch der Buckel. Oder Warze und Hakennase – und Buckel.«

»Ich nehme das jetzt mal als Kompliment.« Ich rang mir ein Lächeln ab, während ich weiter mit Pointers Köpfchen gab. Jedenfalls, soweit das ihre Position auf meiner Schulter zuließ. Wobei ich mir nicht mehr so sicher war, mit wem ich da Zärtlichkeiten austauschte.

»Mädels, Aufmerksamkeit bitte.« Izzy klopfte mit der Hand auf die Arbeitsplatte. »Wir wollen es doch richtig machen.«

»Genau. Du hast ja noch was vor.« An Luke und Ann vorbei gab Lissa Alice die High Five.

»Ihr seid so kindisch.« Unter leisem Klirren zog Izzy eine Tonschale zu sich heran, nickte dann Ann zu. »Gib mir mal den Mohnsamen.«

»Welchen? Papaver rhoeas oder den Papaver somniferum?«

»Was?« Die Hand schon wieder halb nach einem Fläschchen mit einer öligen Flüssigkeit ausgestreckt, blinzelte Izzy Ann an.

»Was?« Wie verwirrt gab die den Blick zurück. Und machte einen Schritt vom Tisch weg, als ihr anscheinend klar wurde, dass alle anderen sie ebenfalls ansahen. Mich eingeschlossen. »Was?«

»Was du gerade gesagt hast?«

»Was hab ich denn gesagt?« Sie sah von Izzy zu den anderen und dann wieder zu Izzy. »Ich hab dich nur gefragt, ob du den Klatschmohn- oder Schlafmohnsamen willst.«

Die räusperte sich. »Ja. Schon klar.« *Wirklich?* Sie ließ den Finger über das Rezept gleiten. »Klatschmohn«, sagte sie dann.

Du hast nach Papaver rhoeas und Papaver somniferum gefragt und nicht nach Klatsch- oder Schlafmohn. Und keine der anderen wusste anscheinend, wovon du sprichst. Ich sah zu Luke. *Kein Überflieger?* Der hob ganz kurz eine Braue. Und wandte den Blick direkt wieder ab. Irgendwie fragte ich mich, ob er sich gerade auch wunderte.

Es war Alice, die ihr das Papiertütchen reichte, nicht Ann, während Izzy endgültig nach der öligen Flüssigkeit griff.

Möglichst unauffällig machte ich einen Schritt von der Arbeitsplatte weg. Lehnte mich mit der Hüfte an das Sideboard auf der anderen Seite des Raumes. – Pointers war von meiner linken auf die rechte Schulter gewechselt und hatte sich wieder zurechtgesetzt. Anscheinend hatte sie vor, dort zu bleiben. – Während ich so tat, als würde ich aufmerksam zusehen, wie sie ihre Zutaten nach und nach zusammenmischten. Und mir dabei ein paar Mal hart auf die Zunge biss. Gestern hatte Luke mich gefragt, ob ich jemanden vergiften wollte. Sie waren da schon deutlich näher dran. Für die Notaufnahme würde es zwar nicht reichen, aber Robert und seine Freunde würden ihre wahre Freude daran haben. *Viel Spaß damit, Bobby.*

Und mehr als einmal war ich quer durch den Raum hinweg Lukes Blick begegnet. Jedes Mal hatte er kaum merklich eine Braue gehoben. Jedes Mal war ich mir ziemlich sicher, dass ich wusste, was er dachte. Zuletzt hätte ich mir das Grinsen beinah nicht mehr verbeißen können. Eine

Katze auf der Schulter zu haben, hatte in solchen Momenten doch ihre Vorteile: Man konnte ganz wunderbar – und unauffällig – das Gesicht in ihrem Fell verstecken.

Schließlich füllte Alice eine dunkle, braun-violett-rote Flüssigkeit in vier kleine Fläschchen ab und verkorkte sie. Entweder hatten sie vergessen, dass sie Lukes Fähigkeiten zur Verstärkung ihrer eigenen benutzen wollten oder sie waren stillschweigend zu der Erkenntnis gelangt, dass sie es nicht konnten. Nicht unter diesen Voraussetzungen. Oder hatten sie seine Hilfe gar nicht *hierfür* gewollt.

Gerade warf Izzy noch mal einen Blick in das Buch. »Hier steht, das Elixier soll bei Sonnenaufgang getrunken werden.«

Ernsthaft?

»Dann weißt du ja, was du deinem Bruder sagen musst. – Okay, Mädels, weiter geht's.« Bedeutungsschwer hob sie die Brauen und rieb sich die Hände. »Ihr wisst, was noch auf dem Plan steht.«

Lissa blätterte bereits durch die Seiten. Anscheinend wusste sie diesmal genau, wonach sie suchte. »Hier. – Wir brauchen ...«

»Nein.« Ann schob Lissas Hand von der Seite. »Das muss erst angesetzt werden und dann zehn Tage in der Sonne ziehen. So viel Zeit haben wir nicht mehr.« Sie blätterte ein Stück weiter, zurück nach vorne. »Das hier ist besser.«

»Da hat wohl jemand seine Hausaufgaben gemacht.«

Alice war die Erste, die den Mund wieder zubekam. »Streberin.«

»Ich dachte, wir wollten, dass es funktioniert.« Hatte Ann das leise Lachen in Alice' Stimme nicht gehört? Ihrem harten, geradezu unwilligen Tonfall nach zu urteilen nicht.

Entsprechend klang Alice' Antwort ebenso unwirsch. »Doch, wollten wir ...«

Luke hatte die Brauen gehoben und einen Schritt von Ann weggemacht. Er sah sie sichtlich überrascht an.

»Frieden, Mädels.« Lissa hob beschwichtigend die Hände. Wandte sich dann wieder dem Buch zu, las, nickte schließlich. »Ann hat recht. Bei dem hier müssen wir nur alle Zutaten zerkleinern und mischen und dann mit ein bisschen Milchzucker versetzen, ehe wir alles mit dem Öl«, sie tippte gegen ein dunkles Fläschchen, das seiner Aufschrift nach Olivenöl enthielt – und anscheinend aus irgendeinem Supermarkt stammte, »zu einer Salbe verrühren ... Und sie enthält sogar deinen Papaver rhoeas- und Papaver som-Dingens-Samen, Ann.« Sie sah auf. »Haben wir denn Milchzucker?«

»Hinter Cassandra, links im Sideboard.«

Ich hätte mich schon ziemlich dumm stellen müssen, um Anns Angaben nicht als Ansage zu verstehen. Also drehte ich mich brav um, öffnete die Tür des Sideboards und bückte mich. Vorsichtig, um Pointers nicht von meiner Schulter zu befördern. Die entsprechende Schachtel stand unübersehbar auf dem oberen Bord.

»Bitte sehr.« Ich nahm sie heraus und stellte sie zu den Tiegeln und Fläschchen auf die Arbeitsfläche. Und warf dabei einen schnellen Blick auf das Rezept. *Oha.* »Und was genau soll ›funktionieren‹?« Finger berührten meine, gerade als ich die Schachtel loslassen wollte. Als ich aufsah, begegnete ich Anns Augen. Anscheinend hatte sie mir den Milchzucker abnehmen wollen, ehe ich ihn abstellen konnte. Oder warum hatte sie sonst danach gegriffen? Damit sich unsere Hände streiften? – Die Art, wie sie mich musterte ... Durch Pointers Körper vibrierte ein Grollen. Ihre Krallen bohrten sich für den Bruchteil einer Sekunde in meine Schulter.

»Au.« Ich zuckte zusammen.

Und schaffte es irgendwie erst jetzt, meinen Blick aus Anns zu lösen.

Alice kicherte. »Errätst du's nicht?«

Genau genommen hatte ich einen ziemlich konkreten Verdacht, wofür diese »Vorbereitungen« gedacht waren. Immerhin hatte ich »getanzt«, seit ich laufen konnte. Wobei: Was Mom und Granny so erzählt hatten, schon davor. Wahlweise auf ihren Armen oder auf meiner Krabbeldecke zwischen ihnen. Nur hatten wir niemals mit irgendwelchen Drogen gearbeitet. Lissa war mit ihrer Antwort schneller als ich. »Wir werden dieses Jahr tanzen.«

Warum klang das so, als wäre es das erste Mal? »Tanzen?« Plötzlich saß ein leises Ziehen hinter meiner Stirn.

»Ja, du weißt schon ...«, verschwörerisch zwinkerte sie mir zu.

»Klar. Ich kann's mir denken.« Abwesend hob ich die Hand zu meiner Schläfe. Drückte mit den Fingerspitzen dagegen. »Habt ihr schon mal getanzt?« Pointers ließ ein leises Maunzen hören. Neben Ann zuckte Lukes Blick zu mir. Eine scharfe Falte stand auf seiner Stirn. Ich versuchte ihn zu ignorieren. Ebenso wie das Pochen, zu dem sich das Ziehen mit jedem meiner Herzschläge zu steigern schien.

Izzys Lachen hatte etwas leicht ... Überdrehtes. »Bist du verrückt? Nur initiierte Hexen dürfen tanzen.« *Äh ... aha. – Wer sagt das denn?* Ich kniff die Augen zusammen. Plötzlich waren mir ihre Stimmen zu laut. *Was zum Teufel ...* »Aber Ann hat in einem alten Folianten etwas darüber gefunden, dass die Hexen früher schon in unserem Alter getanzt haben. Auch wenn sie noch nicht initiiert waren.« Ein kurzes, irgendwie spöttisches Schulterzucken. »Deshalb haben wir beschlossen, dass wir weit genug sind, um es auch zu tun. Nur wir. Sozusagen als eigener kleiner Zirkel.« *Nur dass ein Zirkel aus fünf Hexen besteht ... oh Mann.* Sie sah von einer zum anderen. Lissa und Alice grinsten, nickten. Fast als gäben sie ihr Einverständnis zu einer unausgesprochenen Frage. »Und du bist hiermit ebenfalls dazu eingeladen.«

Himmel. Darauf hätte ich gleich kommen können. Für einen kurzen Moment starrte ich sie an. Dann räusperte ich mich. »Ich fühle mich geschmeichelt ...« *Natürlich. Vier plus eins macht fünf.* Irgendwie spielte mein Gehirn gerade nicht so mit. Unwillkürlich ging mein Blick zu Ann. Sie hatte die Schachtel mit dem Milchzucker beiseite gestellt und nach einem anderen Fläschchen gegriffen. *Atropa-belladonna-Beeren – getrocknet* verkündete das Etikett darauf. Eine der Zutaten zu dieser Salbe. Die letzte, um genau zu sein. Wann hatte sie sich das Rezept so genau angesehen? Beinah hätte man meinen können, sie würde es auswendig kennen. Ihre Finger umschlossen das dunkle Glas so fest, dass ihre Knöchel weiß hervortraten. Anscheinend war *sie* nicht davon begeistert, mich beim Tanz dabeizuhaben. Was ich durchaus verstehen konnte. *Toll gemacht, Bishop.* Nicht, dass ich mit einer Einladung gerechnet hätte. Oder besonders daran interessiert gewesen wäre, mit ihnen zu tanzen. Es war mein erstes Samhain ohne Mom und Grandma. Ohne unseren Schlehenwein. Ohne Grannys Salzbrot. Und ohne Moms Honig.

Ohne unser Feuer unter den Sternen ...

Ich würde meinen Geburtstag zum ersten Mal ohne sie feiern. – Meine Pläne hatten anders ausgesehen.

Finger schnippten vor meinem Gesicht, ließen mich zusammenzucken.

»Erde an Cass.« Lissa hatte sich quer über die Arbeitsplatte gebeugt. Eben zog sie den Arm wieder zurück. »Hast du gehört, was ich gesagt habe?«

Ich schüttelte den Kopf. Drückte erneut die Finger gegen die Schläfe. Mir war schwindelig. »Entschuldige, was?«

Pointers presste ihren Kopf gegen meine Wange.

Lissa schnaubte: »Ich sagte: ›Ein ‚Nein' wird nicht akzeptiert.‹«

Auch wenn ich niemals auf die Idee gekommen wäre, mit ihnen zu tanzen, geschweige denn, es zu wollen: Die Einladung einer anderen Hexe zum Tanz mit ihr – egal, ob allein oder sogar mit ihrem Zirkel – auszuschlagen, war ein absolutes No-Go. Jedenfalls solange es keine Fehde oder andere »unüberwindbaren Differenzen« zwischen den einzelnen Hexen gab. »Nein. Ich komme. Natürlich.« Ich rang mir ein Lächeln ab und hoffte, dass es nicht zu gezwungen wirkte.

»Sehr gut.« Izzy nickte zufrieden. Ebenso Alice und Lissa. Das Lächeln, mit dem Ann mich bedacht hatte ... seltsam verkniffen. Im besten Fall. »Wir treffen uns in der Nacht vor Halloween drei Stunden nach Sonnenuntergang in dem kleinen Wäldchen hinter dem Anwesen der Wittmores. Da gibt es ein paar Lichtungen, die wie geschaffen sind. Ann kann dir den Weg zeigen ...« Die Hand nach dem Fläschchen mit den Tollkirschenbeeren, das Ann ihr hinhielt, ausgestreckt, zögerte Izzy kurz. Sah mich an. Runzelte die Stirn. »Alles in Ordnung, Cass? – Du bist weiß wie ein Laken ...«

»Kopfschmerzen. Nichts Schlimmes ...« Allerdings nur, wenn man Migräne gewohnt war oder auf Schmerzen stand. Bei mir war keins von beiden der Fall. Pointers war dazu übergegangen, mir mit ihrer Sandpapierzunge die Schläfe zu lecken. Ich nahm sie von meiner Schulter und setzte sie auf den Boden. Was sie mit einem Maunzen quittierte. Als ich mich wieder aufrichtete, wäre ich beinah vornüber gekippt. Im letzten Moment erwischte ich die Kante der Arbeitsfläche. Luke machte einen Schritt auf mich zu. Blieb abrupt wieder stehen. Unruhig strich Pointers um meine Beine. Ihr Schwanz schlug hin und her.

»Kopfschmerzen?« Lissa klang alarmiert. »Nicht, dass du dir das Gleiche eingefangen hast wie Robert …«

»Nein. Ich denke nicht …« Genau genommen war ich mir da absolut sicher.

Alice war mir halb entgegengekommen. Musterte mich. »Vielleicht solltest du dich hinlegen …« Wenn ich ehrlich war, wollte ich gerade tatsächlich nichts anderes. Sie wandte sich halb zu den anderen um, drehte sich dann wieder zu mir. »Soll ich dich nach oben bringen?«

»Nein. Lass …« Ich hob abwehrend die Hand. Den Kopf zu schütteln, war mir zu riskant. Am Ende hätte ich mich damit selbst von den Füßen geholt. »Das schaff ich schon.« Ich begegnete quer durch den Raum Lukes Blick. Der von mir zu Ann ging. Zu mir zurück. Ich sah, wie er die Zähne zusammenbiss … Jetzt schüttelte ich doch den Kopf. Hob die Hand ein wenig höher. »Ich denke, ich werd mich wirklich ein bisschen hinlegen. Nach ein, zwei Stunden Schlaf geht es mir garantiert wieder besser.« Wie schaute man jemandem direkt in die Augen, wenn man ihn eigentlich nicht ansehen durfte? »Ich nehme Pointers mit. Dann kann sie mir Gesellschaft leisten.« Ich winkte dem

Pfotentier. »Komm, Pointers. – Tut mir leid, dass ich nicht dabei zusehen kann, wie ihr diese Hexensalbe braut.«

»Gute Besserung.« Lissa klang ernsthaft besorgt. Die anderen nickten.

»Danke. Wir sehen uns.« Als ich mich umdrehte, war Pointers schon auf dem Weg zur Küchentür.

Mit ein paar schnellen Schritten hatte Luke die Küche durchquert und hielt mich am Arm fest. Seine Augen forschten in meinen. Dann ließ er mich abrupt los und trat zurück. »Wenn irgendetwas ist, es dir schlechter geht oder du was brauchst, schick Pointers zu … uns.«

Du bist ein Idiot, Bishop. »Mach ich.« Pointers maunzte von der Tür. Ihr Schwanz schlug hin und her. »Ich komme, Katze.«

Im Nachhinein wusste ich nicht mehr, wie ich tatsächlich in mein Zimmer gekommen war. Geschweige denn auf mein Bett. Ich wusste nur noch, dass Pointers sich neben meinen Kopf legte und die Pfoten unter die Brust geklappt leise neben mir schnurrte.

34

Ich schreckte aus einem kruden Traum auf, in dem Sarah Warren mir in bester Poltergeist-Manier befahl, von hier zu verschwinden. Und mich im nächsten Moment abwechselnd anflehte, ihr zu helfen und mich in Acht zu nehmen. Und immer wieder mit Ann verschwamm, die mich wütend anstarrte, nur um mich dann irgendwann auf diese kalt arrogant böse Art anzulächeln, die mich so sehr an Sarah Warren erinnerte, während zugleich das Feuerzeug des Richters mein Zuhause in Brand steckte und zuerst ein Feuerwehrmann und dann Granny mich festhielten, damit ich nicht in die Flammen hinein zurückrannte. Flammen, aus denen Mom und Dad meinen Namen schrien …

Mehrere Minuten lang hatte ich einfach nur dagesessen und nach Luft gerungen.

Und in die Dunkelheit vor mich gestarrt.

Zumindest waren diese mörderischen Kopfschmerzen wieder verschwunden. Wo auch immer sie hergekommen waren.

Irgendwann hatte ich mein Handy vom Nachttisch genommen und einen Blick auf das Display geworfen. Es war weit nach Mitternacht. Genau genommen ging es schon auf den Morgen zu. Ich hatte den ganzen Nachmittag und den größten Teil der Nacht verschlafen. In meinen Kleidern.

Pointers war wohl irgendwann gegangen. Zumindest war ich allein.

Todmüde.

Und trotzdem hellwach.

Schlafen war damit für heute Geschichte.

Ich ließ mich zurückfallen, starrte in die Dunkelheit über mir. Ganz abgesehen davon hatte ich keine Lust, noch einmal zu träumen. Auch wenn ich mich wieder nicht genau daran erinnern konnte.

Ob die anderen tatsächlich noch ihre »Hexensalbe« gebraut hatten? Bei dem Gedanken, dass sie das Zeug tatsächlich an All Hallows' Eve anwenden wollten, hatte ich noch sehr viel weniger Lust mit ihnen zu tanzen. Allerdings wollte mir nicht einfallen … Das Zirpen meines Handys ließ mich auf der Bettdecke danach tasten. Ich hob es auf und warf einen schnellen Blick aufs Display. Mitteilungen. Von John. War er aus dem Bett gefallen? Ich rief sie auf. Vielleicht sollte ich ihn demnächst mit seiner senilen Bettflucht aufziehen … Das Lächeln verging mir, als ich las.

> Guten Morgen, Cassy,
> was unsere Matheaufgabe betrifft, hattest du recht:
> 80.000
> Ich übernehme das Saubermachen und Aufräumen.
> Wir sehen uns am Flughafen.
> Freu mich, wenn du wieder zu Hause bist!
> 🫠 J.P.

Sehr langsam holte ich Luft und stieß sie mit einem Zischen wieder aus. Also hatte der Richter tatsächlich jemanden dafür bezahlt, dass Granny diesen Unfall hatte.

80.000 Dollar, um genau zu sein.

Für einen Moment presste ich die Lippen so fest zusammen, dass es fast wehtat. Hoffentlich holte ihn sich Sarah Warren auch noch. Sollte er in der Hölle schmoren.

Ich schickte John Snoopy und Woodstock, die sich die High Five gaben und dann noch Woodstock mit dem Herz.

Dabei fiel mein Blick mehr durch Zufall auf seine Nachricht davor. Und da auf die Namen … ›*Wie seid ihr eigentlich miteinander verwandt, dieser William und du?*‹ Wenn ich ehrlich war, wollte ich das auch wissen. Ich sah kurz auf die Uhrzeit oben am Display-Rand. Wenn nicht jetzt, wann dann? Es war nicht sehr wahrscheinlich, dass mir um diese Uhrzeit jemand im Haus begegnete. Geschweige denn auf dem Dachboden. Und in ersterem Fall konnte ich mich immer noch ganz wunderbar damit herausreden, dass ich ja den ganzen Nachmittag und auch das Abendessen verschlafen hatte und jetzt auf der Suche nach etwas Essbarem war. Ich schob die Beine über den Bettrand und stand auf. Tastete nach dem Schlüssel, den ich wieder in meine Hosentasche gepackt hatte. Ich hatte es nicht geschafft, ihn nachmachen zu lassen. Jetzt war es auch nicht mehr nötig. Mein Gastspiel hier neigte sich dem Ende zu. Mit ziemlich großen Schritten. Und dann war es endlich und endgültig vorbei.

»Hi, Reginald. Ich hoffe, ich störe nicht.« Die Antwort des ausgestopften Vogels bestand aus Schweigen. »Dann ist ja gut. Sag Bescheid, wenn jemand kommt.« Leise schloss ich die Tür hinter mir, verstaute den Schlüssel wieder sorgfältig in der Hosentasche. Und holte zugleich die Kerze aus der anderen hervor.

Behutsam blies ich gegen den Docht. Ein dünner Rauchfaden kräuselte sich davon empor, ein Knistern, dann war die kleine Flamme da. Und wurde größer, als ich mit der Handfläche darüber fuhr. Groß genug, dass ihr Schein mehrere Meter weit reichte.

Die Taschenlampe meines Handys würde mir nicht viel helfen, wenn ich eine andere App brauchte. – Wie zum Beispiel die Galerie mit den Fotos der herausgerissenen Seiten …

… der Chronik, die Ann damals mitgenommen hatte,

als sie Luke und mich um ein Haar hier oben erwischt hätte ... Verdammt! Ich hatte es komplett vergessen. Oder verdrängt. Das Ergebnis war das gleiche. Ich war umsonst heraufgeschlichen. *Herr, lass Hirn regnen ...*

Wie wahrscheinlich war es, dass Ann danach noch einmal hier gewesen war und die Chronik zurückgebracht hatte? – Nicht sehr.

Aber wenn ich schon mal hier war, konnte ich mich auch selbst davon überzeugen.

Langsam ging ich tiefer in das Dunkel vor mir hinein, die Kerze gehoben, damit ihr Schein möglichst weit reichte. Nichts. Nur ein leises Huschen und Rascheln schien um mich herum mit jedem Schritt lauter zu werden – auch wenn es eigentlich nach wie vor nur eine Ahnung blieb. Ob Luke demnächst hier oben auftauchte, weil seine »Ressourcen« mich verpfiffen? Gut möglich.

Zwischen den Ritzen der Dielen glitzerten noch immer die Salzreste von der Séance – aber ansonsten waren nun auch die allerletzten Spuren, die auch nur ansatzweise auf Hexerei oder Ähnliches hindeuten mochten, verschwunden. So, als hätte jemand sehr großen Wert darauf gelegt, jeglichen Hinweis auf sich oder sein Tun auszulöschen. Ich hob die Kerze noch ein wenig höher. Versuchte irgendetwas in der Dunkelheit jenseits ihres Scheins zu erkennen. Da war nichts. Und natürlich war auch die Chronik nicht hier. So viel also dazu. Wenn ich tatsächlich mehr über William Castairs wissen wollte, musste ich entweder diese Chronik finden – was vermutlich bedeutete, dass ich noch einmal bei Ann »einbrechen« musste –, John auch noch auf ihn ansetzen oder warten, bis ich zu Hause war und selbst in Grannys Büchern nach ihm suchen konnte. Tja, da war Einbruch bei Ann wohl die einfachste Option. Wobei sie das Buch natürlich auch an jedem anderen Ort aufbewahren konnte und nicht zwingenderweise in ihrem Zimmer. Seufzend stieß ich die Luft aus.

Die Kerzenflamme flackerte.

... Der Geruch von feuchter Erde hing unvermittelt in der Luft. Ebenso wie die Kälte. Und der Wind. Das leise Rascheln, mit dem er durch das Laub der Bäume strich. Als ich mich umdrehte, *wehte er feucht glänzende Blätter über den Dielenboden. Die sich an dem schwer und nass herabhängenden Saum von Sarah Warrens Kleid verfingen.* Das Salz glitzerte vor ihr in den Dielenritzen. Fast rechnete ich damit, wieder Hundegebell oder *das Wiehern von Pferden und das Geschrei ihrer Reiter zu hören* ... Mit einem Zischen machte ich einen Schritt rückwärts. »Halt dich aus meinem Kopf raus.«

»Ich will dir nichts Böses, Cassandra, kleine Cassandra ...« Sie hob die Hand. Streckte sie nach mir aus. Wind spielte mit ihrem Kleid.

»Sie will dir Böses. Du störst sie. Ihre Pläne ...« Etwas huschte über ihr Gesicht. Etwas wie ein Schatten, Flackern. Schmerz. Hass. Verzerrte es ... Verschwand. »Sei vorsichtig, kleine Cassandra. Nimm dich in Acht vor der anderen ...«

»Welcher anderen?«

»Der anderen ...« Ihre Hand fiel herab.

»Wer ist diese andere?«

»Sie ist zurückgekommen ... wie ich ...« Eine Böe drückte ihr Kleid gegen ihre Beine. Zerrte an ihren Haaren.

›Zurückgekommen‹? Ein zweiter Geist?

»Wer ist sie? Was will sie von mir?«

»Du hast sie verraten ... Catherine ...«

Unwillkürlich holte ich Luft. Wo hatte ich diesen Namen schon gehört? Von ihr? »Ich bin nicht Catherine. Ich bin Cassandra. Cassandra Castairs. Erinnerst du dich? Du kennst meinen Namen. – Wer ist diese Catherine?«

»Ja, Castairs. Cassandra Castairs. Die kleine Cassandra. Einen Castairs liebt man nicht. Sie sind Macht. Und trotzdem haben sie ihn ermordet.«

Ermordet? Ihn? »Wer hat wen ermordet?«

»Die anderen. Wittmore. William. – Ich bin schuld.«

»Du kanntest William Castairs?«

»Natürlich. Mein William ...«

»*Dein* William?« Okay, ganz langsam, Cass. »Was ist wirklich passiert, Sarah? In den Protokollen steht, dass du Richter Henry Wittmore und William Castairs ermordet hast. Und noch mehrere Kinder ...«

»Nein! Lüge!« Schrill. Gellend. Fast schon ein Kreischen. »Das waren sie! Sie!« Der Wind fauchte auf. Riss jetzt an ihren Haaren. Beinah glaubte ich, ihn selbst zu spüren. »Ich habe sie dabei gesehen. Wie sie die Kinder getötet haben. Schwarze Hexerei. Blutmagie. Sie haben sich mit dem Teufel verbündet. Wollten mehr Macht.« Sie grub die Hände in die Haare. Zerrte daran. Fast, als wolle sie sie sich selbst ausreißen. »Ich habe es William gesagt. Meinem William. Er ist der Einzige, der mir glauben wird. Der Einzige, der mir helfen kann. Der ihnen Einhalt gebieten kann. Catherine hat ihn verraten. Hat ihnen gesagt, dass er mich liebt. Dass wir zusammen sind. Dass wir fortgehen wollen.« Ihre Worte wurden zu einem Schluchzen, die Hände immer noch in den Haaren. »Dummes Ding. Sie hat es nicht verstanden. Sie wollte nicht, dass er weggeht. Er war ihr Bruder.«

Okay ... So langsam ergab das zumindest etwas Sinn ... Wenn auch ziemlich verdreht.

»Und was war mit Richter Wittmore ...«

Sie stieß ein Fauchen aus. Ihre Hände fielen herab. Die Finger unvermittelt zu Klauen gekrümmt. Beinah hätte ich einen weiteren Schritt zurück gemacht. »Er hat ihn umgebracht. Weil er es erfahren hat. Weil er ihm Einhalt geboten hätte ...«

»Wer ›er‹?« Die Frage, ob sie es doch gewesen war, erübrigte sich damit wohl.

»Thomas. Er war einer von ihnen. Er hat meinen William umgebracht. Hat ihm die Kehle durchgeschnitten. So getan, als wäre er sein Freund ...«

»Thomas? Thomas Wittmore? Der Mann, dem du versprochen warst? Mit dem du verlobt warst? Er hat William ermordet?«

»Ja. Verlobt. Ja. Sie wollten, dass ich ihn heirate. ER wollte, dass ich ihn heirate. Er hat ihn ermordet. Seinen eigenen Vater ...«

Ich blinzelte. Irgendetwas ging hier gerade wieder durcheinander. William Castairs war niemals der Vater von Thomas Wittmore. Himmel, im Vergleich zu Sarahs waren meine Gedankensprünge ja absolut gradlinig. Bedeutete das ... »Thomas Wittmore hat seinen Vater Henry Wittmore getötet?« Waren alle Geister so wirr oder war nur Sarah Warren verrückt?

Wieder verzerrten sich ihre Züge. »Mich haben sie beschuldigt. Ich hätte es getan, hat er gesagt. Er hätte es gesehen, hat er gesagt. Und wie ich die Kinder getötet habe. Und William. Mit meinem Messer. Es war voller Blut. Williams Blut. Er hat ihn ermordet ...«

»Wer? Thomas?«

»Sie haben mir mein Leben gestohlen. Mein Leben. Ich habe ihnen gesagt, ich komme zurück. Ich habe es ihnen gesagt. Und dass dann keiner von ihnen davonkommt. Sie werden bezahlen ... alle ... werden sie bezahlen ...«

»Wer? Malcom, Bartholomew, Osborne und die anderen? Hast du diese Männer getötet?«

Wieder gingen ihre Hände zu ihren Haaren. »Sie hat sie getötet. In den Tod hat sie sie gejagt.«

»Sie?« Okay. Damit waren wir wieder an einer komplett anderen Baustelle. Der vom Anfang? Oder einer *noch* anderen? – »Wirr« traf es nicht mal mehr ansatzweise.

»Nimm dich in Acht vor ihr.« War das ein Stöhnen?

»Vor wem?«

»Du störst ihre Pläne ...«

»Sarah, was ...«

Sie stand so unvermittelt vor mir, dass ich zurückprallte. Das Gesicht verzerrt. Denselben Hass in den Augen, den ich in der Boutique in ihnen gesehen hatte. Ihr Haar wehte um ihren Kopf, als stünde sie mitten in einem Sturm. Medusa ließ grüßen. »Verschwinde!«

Und dann war sie fort. Ich war allein. Allein mit meinen keuchenden Atemzügen. Ihr hasserfülltes Kreischen noch immer in den Ohren. Und einer eisigen Kälte, die meinen Nacken hinaufkroch.

Es dauerte Sekunden, bis ich begriff, dass ich mit dem Rücken an die Wand gedrückt dastand. Ganz langsam rutschte ich an ihr entlang zu Boden. Seit wann hatten meine Knie Butter-Qualitäten? Die Kerze lag erloschen und zerbrochen ein kleines Stück neben mir.

Ich starrte in die Dunkelheit. Ziemlich lange. Versuchte aus dem schlau zu werden, was Sarah Warren gesagt hatte.

Anscheinend war sie immer noch von ihrer Unschuld überzeugt.

Und anscheinend war sie vollkommen verwirrt. – Um nicht zu sagen »verrückt«.

Was die Frage aufwarf: Inwieweit stimmte das, was sie gesagt hatte?

War es tatsächlich Thomas Wittmore, ihr Verlobter, gewesen, der seinen Vater und William Castairs ermordet hatte – und dann ihr den Mord angehängt hatte? Genau wie die an den Kindern? – Dass diese Kinder tatsächlich für Bluthexerei gestorben waren, daran gab es für mich keinen Zweifel. Ich hatte selbst das Dunkle an ihren Überresten gespürt.

Alt.

Mächtig.

Und verdammt böse ... – war es da nicht logisch, dass sie weitere Zeugen beseitigt hatten? Auf die eine oder andere Art. Was wollte man mehr? Theoretisch war es perfekt. Wer sich mit Bluthexerei einließ, der schreckte auch vor »normalem« Mord nicht zurück. Nur: Wer hatte Sarah Warren an ihren Verlobten verraten? Sie sich selbst? Vielleicht durch eine unbedachte Bemerkung? Eher weniger. War es dann doch diese Catherine? Williams Schwester? Ich rieb mir übers Gesicht.

Meine Ur-ur-ur-ur-wusste-der-Himmel-ur-Großmutter war eine Catherine Castairs gewesen. Die sich – so hatte es Granny jedenfalls erzählt – von den Coven losgesagt hatte. Warum, wusste wohl niemand so genau. Bisher hatte ich da keine Verbindung hergestellt. Aber jetzt ...? War sie Sarah Warrens ›Catherine‹ gewesen? Dann wäre Sarahs ›William‹ tatsächlich mein Ur-ur-ur-ur-was-auch-immer-ur-

Großonkel gewesen. War sie nach seinem Tod ebenfalls in die Schusslinie geraten und deshalb von hier fortgegangen? Warum hatte sie dann ihren Nachnamen nicht geändert? Damals hätte das wohl kaum ein Problem sein sollen. Andererseits: Was hätte es ihr gebracht? Wenn jemand wie Wittmore sie hätte finden wollen, hätte er sie gefunden. Egal unter welchem Namen.

Wieder fuhr ich mir mit den Händen übers Gesicht. Ließ den Kopf nach hinten gegen die Wand fallen.

Und wer war diese andere ›Sie‹? Ein anderer Geist? Aber hätte der sich nicht schon in irgendeiner Form zeigen müssen?

Ann? Wenn sie tatsächlich das zwischen mir und Luke herausgefunden hatte …

Oder meinte sie den Richter und seine – inzwischen weitestgehend verstorbenen – Freunde? Beides würde Sinn ergeben. Nur: Ich hatte mir Sarah Warrens Blicke, mit denen sie mich in der Boutique angesehen hatte, nicht eingebildet. Garantiert nicht. Warum sollte sie mich jetzt also warnen? Vor allem auch, weil ja der gleiche Hass in ihren Augen gestanden hatte, als sie mich eben angeschrien hatte.

Mit einem unwilligen Laut stieß ich die Luft aus. Irgendwie kam ich mir gerade vor wie die Heldin in einem schlechten Horror-Film, die ab einem gewissen Punkt mehr Fragen als Antworten hatte und obendrein noch sehenden Auges in ihr Verderben rannte. Wozu der dunkle Dachboden ja schon mal wunderbar passte. Allerdings hasste ich solche Fil– Das Ploppen meines Handys ließ mich zusammenzucken. Ich zerrte es hervor. Eine Nachricht von Luke.

> Wo bist du?

Er war noch immer online.

> Dachboden. Warum?

In der Statusleiste erschien ein ›schreibt ...‹ Dann:

> Ann sucht dich

Wie bitte? Ich warf einen schnellen Blick auf die Uhr. Und fluchte. Anscheinend hatte ich hier oben jedes Zeitgefühl verloren.

Im Status stand nach wie vor ›online‹. Ich tippte hastig.

> Komme

Sein ›Daumen hoch‹ erschien, während ich mich noch vom Boden hochdrückte.

35

William

Um diese Jahreszeit war der Wind in den Tälern von Massachusetts noch kalt. »Ich hatte erwartet, Euren Vater hier anzutreffen, Sir Thomas.« Die Stirn gerunzelt glitt William Castairs aus dem Sattel seines Wallachs. Plötzlich mehr als wachsam.

Auf der anderen Seite der Lichtung hinter der Kirche drehte Thomas Wittmore sich zu ihm um. Lächelnd. »Mein verehrter Vater, der Honorable daselbst, ist ... verhindert, Master William. Sehr zu seinem Bedauern.« Wie konnte ein Mann nur so sehr auf Titel bedacht sein? Oder ging so etwas damit einher, wenn die Familie seit Anbeginn einen der Richter stellte. Sowohl in der Gemeinde wie auch in den Coven. Ein Amt, auf das in seiner Familie nie jemand besonderen Wert gelegt hatte. Übel genug, dass ihm nach dem Tod seines Vaters im letzten Frühjahr dessen Platz im Hexenrat zugefallen war. »Er hat mich an seiner statt zu dem Treffen mit Euch geschickt.« Er hob die

Schultern. Höflich nichtssagend. Bei dem Gedanken, dass seine Sarah diesem Mann versprochen war, zogen sich ihm die Eingeweide zusammen.

William klopfte seinem Rappen den Hals und schickte ihn dann mit einem Klaps auf die Kruppe zum Grasen. Die Zügel ließ er locker über dem Sattel liegen. Es war schwer vorstellbar, dass der Honorable tatsächlich seinen Sohn geschickt hatte.

Henry Wittmore war kein Mann, der Dinge wie schwarze Hexerei leichtfertig abtat. Oder ihre Untersuchung anderen überließ. Bedächtig und möglichst unauffällig holte er tief Atem. Die Luft schmeckte kühl. Vielleicht ein bisschen bitter. Aber nicht nach Hexerei. Aus eben diesem Grund hatte er diesen Ort als Treffpunkt gewählt. So nah an geweihtem Boden war Hexerei leichter zu spüren. Ganz davon abgesehen, dass es einem unaussprechlichen Frevel gleichkäme, sie hier zu wirken.

»Euer Vater hat Euch von unserer Unterredung erzählt, Sir Thomas?« Der Gedanke war einfach zu abwegig.

Der Honorable mochte ein engstirniger alter Mann sein, aber seine Empörung letzte Nacht war echt gewesen. Ebenso wie sein Wunsch, Walter Bartholomew, Elija Malcom, Noah Osborne, Jacob Sanderson und Fletcher Simmons – und wer auch immer sonst noch an ihren unheiligen Machenschaften beteiligt war – zur Rechenschaft zu ziehen, wenn die Anschuldigungen gegen sie tatsächlich der Wahrheit entsprachen. Ein Mann, der sich dem Teufel verschworen hatte, war für ihn schlicht undenkbar. Da waren er und der alte Wittmore ausnahmsweise einmal einer Meinung gewesen. Und wenn man bedachte, wie lange diese Männer ihr Unwesen hatten treiben können ... auch weil er Sarahs Worten nicht geglaubt hatte. Sie hatte viel zu lange insistieren müssen. Ihm erst die verscharrten Leichen der Kinder zeigen müssen ... Ein bigotter Narr war er gewesen.

Mit einer wegwerfenden Geste kam Thomas Wittmore quer über die Lichtung auf ihn zu. »Meint Ihr den Umstand, dass Ihr mit meiner Braut Unzucht treibt, Master William?«

Abrupt blieb er stehen. »Was sagt Ihr da?«

»Sie ist hübsch, die Dirne, zugegeben. Und mächtig ...« Wittmore war ebenfalls stehen geblieben. Ignorierte Williams zischenden Atemzug. »Oder sprecht Ihr davon, dass Ihr einige der angesehensten Mitglieder unserer kleinen Gemeinde mit Euren haltlosen, niederträchtigen Anschuldigungen, sie hätten sich der schwarzen Hexerei verschrieben, verunglimpft?« Seine Stimme wurde gehässig. »Ihr und die liebreizende Sarah.« Er neigte den Kopf ein klein wenig zur Seite. Kam weiter auf ihn zu. »Wie man es auch wendet, man kommt immer wieder zu Euch und meiner Versprochenen zurück, Master William.«

Mit einer unwilligen Bewegung schüttelte William den Kopf. »Solche Verbindungen kann man lösen. Und Ihr wisst, dass ich absolut in der Lage bin, Euch für den

Verzicht auf Eure Ansprüche zu entschädigen, wenn es das ist, was Ihr wollt. Ohne dass auf Euren Namen ein Makel fällt.« Und mit dem Makel auf dem Namen Castairs konnte er leben. Sah man einmal von seinen ohnehin bereits gefassten Plänen ab. »Und wenn Ihr mich deswegen zur Verantwortung ziehen wollt, tut es. – Aber das ist nicht der Grund, weshalb wir hier sind: Männer gehen hier für Macht über Leichen.«

Wittmore hatte ihn erreicht. Blieb eine knappe Armlänge von ihm entfernt stehen. Breitete die Hände ein winziges Stück weit aus. Verzog die Lippen zu einem dünnen Lächeln. »Ihr habt recht, Master William. Das ist nicht der Grund, weshalb wir hier sind.«

Das gellende Wiehern seines Pferdes, gefolgt von wildem Hufschlag hinter ihm, ließ Will herumfahren. Er sah gerade noch, wie der Rappe ins Unterholz davonpreschte. Vorbei an … »Bartholomew …« Mit einem Knurren holte er Atem. Malcom, Sanderson, Simmons und Osborne waren ebenfalls auf die Lichtung getreten. »Was habt Ihr …« Er schaffte es nicht, sich ganz zu Wittmore umzudrehen. Sah die Bewegung des anderen nur aus dem Augenwinkel. Ebenso wie den Dolch. Schmal. Elegant. Die Waffe einer Frau. Sarahs. Die Klinge schlitzte ihm die Kehle auf. Die Klinge, die er ihr geschenkt hatte. Sein Schrei, halb Wut, halb Schmerz, wurde zu einem Gurgeln.

Er brach in die Knie.

Presste die Hände gegen die Kehle.

Würgte an seinem eigenen Blut.

Rang nach Atem.

Das Brennen in seinen Handflächen erwachte und erstarb sofort wieder. Bluthexerei!

»Tatsächlich sind wir hier, um Euch und Eure Anschuldigungen zum Schweigen zu bringen, Castairs.« Tadelndes Schnalzen. »Niemand kommt uns in die Quere. Auch Ihr nicht.« Wittmore hatte sich über ihn gebeugt. Zog seinen Kopf an den Haaren in den Nacken. Der Himmel war trüb. Wurde dunkel. »Ihr hättet niemals mit meinem Vater reden dürfen. Er war ein törichter, alter Narr. Genauso ein Narr wie Ihr, William.« Ein leises Lachen. »Und er war genauso schockiert wie Ihr, dass auch ich mehr will. Mehr will, als das, was dieser erbärmliche Coven mit seinen armseligen Gesetzen mir zugesteht.« Er ließ ihn los. Haltlos stürzte William vornüber. Gemurmel um ihn herum. Über ihm. Wittmores Knie erschien vor seinem Gesicht. Drückte das Gras nieder. Wieder beugte er sich über ihn. Der Dolch in seiner Hand war blutig. William hustete. Rang nach Atem. Spürte, wie sein Herz immer mühsamer schlug. Wittmore lachte leise. »Was wird wohl aus Eurer Dirne werden, nachdem ich sie dabei beobachtet habe, wie sie Euch die Kehle durchgeschnitten hat. Und ihren Dolch als Beweis vorzeigen kann. Besudelt mit Eurem Blut ...« Wieder ein leises Lachen. »Lebt wohl, Castairs. Wir sehen uns in der Hölle wieder.« Damit stand Wittmore auf. Seine Schritte entfernten sich. Ebenso wie die der anderen.

William brachte keinen Laut heraus. Selbst sein Husten und Würgen endete. Irgendwann. So wie seine röchelnden Atemzüge. Und sein Herzschlag.

Nur sein Blut tränkte noch Minuten lang weiter den Boden. Auch als Elija Malcom, Walter Bartholomew, Noah Osborne, Fletcher Simmons, Jacob Sanderson und Thomas Wittmore längst fort waren.

36

»Cassandra!«

Ich kam bis auf die letzte Stufe der Treppe hinunter in die Halle, ehe Anns Stimme mich stoppte. Die Hand noch am Treppengeländer blieb ich stehen. Sah ihr entgegen. Seit wann benutzte sie meinen kompletten Vornamen?

»Was ist?«

»Ich habe dich gesucht. Wo warst du?«

»Auf dem Weg in die Küche.« Anscheinend kam sie selbst von dort. »Was gibt's?«

Auf ihrer Stirn erschien eine unwillige Falte. Wie bei einem Erwachsenen, dem der Ton eines Jugendlichen nicht gefällt. Hallo? Immerhin war ich dann doch die Ältere von uns beiden. Wenn auch nur ein paar Monate, soweit ich wusste. Nicht, dass das bisher von Bedeutung gewesen wäre. Jedenfalls für mich nicht.

»Wir müssen reden.«

»Okay.« Ich trat von der letzten Stufe herunter, schob die Hände in die Hosentaschen. Und erwartete, dass sie vielleicht ins Arbeitszimmer ihres Vaters gehen würde.

Als sie sich nicht rührte, hob ich fragend eine Braue. »Hier?«

»Meinetwegen kann es jeder hören. Es ist kein Geheimnis.« Ihre Handbewegung hatte etwas Wegwerfendes.

Okaaay ... Bemüht gleichgültig zuckte ich die Schultern. »Na dann. Lass hören, was du zu sagen hast.«

Ein harter Zug erschien um ihren Mund. »Ich habe gestern noch mal mit den anderen gesprochen: Jemanden wie dich wollen sie nicht bei unserem Tanz dabeihaben.«

Ich blinzelte. »Jemanden wie mich?« Wenn ich ehrlich war, hatte ich mit vielem gerechnet, aber damit ...

»Jemand, der versucht, anderen Mädchen den Freund auszuspannen.«

»Was ...?« *Ääh ... Ernsthaft.*

»Tu nicht so. Ich habe gesehen, wie du Luke geküsst hast ...«

»Wie bitte?« *Verdammt.* Hatte sie uns etwa in seinem Porsche gesehen?

»Natürlich.« Sie gestikulierte die Treppe hinauf. »Oder dachtest du, ich bin blind?«

»Meinst du die Sache oben im Korridor?« Eine Sekunde war ich nicht sicher, ob ich einfach loslachen sollte.

»Wie oft hast du denn inzwischen sonst noch mit ihm rumgemacht?« Sie zischte es regelrecht. »Ich will dich nicht dabeihaben. Und die anderen sind der gleichen Meinung. Wir wollen nicht, dass du kommst.«

Langsam holte ich Atem und ließ ihn genauso langsam

wieder entweichen. Dann hob ich die Schultern, während ich zugleich die Hände tiefer in die Hosentaschen schob. »Okay. – War's das?«

Ann starrte mich an. Fast hätte man denken können, ich hätte sie geschlagen. Oder ihr zumindest einen Stoß versetzt. Hatte sie mit einer anderen Reaktion gerechnet? *Sorry, Schätzchen, wird es nicht geben.* Ihre Augen wurden schmal. »Halt dich von Luke fern. Er gehört mir.«

Ich stieß ein Schnauben aus. So langsam wurde dieses Gezicke mir wirklich zu dumm. »Ich sag's ja ungern, aber wir leben im 21. Jahrhundert und haben nicht mehr 1780. Die Zeiten der Sklaverei sind vorbei. Da dies ein freies Land ist, kann er das wohl kaum.« War das eben tatsächlich ein Knurren gewesen? Oh Mann … »Wenn es das war, geh ich dann jetzt in die Küche und besorg mir einen Kaffee …«

Für den Bruchteil einer Sekunde biss sie unübersehbar die Zähne zusammen. »Auf der Arbeitsplatte liegt ein Päckchen für dich. Ich hab's in deinem Namen angenommen. Der Absender ist ein J. P. Mason. Wer ist das?«

»Was geht dich das an?« Ich machte einen kleinen Schritt auf sie zu. »Hast du es auch wieder aufgemacht? – Du kennst ja den Spruch: ›Neugier ist der Katze Tod.‹«

Für den Bruchteil einer Sekunde wurde sie erst rot, dann weiß. Kam ebenfalls einen Schritt auf mich zu. Ihre Hände waren zu Fäusten geballt. »Warum verschwindest du nicht einfach!? Bevor du aufgetaucht bist, war hier alles in bester

Ordnung …« Sie versetzte mir einen Stoß gegen die Schulter. »Hau einfach ab!« Die Worte waren ein Zischen.

Dieses Mal konnte ich mir das Lachen nicht verbeißen. *Nicht sehr diplomatisch, Cassandra.* Es war mir egal. »Weißt du was? Vielleicht tue ich das ja. – Aber ich entscheide, wann es so weit ist, und nicht du. Garantiert nicht.« Ich wischte ihre Hand beiseite. Hinter meiner Stirn begann es wieder zu pochen. »Und jetzt lass mich in Frieden.« Allmählich wurde mein Ton auch schärfer. »Und viel Spaß heute Nacht bei eurem ›Tanz‹.« Ich klang inzwischen genauso bissig wie sie.

Was auch immer sie noch hatte sagen wollen: Ich wartete es nicht ab, sondern schob mich an ihr vorbei und ging zur Küche. Und wäre hinter der nächsten Biegung beinah mit Luke zusammengeprallt. Er hob eine Braue.

»Du hast alles gehört?«

Seine Braue hob sich noch höher. *Mist.* Ich hatte ihn nicht so anfahren wollen. »Wäre schwer zu überhören gewesen.« Er legte den Kopf ein Stück zur Seite. Musterte mich. »Wie geht es dir? Sind die Kopfschmerzen besser?«

Wenn ich ehrlich war, waren sie dank Ann gerade wieder aufgeflammt. Wenn auch nicht ganz so heftig wie gestern. Aber das musste er nicht wissen. »Alles wieder in Ordnung. – Haben sie ihre ›Hexensalbe‹ noch zusammengerührt bekommen?«

Er nickte. Und schüttelte dann wie irritiert den Kopf. »Ich hätte nicht gedacht, dass Ann so viel Ahnung davon hat. Sie hat selbst Izzy alt aussehen lassen. Und die ist normalerweise ziemlich gut in solchen Dingen. Ich glaube, ohne sie hätten sie es nicht so glatt hingekriegt. – Tut mir leid.«

Schon halb auf dem Weg zur Arbeitsplatte, auf der das Päckchen nicht zu übersehen war, drehte ich mich zu ihm um. »Was?«

Mit dem Kopf wies er in die Halle. »Das da draußen eben.«

»Dass ich mich mit Ann gezofft habe? Deinetwegen?« Mein Lachen hatte etwas Bissiges. »Blödsinn. Muss es nicht.« *Komm wieder runter, Cassandra.*

»Nein.« Er folgte mir. Zwang mich stehen zu bleiben. Nahm meine Hand in seine. »Weil sie dich zu diesem Tanz ausgeladen hat.« Er verschränkte unsere Finger. »Es klang so, als wäre das eine ganz große Sache für euch Hexen.«

Für eine Sekunde schloss ich die Augen, ließ den Kopf und die Schultern herabsinken.

»Hey, was …« Irgendwie klang er plötzlich hilflos. Ich spürte seine Hand an meiner Wange und öffnete die Augen. Sein Blick … dachte er tatsächlich, dass es für mich eine Enttäuschung war, dass Ann mich ausgeladen hatte?

Ich machte mir gar nicht die Mühe, mein Lachen zu unterdrücken. Himmel, genau genommen hatten die anderen mir einen Gefallen getan. »Du weißt nicht, was es mit diesem ›Tanz‹ auf sich hat, oder?«

Kopfschütteln. »Nope.«

Klar, woher auch. »Also als Allererstes vorab: Es tut mir NICHT leid, dass Ann mich ausgeladen hat. Im Gegenteil. Ich hatte sowieso ganz andere Pläne.«

Er ließ sich von mir zur Arbeitsplatte ziehen – selbst schuld, wenn er seine Finger nicht aus meinen nahm –, während er verständnislos die Stirn runzelte. »Und warum hast du ihnen dann nicht direkt abgesagt?«

»Weil man das nicht macht. Von einer anderen Hexe zum Tanz eingeladen zu werden, gilt als Ehre und vor allem als großer Vertrauensbeweis. Und deshalb ist es auch extrem ungehörig, ihr einen Korb zu geben.« Ich sah sein Luftholen, um etwas zu sagen – garantiert irgendeine spöttische Bemerkung – und kam ihm zuvor. »Ja, Wahnsinn, nicht wahr? Es gibt Regeln, an die auch wir Castairs uns halten.«

Das kurze Grinsen, das um seine Lippen zuckte, war eindeutig. *Erwischt, Bishop.* »Und eine Hexe wieder auszuladen ...«

Ich hob die Schultern. »... ist eigentlich auch ein No-Go, aber unter bestimmten, schwerwiegenden Umständen durchaus machbar.«

»Wie zum Beispiel, wenn eine Hexe der anderen den Freund ausspannt?« Jetzt klang er ernst. Fast ... besorgt.

Ich löste seine Finger jetzt doch aus meinen und griff mir ein Messer aus dem Messerblock. »Um eins klarzustellen ...« Ich wandte mich halb zu ihm um. »Ich habe ihr nichts gesagt.«

Luke hob die Hände. »Ich auch nicht. – Könntest du mit deinem Messer woanders hinzielen?«

Spöttisch hob ich eine Braue. »Angst, Bishop?«

»Reine Vorsicht, Castairs.« Sein Tonfall war genauso spöttisch.

Ich huffte, wandte mich dann aber meinem Päckchen zu. Das Klebeband war unversehrt. Also hatte Ann dieses Mal tatsächlich die Finger davongelassen. Auf einem roten Aufkleber prangte unübersehbar: **Vorsicht Glas!** Ich runzelte die Stirn. Was hatte John mir da geschickt? Und vor allem: Warum schickte er mir etwas *hierher*? In nicht mal mehr 72 Stunden ging mein Flieger nach Hause. Was ich Luke auch noch irgendwie beibringen musste. – *Und wenn ich ihn einfach fragen würde, ob er seine Sachen packte und mitkam? Vergiss es, Castairs, nicht, so lange dieses Seven Trees im Raum steht.*

»Und was das Tanzen angeht ...« Behutsam ließ ich die Messerspitze die Kleberille entlanggleiten. »Es ist ein bisschen schwer zu erklären ...« Ich klappte die Pappseiten auseinander. Unmengen an braunem Packpapier kamen zum Vorschein. »Wir ›tanzen‹ in der Natur. Und mit ihr. Mit den Elementen. Dem Leben.« Ich begann, das Packpapier vorsichtig Streifen für Streifen aus der Kiste zu räumen. Nicht, dass da noch irgendetwas dazwischen lag. »Wir sind dann, was wir sind. Frei. Ohne Zwänge. Eins mit unseren Kräften und dem, woher wir sie haben. Und das feiern wir.« Ein längliches Etwas kam zum Vorschein.

Noch einmal zusätzlich in Noppenfolie eingewickelt. *Was hast du mir da geschickt, John?* »Wir erzählen uns Geschichten. Oder sitzen einfach nur zusammen und hören dem Wind und den Bäumen zu.« Vorsichtig schnitt ich die Klebestreifen auf. »Klar gibt es auch Hexen, die dabei so richtig Party machen. Aber bei uns war es immer etwas … Ruhiges … Friedliches … wenn auch manchmal mit ziemlich viel Lachen.« Ich begann die Noppenfolie abzuwickeln.

»Bei dir und deiner Mom?«

»Und Granny.« Himmel, wie viele Lagen von dem Zeug waren das?

»Und dir?«

»Jupp. Schuldig.«

»Nur ihr drei.«

»Ja. Klar.«

»Aber ihr wart dann nicht genug für einen Zirkel …«

Ich schnaubte. »Du brauchst keinen Zirkel, um zu tanzen. Das ist Blödsinn. Eine Hexe kann allein genauso tanzen wie zusammen mit zwanzig. Da gibt es keine Regeln.«

»Gar keine?« Auf seiner Stirn erschienen ein paar unübersehbare Falten. »Und was hat es dann mit dieser Hexensalbe auf sich, die die vier gestern gebraut haben? Ich nehme an, die braucht man auch nicht zwingend. Auch wenn Ann so geklungen hat.«

Das Zeug war Anns Idee gewesen? Na ja. »Ich sag's ja: Party. Inklusive Drogen. Wer's braucht … Aber ein *Muss* ist das Zeug nicht. Im Gegenteil.« Ich zuckte die Schultern. Wickelte jetzt das braune Papier ab, das unter der Noppenfolie zum Vorschein gekommen war. Die Form ... Mit einem Mal hatte ich Herzklopfen. »Es gibt ein paar Traditionen. Oder Dinge, die es uns leichter machen, unsere Wege beim Tanzen zu finden. Aber das kann von Hexe zu Hexe unterschiedlich sein ...« Das letzte Stück Papier fiel zu Boden. Mir stockte der Atem.

Eine Flasche von unserem Schlehenwein. Plötzlich hatte ich einen Riesenkloß in der Kehle. Meine Hände zitterten, als ich die Flasche vorsichtig beiseitestellte. Wie etwas sehr Kostbares. Und erneut in das Paket griff. Hastiger diesmal. Da war ein zweites Packpapierpäckchen. Kleiner als das erste mit der Flasche. Aber fast genauso schwer. Ich wickelte es aus. Zerrte diesmal deutlich ungeduldiger an der Noppenfolie. Und an der inneren Papierhülle. Ein Bügelglas. Der Honig darin schimmerte träge und goldkupfern. Das Etikett ... ich hätte Moms Handschrift überall erkannt.

Meine Augen brannten. Heftig fuhr ich mir mit dem Handballen darüber.

»Hier ist eine Karte oder so was ...« Luke räusperte sich irgendwie ... unbehaglich. Hielt mir einen Umschlag hin.

Ich nahm ihn ihm ab. Zugeklebt. Typisch John. Mit dem Finger fuhr ich unter die Lasche und riss ihn auf. Tatsächlich. Eine Karte.

Damit du auch richtig tanzen kannst, Cassy.
J. P.

Ich biss mir auf die Lippe. Fuhr mir erneut hektisch mit dem Handballen über die Augen. Blinzelte.

»Alles in Ordnung?«

»Ja. Ja, alles gut.« Ich musste mich ebenfalls räuspern. Und trotzdem kamen die Worte viel zu schnell.

Seine Lippen verzogen sich zu einem Lächeln. Einem sehr sanften Lächeln. »Klar doch, Pinocchio.« Mit dem Daumen fuhr er über meine Wange. Als er ihn wegnahm, schimmerte es feucht darauf.

Mein Lachen hatte den Unterton eines Schluchzens. Ich hatte nicht vorgehabt zu heulen. Aber irgendwie hatte John mich quer über den großen Teich hinweg gerade eiskalt erwischt. »Nein, wirklich.« Hastig räumte ich den Wein und den Honig wieder in die Kiste. Und legte Johns Karte oben auf. »Es ist alles in Ordnung. Nur gerade ein bisschen ...« Ich stockte. Suchte nach dem richtigen Wort.

»... sentimental?« Half Luke mir aus. Und beobachtete, wie ich den Karton zuklappte und auf den Arm nahm.

»Ja, genau. Sentimental.« Wieder viel zu schnell. Zu viele Erinnerungen auf einmal. Zu viele Gefühle. Eigentlich hatte ich gedacht, ich würde in solchen Momenten nicht mehr länger einfach so in Tränen ausbrechen ... *Falsch gedacht, Castairs.*

»Okay.« Er hakte die Daumen in die Taschen seiner Jeans. Wartete.

Oh Mann. Irgendwie fühlte ich mich gerade ziemlich ... überfordert. Ich räusperte mich erneut. »Bist du mir böse, wenn ich ...« Mein Schulterzucken hatte etwas Verlegenes. Ich nickte zur Küchentür hin. »Ich ... ich würde mich gerne ein bisschen hinlegen ...« Unter anderem. Die Nacht würde lang werden. Aber vor allem hatte ich noch einiges vorzubereiten. Jetzt, da ich richtig tanzen würde. So wie zu Hause. »Wäre es okay für dich ...«

»Klar doch.« Er machte einen Schritt beiseite. »Eine Hexe braucht ihren Schönheitsschlaf.« Ein kurzes Lächeln. Beinah genauso sanft wie zuvor. Und mit einem Hauch von Spott in der Tiefe. »Pinocchio.«

Ich schnitt ihm eine Grimasse, schob mich an ihm vorbei. Mein Päckchen fest in den Armen. Und blieb in der Küchentür noch einmal stehen. Drehte mich zu ihm um. »Könntest du mir einen Gefallen tun?«

»Klar. – Wen soll ich ins Jenseits befördern?«

Abermals zog ich in einer Grimasse die Nase kraus. »Sehr witzig, Bishop. – Könntest du mir einen Laib Brot besorgen?«

»Brot?« Seine Brauen schossen in die Höhe.

»Ja, Brot. Ganz einfacher Sauerteig oder so. Kein Schnickschnack. Am liebsten rund. Und möglichst frisch. Muss nicht besonders groß sein ...« Ich zog die Lippe zwischen die Zähne und kam mir plötzlich ziemlich blöd vor. Auch wenn ich das Rezept auswendig kannte: Um Grannys Salzbrot zu backen, reichte die Zeit einfach nicht ...

»Weißt du was?« Schnell schüttelte ich den Kopf. »Vergiss ...«

»Nein. Warum? Unsinn. Ich werde ja wohl noch ein Brot besorgen können. – Wenn du mich gebeten hättest, eines zu backen, hätte ich gepasst, aber *kaufen* ...« Ein unwilliges Schnalzen. »Bis wann brauchst du es?«

»Sonnenuntergang?«

Wenn ihn die Zeitangabe wunderte, sagte er zumindest nichts dazu. Stattdessen nickte er. »Einen runden Laib frisches Brot für Mylady Castairs.« Er deutete eine kleine Verbeugung an. »Wie Mylady wünschen.«

Ich schaffte es, meine Kiste unter einem Arm zu balancieren und ihm eine Kusshand zuzuwerfen.

37

Ann

Ihr war übel. Ihr Magen ein würgender Knoten. Mit geschlossenen Augen ließ Ann das heiße Wasser der Dusche über ihr Gesicht rinnen. »Ich kann das nicht.« Die Worte klangen so verzweifelt, wie sie sich fühlte.

Natürlich kannst du. Oder soll alles tatsächlich so bleiben, wie es jetzt ist? Du hast ihre Gesichter gesehen, als ihr die Salbe angesetzt habt ... Für einen kurzen Moment glaubte sie, auf der anderen Seite der gläsernen Duschwand einen Schatten zu sehen. Dann war er wieder verschwunden.

»Nein. Natürlich nicht. Aber sie sind meine Freundinnen ...«

Ich habe dir gesagt, dass sie nichts davon spüren werden. Dass ihnen nichts geschieht ... Oder willst du mir nicht mehr länger helfen, meinen Frieden zu finden.

»Nein, Sarah, nein. Ich halte mein Versprechen.«

Ihr habt mich gerufen. Mich zurückgeholt. Ihr seid schuld ...

»Ja. Wir haben einen Fehler gemacht. Und es tut mir auch unendlich leid, dass wir dich aus dem Jenseits gerufen haben ...« Den Rücken an den Fliesen rutschte Ann zu Boden, kauerte sich in die Ecke der Dusche, schlang die Arme um den Kopf. »Aber ich weiß nicht, ob ich das kann ...«

Dann lass mich dir helfen. So wie bei der kleinen Castairs ...

»Nein. Ich will das nicht noch einmal ...« Ann rieb sich mit beiden Händen übers Gesicht. Wischte sich Wasser aus den Augen. Das Gefühl, als Sarah gestern in ihrem Kopf gewesen war.

Du willst es nicht? Ihr habt mich gerufen? Du warst einverstanden mit unserem Handel ...

»Trotzdem. Ich ...«

Ihr seid schuld!

Schlagartig war das Wasser eiskalt. Ann schrie auf. Der Laut ging in den Stimmen unter ... Stimmen, die durcheinanderschrien. Brüllten. Männer und Frauen. Hexe! Tötet sie! Mörderin! Ersäuft das Weib! Männer. Einer direkt vor ihr. Die anderen hinter ihm. Die Blicke, alles an ihnen – voll böser Genugtuung. Das Seil schnitt in ihre Handgelenke. Der Mann vor ihr beugte sich noch weiter zu ihr. Ein boshaftes Lächeln auf den Lippen. »Ich habe dir doch gesagt, dass dir niemand glauben wird, Sarah.« Sie spuckte ihm ins Gesicht. Ihr Kleid hing in Fetzen. Blutig von ihren Verhören. Ihren Schlägen und all dem anderen.

Er packte sie am Arm. Drehte sie um. Versetzte ihr einen Stoß! Sie fiel. Schrie. Das Wasser schlug über ihr zusammen. Die Ketten und Steine rissen sie in die Tiefe. Über ihr verzerrte Schatten an der Oberfläche. Die zu ihr in die Tiefe starrten. Tiefer. Immer tiefer. Sie kämpfte. Versuchte zurück nach oben zu kommen. Ihre Haare schlangen sich um ihre Kehle. Wogten um ihren Kopf. Luftblasen perlten aus ihrem Mund, stiegen silbern zur Oberfläche.

Tiefer.

Immer tiefer.

Sie kämpfte verzweifelter.

Wasser füllte ihren Mund. Ihre Lungen.

Immer tiefer.

Tiefer.

In die Dunkelheit ...

Mit einem Keuchen riss sie die Augen auf. Sie spie, kämpfte sich in die Höhe. Hinaus aus dem Wasserstrahl. Im ersten Moment wollte der Körper ihr nicht gehorchen. Sie stolperte. Wäre beinah gestürzt. Tastete sich an der Wand entlang. Fand die Schrauben, mit denen man das Wasser abdrehte. Brachte den Strom zum Erliegen. Und stand dann minutenlang einfach nur da, die Hände an den Fliesen abgestützt, und sog gierig den Atem in die Lungen.

Irgendwann tappte sie aus der Dusche heraus. Griff nach dem Handtuch. Begann sich abzutrocknen. Genoss das Gefühl des weichen Stoffes auf ihrer Haut.

Ganz langsam stahl sich ein Lächeln auf ihre Lippen.

Zwei Nächte vor All Hallows' Eve. Es war so weit. Dumme Gören.

38

Behutsam legte ich den Schlehenwein zu Moms Honig in meine Tasche. Alles fertig. Selbst das Päckchen Salz hatte ich mir schon aus der Küche organisiert. Zusammen mit einer Flasche Wasser und einem Glas.

Grandpas Ring war ein seltsam beruhigendes Gewicht in meiner Hosentasche. Ich presste die Handfläche gegen den Stoff darüber. Die Hitze erwachte. Für einen Moment spürte ich ihr nach, dann ließ ich sie wieder verebben. Wäre ich zu Hause gewesen, hätte ich einen bodenlangen Rock angezogen. Für eine der wenigen Gelegenheiten, bei denen ich so etwas trug. Genau genommen die einzige. Aber das hier war nicht zu Hause. Auch wenn ich versuchte, mit Grandpas Ring und dem handbemalten Tuch, das Mom mir zu meinem letzten Geburtstag geschenkt hatte, wenigstens ein bisschen was davon hierherzuholen. Ich warf noch einmal einen Blick in die Tasche. Nur zur Sicherheit … Alles da. Fehlte nur noch das Brot.

Draußen vor dem Fenster war von der Sonne nicht mehr

viel zu sehen. Auch wenn ich mir sicher war, dass Luke es besorgt hatte: Wir hatten nicht ausgemacht, wie …

Ein kurzes Klopfen. »Cass?«

Na, also. »Komme.« Ich konnte mir das Lächeln nicht ganz verbeißen, als ich zur Tür ging und sie öffnete. Weit genug, dass Luke hereinkommen konnte. »Aufs Stichwort.«

»Stichwort?« Er schob sich an mir vorbei.

»Stichwort. – Ich habe mich gerade gefragt, wo du bleibst.« Hinter ihm drückte ich die Tür wieder zu.

»Entschuldige. Ich musste dem Richter aus dem Weg gehen. Nicht, dass er noch irgendwelche Fragen stellt. – Hier.« Er hielt mir den Leinenbeutel entgegen. »Ich hoffe, es entspricht deinen Vorstellungen.«

Ich nahm ihm den Beutel ab, zog die Schnüre auseinander, griff hinein und holte einen runden Laib Brot hervor. Er war sogar noch warm. Die Kruste tiefgoldbraun. »Perfekt.« Genüsslich sog ich den Duft ein.

»Na dann.« Die Daumen in die Hosentaschen gehakt durchquerte er mein Zimmer zum Bett hin, spähte in meine Tasche. Während ich ihm folgte, schob ich das Brot wieder in den Beutel, legte es zu meinen anderen Sachen. Und schob die Hand in die Hosentasche. Schloss die Finger fest um Grandpas Ring. Ohne genau zu wissen, warum. Oder doch? Hatte ich das nicht schon länger vorgehabt? Warum sonst hatte ich John gebeten, mir den Ring zu schicken.

»Luke, ich …«

»Hast du alles?«

Ich blinzelte. »Jetzt, ja. – Luke ...«

Ein Nicken. »Eben sind auch noch Izzy und Lissa aufgetaucht. Viel zu früh.« Er rieb sich den Nacken. »Ann wird begeistert sein. Als ich los bin, um dein Brot abzuholen, hat sie mir nämlich mitgeteilt, dass sie sich jetzt noch eine lange Dusche gönnt und nicht gestört werden will. – Als hätte ich irgendetwas dergleichen vorgehabt.«

»Luke ...«

Spöttisch verzog er den Mund. »Und dass sie mich heute Nacht nicht braucht. Immerhin wäre dieser ›Tanz‹ eine reine Hexen-Sache.«

Wo steht das denn geschrieben? »Luke ...«

»Und sie und die anderen wollten keine – ich zitiere – ›Fremden‹ dabeihaben.« Er sah erneut zu meiner Tasche. Räusperte sich. Sah wieder zu mir. »Gibt es eigentlich irgendwelche Vorschriften, wann dieser Tanz genau beginnen muss?«

»Du musst mir irgendwann mal verraten, was sie dir hier alles über Vorschriften und Regeln bezüglich der Hexerei erzählt haben.« In einer Mischung aus Verständnislosigkeit und Ironie schüttelte ich den Kopf. »Beginn und Ende liegen zwischen Sonnenunter- und Sonnenaufgang. Sollten sie zumindest. Alles andere ist egal.« Auch wenn die Mächte meist am stärksten waren, wenn es Vollmond war und der im Zenit stand. Fiel das auch noch mit der Zeit um Mitternacht zusammen ...

»Das heißt, du hättest noch etwas Zeit?«

Zögernd nickte ich. »Jaaaaa ...« Was wurde das hier gerade? »Luke, ich wollte ...«

Anscheinend hatte er nicht vor, mich in nächster Zeit zu Wort kommen zu lassen. »Sehr gut. Ich wollte dir nämlich etwas zeigen ...«

»Okay.« Erwartungsvoll sah ich ihn an. *Dann eben später ...*

»Nicht hier. Du musst schon mitkommen.«

Ich hob eine Braue. »Wohin?«

»Wirst du dann sehen. Komm.«

Ich hob die Braue noch höher.

Anstelle einer Antwort wies er mit einer kleinen Kopfbewegung auf mein Bett. »Nimm deine Tasche mit. Dann musst du nicht noch mal hier rauf ...« Ohne mir die Chance zu geben, irgendetwas zu sagen, wandte er sich um und ging wieder zur Tür zurück.

»Na, dann bin ich ja mal gespannt ...« Gehorsam schlang ich mir den Riemen über die Schulter und folgte ihm.

Die Hand schon auf der Klinke, schloss er kurz die Augen – und nickte, als er sie wieder öffnete. »Die Luft ist rein. Wir können. Komm.«

Beinah hätte ich gelacht. »Jetzt sag nicht, Pointers steht für dich Schmiere.«

Meine Hand in seiner zog er mich hinter sich her den Korridor hinunter. »In Ordnung.«

»›In Ordnung‹ was?«

»In Ordnung, dann sag ich nicht, dass Pointers Schmiere steht.«

»Hat dir schon mal jemand gesagt, dass du manchmal echt gestört bist, Bishop?«

»Klar. Das eine oder andere Mal schon. – Soll ich deine Tasche nehmen?« Die Frage war anscheinend rhetorisch gemeint, denn er zog mir den Riemen schon von der Schulter.

Ich verkniff mir das ›Vorsicht! Zerbrechlich!‹ im letzten Moment. Er wusste, was drin war. Und es erklang auch kein verräterisches Klirren, als er sie sich selbst über die Schulter hängte.

Wenn Ann oder eine der anderen uns so sah …

Oder der Richter …

Pointers erwartete uns auf dem Absatz der Treppe in die Halle hinunter. Und eskortierte uns quer durchs Haus, durch die Küche bis zur Hintertür und hinaus. Manchmal vor uns – und schon um die nächste Ecke verschwunden – oder hinter uns. Auf der steinernen Brüstung, die die Terrasse vom Garten trennte, blieb sie dann jedoch sitzen und blickte uns nur hinterher, während Luke mich weiterzog. Quer über den Rasen und mehr oder weniger direkt auf das Wäldchen auf dieser Seite des Anwesens zu. Und zwischen den Bäumen hindurch in es hinein.

Irgendwie beschlich mich allmählich ein Verdacht, der

mir gar nicht gefallen wollte: Hatte er am Ende irgendeinen Deal mit Ann und den anderen geschlossen, damit ich doch mit ihnen tanzen konnte? Ich hatte eigentlich gedacht, ich hätte mich heute Morgen deutlich ausgedrückt, dass ich keinen gesteigerten Wert darauf legte, den Abend und die Nacht mit ihnen zu verbringen. Aber warum sonst zog er mich immer tiefer zwischen die Bäume?

»Hör mal, ich weiß ja nicht …«

»Gleich!« Er duckte sich unter einem tief hängenden Ast hindurch. Ich hatte gar keine andere Wahl, als es ihm gleich zu tun. »Warte noch.«

›Gleich!‹, ›Warte noch.‹? – *Was zum Teufel wird das, Bishop?*

Es ging an einem umgestürzten Baum vorbei. Dann hinter seinen aus dem Boden gerissenen und in den Himmel ragenden Wurzeln scharf nach rechts. Wenn Luke irgendeinem Weg folgte, war er für mich nicht zu erkennen.

»Luke, ich …«

»Moment noch. Wir sind fast da.«

›*Wir sind fast da.*‹? – *Ich hoffe sehr, du hast keinen Blödsinn gemacht, Bishop.*

Den nächsten tief hängenden Ast hielt er für mich beiseite und ließ mich vorgehen. Ich hörte das Rascheln, mit dem der Ast an seinen Platz zurückschnellte – und keuchte überrascht auf, als er mir plötzlich von hinten die Hände über die Augen legte. Instinktiv riss ich meine Hände hoch, schloss meine Finger um seine Handgelenke. »Luke ...« Ja, ich klang unwillig. Aber ich hasste so etwas nun mal.

»Gleich. – Geh einfach geradeaus.«

Ich knurrte. *Oh Mann* ... Auch wenn es mir schwerfiel, seine Handgelenke loszulassen. Einfach blind weitergehen, widerstrebte mir noch viel mehr. Irgendwie hilflos streckte ich die Hände vor mich. Meine Tasche hing zwischen Luke und mir. Mein Fuß stieß gegen irgendetwas ...

»Warte. Lass die Augen zu.«

»Ich hasse dich, Bishop.«

Ein leises Lachen, dicht neben meinem Ohr. Fast glaubte ich, seinen Atem zu fühlen. »Tu's einfach.«

Grummelnd gehorchte ich. Spürte, wie er die Hände wegnahm. Sich an mir vorbeischob. Schritte. Die sich entfernten ... Stille ... *Was zum ...* »Luke?«

Keine Antwort.

»Luke?« Lauter diesmal.

»Bin schon wieder da.« Seine Stimme kam von vorne. Schien näher zu kommen. »Lass die Augen zu.«

»Das ist kindisch ...« Ich fühlte seine Hände an meinen.

»Oder du viel zu ernst.« Wieder zog er mich vorwärts. »Nur noch ein paar Schritte.«

Ich huffte. Warum fühlte es sich nur so an, als würde er rückwärts vor mir hergehen? Vermutlich, weil es so war?

Lukes »Stopp« brachte mich zum Stehen. Er ließ meine Hände los. Eine Bewegung vor mir. Dann war seine

Stimme abermals direkt neben meinem Ohr. »Mach die Augen auf.«

Ich gehorchte. »Gnade dir Gott, Bishop ...« Verstummte. Holte sehr langsam sehr tief Luft. Blinzelte. Sah ihn an. Wieder auf die kleine Lichtung vor uns. Stieß die Luft wieder aus. »Wow. Ich ... Wow.« Mehr brachte ich nicht heraus.

Neben mir hatte Luke die Hände in die hinteren Hosentaschen geschoben. Fast so, als wisse er nicht, wohin damit. Jetzt räusperte er sich. »Nachdem du dich hingelegt hattest, hab ich mir das älteste Buch zum Thema ›Hexentanz‹ in der Bibliothek des Richters gesucht und ein bisschen nachgelesen.« In einer kurzen Bewegung zog er die Schultern hoch. Neigte den Kopf. »Ich hoffe es ist alles, wie es sein soll ...«

Da war Holz für ein Feuer. Eine Schale. Sogar ein Bündel Weidenzweige lag da ... – Offenbar hatte das Buch tatsächlich etwas getaugt.

Daneben war meine Decke ausgebreitet, auf der er den Inhalt meiner Tasche ausgepackt hatte.

»Wow.« *Du wiederholst dich, Castairs.* Ich drehte mich zu ihm um. »Ja. Alles da. Aber ... wieso ...?«

Für einen kurzen Moment runzelte er die Stirn. »Ich hatte den Eindruck, es wäre dir wichtig ...«

»Ja, natürlich. Aber ...« Ich schüttelte den Kopf. *Komm zum Punkt, Castairs.* Abermals holte ich tief Luft und stieß sie wieder aus. »Danke.«

Das Lächeln, das auf seinen Lippen erschien, wirkte ähnlich sanft wie am Morgen in der Küche. Und zufrieden. »Nicht dafür.« Jetzt erst bekam er eine Hand aus den Gesäßtaschen, wies hinter sich. »Wenn du in diese Richtung immer geradeaus gehst, kommst du direkt zum Anwesen der Wittmores zurück. Pointers wird aber auch in der Nähe sein, um dich notfalls zurückzubringen. Hat sie mir zumindest versprochen.« Die Hand kehrte in ihre Hosentasche zurück. »Ich bin dann mal weg ...«

»Wo willst du hin?« Diesmal runzelte ich die Stirn.

»Ich will nicht stören ... da das so ein exklusives Hexending ist ...«

Mein Schnauben hätte auch ein Lachen sein können. »Du kannst rechnen, oder?«

»Jaaa.« Jetzt klang er wachsam. Um nicht zu sagen misstrauisch.

»Gut. – Meine Mutter wurde Anfang August geboren.« Eine Löwin durch und durch. »Wie lange eine Schwangerschaft dauert, weißt du. Und meine Grandma war *sehr* pünktlich. – Und jetzt rate mal, wann sie gezeugt wurde.«

Ich sah regelrecht, wie er im Kopf nachrechnete. Dann das Begreifen in seinem Blick. »Und dein Großvater war ein Vertrauter.«

»Bingo.«

Er kräuselte die Lippen. »Stimmt eigentlich irgendetwas von dem, was die vier zu wissen glauben?«

»Keine Ahnung.« Es interessierte mich heute Nacht

allerdings auch nicht wirklich. »Was hättest du eigentlich getan, wenn ich gesagt hätte, dass diese Hexensalbe unbedingt dabei sein muss?« Ich konnte mir die Frage einfach nicht verkneifen.

Sein Lächeln hatte etwas Arrogantes. »Dann hätte ich dir eine Portion abgezweigt.«

Ich konnte das Schaudern nicht unterdrücken. »Na, zum Glück war das ja nicht nötig.« Vor allem, da ich nicht wusste, was da wirklich alles drin war. Bei den ganzen Zutaten, die auf der Arbeitsplatte gestanden hatten … Brrr.

Ich räusperte mich. Verschränkte meine Finger mit Lukes. In Ordnung. Kamen wir zum ernsten Teil. Die Nacht wurde nicht jünger. Er sah auf unsere Hände. Sah mir in die Augen. Ich hielt seinen Blick fest. »Würdest du mir die Ehre erweisen und heute Nacht mit mir tanzen, Luke Bishop?«

Mit etwas, das fast wie ein überdrehtes Lachen klang, stieß er die Luft aus. »Im ersten Moment dachte ich, du fragst mich, ob ich dich heirate …«

»Nein, heute Nacht würde ich einfach nur gerne mit dir tanzen.« Ich wies mit dem Kopf hinter mich. »Wo du schon alles vorbereitet hast … – Also?«

Mit den Augen folgte er meiner Bewegung, sah dann mich wieder an. Deutete eine kleine Verbeugung an. »Es wäre mir eine Ehre.« Und runzelte dann leicht die Stirn. »Dir ist aber schon bewusst, dass ich das noch nie getan habe und entsprechend auch nicht weiß, was … oder wie …« Er verstummte. Fast wie verlegen. *Bishop, manchmal bist du echt süß.* Nicht, dass ich ihm das sagen würde.

»Da gibt es nichts zu wissen. Und schwer ist es auch nicht. Du musst einfach nur loslassen und sein, wie du bist.« Ich zog ihn hinter mir her zur Decke und schubste ihn darauf. »Und für den Moment musst du nichts anderes tun, als dich zu setzen und mich machen zu lassen.«

»Okay.« Er gehorchte. »Sag einfach, wenn ich irgendetwas tun kann oder soll.«

»Mach ich, keine Sorge.« Ich schnappte mir den kleinen Beutel mit dem Gemisch aus zerstoßenen Kräutern und Salz – und hielt inne. »Theoretisch könntest du doch schon etwas tun.« *Erst ›hü‹ dann ›hott‹, Castairs. Entscheide dich.* Es wurde gerade ziemlich schnell dunkel. Bald würde man nicht mehr allzu viel sehen können. Fragend schaute er mich an. »Du könntest das Holz für das Feuer vorbereiten. – Aber nur vorbereiten. Das Anzünden übernehme ich. – Wenn das okay ist.«

»Natürlich.« Er drückte sich geschmeidig vom Boden hoch. »So gut wie erledigt. Irgendeine bestimmte Stelle?« Seine Hand streifte meine, als er an mir vorbeiging, hinüber, wo er die Scheite aufeinandergeschichtet hatte. Es war, als würde Hitze unter der Berührung von seiner Haut auf meine überspringen, in ihre Tiefe dringen, durch meine Adern ziehen … *Fokus, Castairs, Fokus.* »Vielleicht so zwei Meter von der Decke entfernt …?« Meine Stimme klang irgendwie … schwach. Nein, eher … atemlos. Ich räusperte mich. Wartete sein Nicken nicht ab, sondern wandte mich mit meinem Beutel ab und entfernte mich ein paar Schritte von der Decke. Und begann, den Kreis mit Salz und Kräutern zu ziehen. Er musste nicht besonders stark sein. Immerhin war er nicht dazu gedacht, irgendwelche Mächte in ihm oder aus ihm heraus zu halten. Er war einfach nur als Warnung gedacht, dass jeder, der nicht in sein Inneres eingeladen war, sich besser von ihm fernhielt. Vor allem, wenn er nichts Gutes im Schilde führte. Das Lächeln stahl sich ungefragt auf meine Lippen. ›Kreise gehörten nun mal zu uns Hexen dazu‹, hatte Granny immer gesagt. ›Dass wir unsere Häuser nicht rund bauen, ist vermutlich alles.‹ Und trotzdem waren in dieser Mischung ein paar Zutaten, die sich normalerweise nicht darin gefunden hätten. Solche, die mehr taten als nur zu »warnen«. Auch wenn eine Hexe, die an ihrem Leben und vor allem ihrer Macht hing, es niemals wagen würde, den Frieden eines Tanzes zu brechen: – ich wollte sicher sein.

Die ganze Lichtung war mit Büscheln von Wildblumen bewachsen. Von jedem, an dem mein Kreis vorbeiging, hielt ich inne und pflückte ein paar Stängel ab. Wenn ich an seinem Ende angekommen war, würde ich mehr haben, als ich brauchte. Ob Luke diesen Ort instinktiv gewählt hatte oder ob das Buch des Richters ihn richtig beschrieben hatte, wusste ich nicht. Aber er war perfekt. Vielleicht hatten früher hier ja bereits andere Hexen getanzt …

»Miau?« Ich sah auf. Pointers stand auf der anderen Seite des Kreises. Eine Vorderpfote halb erhoben. Als sie sah, dass sie meine Aufmerksamkeit hatte, streckte sie sie ganz langsam nach der Linie aus Salz und Kräutern aus. Fast, als wollte sie einen Schritt vorwärts machen. Und hielt inne, ohne die Bewegung zu beenden. »Miau?«

Ich musste lachen. »Wenn du so höflich fragst: Willkommen in meinem Kreis.« Mit einer einladenden Geste wies ich an mir vorbei. »Betritt ihn im Guten und verlass ihn auch so wieder.«

»Mau.« Ihr Schnurren vibrierte bis zu mir herüber. Anstatt einfach über die Salz-Linie zu laufen, ging sie an ihrer Spitze vorbei, strich an meinem Bein entlang und schlenderte dann gemächlich über die Lichtung Richtung Decke. Wo sie sich mit untergeklappten Vorderpfoten niederließ wie eine Sphinx. Und mit halb geschlossenen Augen in Katzenmeditation verfiel. Oder einfach nur beobachtete, wie ich meinen Kreis zu Ende zog.

Lukes »Fertig« drang zu mir herüber, gerade als ich den Kreis schloss. Perfektes Timing. Ich zog den Beutel wieder zu und ging zur Decke zurück, legte ihn dort in die Tasche.

Streifte die Schuhe von den Füßen.

Schlang mir Moms Tuch ums Handgelenk, sodass es fast wie ein Schleier um mich herum wehte.

Nahm die Schachtel mit den Streichhölzern heraus und goss Wasser in die flache Schale. Mit beidem ging ich zu dem jetzt ordentlich aufgeschichteten Holzstoß. Luke hatte ganze Arbeit geleistet. So schnell würden wir nichts nachlegen müssen. »Danke.« Ich lächelte ihn an.

Er trat zurück. Nickte. »Kann ich noch etwas tun?«

»Nein. Das war's.« Ich schüttelte den Kopf, kniete mich vor das Holz, stellte die Schale mit dem Wasser daneben. Erde und Luft waren ja bereits vorhanden. Also hatte ich alle Elemente beisammen – abgesehen vom Feuer. Aber das war nur eine Formsache. »Den Rest erledige ich. Am besten, du setzt dich wieder auf die Decke.« Ich warf einen schnellen Blick hinüber und zu den Sachen darauf, runzelte flüchtig die Stirn. »Du hast nicht zufällig auch ein Glas mitgebracht?« Ich hatte vorhin nicht darauf geachtet. Pointers schien jetzt tatsächlich alles genau zu beobachten.

»Doch.« Wieder ein Nicken. Natürlich, er hatte die Flasche ja gesehen. Und da er eines eingepackt hatte und ich eines …

»Dann kannst du uns Schlehenwein einschenken, wenn du magst, und es dir erst mal bequem machen.« Ich sah zu ihm auf. »Das hier dauert jetzt einen kleinen Moment.«

»Wie Mylady wünschen.« Sein kurzes Lächeln, als er wieder zur Decke zurückging, war nur schwer zu deuten.

Ich wandte mich wieder dem Holz und der Schale mit Wasser zu. Nahm ein Streichholz aus der Schachtel.

Nur am Rande nahm ich das leise Quietschen des Korkens und dann das Gluckern wahr, mit dem er den Wein in die Gläser goss, sein Murmeln, als er wohl irgendetwas zu Pointers sagte, während ich das hölzerne Ende des Streichholzes ins Wasser tauchte. Mit ihm am Rand der Schale entlangfuhr. Einmal. Zweimal. Dreimal. Die Tropfen von seinem Ende abschüttelte, sodass sie auf dem Feuerholz landeten. Dann drehte ich es um, zog den Kopf durch die Erde.

Der Schwefel zischte.

Die Flamme flackerte auf.

Wurde größer.

Sank auf ihre normale Größe herab ...

Natürlich hätte ich sie auch mit Hexerei wecken können. Aber auf diese Weise hatten Mom und Granny es immer getan, und genau so würde ich es auch tun. Ich schob sie zwischen das dünne Reisig, das Luke unter die Scheite gelegt hatte. Ließ sie darüberlecken.

Knistern.

Rauch kräuselte sich.

Ich beugte mich vor.

Blies darüber ...

Es war, als hätte die Nacht nur auf diesen Augenblick gewartet, um sich endgültig über alles zu legen.

Flammen leckten über die Äste.

Klein zuerst.

Dann größer.

Das Knistern wurde zu einem Knacken ...

Ich setzte mich auf die Fersen zurück. Hob die Arme.

Wind kam auf. Rauschte in den Blättern der Bäume. Spielte mit meinen Haaren, mit Moms Tuch an meinem

Handgelenk. Wehte es um mich herum. Über und durch die Flammen, ohne dass es Feuer fing. Die Funken stoben und wirbelten in den Nachthimmel. Höher. Immer höher. Tanzten mit dem Wind um sich selbst. Mit der Erde, die er mit in die Höhe riss. Als feinen Schleier auf das Wasser rieseln ließ. Es kräuselte. Über den Rand perlen ließ. Auf die Erde, in der es versickerte. Auf das Holz, wo es zischend zu Dampf wurde und mit den Funken gegen den Nachthimmel stieg. Mich mit sich zog. Auf die Füße. Die Arme noch immer erhoben. Ein Wirbel aus Feuer, Erde, Wasser und Luft. Moms Tuch …

Ich tanzte. Mit dem, was ganz langsam aus dem Boden aufstieg. Durch meine bloßen Füße in mich hinein- und durch mich hindurchkroch …

Leben.

Macht …

Ich schloss die Augen. Ließ den Kopf in den Nacken fallen. Atmete tief und lang ein. Lag der Geruch nach Gras tatsächlich so viel intensiver in der Luft? Der Duft nach trockener Erde, kaum noch viel mehr als Staub, den der Wind mit sich trug. Nach nassem Boden. Schwer und dunkel, durch den sich der Regen in Rinnsalen seinen Weg bahnte. In dem er versickerte, zu den Wurzeln von Gräsern und Bäumen, Blumen und Büschen. Zu Pfützen und Bächen wurde, in denen Vögel badeten und Tiere ihren Durst stillten. Reißende Flüsse, in denen Fische mit und gegen den Strom schwammen und Bären auf Beutezug gingen.

Seine Kraft Stein aushöhlte und Täler in die Erde grub. Zerstörte und schuf.

Wind, der Pollen und Samen Tausende von Meilen weit trug. Oder sie schon nach wenigen Spannen wieder zu Boden sinken ließ. Erde über sie wehte, sie darin verbarg. Sturm, der Blätter von den Zweigen riss, sie vor sich her peitschte. Bäume entwurzelte, ihnen das Wasser nahm, dass manche von ihnen verdorrten. Hitze mit sich brachte. Und manchmal auch Feuer. Das wütete und nichts verschonte. Nichts zurückließ als Asche. Die der Regen in die Erde wusch. In der die Samen darauf warteten, ihre Wurzeln in sie hineinzurecken. Zu Gräsern zu werden. Blumen und Büschen. Einem neuen Baum. Groß und mächtig. Mit Blättern, in denen der Wind rauschte und sang. Über die der Regen perlte und abwärts rann ...

Leben und Sterben. Macht. In einem Kreis aus Sein und Vergehen. Leben. Tod. Und Leben.

Irgendwann hatte ich begonnen, mich zu bewegen. Mich um mich selbst zu drehen. Mit dem Wind zu wiegen. Zu seinem Rauschen. Seinem Flüstern und Lachen zwischen den Zweigen. Seinem Gesang in den Blättern. Dem Knistern der Flammen. Dem Krachen des Holzes in ihnen. Der Melodie aus Zischen und Knacken. In die sich das Raunen der Erde mischte. Ihrem Summen, das aus den Tiefen emporstieg. Sich mit dem Gurgeln der Quellen verband, unter den Felsen verborgen. Im Gras murmelte.

Zwischen Büschen und Bäumen hindurch. Mit dem trommelnden Wispern des Regens.

Uralt.

Dunkel und licht zugleich …

Moms Tuch wehte um mich herum. Hüllte mich ein. Ihren Duft. Umarmung.

Erinnerung …

Süß.

Und voller Schmerz …

… als ich die Augen öffnete, wirbelte am Himmel über mir eine Kuppel aus Funken. Tanzte. Stieg immer höher. Und verging.

Funken, die sich in den Augen von Pointers spiegelten.

In denen von Luke.

Ich streckte die Hand nach ihm aus. Eine wortlose Einladung.

Er stand auf. Kam zu mir herüber. Brachte die Gläser mit Schlehenwein mit. Reichte mir eines. Ohne etwas zu sagen. Ich nahm es ihm ab. Die dunkelrote Flüssigkeit schimmerte im Schein der Flammen. Das Feuer knackte. Der Wind wirbelte neue Funken auf, jagte sie in den Nachthimmel hinauf. Pointers Augen glitzerten in ihrem Licht.

»Tanz mit mir, Luke Bishop.« Ich tippte mit dem Rand meines Glases gegen seines. »Tanz mit mir.« Ich kippte einen kleinen Schluck Wein ins Feuer. Funken stoben auf. »Und möge die Macht mit uns sein.«

39

Ann

Die mit dem Namen Izzy schnupperte an dem Tiegel mit der Salbe. »Na ja, also gut riechen ist anders.« Trotzdem tunkte sie die Fingerspitzen in die Salbe, reichte sie an die neben ihr – Alice – weiter und begann sie auf ihren Schläfen und anschließend auf den Innenseiten ihrer Handgelenke zu verteilen. Alice roch ebenfalls daran. Und zog angewidert die Nase kraus, nahm sich aber doch etwas davon. »Was tut man nicht alles für die Tradition«, murrte sie.

Diese Izzy lachte leise. »Und ein bisschen Spaß. – Ganz nebenbei freue ich mich jetzt schon auf Bobbys dummes Gesicht.«

Sie hatten es gerade noch geschafft, den Kreis aus Asche und Kräutern um die kleine Lichtung und das Pentagramm um ihr Feuer und die Decke, auf der sie es sich bequem gemacht hatten, zu zeichnen, bevor es endgültig dunkel gewesen war. Die namens Lissa reichte ihr den Tiegel zurück. Pflichtschuldigst tauchte auch sie die Finger in ihn. Ohne die Salbe zu berühren. Und gab vor, sie ebenfalls auf ihren Schläfen und den Innenseiten ihrer Handgelenke zu verteilen, wie die anderen drei vor ihr.

Schließlich nahm sie den Kelch, goss von dem roten Wein hinein, den sie aus dem Keller Wittmores heraufgeholt hatte. Die dunkle Farbe verbarg die Kräuter darin vollkommen. Als sie nach ihrem Dolch griff – den diese dummen Gören aus dem Grab entwendet hatten – runzelte diese Lissa zweifelnd die Stirn.

»Bist du sicher? Ich meine: Ist das nicht auch Blutmagie?« Das ›Und damit verboten‹ wagte sie offenbar nicht auszusprechen.

Sie hob die Schultern. Zog in der gleichen Bewegung die Klinge über ihren Daumen, ließ das Blut, das auf dem Schnitt perlte, in den Wein fallen. Reichte Glas und Dolch an Izzy weiter. »In dem alten Kodex stand es so geschrieben.«

Izzy lachte, nahm ihr beides ab. Klemmte den Weinkelch zwischen ihre Knie. »Du hast dich ja echt gut eingelesen, Ann.« Sie zwinkerte den anderen beiden zu. »Ach, kommt schon, Mädels. Was kann daran schon so schlimm sein. Wir opfern hier ja keine Katzenbabys.« Sie zog sich ihrerseits den Dolch über den Daumen. Und reichte ihn schon an Alice weiter, während sie noch ihr Blut aus dem Schnitt in das Glas drückte.

Die zuckte mit den Schultern, drückte die Klinge ebenfalls in ihren Daumen. »Und was der Richter nicht weiß, macht den Richter nicht heiß. – Ehrlich, Leute, ich will gar nicht wissen, was die Hexen vor hundert Jahren in unserem Alter schon alles getan haben, von dem sie uns heute erzählen, das dürften wir erst nach unserer Initiation. Wenn überhaupt irgendwann.« Sie lehnte sich zu Izzy hinüber, die das Glas immer noch in den Händen hielt, und ließ ihr Blut in den Wein tropfen. Erst dann nahm sie es ihr ab, streckte den Dolch Lissa hin. »Hier. Du bist dran. – Ich halt dir das Weinglas.«

»Ob Cass so was auch schon mal gemacht hat?«

»Keine Ahnung.« Alice hob die Schultern. »Schade, dass sie nicht dabei ist.«

Schade? Nein. Die kleine Castairs hätte sie um nichts in der Welt in ihrer Runde haben wollen. Weil sie sehr genau gesehen hätte, was hier geschah.

Mit einem Schnauben schüttelte Izzy den Kopf. »Also den Freund einer anderen anbaggern, geht ja wohl so was von überhaupt nicht …«

»Stimmt. – Hätte ich auch niemals von ihr gedacht.« Lissa verzog das Gesicht, als sie die Klinge über ihre Haut zog. »Au. Verdammt, das tut ja weh.«

Neben ihr lachte Alice. »Weichei.«

Lissa zischte. »Blöde Ziege. – Halt das Glas still. Oder willst du mein Blut auf deinem Rock?«

»Verzeihung, eure Majestät.« Diese Alice wartete, bis auch Lissas Blut in den Wein geflossen war, dann begann sie, die Flüssigkeit vorsichtig im Glas kreisen zu lassen. »Und jetzt, Ann?« Alice sah zu ihr herüber. Wie die anderen auch.

»Wir trinken alle davon.«

»Und dann?« Lissa betrachtete das Glas in Alice' Hand.

»Sind wir alle miteinander verbunden.«

»Und haben so richtig schön viel Macht, weil wir auf die der anderen zugreifen können.« Alice hob das Glas in einem angedeuteten Salut. »Auf uns, Mädels.« Sie nahm einen tiefen Schluck, reichte das Glas an Lissa weiter, nickte gleichzeitig zur Flasche hin. »Wow. Der ist ja extrem lecker. – Will ich wissen, was dein Vater dafür bezahlt hat?«

Lissa trank ihrerseits und hielt den Wein dann Izzy hin. »Stimmt. Echt gut. – Ich hoffe, er macht deshalb keinen Stress.«

»Er wird ihn womöglich gar nicht vermissen.«

Izzy hatte an der dunklen Flüssigkeit geschnuppert. Jetzt prostete sie ihr damit zu. »Auf uns. Und vor allem auf Ann, die uns dazu überredet hat, ein paar Regeln zu brechen. Gute Maßnahme, Sweetie. Und Respekt: hätte ich dir nicht zugetraut.« Damit trank sie ebenfalls, reichte dann das Glas an sie weiter.

Wie die anderen hob sie den Wein an die Lippen. Und wie zuvor bei der Salbe berührte sie die Flüssigkeit nicht. Gab nur vor zu trinken.

Alice hatte sich zurückgelehnt, stützte sich mit den Händen hinter ihrem Rücken ab, sah zu ihr her. »Wie geht es weiter?«

»Wir tanzen.« Sie beugte sich vor, blies über die Linie des Kreises. Funken schlugen aus der Asche. Aus dem Nichts heraus fraß sich ein Glühen an ihr entlang. Sprang auf das Pentagramm über. Mit einer schnellen Bewegung kippte sie den Rest des Weines auf das Feuerholz. Übergangslos schlugen Flammen in den Himmel.

»Wooooohhhoooo«, neben ihr kam Lissa auf die Füße. Lachend und klatschend folgten die beiden anderen ihr. Deutlich langsamer erhob sie sich ebenfalls.

Die eine, Izzy, hatte schon glänzende Augen. Das Schwarz inmitten der Iris war riesengroß.

Sie lächelte. Dumme, einfältige Gänse.

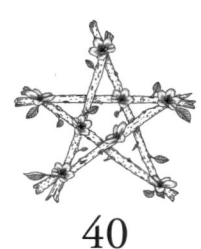

40

Da war ein Gewicht auf meiner Brust, als ich aufwachte. Ein Gewicht, das eindeutige Geräusche von sich gab. Und auch wenn ich Pointers Schnurren erkannte, dauerte es deutlich länger, bis der Rest meines Verstandes sich online meldete …

Ich erinnerte mich an den Kreis aus Salz und Kräutern.

Das Pentagramm aus frisch geschnittenen Zweigen und Blumen …

Das Flüstern und Raunen in der Nacht.

Den Wein …

Das Feuer …

… Ich hatte getanzt.

… Unter den Sternen und dem Wind.

… Mit dem Gras unter den Füßen und den Bäumen um mich herum.

… Mit Pointers.

Und Luke …

Ich hatte mir mit ihm das Brot geteilt. Es mit ihm zu-

sammen in den Schlehenwein getunkt. In Moms Honig ...
In das Salz ...

Ich hatte ihm Grandpas Ring gegeben ...

Und dann?

Ich erinnerte mich nicht.

Das war der Grund, warum Hexen gewöhnlich nur mit anderen Hexen tanzten, denen sie absolut vertrauten. Oder ihren Vertrauten: Es konnte passieren, dass wir uns und die Welt vergaßen.

Ich öffnete langsam die Augen. Und begegnete Pointers Blick. Hinter ihr ... ich war in meinem Zimmer. In meinem Bett. Allein. Wie ich hier hergekommen war? Memory Error. Auch wenn ein Teil von mir inzwischen der Meinung war, dass ich auf und unter einer Decke zusammen mit Luke die Sterne und den Mond beobachtet hatte. Dass wir uns ein Glas Erdnussbutter geteilt hatten. Und dass ich ihn im Schlaf neben mir gespürt hatte. Dass mein Kopf auf seinem Arm gelegen hatte ...

Hier. In meinem Bett.

Ich atmete einmal langsam ein und aus. Zumindest trug ich noch meine Sachen. Die Gerüchte von Orgien, die bei oder nach Tänzen stattfanden, kamen nicht von ungefähr. – Selbst wenn »Orgie« deutlich übertrieben war. In der Regel.

»Warst du die ganze Nacht hier?«

»Miauuu.« Pointers streckte sich. Die Ballen ihrer Pfoten strichen warm über meine Kehle. Eine blieb in der Kuhle darunter liegen.

»Bequem?«

Ich fuhr ihr mit der Hand über den Rücken. Genüssliches Schmatzen.

»Du hast nicht vor, mir zu sagen, was heute Nacht passiert ist, oder?«

»Ma-a.« Sie blinzelte mich an. Spreizte die Ballen. Ohne die Krallen auszufahren. Begann sich die Pfote zu putzen, ohne ihre Position oder Haltung großartig zu verändern.

»Hab ich mir irgendwie gedacht.«

Sie unterbrach ihre Katzenwäsche. Hob den Blick zu mir. Konnten Katzen grinsen? Diese hier auf jeden Fall. Wieder blinzelte sie mich an. Legte sich auf mir zurecht, klappte die Pfoten unter die Brust. Und blickte mir in die Augen. Ihr Schnurren vibrierte durch mich hindurch … Anscheinend hatte ich in ihrem Nacken einen besonders angenehmen Punkt zum Kraulen gefunden. Manchmal wünschte ich mir wirklich, etwas von einem Vertrauten zu haben. »Wenn ich wüsste, was du weißt …« Sie blinzelte. Schob ihre Nase gegen meine. Kalt und feucht. Rieb ihren Kopf an meiner Wange. Für einen kurzen Moment spürte ich ihre Fänge an meiner Haut vorbeistreichen. Ihre Schnurrhaare kitzelten. Sie zog sich erneut in ihre vorherige Position zurück. Und sah mir wieder in die Augen. Blinzelte …

Dass der Schlehenwein sein Recht forderte, beendete unsere traute Zweisamkeit.

Als ich aus dem Bad zurückkam, saß Pointers mitten auf

dem Bett. Kerzengerade. Tief in der Brust grollend. Und starrte auf etwas, das zwischen Bett und Tür lag. Ein Blatt Papier. Zusammengefaltet. Ich ging hinüber und hob es auf. Hatte Luke mir eine Nachricht hinterlassen, als er gegangen war? Warum lag es hier und nicht auf dem Nachttisch? Und warum hatte ich es nicht gesehen, als ich ins Bad gegangen war? Zugegeben, ich hatte es ein bisschen eilig gehabt. Gut möglich, dass ich es selbst vom Nachttisch heruntergefördert und hierher »geweht« hatte. Ich klappte den Zettel auseinander.

Willst du wissen, wo Sarah Warrens Grab ist?
Eine dreiviertel Meile nördlich von hier.
In einer halben Stunde. Ich warte auf dich.

Für einen Moment starrte ich darauf. *Was zum ...* Natürlich wollte ich wissen, wo Sarah Warrens Grab war. Aber woher wusste Luke das? Und seit wann? Ich warf einen schnellen Blick auf meine Uhr ... Verdammt. Ich hatte überhaupt keine Ahnung, wann die »halbe Stunde« überhaupt begonnen hatte.

»Miau.« Pointers war vom Bett gesprungen. Strich um meine Beine. Ihr Schnurren war nicht zu überhören.

Ich sah auf sie hinab. »Hast du Luke gezeigt, wo das ist?«

Ihr Schwanz wischte hin und her. Sie setzte sich, leckte sich die Pfote, ehe sie aufstand und zur Tür ging, mir einen Blick über die Schulter zuwarf. Weiter ging. Ich hielt sie auf, nahm sie auf den Arm. Das da draußen war Pointers Revier. Sie wusste, wie Hexerei sich anfühlte. Und die Spuren, die sie hinterließ ...

»Kannst du mir helfen, Pointers? Du weißt, wo Sarah Warrens Grab ist, nicht wahr? Oder zumindest, wo sie früher gelebt hat?«

Das Schnurren stockte. Sie blinzelte mich an. Ihr »Mau« klang zögerlich.

»Ich bin sicher, du warst schon mal da ...«

Wieder ein Blinzeln. »Ma-aa.« Sie stemmte mir die Pfoten gegen die Brust. Drückte sich von mir weg. Sprang auf den Boden. Zurück aufs Bett. Setzte sich darauf. Ihr Schwanz schlug hin und her. Katzenbegeisterung sah anders aus. Dabei hatte ich gerade noch geschworen, sie hätte es mir selbst angeboten, als sie zur Tür gegangen war, mich angesehen hatte. So viel zu meinen Fähigkeiten als Vertraute. Und trotzdem ...

»Bitte, Pointers. Hilf mir.«

Sekundenlang regte sie sich nicht. Nur ihr Schwanz strich weiter hin und her.

»Pointers, bitte? Zeigst du mir, wo dieser Ort ist?«

Sie kniff die Augen zusammen. Blieb ansonsten vollkommen bewegungslos. Nur ihr Schwanz peitschte nach wie vor hin und her.

Heftiger als zuvor.

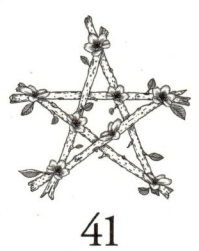

41

Pointers sprang mir so unvermittelt vor die Füße, dass ich um ein Haar über sie gefallen wäre. Und blockierte mir dann mit unruhig hin und her schlagendem Schwanz den Weg. Jeder Schritt meinerseits, der in ihre Richtung oder an ihr vorbeigegangen wäre, wurde mit einem Fauchen quittiert. Die Botschaft war deutlich: Bis hierher und nicht weiter. Nur: Um eventuell die eine oder andere Antwort zu bekommen, musste ich weiter. Ganz nebenbei wartete Luke auf mich.

Ich lehnte mich ein kleines Stück vornüber und stemmte die Hände auf die Knie, um wieder zu Atem zu kommen. Meine Schuhe waren nass. Ebenso die Socken. So viel zu »Outdoor Running« und »wasserdicht«. Dabei war nur das Gras feucht vom Tau gewesen. Falls mich jemand gesehen hatte, musste er angenommen haben, ich würde Laufen gehen. Was sogar ein Stück weit stimmte. Wenn auch Pointers die Strecke vorgegeben hatte. Ebenso wie das Tempo.

Auf der Treppe war mir Ann begegnet. Bleich und mit

Ringen unter den Augen, sodass ich mich fragte, was sie und die anderen in der letzten Nacht außer tanzen noch getan hatten. So … abwesend, wie sie mich angesehen hatte, war ich mir noch nicht einmal sicher, ob sie mein »Guten Morgen« gehört, geschweige denn verstanden hatte. Und trotzdem war etwas in ihrem Blick gewesen, mit dem sie mir nachgesehen hatte, sodass ich mich mehrmals unbehaglich umgedreht hatte. Selbst als das Anwesen der Wittmores schon hinter den Bäumen verschwunden war.

Pointers hatte mich quer durch Gestrüpp und Unterholz geführt. In einem Tempo, als ob sie mich mit Absicht zu »verlieren« versuchte.

Zu Anfang hatte es noch den einen oder anderen Trampelpfad oder Wildwechsel gegeben. Aber nach ungefähr zehn Minuten noch nicht einmal mehr das. Ein paar Mal war sie kurz aus meiner Sicht verschwunden. Und die ganze Zeit war ihr Schwanz unruhig hin und her gewischt. Und fast so dick gewesen wie mein Unterarm. Selbst jetzt war er nicht wesentlich dünner.

Sie hatte sich mir gegenübergesetzt und fixierte mich, als könnte sie mich allein mit ihrem Blick dazu bringen, zu bleiben, wo ich war. Oder umzudrehen.

Ich stieß mich von meinen Knien ab und richtete mich auf. Sofort war auch Pointers wieder auf den Pfoten.

»Auch wenn es dir nicht gefällt: Ich werde weitergehen. Wenn ich Antworten will, muss ich diesen Ort selbst sehen.«

Fauchen.

»Ich erwarte nicht, dass du mitgehst. Mir ist es sogar lieber, wenn du hier wartest. Aber ich gehe.« Pointers machte einen Buckel. Und war im nächsten Augenblick im Unterholz verschwunden. So konnte man sein Missfallen auch ausdrücken.

Wenn sie mir nicht klargemacht hätte, was sie von dem hier hielt, hätte ich es spätestens hinter den nächsten tief hängenden Ästen selbst begriffen. Ich schob mich zwischen den Zweigen mehrerer dicht an dicht stehender Büsche hindurch … Das unterschwellige Kribbeln, das die ganze Zeit in meinen Handflächen gewesen war, wurde schlagartig zu einem Brennen. Wild. Fast wütend. Von einer Sekunde zur anderen schien die Temperatur um mehrere Grad gefallen zu sein. So sehr, dass mein Atem weiße Wolken bildete. Es war, als hätte ich eine unsichtbare Grenze überschritten. Die Blätter der Bäume wirkten irgendwie grau, fast schwarz. Seltsam verdreht und … falsch. Feuchtigkeit hing auf ihnen wie ein feiner Nebel aus grauem Glitzern. Die Äste hatten etwas Verworrenes. So, als hätten sie nicht gewusst, in welche Richtung sie wachsen sollten. *Luke, wo zum Teufel hast du mich hinbestellt?* Spinnweben und Flechten baumelten von ihnen, überzogen mit fahlen Tropfen. Die sich an ihren Enden sammelten und zu Boden fielen. Der nur aus nassen, modrigen Blättern und abgebrochenen Zweigen zu bestehen schien. Und der selbst das Geräusch meiner Schritte schluckte. Ebenso wie jeden anderen Laut. Zumindest hing über allem eine Stille, die nichts mitten in einem Wald zu suchen hatte. Außer vielleicht noch kurz vor einem Sturm. Aber selbst dann hörte man die Vögel in der Luft, die sich in Sicherheit brachten. Das Knacken und Rascheln von Tieren im Unterholz auf der Suche nach einem Unterschlupf. Oder den Wind, wenn er dann näher kam. Und das Rauschen des Regens, den er mitbrachte, noch ehe er einen tatsächlich erreicht hatte. Hier war ... nichts. Als würde sich alles vor einem unsichtbaren Raubtier ducken und den Atem anhalten. Ein Raubtier, das sich nach Hexerei anfühlte. Dunkel.

Alt.

Und faulig ...

Oh Mann, Bishop, das hier ist keine gute Idee.

Der zähe Nebel, der zwischen allem hing, machte es nicht besser.

Ich schlug den Kragen meiner Laufjacke in die Höhe und zog den Reißverschluss ganz nach oben. Und bereute es, dass ich keine Handschuhe eingesteckt hatte. Hier wollte ich ganz sicher nichts mit bloßen Händen anfassen. Allein bei dem Gedanken schien irgendetwas Widerliches auf meinem Rücken herumzukriechen.

Ich duckte mich unter einem Ast hindurch, wäre fast gegen ein Hexenpüppchen aus Holz und Stoff gestoßen, das an einem Stück Schnur baumelte. Wich ihm im letzten Moment aus. Blieb an einem Zweig hängen. Ein Schauer aus Tropfen prasselte auf mich hinab. Ein Stück weiter baumelte ein zweites. Anders gemacht, aber unverkennbar. Und wenn man wusste, wonach man suchte, fand man unzählige mehr. Anscheinend überall in den Bäumen verteilt. Einige höher, andere so, dass man fast unweigerlich hineinlief. Als wäre man unvermittelt am Set von *Blair Witch Projekt* gelandet. Irgendjemand hatte sich hier verdammt viel Mühe gegeben. Und das wohl vor nicht allzu langer Zeit, so wie die Püppchen aussahen. – Und sich das anfühlte, was von ihnen ausging, wenn ich ihnen nah genug kam. Bei jemandem, der keine Ahnung von Hexerei hatte, würden sie eins ganz sicher auslösen: Angst.

Und den Wunsch, um sein Leben zu rennen – weg von hier.

Wenn irgendjemandem dieser Ort so viel Aufwand wert war, wollte ich sehen, was da war …

Ich hoffe sehr, Bishop, dass das kein schlechter Scherz ist. In deinem eigenen Interesse.

Die verfallenen Mauern befanden sich ziemlich genau in der Mitte dieser fast perfekt kreisrunden »Lichtung«. Auf der sich endgültig nichts mehr befand außer den Steinen und einer Handvoll kahler schwarzer Bäume, die nur noch aus Stamm und ein paar nackten Zweigen bestanden.

Eine von Bögen getragene Treppe endete in zwei oder drei Meter Höhe im Leeren. Moos und Efeu rankten sich an ihren Steinen empor. Überwucherten ihre untere Hälfte fast vollständig.

Ich stieg etwas hinauf, das mit viel gutem Willen vielleicht als Stufen zu einer Eingangstür zu identifizieren war. Zumindest klaffte an ihrem Ende eine ziemlich breite Öffnung in den Resten der Mauer. Die zu beiden Seiten sauber abschloss. Nur ein paar Schritte dahinter blieb ich stehen.

»Luke?« Irgendwie widerstrebte es mir, seinen Namen wirklich laut zu rufen. Andererseits: Wo war er? Bisher hatte nichts darauf hingedeutet, dass irgendjemand außer mir hier war.

»Luke?« Lauter diesmal. Und wie beim ersten Mal bekam ich keine Antwort. Einen Teil von mir wunderte es ganz und gar nicht. Im Gegenteil. Allmählich beschlich mich ein mieses Gefühl. Ein *ganz* mieses Gefühl. – Zu dem der Gedanke gehörte, dass der Zettel möglicherweise gar nicht von Luke gewesen war. Ich hatte es angenommen, ja. Aber konnte ich wirklich sicher sein? Genau genommen kannte ich ja noch nicht mal seine Handschrift.

»Luke?«

Wieder nichts. – *Nicht gut, Castairs, nicht gut.*

Gegenüber der Treppe ins obere Nichts ragten noch die Reste eines gemauerten Kamins oder Herds in die Höhe. Spuren von Ruß hatten sich in den Mörtel eingebrannt. Erde und Blätter bedeckten den Boden und verbargen, was auch immer darunter sein mochte. Daneben blickten leere Fenster über die Lichtung und zum Wald dahinter.

Ganz langsam drehte ich mich um mich selbst. Auf der Suche nach ... ja, was? Auch wenn man den Grundriss des Anwesens noch erahnen konnte, wirkte es doch auf mich, als hätte jemand versucht, es dem Erdboden gleichzumachen. Nach irgendwelchen deutlich sichtbaren Zeichen für Hexerei zu suchen, war unnötig. So dumm wäre keine Hexe gewesen. Vor allem nicht zu Sarah Warrens Zeiten. – Trotzdem hatte ich wohl gehofft, doch den einen oder anderen verborgenen Hinweis zu entdecken. Oder Sarah selbst hier zu finden.

Aber hier war ... nichts.

»Luke?« Warum rief ich eigentlich noch nach ihm? *Mach dir nichts vor, Castairs. Die Nachricht war nicht von ihm. Irgendjemand sonst hat dich hierher bestellt.* Die Frage war nur: Wer? Es musste jemand sein, der Zugang zum Haus der Wittmores hatte und sich darin auch weitestgehend frei bewegen konnte, ohne dass es auffiel. Der Richter? Immerhin schwammen ihm so langsam die Felle davon, was meine Person anging. Ann? Warum? Um mir eins auszuwischen? Izzy, Lissa oder Alice? Welchen Grund sollte eine von ihnen haben? Oder hatten Bobby und Co. sie für ihre Zwecke eingespannt, um sich zu revanchieren? Zuzutrauen wäre es ihnen. Aber woher hätte einer von ihnen von Sarah Warren wissen sollen? Luke war der Einzige, der von ihr wusste. Zumindest, dass ich sie sah. – Deshalb hatte ich ja auch einfach angenommen, dass der Zettel von ihm stammte. Wo zum Teufel steckte er dann?

»Luke?«

Wieder nichts. Okay. Damit gab ich es offiziell auf, nach ihm zu rufen. Und gestand mir ein, dass es eine blöde Idee gewesen war hierherzukommen. Wann hatte ich mich noch mal auf die Rolle der bescheuerten Heldin in einem schlechten Horrorfilm beworben? Aber es stand nirgends geschrieben, dass ich mich auch an das Skript halten musste. Vor allem, wenn ich es gar nicht kannte. Na, dann ... *'Cause this is witchcraft, babe, and it is everywhere ... That shimmering and glimmering – is what I am. – Wonderwall, Castairs? Ernsthaft?*

Ich stieg über das, was von der rückwärtigen Außenmauer übrig war, ging ein paar Schritte in die Lichtung hinaus, blieb wieder stehen und schloss für einen Moment die Augen. Die Luft war kalt und schmeckte bitter. Der Nebel hing feucht und klamm über allem. Kroch unter meine Jacke und durch meine Jeans fast wie ein lebendiges Wesen. Ließ mich unwillkürlich die Schultern hochziehen und weckte den Wunsch nach einem heißen Bad. Und das nicht nur wegen seiner nassen Kälte.

Langsam und tief holte ich Luft. Versuchte alles aus meinen Gedanken zu verbannen, außer ... Da war etwas ... mehr eine Ahnung als etwas Konkretes. Etwas, das ich nicht einordnen konnte ... Links von mir. Weiter zu den Bäumen hin ...

Ich drehte mich in die Richtung, öffnete die Augen. Dort drüben hing der Nebel anscheinend dichter als auf dem Rest der Lichtung. Das Feuer in meinen Handflächen flammte schlagartig heißer auf, als ich den ersten Schritt in diese Richtung machte. Kroch in meine Finger ... Wie ein Raubtier, das Witterung aufgenommen hatte. War da hinten die Erde aufgewühlt? Aus der Ferne sah es so aus ... –

Ein Knacken. Rechts von mir. Irgendwo im Unterholz zwischen den Bäumen. Abrupt blieb ich stehen. Suchte mit den Augen nach irgendetwas ... Einem Schatten. Einer Bewegung ... da war nichts. Hatte sich doch ein Tier hierher verirrt? Vielleicht war Pointers mir gefolgt? *Glaubst du das tatsächlich, Cassandra? – Nein. Nicht wirklich.* Sehr langsam ging ich weiter. Im ersten Moment, ohne wirklich den Blick von der Stelle zwischen den Bäumen abzuwenden, von der das Knacken gekommen war. Anscheinend hatte ich den Atem angehalten. Stieß ihn jetzt wieder aus ...

Das Knacken kam dieses Mal von noch weiter rechts. Und dieses Mal war da auch eine Bewegung. »Wer ist da?« Was für eine bescheuerte Frage. Horrorfilm-Klischee hoch zehn. Und trotzdem. Wieder eine Bewegung. Ein deutlicheres Knacken. »Sarah?« Seit wann trampelten Geister mit der Lautstärke einer kleinen Stampede durch die Gegend? Einer Stampede, die immer heftiger wurde. Als würde dort drüben jemand versuchen wegzulaufen. Was nur Lebende nötig hatten. Und denen konnte man Fragen stellen. Vor allem die, weshalb sie einen hierher bestellt hatten. »Bleib stehen!« *Klar doch, Cassandra. Noch irgendwelche besonderen Wünsche?*

Offenbar versuchte er jetzt in den Wald hinein davonzukommen. Von mir weg. *Na gut, dann eben anders.* Ich rannte ihm oder ihr nach. Quer über die Lichtung. Auf der anderen Seite bewegte sich nichts mehr. *Verdammt.* Wer auch immer sich hier herumtrieb, hatte mich nicht nur hierher bestellt, sondern wusste garantiert mehr über diesen Ort als ich. Und wenn ich ihn hier und jetzt nicht erwischte, würde ich so eine Gelegenheit vermutlich nie wieder bekommen … Der Boden rutschte unter mir weg. Ich schrie auf. Warf mich nach vorne. Bekam morsches Holz zu fassen. Riss es mit mir in die Tiefe. Eisiges Wasser schlug über mir zusammen. Zusammen mit einem Hagel aus Bruchstücken von Brettern, der um mich herabprasselte. Ich kämpfte mich an die Oberfläche zurück, hustend und spuckend. Tastete hektisch nach einem Halt. Weit über mir war der Himmel auf eine runde Öffnung zusammengeschrumpft. *The Ring* ließ grüßen … Die Steine um mich herum waren glitschig von gammeligem Moos. Und Hexerei. Selbst wenn ich eine Spalte fand, in die ich meine Finger schieben konnte, rutschte ich ab. Und auch das Stück Brett, an dem ich mich festzuhalten versuchte, ging unter. *Cass, du dummes Stück!* Das hier war geplant gewesen. Eine saubere Falle. *Und du bist grandios hineingetappt.* Ich hätte es schon bei dem Zettel wissen müssen. Spätestens, als Luke nicht aufgetaucht war … Das Wasser war eisig. Zu eisig. Sog sich wie Blei in meine Kleider. Machte das An-der-Oberfläche-Bleiben zu einem Kraftakt. Dass ich immer wieder Wasser schluckte, weil ich mit den Händen auf der Suche nach Halt weiter fieberhaft über die Steine tastete, machte es nicht besser. Aber da war nichts.

Eine Bewegung über mir am Brunnenrand. Ich riss den Kopf in den Nacken. Ging prompt unter. Kam spuckend wieder hoch. Wieder eine Bewegung. »Sarah? – Sarah, hilf mir!« Dreck und Erde rieselten auf mich herab. »Hilf mir!« Erwartete ich tatsächlich eine Antwort? Von einem Geist? Würden von einem Geist Steine und Dreck über eine Kante befördert werden? Oder überzeugte sich da einfach nur jemand, ob sein Plan Erfolg gehabt hatte. »Hilf mir!« Keine Antwort. Auch der Erde- und Dreckregen hatte aufgehört. »Ich weiß, dass du da bist! Hilf mir!« Nichts. Über mir blieb es still.

Entweder hatte ich mich geirrt oder wer auch immer dort oben war, hatte sich aus dem Staub gemacht.

Oder hatte zumindest nicht vor, mir zu helfen.

Oder beides.

So gut ich konnte, trat ich Wasser und paddelte mit einer Hand auf der Stelle, um nicht unterzugehen, während ich gleichzeitig versuchte, mein Handy aus der Tasche zu fischen. Und fluchte leise, als es nicht reagierte. Abgesoffen. Hatte ich tatsächlich etwas anderes erwartet? Aber wie hieß es so schön: »Die Hoffnung stirbt zuletzt.« Vermutlich standen die Chancen genauso schlecht, dass es sich außerhalb des Wassers nach einiger Zeit wieder erholte. *Klar doch, Cass.* Trotzdem versuchte ich es weiter über der Oberfläche zu halten. Und zugleich die Panik zurückzudrängen, die sich in meinem Verstand einzunisten drohte. Panisch zu werden, brachte nichts. Niemand wusste, wo ich war, außer der Person, die mich hierher gelockt hatte – und Pointers. Mit viel Glück hatte sie gesehen, wie ich in den Brunnen gefallen war, oder mich zumindest um Hilfe rufen hören und holte Luke. Aber so kalt, wie das Wasser war, hatte ich möglicherweise nicht genug Zeit, um auf sie zu warten. Ich musste aus eigener Kraft hier raus.

Oder es zumindest versuchen.

Wie zuvor ließ ich die Hand über die Steine um mich herum gleiten.

Suchte nach irgendeinem Halt.

Nach einem Hinweis, was dafür verantwortlich war, dass ich keinen fand.

Wieder keine Chance. Kein Halt.

Der Brunnen selbst war zu groß, als dass ich mich an den gegenüberliegenden Wänden hätte abstützen können, um mich irgendwie zwischen ihnen nach oben zu schieben, wie das Kletterer manchmal in Felsspalten taten.

Und die Kälte ließ nicht nur meine Bewegungen mit jeder Minute träger werden. Sie fraß auch an meinen anderen Kräften.

Also Plan B. »Ist da jemand? Hilfe! Ich bin hier unten!«

So unwahrscheinlich es auch war, dass mich tatsächlich jemand hörte.

Ich hatte keine Ahnung, wie viel Zeit vergangen war. Meine Rufe waren deutlich schwächer geworden. Ebenso wie meine Bewegungen. Es gelang mir immer weniger, mein Handy über der Oberfläche zu halten. Dafür ging ich immer häufiger unter und schluckte Wasser. Es fühlte sich an, als wäre ich schon Ewigkeiten hier unten.

Dass etwas neben mir ins Wasser klatschte, registrierte ich wahrscheinlich nur deshalb, weil sein Ende mich schmerzhaft hart an der Schulter traf.

Es dauerte noch länger, bis mir bewusst wurde, dass jemand über mir meinen Namen rief. Nein, immer lauter brüllte. Ich blinzelte in die Höhe. Der Kreis aus allmählich schwindendem Tageslicht über mir war nicht mehr leer. Eine Silhouette war davor, beugte sich gefährlich weit darüber ...

»Antworte mir, Castairs! Kannst du dich an dem Seil festhalten?«

Ich blinzelte wieder. »Luke?«

»Nein. Der Weihnachtsmann. – Kannst du dich an dem Seil festhalten oder es dir umbinden, damit ich dich hochziehen kann? Oder muss ich runterkommen?«

Seil? Runterkommen? Endlich setzte mein Gehirn wieder ein. »Nein! Nein, nicht! Die Wände ... du hast keinen Halt. Ich schaff das irgendwie mit dem Umbinden ...« Ungeschickt patschte ich nach dem Seil neben mir. Ging halb unter, schluckte einmal mehr Wasser. Bekam es irgendwie zu fassen und hielt mich daran fest. Jede meiner Bewegungen fühlte sich an, als würde ich gegen zähen Schleim ankämpfen. Ich brauchte zwei Versuche, bis es mir gelang, mir das Handy zwischen die Zähne zu klemmen. Das Seil hinter meinem Rücken und unter meinen Achseln hindurch zu ziehen, bekam ich gerade so hin. Den Knoten zu binden, erwies sich als deutlich schwerer. Meine Finger wollten mir einfach nicht gehorchen. Wie ich es schließlich doch schaffte, wusste ich nicht. Wie ich nach oben kam, eigentlich auch nicht. Ich hatte mich einzig und allein darauf konzentriert, mich an dem Seil festzuklammern und Lukes Anweisung zu folgen, mich mit den Füßen an der Brunnenwand abzustützen und »mitzulaufen«.

Oben rollte ich neben dem Brunnenrand ins Gras und kauerte mich, soweit es ging, zusammen. Alles an mir zitterte.

Luke beugte sich über mich, fluchte Unverständliches, während er den Knoten des Seils löste.

»Hat Pointers dich geholt?« Meine Zähne klapperten so sehr, dass ich nicht sicher war, ob er mich verstand.

Er warf das Ende des Seils beiseite, bückte sich gleichzeitig nach meinem Handy, das ins Gras gefallen war, um es in seine Jackentasche zu schieben. »Ja. Allerdings hat es etwas gedauert, bis sie mich gefunden hat. Und dann hatte sie es so eilig, dass ich sie ein paar Mal verloren hab. –

Kannst du aufstehen? Wir müssen sehen, dass wir dich ins Warme bringen.«

»Warm klingt gut.« Allerdings war das ›Aufstehen‹ mehr ein ›In-die-Höhe-gezogen-Werden‹. Ich klammerte mich an Luke fest, um überhaupt in der Senkrechten bleiben zu können. Das Wasser lief in Strömen aus meinen Sachen. »Ich werde deine Sitze ruinieren.«

Luke schnitt eine Grimasse. »Ich fürchte, das wirst du nicht. Pointers hat mich quer durch den Wald geführt. Zu Fuß. Ich konnte das Seil aus dem Schuppen holen. Mehr nicht. Der Porsche steht in der Auffahrt.«

Okaaay... Das bedeutete, wir mussten den ganzen Weg zurücklaufen. »Von Bewegung soll einem ja auch warm werden.« Ich versuchte zumindest ein Lächeln.

Lukes Antwort war wieder nur eine Grimasse, während er sich meinen Arm über die Schultern legte und den anderen um meine Taille schlang.

Pointers erwartete uns an der Stelle, an der sie sich vorhin geweigert hatte, weiterzugehen. Ihren Blick als »tadelnd« zu interpretieren, wäre untertrieben gewesen.

»Danke, dass du Luke geholt hast.«

Sie blinzelte mich an.

»Egal, was es ist: Du hast einen Wunsch frei!«

Wieder ein Blinzeln. Ihr Schnurren vibrierte regelrecht in mir weiter, als sie dann um meine Beine strich.

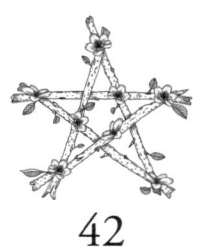

42

»Jemand hat versucht dich umzubringen!« Luke reichte mir das Badesalz. Alles, was ich sonst noch drin haben wollte, war schon in der Wanne. Noch ein bisschen mehr Wasser und es war perfekt. War man eigentlich Masochist, wenn man nichts lieber wollte als ein heißes Bad, nachdem man um ein Haar in einem eiskalten Brunnen ertrunken wäre? Denn wie man es auch drehte: Viel hatte nicht mehr dazu gefehlt und ich wäre Geschichte gewesen. »Und wer es einmal versucht, wird es wieder versuchen.« Irgendwie kam er nicht von diesem Thema weg. Genau genommen, seit sich meine Zimmertür hinter uns geschlossen hatte. Beziehungsweise seit ich ihm von der Nachricht erzählt hatte, von der ich angenommen hatte, dass sie von ihm war.

»Können wir darüber später reden?« Vielleicht sollte ich mir in Zukunft doch ein paar mehr von diesen schlechten Horrorfilmen ansehen. Zu Bildungszwecken sozusagen. »Ich möchte im Moment einfach nur runterkommen und wieder warm werden.« Und auch falls er recht hatte: Wir hatten es geschafft, ungesehen ins Haus und in mein Zimmer zu kommen. Wer mich umbringen wollte, musste erst einmal wissen, dass er es nicht geschafft hatte, bevor er es wieder versuchte. Und das in meiner eigenen Badewanne unter dem Dach des Richters zu tun, war noch mal eine andere Nummer als irgendwo draußen im Wald. Vor allem, da ich ganz Lukes Meinung war: Jemand hatte mich mit Absicht dorthin gelockt. Hatte mir eine Falle gestellt. Hatte versucht mich umzubringen. Und da er es mithilfe von Magie versucht hatte, musste derjenige eine Hexe sein. Mit Zugang zu diesem Haus. Aber: Es bedeutete auch, dass ich jetzt gewarnt war. Wie sagte Stephen King so schön: »Legst du mich einmal rein, Schande über dich. Legst du mich zweimal rein, Schande über mich.« Nur dass es kein zweites Mal geben würde. Ich war sicherlich nicht rachsüchtig. Aber irgendwann schlug auch das sanftmütigste Maultier aus. Und manche Dinge nahm ich nun mal übel. Mich ersäufen zu wollen, gehörte dazu. Allerdings kümmerte ich mich selbst um meine Angelegenheiten.

Lukes Miene sprach Bände. Trotzdem hob er nur abwehrend die Hände und stieß sich vom Rand des Waschbeckens ab, an dem er die ganze Zeit gelehnt hatte. »Wie du meinst. – Ich seh mal, ob bei deinem Handy noch was zu retten ist.« Er schloss die Badezimmertür beinah übertrieben leise hinter sich.

Ich stellte das Badesalz beiseite, drehte das Wasser ab, streifte die Decke, die Luke mir für den ersten Moment umgehängt hatte, ab und begann mich aus meinen nassen Sachen zu schälen. Ließ sie einfach neben der Wanne auf die Fliesen fallen. Mit ihnen konnte ich mich auch später noch beschäftigen.

Im ersten Moment war das Wasser fast zu heiß, als ich mich hineingleiten ließ. Doch dann wurde es mit jeder Sekunde angenehmer. Ich versank bis zum Kinn darin und beobachtete die Dampfschwaden, die darüber trieben. Schloss nach einem Moment die Augen. Atmete tief den Duft nach Lavendel, Minze und Zitrone ein. Und dem anderen, das nur wie ein Hauch unter und in ihm mit trieb.

Nach und nach sank ich noch tiefer. Das Wasser rauschte in meinen Ohren. Übertrug die Geräusche aus den anderen Teilen des Hauses. Schritte. Stimmen … Irgendwo knallte eine Tür. Dann eine zweite. Das Wasser stieg über meine Stirn, meine Lider … Stimmen, die durcheinanderschreien … Mörderin! Hexe! Tötet sie! Ersäuft das Weib! Thomas Wittmores Gesicht direkt vor mir. Die anderen in einem Halbkreis hinter ihm.

Bartholomew.

Malcom.

Sanderson.

Simmons.

Mein Kleid ist zerrissen. An manchen Stellen nur noch Fetzen. Blutig. Von ihrer »Befragung«. Das Seil schneidet in meine Handgelenke. Er beugt sich noch näher. Sein Lächeln ist boshaft. »Ich habe dir doch gesagt, dass dir niemand glauben wird, Sarah.« Ich spucke ihm ins Gesicht.

Bartholomew.

Malcom.

Sanderson.

Simmons.

Wittmore.

Und wenn die Hexe wiederkehrt, dann bleibt kein Richter unversehrt. Er packt mich am Arm. Dreht mich um. Ein Stoß! Das Wasser schlägt über mir zusammen. Die Ketten und Steine reißen mich in die Tiefe. Meine Haare wogen um meinen Kopf. Schlingen sich um meine Kehle. Tiefer. Immer tiefer.

Bartholomew.

Malcom.

Osborne.

Sanderson.

Simmons.

Wittmore.

Ich kämpfe. Spüre, wie Wasser spritzt. Versuche zurück an die Oberfläche zu kommen. Meine Hände sind gefesselt. Die Strömung reißt an mir. Nur das Seil um meine Mitte hält mich. Wasser füllt meinen Mund. Meine Lungen. Über mir an der Oberfläche verzerrte Schatten. Die zu mir in die Tiefe starren.

Bartholomew.

Malcom.

Osborne
Sanderson.
Simmons.
Wittmore.
Immer tiefer.
Tiefer.
In die Dunkelheit ...
Bartholomew.
Malcom.
Osborne.
Sanderson.
Simmons.
Wittmore.
Castairs.
Ich schreie.
Silberne Luftblasen kommen aus meinem Mund.
Kämpfe verzweifelter.
Einer der Schatten beugt sich vor, greift nach mir.

Hände, die mich packten. Plötzlich waren meine eigenen Hände frei. Ich schlug um mich. Wasser spritzte heftiger. Luft! Ich hustete. Würgte. Kippte halb über den Rand der Badewanne. Lukes Hände an meinen Schultern. Ich konnte nur husten. Wasser spucken. Luft! Oh, mein Gott, Luft! Es dauerte ziemlich lange, bis ich verstand, was Luke mir ins Ohr brüllte. Dass ich atmen sollte. Als ob ich das nicht selbst wüsste. Und tat. So gut ich konnte. Alles an mir zitterte. Ich brauchte fast genauso lange, bis ich registrierte, dass Luke mir ein Badetuch umgeworfen hatte, raffte es um mich zusammen, so gut meine Finger mir gehorchten, als er mich aus der Wanne hob, aus dem Badezimmer und zu meinem Bett trug, mich darauf absetzte und direkt hinter mich griff, um meine Decke um mich zu wickeln.

Das Zittern ließ nur langsam nach.

Genauso langsam begriff ich, was um mich herum geschah.

Dass Luke meine Reisetasche aus dem Schrank gezerrt hatte.

Und gerade dabei war, meine Shirts aus dem Fach zu nehmen ... »Was machst du da?« Ich ließ die Decke ein kleines Stück weit sinken.

»Ich packe deine Sachen. Du kannst nicht hierbleiben.«

Wie bitte? »Warum? Was soll das? Hör auf damit!«

Er machte einfach weiter.

»Hast du mich gehört?« Die Decke rutschte endgültig von meinen Schultern, als ich aufstand. Mit zwei Schritten war ich bei ihm. Riss ihm einen weiteren Stapel Shirts aus der Hand. »Hör auf damit!«

Er fuhr zu mir herum. So heftig, dass ich beinah einen Schritt zurück machte. »Irgendjemand versucht dich umzubringen. Erst in diesem Brunnen, dann eben in der Wanne. Und die Geschichte in dieser Boutique war garantiert auch kein Zufall. Gut möglich, dass selbst da schon jemand nachgeholfen hat, als du mir vors Auto gestolpert bist. Und damit meine ich nicht Sarah Warren. Vielleicht ist da ja noch viel mehr gelaufen, was wir gar nicht wissen. – Oder du mir nicht gesagt hast. – Du kannst hier nicht bleiben.«

»Das entscheidest nicht du.« Meine Stimme war genauso laut und hart wie seine. Dass ich eben Sarah Warrens Hinrichtung live miterlebt hatte, hatte rein gar nichts mit der Sache im Brunnen zu tun. Aber ich würde den Teufel tun und anfangen, mich vor ihm zu rechtfertigen. Ich warf die Shirts hinter mich aufs Bett. »Ich werde nicht davonlaufen. Vor nichts und niemandem.«

Seine Wut war fast greifbar zwischen uns. »Und ich sehe garantiert nicht zu, wie dich irgendjemand ersäuft. Das nächste Mal bin ich vielleicht nicht in der Nähe.«

»Es wird kein nächstes Mal geben.«

»Ja. Klar.« Er schnaubte verächtlich, zerrte meine Jeans aus dem Schrank. Wie zuvor die Shirts riss ich sie ihm einfach aus der Hand. Nur dass ich sie dieses Mal direkt auf den Boden feuerte.

»Es geht dich absolut nichts an, ob ich gehe oder bleibe. Das entscheidest nicht du! Also halt dich aus meinem Leben raus!«

Seine Augen wurden schmal. »Ich soll mich also aus deinem Leben raushalten?«

»Du hast es erfasst.« Meine Stimme war zu einem Zischen geworden. »Ich entscheide, was ich tue. Niemand sonst. Ich lasse mich nicht einschüchtern. Oder mir drohen. Von niemandem. Und ich entscheide auch, ob ich hier bleibe oder nicht.« Ich war lange genug herumgeschubst worden.

Für den Bruchteil einer Sekunde musterte er mich. Der Ausdruck in seinen Augen ...

»Wie du meinst.« Sein Tonfall hinterließ ein Gefühl in mir wie Fingernägel auf einer Tafel. Er ließ mich einfach stehen, ging zur Tür. Knallte sie so hart hinter sich zu, dass man es garantiert im ganzen Haus hörte.

Einen Moment sah ich ihm nach. Sank dann aufs Bett. Meine Hände waren so fest in das Handtuch geballt, dass es fast wehtat.

Ich würde nicht weglaufen.

Im Gegenteil.

Aber ich konnte nur hoffen, dass ich Luke gerade nicht aus meinem Leben vertrieben hatte.

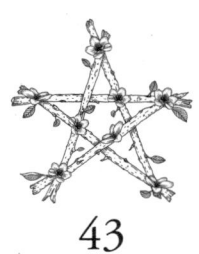

43

Ich starrte auf die Schuhe in meiner Hand und kämpfte mit dem Wunsch, sie wahlweise aus dem Fenster oder gegen die Wand zu werfen. Nach gestern und vor allem meinem Streit mit Luke hatte ich heute Nacht mehr als schlecht bis gar nicht geschlafen. Da ich außerdem keine Lust gehabt hatte, ihm zu begegnen, hatte ich auch das Frühstück ausfallen lassen – also auch noch keinen Kaffee gehabt. Und jetzt musste ich zu allem Überfluss noch feststellen, dass bei den Schuhen, die ich eigentlich heute Abend auf dem Halloween-Ball des Richters hatte tragen wollen, eines der Riemchen gerissen war. Etwas, was mir gerade noch zu meinem Glück gefehlt hatte. Statt aus dem Fenster oder gegen die Wand warf ich sie vor dem Ankleidespiegel auf den Boden.

Ja, ich hatte einmal vorgehabt, wie Cinderella vor dem letzten Glockenschlag vom Ball zu verschwinden und den Flug nach Hause zu nehmen, den John mir für heute Nacht gebucht hatte. Aber nachdem ich jetzt doch blieb, konnte ich auch gut darauf verzichten, einen Schuh zu verlieren.

Allerdings hatte ich nur dieses eine Paar, das zu meinem Kleid passte. Oder überhaupt zum Tanzen geeignet war.

Wenn ich nicht barfuß gehen wollte, hatte ich keine andere Wahl: Ich musste noch einmal in die Stadt.

Allerdings hatte ich nach unserem Streit keine Lust, Luke zu fragen, ob er mich fuhr. Und der Chauffeur seiner Ehren stand nicht zur Verfügung, weil er mit Wittmore unterwegs war. Ich machte mir nicht die Mühe, das Seufzen zu unterdrücken. Dann musste Ann doch herhalten. Hatte sie nicht etwas davon gesagt, dass sie heute Morgen einen Termin beim Friseur hatte und sich mit Izzy, Alice und Lissa zur Maniküre treffen wollte? Vielleicht konnte sie mich ja mit in die Stadt und anschließend wieder mit zurück nehmen. Auch wenn ich garantiert nicht so lange für den Schuhkauf brauchen würde wie die anderen für ihre Beauty-Tour. – Abgesehen davon hätte ich ganz wunderbar darauf verzichten können, sie darum zu bitten. Aber im Moment war sie das kleinere Übel, wenn ich die Wahl zwischen ihr und Luke hatte.

Ich warf einen kurzen Blick auf meine Uhr. Mit etwas Glück war sie noch nicht weg. Und sogar noch in ihrem Zimmer.

In der Halle – und anscheinend auch im Rest des Erdgeschosses – gaben Caterer und Co. sich bereits die Klinke in die Hand. Bienenstock ließ grüßen. Das Stimmengewirr drang mühelos bis in den ersten Stock. Doch je weiter ich den Korridor hinunterging, umso mehr verebbte es. Vor Anns Zimmer war es still.

Die Hand schon zum Klopfen erhoben, hielt ich mitten in der Bewegung inne. Die Tür war einen guten Spalt offen. Weit genug, dass man problemlos ins Innere sehen konnte. Ob man wollte oder nicht. Ann stand vor einem mannshohen Ankleidespiegel. In meinem Magen saß schlagartig ein stechender Klumpen. Das tiefrote Abendkleid floss wie flüssige Seide an ihrem Körper hinab. Das perfekte Kleid für einen Halloween-Ball.

Luke war direkt hinter ihr. Legte ihr wie in einem Déjà-vu gerade vollkommen selbstverständlich den Arm um die Taille. Und mit der gleichen Selbstverständlichkeit lehnte sie sich gegen ihn. Neigte den Kopf ein klein wenig zur Seite, damit er sie auf den Hals küssen konnte. Der Klumpen war übergangslos würgend in meiner Kehle. Pointers drängte sich durch den Türspalt, huschte an mir vorbei. Rannte den Korridor hinunter. Lukes Blick begegnete meinem im Spiegel. Was ich in seinen Augen sah, wusste ich nicht. Nur eines war da auf gar keinen Fall: Schuldbewusstsein.

Abrupt drehte ich mich um und ging den Korridor hinunter. Ich wollte rennen. Aber ich tat es nicht. Auch nicht, als ich Schritte hinter mir hörte. Die näher kamen. Mich erreichten.

Lukes Hand legte sich um meinen Arm, zog mich herum. »Warte!«

»Fass mich nicht an.« Heftig machte ich mich los. »Und wage ja nicht zu behaupten, es wäre nicht so, wie es aussieht.«

Sein Blick wurde schmal.

Hart.

Fast wie gestern.

Sein Schnauben war verächtlich. »Führ dich nicht so auf.« Seine Finger schlossen sich um mein Handgelenk. Kälte kroch aus seiner Berührung …

Wieder riss ich mich los. Machte unwillkürlich einen Schritt zurück. »Was?«

»Du hast mich schon verstanden. Führ dich nicht so auf.« Scharf. Dann wurde sein Ton höhnisch. »Buhu – ich bin die kleine Castairs. Buhu – ich habe meine Mommy und meinen Daddy verloren. Und meine Granny ist auch tot. Deshalb will ich nichts mit eurer bösen, bösen Hexerei zu tun haben. Buhu – ich bin so arm und hilflos. Buhu. – Ihr müsst alle lieb zu mir sein.«

Seine Worte waren wie ein Schlag.

Wieder ein Schnauben. »Ach, komm schon! Dachtest du wirklich, du bist auch nur einen Strich besser als die anderen? Dann hab ich jetzt eine Überraschung für dich: Bist du nicht. Im Gegenteil. Du bist ein Nichts. Und du wirst noch weniger sein, wenn der Richter und der Rat mit dir fertig sind.«

Ich starrte ihn an. Brachte keinen Ton heraus. Dabei war etwas in mir, das schrie.

»Was? Hast du wirklich geglaubt, du kommst mit dieser Muffin-Nummer durch? Tja. Irrtum. Robert und die anderen haben dich doch beim Rat verpfiffen. Nach dem Ball wird sich der Richter dich vornehmen. Und entweder du spielst sein Spiel mit oder du bist für ihn nutzlos. Was bedeutet, du hast verdammt schlechte Karten.« Diesmal war sein Schnauben fast ein spöttisches Auflachen. »Ach, und noch was: Nach dem Ball heute werden Ann und ich uns offiziell verbinden. Ich sag's dir nur, damit du es weißt. Also, mach keine Szene!«

Ich brachte noch immer keinen Ton heraus. Auch wenn der Schrei in mir immer lauter wurde.

Dieses Mal lachte Luke wirklich. »Was? Dachtest du, dass ich mich mit *dir* verbinden würde? Oder sogar irgendwelche Gefühle für dich habe?« Er schüttelte den Kopf. »Oh Mann, ich war echt gut, was?« *Echt gut?* Sein Grinsen war wie ein Messer in die Eingeweide. »Tja. Falsch gedacht, Prinzessin. Es war ganz nett mit dir. Und wenn du wirklich mächtig gewesen wärst und vor allem nicht so ein Moralapostel – und auch noch so dämlich, dich gegen die wirklich Mächtigen zu stellen, wärst du für mich ein brauchbarer Weg hier raus gewesen. Aber so? – Du bist weg vom Fenster, Prinzessin. Und damit für *mich* nutzlos.«

Ein Teil von mir wollte ihn umbringen. Ein anderer in Tränen ausbrechen. Wankte der Boden tatsächlich unter mir? Oder wankte ich? Für den Bruchteil einer Sekunde sah es so aus, als wollte Luke nach mir greifen. »Fass mich nicht an.« Ich riss den Arm aus seiner Reichweite. Auch wenn es mich selbst erstaunte: Meine Stimme war ein Zischen. In meinen Handflächen loderte schlagartig Feuer. Der Schrei in meinem Inneren war etwas anderem gewichen. Was auch immer er in meinen Augen sah: Luke machte einen Schritt zurück.

»Fahr zur Hölle, Bishop.« Ich ließ ihn stehen. Ging in einem Bogen um ihn herum, nicht sicher, was mit ihm passieren würde, sollte ich ihn berühren, marschierte den Korridor hinunter. »Fahr zur Hölle!«

44

Ann

»Ich erwarte, dass du zu deinem Wort stehst, Luke.« Unten verließ die kleine Castairs gerade das Anwesen und ging die Auffahrt entlang Richtung Straße. Die Taschen mit ihrer Habe über der Schulter. Ausgezeichnet. Damit würde sie sich nicht mehr länger mit diesem Ärgernis befassen müssen. Es hatte lange genug gedauert. Aber diese Sturheit war schon seit langer Zeit allen Castairs zu eigen.

Neben ihr sah der Vertraute der kleinen Cassandra nach. In mehr als einer Armlänge Abstand zu ihr. Die Hände in den Hosentaschen. Die Schultern steif. Sein Bedauern, sein … Schmerz, fast greifbar. Dachte er tatsächlich, sie würde es nicht spüren? Selbst der kleinen Wittmore hätte es nicht entgehen können. Erst nach einigen Herzschlägen wandte er den Kopf. Sah sie an.

Wozu Liebe die Menschen doch treiben konnte. Und trotzdem musste sie ihn im Auge behalten. Auch wenn sich nie jemand die Mühe gemacht hatte, ihn im Gebrauch seiner Gabe zu unterweisen: Seine Instinkte waren gut. Was ihn fast ebenso gefährlich machte wie die kleine Castairs.

Es dauerte noch viel länger, bis er nickte. »Wie abgesprochen, Ann. Ich treffe mich heute Nacht mit dir und den anderen dreien bei den alten Ruinen. Ich stehe dir mit meinen Fähigkeiten als Vertrauter zur Verfügung.« Es schien, als würde er die Hände tiefer in die Hosentaschen schieben. »Ich sage niemandem etwas davon und ich stelle keine Fragen.« Jetzt veränderte sich doch etwas in seiner Haltung. In seinem Blick. »Und du hältst dich an deinen Teil des Deals …«

Sie neigte ein winziges Stück den Kopf, trat näher zu ihm, legte ihm die Hand auf die Brust. »Habe ich das nicht schon?« Mit einem kleinen Nicken wies sie die Auffahrt hinunter. Und die kleine Castairs hatte noch nicht einmal gemerkt, dass sie manipuliert wurde.

»Du weißt genau, was ich meine, Ann. – Den Teil, der besagt, dass du mich danach in Ruhe lässt, dafür sorgst, dass auch dein Vater mich in Ruhe lässt und dass mich keiner aufhält oder jagt, wenn ich von hier verschwinde. Nicht jetzt und auch nicht irgendwann später.«

Sie nickte. »Ganz wie du willst. Wenn du noch heute Nacht fortwillst, wird dich niemand aufhalten.« Der Honorable schon gar nicht. Nicht mehr nach heute Nacht. Wittmore war der Letzte. Sarah unterdrückte das Lächeln. Sie hatte geschworen, dass sie zurückkommen würde. Und dass sie alle bezahlen würden. Heute Nacht würde sie endgültig wiederkehren.

»Gut.« Mit einem knappen Nicken trat er noch weiter zurück. »Wir sehen uns dann heute Abend.« Er wandte sich um und ging den Korridor hinunter. Ohne sich noch einmal umzudrehen. Genauso wie die kleine Castairs sich nicht umgedreht hatte. Nur dass sie nicht zulassen konnte, dass er ging wie sie. Bedauerlich. Die Macht eines Vertrauten an ihrer Seite zu wissen, machte für eine Hexe vieles leichter. Allerdings würde sie ihn nach heute Nacht auch nicht mehr brauchen.

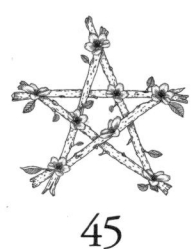

45

Die Anzeigetafel ratterte ihre Aktualisierung. Hinter mir herrschte eine Mutter ihren Sprössling an, jetzt endlich mit was-auch-immer aufzuhören, damit sie herausfinden konnte, von wo ihr Flug ging.

Von meinem war noch nichts zu sehen. Was mich nicht wirklich wunderte. Immerhin würde er erst um vier Uhr morgens gehen.

Und trotzdem war ich hier. Am Logan International Airport, und wartete darauf, alles endlich hinter mir lassen zu können. Nach Hause zu gehen. Endgültig.

Wenn man nur mit zwei Reisetaschen unterwegs war, ging Packen ziemlich schnell. Vor allem dann, wenn man seine Sachen einfach nur in sie hineinwarf. Weil man am ganzen Körper zitterte und mit den Tränen kämpfte. Irgendwie hatte ich den Kampf sogar gewonnen.

```
... - *Washington: Handelsembargo
  gegen China ausgeweitet* -*New
```

```
York: Feuer im Time Warner Center
unter Kontrolle* - ...
```

Über den Bildschirm unter der Anzeigetafel flimmerten die Nachrichten ...

```
*Reading: 5 Monate alter James
Baxter noch immer vermisst* -
*Portland: 3 Tote bei Verfolgungs-
jagd nach Banküberfall* - ...
```

Ich hatte mir ein Taxi gerufen und war einfach gegangen. Ob es jemand mitbekommen hatte? Selbst wenn, wäre es mir egal gewesen. Obwohl ich fast hätte schwören können, dass einer der Vorhänge im ersten Stock sich bewegt hatte.

Ann?

Oder Luke?

Der Richter sicherlich nicht.

Niemand hatte versucht mich aufzuhalten.

Niemand außer Pointers. Die mir bis auf die Straße nachgelaufen war. Die mitten auf der Fahrbahn gestanden und meinem Taxi nachgesehen hatte.

In meinem Kopf hatte es nur einen Gedanken gegeben: Weg hier! Für etwas anderes war kein Platz gewesen. Alles andere tat zu weh.

Den halben Nachmittag war ich durch Boston gewandert. Im ersten Moment ziellos. Dann hatte ich beschlossen, mir ein neues Handy zu besorgen. Hatte mir direkt alles installieren und einrichten lassen, als wäre ich selbst nicht dazu in der Lage. Dann hatte ich John geschrieben, dass ich wie geplant den Flug heute Nacht nehmen würde. Und hatte seinen postwendenden Anruf ignoriert. Und alle anderen in den Stunden danach ebenso.

Stattdessen hatte ich mir erneut ein Taxi genommen, hatte mich zum Flughafen bringen lassen, mein Gepäck aufgegeben, mir einen großen Kaffee besorgt und anschließend den Flugzeugen beim Starten und Landen zugesehen. Alles in dem Versuch, nicht wirklich denken zu müssen.

Allerdings setzte inzwischen mein Verstand wieder ein. Gnadenlos. Und mit ihm kam die Wut zurück. Auf Luke. – Was nichts Neues war.

Aber auch auf mich. Ich war davongelaufen wie ein verletztes kleines Kind. Ohne nachzudenken.

Als hätten seine Worte mein Gehirn ausgeschaltet.

Ein Gedanke, der nach und nach eine andere Stimme in meinem Kopf geweckt hatte.

Eine, die, seit ich hier vor der Anzeigetafel stand, immer lauter und deutlicher geworden war.

Und die eine Frage stellte: ›Was, wenn …‹

… Was, wenn Luke mich tatsächlich manipuliert hatte, damit ich ging? Immerhin hätte er mich gestern Abend am liebsten noch persönlich in den nächsten Flieger gesetzt, um mich vom Anwesen der Wittmores wegzubringen. Ein

Vertrauter war zu so etwas vielleicht nicht in der Lage, aber für eine Hexe wäre ein bisschen Nachhilfe an dieser Stelle kein Problem. Nur: Wer hätte ihm dabei helfen sollen? Ann? Der Richter sicher nicht. Aber was hätte Ann für einen Grund dazu? *Liegt das nicht auf der Hand, Castairs?*

Oder stimmte doch, was er gesagt hatte? Hatte er mich nur benutzen wollen?

Wollte ich es wissen? Wollte ich es mit jemandem zu tun haben, der zu solchen Mitteln griff? Solche Spielchen spielte? Aus welchen Gründen auch immer?

Nicht wirklich.

Oder?

Nein!!

Ich war eine vertrauensselige, sentimentale Kuh gewesen. Warum auch immer. Ich hatte ihm sogar Grandpas Ring … Ich stieß ein Zischen aus. Offenbar laut genug, dass sich vor der Abflugtafel ein Mann im Anzug mit Handy am Ohr irritiert umdrehte. Luke hatte Grandpas Ring! Und ich würde den Teufel tun und ihn ihm so einfach überlassen.

Ich warf einen schnellen Blick auf meine Uhr. Gerade noch genug Zeit, um zurückzufahren, mir meinen Ring zu holen und rechtzeitig zum Boarding wieder hier zu sein.

Und um ein Versprechen einzulösen.

46

Ich brachte den Mustang, den ich mir am Flughafen gemietet hatte, direkt vor dem Eingang des Hauses der Wittmores zum Stehen. Und dabei interessierte es mich nicht, ob ich irgendeine der Luxuslimousinen, die sich in der Auffahrt aneinanderreihten, blockierte.

Die Dame am Schalter von American hatte sich offenbar noch an mich erinnert, immerhin hatte ich bei ihr zuvor auch mein Gepäck aufgegeben. Zumindest hatte sie mich mit einem Lächeln und einem: »Haben Sie etwas vergessen, Miss?«, begrüßt. Allerdings war ihr Blick dann irritiert hinter mich gegangen, als ich sie nach einer Transportbox gefragt hatte, die groß genug war für eine Hauskatze und die ich trotzdem als Handgepäck mit in die Kabine nehmen konnte. Fast so, als erwartete sie, besagte Katze irgendwo dort hinter mir zu finden.

Auf dem Weg zu den Mietwagenschaltern hatte ich in einem kleinen Shop noch einen dicken Schal als Polster erstanden und dann noch minutenlang mit der Dame von Alamo diskutiert, ob ich alt genug für einen Mustang GT war. Und ob ich ein Tier in ihrem Auto transportieren durfte oder nicht. Ich hatte bekommen, was ich wollte, als ich mich kurz zu ihrem Konkurrenten von National umgedreht und quer durch den Korridor gefragt hatte, ob er mir vermietete, was ich wollte, und er mir ohne nachzudenken ein Daumen-hoch gegeben hatte. Und einen ordentlichen Rabatt obendrein.

Ich ging um die Schnauze des Mustangs herum, schnappte mir die Katzenbox vom Beifahrersitz, beschied dem unbekannten jungen Mann, der offenbar angeheuert war, um die ganzen Wagen zu parken, »Stehen lassen!« und marschierte an ihm vorbei, die Treppe hinauf und durch die offen stehende Eingangstür in die Halle. Und sah mich selbst hier mit Abendkleidern und Anzügen und Kellnern, die Champagner und Hors d'oeuvre reichten, konfrontiert. Allein die schockierten Blicke, die ich erntete, waren meine Rückkehr fast schon wieder wert. Ich ignorierte das Getuschel und machte mich auf die Suche, wahlweise nach Luke oder Pointers. Notfalls auch Ann. Immerhin wusste sie vielleicht ja, wo ihr zukünftiger Vertrauter sich aufhielt.

Ich würde mein Versprechen einlösen und Pointers mitnehmen. Und mir Grandpas Ring zurückholen. Mehr interessierte mich erst einmal nicht.

Was geschah, wenn ich Luke tatsächlich gegenüberstand, würde sich zeigen.

Offenbar hatte der Richter die Creme de la Creme der Coven eingeladen. Und mehr als einmal hörte ich meinen

Namen getuschelt, während ich mich zwischen ihnen hindurch bewegte. In meiner Nicht-Abendgarderobe wie ein Alien inmitten all der Eleganz. Ohne eine Spur von Luke, Pointers oder Ann zu entdecken. Oder Alice, Lissa und Izzy. Dafür fand ich Izzys Bruder. Der an einem der Stehtische lehnte und mit einer zierlichen jungen Hexe flirtete. Und erstarrte, als er mich bemerkte. Wenn auch erst in dem Moment, als ich mich zwischen ihn und die andere Hexe schob.

»Was willst du, Castairs?«

Ich ignorierte ihn und lächelte sie über die Schulter an. Als sie meinen Nachnamen gehört hatte, hatte sie die Augen aufgerissen. »Entschuldigst du uns einen Moment? Ich will nur kurz mit ihm reden, dann gehört er wieder ganz dir. – Ich verspreche auch, ihn nicht kaputt zu machen.« Was auch immer sie stammelte, ich wartete nicht, bis sie fertig war, sondern drehte mich wieder zu Robert um. Zumindest hatte sie genug Verstand, um zu gehen. Wenn auch nur weit genug, um außer Hörweite zu sein.

»Was willst du, Castairs?« Robert klang alles andere als begeistert.

Nicht, dass es mich interessiert hätte. »Ich will ein paar Antworten von dir.«

»Verpiss dich. Mit dir bin ich fertig.« Er machte einen Schritt zurück.

»Ach? Du bist mit mir fertig?« Übertrieben spöttisch hob ich eine Braue »Und dann erzählst du dem Hexenrat von unserer Begegnung? Wie passt das denn zusammen?«

Sein Adamsapfel zuckte. »Was?«

»›Was?‹ – Denkst du ernsthaft, ich sorge nicht dafür, dass der Rat nicht auch *meine* Version der *ganzen* Geschichte erfährt? – Glaub mir: Erst dann bist du fertig mit mir.«

Seine Gesichtsfarbe wechselte über kalkweiß zu rot. »Ich habe dem Rat nichts erzählt. – Und die anderen auch nicht. Jedenfalls nicht, soweit ich weiß.«

Ach? Sieh an, Bishop. Lüge Nummer eins.

»Weißt du, wo Luke ist? Und Pointers?«

»Was?« Gedankensprünge waren anscheinend nicht so seins. Seine Verwirrung war zumindest nicht zu übersehen.

Also nochmal ganz langsam für die geistig Unflexiblen. »Ich bin auf der Suche nach …«

»Jaja, schon klar. Woher soll ich wissen, wo Bishop sich rumtreibt? – Und wer zum Teufel ist Pointers?«

Hatte ich tatsächlich etwas anderes erwartet? »Ts. Na die dreifarbige Katze, die hier wohnt.«

»Die Katze?« Er starrte mich an, als wären mir Hörner gewachsen. Dann schüttelte er den Kopf. »Keine Ahnung.«

»Was ist mit Ann?«

»Was soll mit ihr sein?«

»Weißt du, wo *sie* ist?«

Er schnaubte. »Gib doch eine Vermisstenanzeige auf, verdammt noch …« Ich räusperte mich und Robert schluckte runter, was auch immer er noch hatte sagen wollen. Stattdessen nickte er in Richtung Halle. »Ich hab sie vorhin im Arbeitszimmer des Richters verschwinden sehen. Ist aber schon eine ganze Weile her. – Und ehe du auch noch nach meiner Schwester und den anderen fragst: Die haben mit Ann zusammengeguckt, sobald wir hier waren. Und Izzy hat schon die ganze Zeit ziemlich wichtig getan, von wegen, sie würden heute Nacht ›hinter den Schleier blicken‹. Lauter Schwachsinn eben. Die vier hängen garantiert irgendwo zusammen rum. Wo, musst du schon selbst rausfinden. Ich hab keine Ahnung. – War's das dann, Castairs?«

»Ja, das war's. Besten Dank.« Ich schenkte ihm das sanfte Castairs-Lächeln. »Und denk dran, was ich dir auf dem Schachfeld gesagt habe. – Eine Kostprobe davon hattest du ja schon, wie man so hört.« Um ein Haar hätte ich aufgelacht, als er einen weiteren Schritt zurück machte. »Schönes Leben noch.«

Ich winkte der anderen Hexe zu. »Er gehört wieder dir. Wie versprochen: Alles noch dran.«

Kälte schlug mir entgegen, als ich die Tür zum Arbeitszimmer des Richters öffnete. Und Dunkelheit. Die Glastür zur Terrasse stand offen. Die Vorhänge bewegten sich sacht im Luftzug. Gaben immer wieder den Blick auf das Violett des Nachthimmels frei. Aber ansonsten ... keine Spur von Ann.

Und trotzdem. Da war etwas, das mich die Tür weiter aufstoßen ließ ...

Das Feuer in meinen Handflächen erwachte, kaum, dass

ich einen weiteren Schritt ins Innere gemacht hatte. Und da war noch etwas anderes als das Wispern des Windes …
Ich ließ das Deckenlicht aufflammen. Damit war auch klar, warum ich weder Ann noch dem Richter begegnet war.

Überall war Blut. Wittmore saß in seinem Sessel hinter dem Schreibtisch. Zusammengesunken und halb über die Armlehne gekippt.

Mit einem Fluch durchquerte ich den Raum. Erst als ich ihn fast erreicht hatte, hörte ich sein leises Stöhnen. Unter dem Sessel hatte sich eine rote Lache gebildet. Ich bemühte mich, nicht hineinzutreten, als ich mich vorbeugte, ihn in die Senkrechte schob und die Fingerspitzen gegen den Punkt unter seinem Kiefer drückte. Sein Puls war schwach, aber vorhanden. Irgendjemand hatte versucht ihm die Kehle durchzuschneiden. Und es anscheinend nicht ganz geschafft. Aber die Wunde durfte trotzdem nicht lange weiterbluten. Ich zog die Hand zurück. Alles, was ich dabei hatte, waren ein paar Papiertaschentücher …

Trotzdem rührte ich mich eine gefühlte Ewigkeit nicht. Er hatte mir meine Familie genommen. Mom, Dad, Granny … Auch wenn er sie nicht eigenhändig umgebracht hatte: Er war für ihren Tod verantwortlich. Warum sollte ich irgendetwas tun, um ihn zu retten? Wer auch immer das hier gewesen war, hatte mir doch geradezu einen Gefallen getan …

Ich zerrte die Taschentücher aus meiner Gesäßtasche,

riss die Verpackung herunter und drückte sie auf den Schnitt. Mit seiner Fliege hielt ich sie an Ort und Stelle – und zusätzlich mit einer Hand, um die Wunde zu schließen. Das Violett draußen hatte sich in tiefes Purpur verwandelt, über das der Wind dunkle Wolken jagte. Ich fischte mit meiner freien Hand nach dem neuen Handy.

Bartholomew.

Malcom.

Sanderson.

Simmons.

Osborne.

– Und jetzt Wittmore.

Sarah war am Ende ihrer Liste angekommen. Sofern ich dank Williams Schwester Catherine nicht auch darauf stand. Nur: Jemanden so sehr in Angst und Schrecken zu versetzen, dass er einen Unfall hatte oder sich selbst eine Kugel in den Schädel jagte, war eins. Jemandem die Kehle durchzuschneiden, etwas anderes. War ein Geist zu so etwas überhaupt in der Lage? Oder brauchte er dazu nicht Hilfe? Jemanden aus Fleisch und Blut?

Ich wählte den Notruf.

Hier sah es nicht nach einem Kampf aus. Ziemlich unwahrscheinlich, dass der Richter sich nicht gegen einen Angreifer hätte verteidigen können. Auch ohne Hexerei. Sofern er ihn überhaupt als Gefahr gesehen hatte ...

Robert hatte gesagt, er habe Ann im Zimmer des Richters verschwinden sehen ...

Ann wäre die Letzte, die Wittmore als eine Bedrohung empfinden würde.

Bedeutete das, dass Sarah Warren vielleicht überhaupt nichts mit den Toten zu tun hatte? Oder zumindest nicht mit dem, was dem Richter passiert war?

»911. Welcher Notfall liegt vor?«

Draußen fegten die Wolken immer schneller über den Himmel.

»Schicken Sie einen Notarzt zum Anwesen der Wittmores. Jemand hat versucht dem Richter ... Mr Wittmore die Kehle durchzuschneiden.«

»Wo genau befinden Sie sich, Miss?«

»Auf dem Anwesen der Wittmores. Im Arbeitszimmer im Erdgeschoss.«

»In Ordnung. Ein Rettungswagen ist unterwegs. – Wie heißen Sie, Miss ...«

»Beeilen Sie sich einfach.« Ich drückte die Stimme weg. Was auch immer da draußen vorging, war wichtiger, als der Versuch eines Dispatchers noch mehr Infos von mir zu bekommen. Und der Richter stand nun mal auch nicht wirklich weit oben auf meiner Prioritätenliste. Dass die Blutung allmählich nachließ, brachte mich auch nicht weiter. Aus der Bewusstlosigkeit erwachen und mir Fragen beantworten, würde er so bald garantiert nicht. Und ich hatte nicht die Zeit, darauf zu warten.

Ich nahm den Weg durch die offen stehende Terrassentür, den vermutlich auch die Person genommen hatte, die für den Mordversuch am Richter verantwortlich war. Trotzdem blieb ich am Rand der Terrasse stehen. Ich wusste nicht, wo ich nach Ann – oder Luke – suchen sollte. Da das alles garantiert mit Sarah Warren zu tun hatte, mit ziemlicher Sicherheit an einem Ort, der für sie wichtig gewesen war. Zwar kannte ich davon inzwischen ein paar – aber sicher gab es noch mehr, von denen ich keine Ahnung hatte.

Ich warf einen schnellen Blick zum Haus. Sah zurück zum Wald auf der anderen Seite des Anwesens. *Was geht dich das alles an, Cassandra? Was hast du damit zu tun? Du hast Sarah Warrens Geist nicht aus dem Jenseits zurückgeholt. Und was hast du mit ihrem Rachefeldzug zu tun? Nichts. – Wenn man es genau nimmt, tut sie dir einen Gefallen. Was mischst du dich also ein? Warum gehst du nicht einfach? Such Pointers und Luke und verschwinde ...* Nur: Sarah hatte einen Castairs geliebt. *Der ihretwegen ebenfalls ermordet wurde.* Und eine Castairs hatte sie verraten.

Wieder sah ich zum Haus hin, ehe ich mich am Rand der Terrasse auf die Fliesen kauerte, auf meinem Handy eine Karte der Stadt und ihrer Umgebung aufrief, es auf die Deko-Bruchstein-Einfassung legte und ein bisschen Erde unter der Hecke daneben vom Boden kratzte. In die Küche zu gehen und mir Salz zu besorgen, würde zu viel Aufmerksamkeit erregen – und zu viel Zeit kosten. Erde würde genügen müssen.

Ich hatte die Tür zum Arbeitszimmer des Richters zur Halle hin offen gelassen. Über kurz oder lang würde sich jemand darüber wundern und dann Wittmore finden. Was bedeutete, dass sie sich auch auf die Suche nach dem Verantwortlichen machen würden. Wenn ich Pech hatte, hielten sie mich dafür. Ich sollte also zusehen, dass ich von hier wegkam. Idealerweise mit Sarah wieder im Jenseits, und mit Grandpas Ring und Pointers.

Ich weckte das Brennen in meinen Handflächen, ließ die Erde auf das Handydisplay rieseln. *Zeigt sie mir! Zeigt mir Ann und Luke! Zeigt mir den Geist von Sarah Warren!* Es dauerte lange, bis sich die Erde zu zwei Kugeln formte. Für eine Sekunde runzelte ich die Stirn. Ließen sich Geister nicht auf diese Weise aufspüren? Zugegeben, ich hatte es noch nie versucht …

Die beiden Kugeln huschten über das Display, die Karte, die sich unter ihnen verschob, veränderte, stießen immer wieder gegeneinander, waren sich selbst im Weg …

Kamen schließlich zur Ruhe …

Dicht an dicht.

Ganz in der Nähe des Friedhofs. War das die Stelle, an der wir die Leichen aus Sarah Warrens Zeit gefunden hatten? Würde Sinn ergeben. Zumindest, wenn man davon ausging, dass das, was hier vorging, nichts Gutes war. Wovon ich allmählich mehr als überzeugt war.

Ich klaubte mein Handy vom Boden, blies die Erde vom Display, stand auf und machte mich auf den Weg um das Haus herum zur Auffahrt. Mit dem Wagen war ich schneller am Friedhof als zu Fuß.

Auf der Straße zur Stadt kamen mir Rettungswagen mit Blaulicht und Sirene entgegen. Und knapp dahinter die Polizei.

Es würde dem guten Robert eine Freude sein, ihnen zu erzählen, dass ich auf der Suche nach Luke und Ann gewesen war.

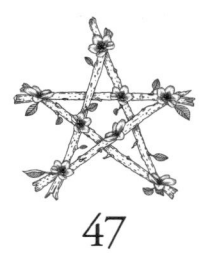

47

Irgendjemand hatte auf den Gräbern Totenlichter entzündet. Auf *sämtlichen* Gräbern. Selbst den alten. Und trotzdem reichte der einzelne Lichtschein kaum weiter als einen oder zwei Schritt. Wenn überhaupt. Über mir hatte der Himmel sich endgültig in tiefdunkles Purpur verwandelt.

Die Wolken waren verschwunden.

Es war still.

Vollkommen.

Im hinteren Teil blieb ich stehen. Versuchte zwischen den Bäumen irgendetwas zu erkennen. Oder zu hören. Einen Lichtschein … Stimmen …

Da war nichts.

Ich wusste ungefähr, in welche Richtung ich gehen musste, um zu der Stelle zu kommen, an der Osborne sich erschossen hatte und die Überreste der alten Leichen lagen. Aber ob ich sie im Dunkeln auch wirklich fand und nicht Meter entfernt daran vorbeistolperte, war etwas anderes. Auf jeden Fall hatte ich nicht vor, lautstark durchs Unterholz zu brechen und mich so anzukündigen.

Ich schnappte mir eines der Totenlichter. Ließ die kleine Flamme über meiner Handfläche tanzen. Hauchte sie an. »Geh voraus.« Einen Moment lang zitterte und zuckte sie noch über meiner Hand, dann setzte sie sich in Bewegung. Trieb vor mir her zwischen die Bäume. Gerade hell genug, dass ich sah, wohin ich trat oder wo ein Ast tief hing, damit ich mich rechtzeitig ducken oder ihm anders ausweichen konnte. Verlor ich es, war es das allerdings. Es würde erst anhalten, wenn es Ann erreicht hatte. Und vergehen.

Es brauchte deutlich länger, bis es zum Stehen kam und zu Boden sank, als ich erwartet hatte. Die Stelle, an der Luke und ich die Überreste aus Sarah Warrens Zeit gefunden hatten, hatte ich schon vor einigen Minuten passiert. Aber die hier ähnelte ihr auf erschreckende Weise. Zumindest, soweit ich das erkennen konnte. Die Erde war bedeckt mit einem Teppich aus Sandthymian. Sandthymian, dessen Blüten selbst im Dunkeln die Farbe von Blut hatten. Dazwischen war etwas, das vage nach den Überresten alter Mauern aussah. An den meisten Stellen nicht mehr als ein paar Fuß hoch. Wenn überhaupt. Dazwischen knieten Alice, Izzy und Lissa auf dem Boden, irgendwie schlaff und schief. Wie schlecht gefüllte und achtlos abgestellte Kartoffelsäcke. Anscheinend komplett weggetreten. Ihre Arme hingen an ihren Seiten herab. Alice' und Lissas Köpfe waren vornüber gesunken. Izzys lag schräg auf ihrer Schulter. Ihre Lippen bewegten sich in einem unverständlichen Murmeln. Schatten hingen auf ihnen. Schatten, die dunkler waren, als die der Nacht.

Ann kniete vor aufgewühltem Erdreich. Die Stelle war groß genug, um ein Grab zu sein. Die Linien eines Pentagramms flackerten in einem fahlvioletten Licht von einer zur anderen.

Ich brauchte noch deutlich länger, bis ich begriff, was da in der Mitte des Pentagramms lag. Und auch nur, weil es sich bewegte – und sein leises Wimmern nicht von einem Tier stammen konnte: ein Kind. Bestimmt nicht älter als ein halbes Jahr ...

Mir gegenüber hob Ann abrupt den Kopf.

Sah mich direkt an.

Ob sie schon länger wusste, dass ich hier stand oder ob ich mich jetzt erst durch einen Laut verraten hatte ...? Ich hatte keine Ahnung. Unterm Strich war es auch egal. Der Versuch, ihren Vater ins Jenseits zu schicken, war nicht mein Problem. Aber sie würde kein unschuldiges Blut vergießen. Was zu weit ging, ging zu weit.

Luke stand so unvermittelt vor mir, dass ich mit einem Keuchen zurückfuhr. Warum zum Teufel hatte ich ihn zuvor nicht bemerkt? Der Ausdruck in seinen Augen ...

»Verdammt. Was machst du hier, Cass?« Ich war mir nicht sicher, was ich in seiner Stimme hörte. Wut? Überraschung? Zorn? Ärger? – Auf jeden Fall sah er so aus, als würde er mich am liebsten packen und schütteln. Und nur der Umstand, dass er sich im Inneren des Kreises befand, hinderte ihn daran. »Verschwinde von hier! Jetzt sof–«

»Sieh an, sieh an. Wen haben wir denn da?« Hinter ihm neigte Ann ganz langsam den Kopf. Stand ebenso langsam auf. Ihre Stimme klang lauernd. Und zugleich seltsam … Als gehöre sie jemand anderem.

Luke hatte sich zu ihr umgedreht.

Hastig.

Fast wie … ertappt.

Ann bewegte sich am Rand des Kreises entlang um das Pentagramm herum. Auf mich zu. Ohne sie aus den Augen zu lassen, setzte ich mich ebenfalls in Bewegung. Weg von ihr. Ich würde den Teufel tun und sie näher an mich heranlassen, als es sein musste. Und hielt mich zugleich so nah am Kreis wie möglich.

»Was auch immer das werden soll: Beende es!« In meinen Handflächen stand Feuer. Wir schlichen umeinander herum wie zwei Hunde, die jede Sekunde aufeinander losgehen würden.

»Aah, ihr Castairs.« Ihr Kichern klang viel zu schrill. »Immer so rechtschaffen.« Hinter Luke blieb sie stehen. Legte ihm die Arme um die Mitte. Schmiegte sich an ihn. Eine Katze, die sich am Bein eines Menschen reibt. »Warum sollte ich das tun?«

Luke sah sie kurz an. Hastig. Über die Schulter. »Ann …« Verstummte. Sah wieder zu mir.

Sie ignorierte ihn vollkommen.

»Weil sie dir nichts getan haben.« Ich blieb ebenfalls stehen.

Wieder dieses Kichern. Nur dass es dieses Mal in einem abfälligen Schnauben endete. »Nichts getan. Pah. Sie sind genauso falsch wie alle anderen.« Ihr Ton änderte sich. Wurde wieder lauernd. »Genauso falsch wie du.«

»Ich?« Ging es ihr wirklich um Luke und mich?

»Du hast ihnen erzählt, was du gesehen hast. Du hast ihnen von mir und deinem Bruder erzählt ...« Ein Windstoß drückte das Kleid gegen ihre Beine. Ließ es in der nächsten Sekunde hinter ihr aufwehen wie einen Schweif aus Blut. Trieb mich einen halben Schritt zurück.

Bruder? Was ...? – Sarah! »Dann hast *du* versucht mich in dem Brunnen bei deinem alten Zuhause zu ersäufen?«

»Nein.« Von einem Atemzug zum nächsten änderte sich ihr Gesichtsausdruck.

Ihr Tonfall.

Ihre ganze Haltung.

Sie löste sich von Luke, trat an ihm vorbei, hob die Hände in meine Richtung. Fast flehend ... »Ich würde dir nie etwas tun, Schwester. Du bist von Williams Blut. Das war die andere. Sie war eifersüchtig. Auf dich und deinen Vertrauten. Sie hat ihn gesehen. Nach dem Tanz. Mit deinem Ring am Finger. Ich habe versucht dir zu helfen. Dich fernzuhalten. Die Katze geschickt, dass sie deinen Vertrauten holt ...« Ihr Blick ging an mir vorbei. Fast war ich versucht mich umzudrehen. Fast. Ihre Stimme wurde … träumerisch? »Ich hatte auch eine Katze. Einen Kater. Schwarz wie die Nacht war er. Teufelskatze haben sie ihn genannt. Ersäuft haben sie ihn. Wittmores Brut. Ich konnte doch keinen Mann heiraten, der meinen Liebsten ermordet. Erstochen haben sie ihn. Ihm die Kehle durchgeschnitten und ihn ausbluten lassen.« Sie schlang die Arme um sich. »Hier. Hier haben sie es getan. Und gesagt, ich wäre es gewesen. Weil er die Kinder gefunden hätte. All die toten Kinder.« Sie schüttelte wie abwehrend den Kopf. »Die Kinder, die sie ermordet haben. Osborne und Bartholomew, Sanderson und Simmons. Und Malcom. Und Wittmore. Für ihre schwarze Hexerei.« Ihre Finger krallten sich in ihr Kleid. »Oh, sie haben ihnen all die Beweise gezeigt. Und mich gezwungen, all das Böse zu gestehen. Was sie getan haben. Schmerz. Immer nur Schmerz. Tag und Nacht. Alles haben sie mir angetan. Alles … Ich habe ihnen gesagt, dass sie es waren. Aber sie haben nur ihnen geglaubt. Wer glaubt schon einer Frau, wenn die Richter gegen sie sprechen.« Ein Lächeln zuckte um ihre Lippen. Träge.

Lauernd.

»Aber ich bin zurückgekommen. Ich habe geschworen, dass ich zurückkomme, dass keiner von ihnen unversehrt bleibt. Ich konnte sie doch nicht ungeschoren davonkommen lassen. Sie haben diese Kinder ermordet. Und William. Meinen William. Bartholomew. Osborne. Malcom. Sanderson. Simmons. Wittmore.« Ihre Augen wurden schmal. »Und du hast mich an sie verraten. Hast *uns* an sie verraten. Deinen eigenen Bruder ...«

Mein Blick zuckte zu Luke. Kehrte zu ihr zurück. »Was hast du mit Ann Wittmore gemacht?«

»Ich konnte sie nicht aufhalten. Du bist Williams Blut. Es tut mir so leid. Deshalb habe ich die Katze geschickt. Ich war noch zu schwach ...«

»Was hast du mit ihr gemacht, Sarah?«

Sie lachte leise. Ihre Hände lösten sich aus ihrem Kleid. Ein Schulterzucken. Schnell. Kurz. Gleichgültig. Kalt. Luke starrte sie an. »Nichts. Gar nichts. Ich habe nur angenommen, was sie mir geboten hat. Das arme Kind. So sehr hat sie sich bemüht. Niemals genug. Niemals gut genug. Er wollte eine wie dich. Eine mit Macht. Schon als ich dich zum ersten Mal gesehen habe, war mir klar, wer du bist. Auf der Lichtung bei den Kindern. Als sie versucht haben Simmons zu beschwören.« Ihr Lachen wurde zu einem Kichern. »Sarah-Ann war so dumm, zu glauben, du würdest ihr helfen. – Und diese einfältige Brut.« Ihre Handbewegung ging zu Lissa und den anderen hin. Abfällig. »Hatten keine Ahnung von dem, was sie da getan haben. Das dämliche Stück hat versucht mich zu binden, damit sie meine Macht ausnutzen kann. So dumm. Sie hat nicht gemerkt, dass sie mir zu Diensten war. Sie haben mir mein Leben genommen. Also habe ich ihnen ihres genommen.«

»Hat Ann ihren Vater ermordet? Und die anderen?«

Luke sog mit einem Keuchen die Luft ein.

Wieder dieses Kichern. »Jaja, der Richter. Der Ausdruck in seinem Gesicht, als er das Messer gesehen hat.« Wie aus dem Nichts heraus hielt sie eben dieses Messer in der Hand. Hinter ihr wich Luke einen Schritt zurück. Blieb dann stehen. Wieder ging sein Blick von ihr zu mir und zurück. »Als er meine Macht gespürt hat.« Das Stück Spitze hing noch immer daran. Nur dass jetzt auf der Klinge auch Blut zu sehen war. Selbst in diesem Licht. Wie zuvor neigte sie den Kopf. Hohn zuckte um ihre Lippen. »Die anderen ... tz ... – Was denkst du von mir, Catherine? – An keinen von ihnen habe ich Hand angelegt. Das war gar nicht nötig. Sie haben es alle selbst getan. Sie wussten alle, wer ich bin. Und was sie mir angetan haben.«

»Ich bin nicht Catherine. Mein Name ist Cassandra.« Das schien sie immer wieder zu vergessen. »Und – nur der Vollständigkeit halber – diese Männer haben dir nichts angetan. Die Männer, die dir das angetan haben, sind schon ein paar Hundert Jahre tot.«

»Cassandra. Die kleine Cassandra. Natürlich bist du Cassandra. ›Wenn sie uns die Kleine nicht freiwillig für unsere Coven überlässt, müssen wir sie eben anders bekommen. Ich will die Macht der Castairs wieder für unsere Sache. Egal wie.‹ Ich habe es in ihren Erinnerungen gesehen. Das Feuer. Der Unfall. Sie waren schuld, kleine Cassandra. Sie haben dir deine Familie genommen. Sie waren nicht unschuldig. Sie waren Mörder. Mörder. Sie haben William ermordet. Und die Kinder. All die unschuldigen Kinder ...«

»Und trotzdem hast du kein Recht, Rache zu nehmen. Schon gar nicht für mich.« Hatte sie mir überhaupt zugehört?

»Sie haben mir mein Leben genommen.« Ihr Kreischen kam unvermittelt. Tat in den Ohren weh. Kälte traf mich mit voller Wucht. Hätte mich beinah das Gleichgewicht gekostet. Zwang mich einen Schritt zurück. Wind fegte um uns herum. Wirbelte Blätter auf. Mörtel bröckelte aus den Mauerresten. »Wie sie dir deins genommen haben.« Erneut wurde ihre Stimme weich. »Ich wollte dir helfen, kleine Cassandra. Dich beschützen …«

»Mein Leben. Meine Entscheidung. Meine Rache. Das geht dich nichts an. Und ich brauche auch niemanden, der mich beschützt, danke.«

Ihr Lachen war schlagartig wieder gehässig. »Oh, ihr Castairs. Immer so gut. So rechtschaffen. So stolz.«

»Dann wundert es dich ja nicht, wenn ich noch mal sage: Was auch immer das hier werden soll: Beende es!«

Der Wind verwandelte sich übergangslos in einen Tornado. Der Steine aus den Mauern riss. Blätter vom Boden und den Bäumen. Zweige und Stämme krachen ließ. Bog. Brach. Um uns herum heulte, wie ein lebendiges Wesen. Voller Wut. Und Hass. In seinem Brüllen war Sarahs Stimme wie ein überdeutliches Flüstern. »Ich hole mir mein Leben zurück.« Die Art, wie sie diesmal die Hände nach mir ausstreckte, hatte nichts Bittendes. »Und du wirst mich nicht daran hindern, kleine Cassandra.« Der Schlag traf mich vor die Brust. Beförderte mich rücklings gegen den Baum, der mir am nächsten war. Nahm mir die Luft.

»Cass ...« War das Lukes Stimme? Hatte er gerade einen Schritt auf mich zu gemacht? Halb an Sarah vorbei ...? Im Moment hatte ich andere Probleme.

Mein Rücken protestierte, als ich mich an dem Stamm entlang in die Höhe schob. Ich ignorierte es. Riss mit einer abrupten Bewegung die Hände auseinander. »Es reicht!« Der Wind erstarb schlagartig.

Sarah fauchte. Machte einen Buckel wie eine Katze. Und hatte plötzlich das Messer an Lukes Kehle. Er erstarrte. Genauso wie ich.

Ihr Lächeln war höhnisch. »Und was wirst du jetzt tun, kleine Castairs? Willst du mich immer noch daran hindern, dass ich mir mein Leben zurückhole?« Sie neigte den Kopf, zwang Lukes mit der Klinge unter seinem Kinn ein Stück in den Nacken. »Auch wenn es deinen Vertrauten seines kostet?«

Ich schnaubte. »Also bist du genauso eine Mörderin wie Wittmore und seine Freunde. – Und fürs Protokoll: Er ist nicht mein Vertrauter.«

Wieder dieses Lachen. »Glaubst du wirklich, dass ich darauf hereinfalle? *Sie* hättest du damit vielleicht beschwatzt. Aber ich bin nicht so dumm. – Und jetzt verschwinde! Stör mich nicht länger. Es ist Zeit.«

»Vergiss es.«

Wann hatte das Murmeln aufgehört? Über dem Boden hing ein feiner Nebelschleier. Der über dem Grab dichter war. Trüber. Ein See aus dunklem Silbergrau.

Ein kurzes Schulterzucken. »Dann bleib und sieh zu. Sicherlich kannst du noch etwas von mir lernen. Aufhalten wirst du mich nicht.« Abermals erschien dieses böse Lächeln auf ihren Lippen. »Weil du genau weißt, was geschieht, wenn du den Kreis von außen brichst, kleine Cassandra, nicht wahr?«

Luke verlagerte kaum merklich das Gewicht. Hob ganz leicht die Hände, so als wollte er nach ihrem Arm greifen. Nein! Was auch immer er versuchen würde, würde Sarah tatsächlich nicht aufhalten. Dafür war das alles schon zu weit gegangen. Nur das, was im Inneren dieses Kreises vorging, freisetzen. Keine gute Idee, wenn man ihm nichts entgegenzusetzen hatte.

Vielleicht hatte ihm irgendetwas verraten, was ich dachte. Oder er war von selbst draufgekommen. Zumindest ließ er die Hände wieder sinken. »Du kannst mir nicht die ganze Zeit das Messer an den Hals halten, Sarah.« Seine Stimme klang erstaunlich ruhig. Zumindest dafür, dass eine Psychopathin damit drohte, ihm die Kehle aufzuschlitzen.

Wie überrascht hob Sarah eine Braue. »Nein?« Sie neigte den Kopf, sah von ihm zu mir. Wieder ein Kichern. »Wie klug er doch ist …« Die Bewegung kam zu schnell, als dass Luke oder ich hätten reagieren können. Ich hörte ihn aufkeuchen. Sah, wie er auf Händen und Knien landete. Sarah tippte mit der Fußspitze auf den Boden. Sie trug keine Schuhe. Warum war mir das nicht vorher aufgefallen? *Cass, du dummes Stück.* Die Wurzel schoss aus der Erde. Schlang sich um seine Kehle. Zog sich zusammen. Um ein Haar hätte ich den Kreis gebrochen. Er schaffte es im letzten Moment, die Finger unter das Holz zu schieben. Sarah kauerte sich neben ihn. Beugte sich zur Seite, um ihm ins Gesicht sehen zu können. Ihr Haar floss über ihre Schulter, berührte den Boden. »Ich muss dir nicht erklären, was passiert, wenn du dich wehrst. Oder versuchst mich anzugreifen.« Ihre Hand strich über seine Schulter. »Nicht wahr?«

Luke rang nur krampfhaft nach Atem. Brachte keinen anderen Ton heraus.

Über seinen Rücken hinweg sah sie mich an. »Nicht wahr?«

Ich machte einen Schritt zurück. Meine Handflächen standen in Flammen. Nicht gut, wenn ich da zu nah an ihrem Kreis war. Um ein Haar wäre ich an einer der Wurzeln hängen geblieben, die sich wie unruhig in der Erde bewegten. »Miststück.« Und das war noch das Netteste, was mir einfiel. So langsam fing ich an, das hier wirklich persönlich zu nehmen.

»Ts-ts-ts. – Welch eine Ausdrucksweise …« Sie stand auf. – Und zog in der Bewegung Luke das Messer über den Arm. Sein Keuchen wurde für den Bruchteil einer Sekunde zu einem Zischen. Blut floss aus dem Schnitt, über seine Hand, zwischen den Fingern hindurch, zu Boden. Der Nebel driftete um seine Hand herum auseinander. Die kleinen roten Blüten zwischen seinen Fingern wankten. Wisperten.

Ein Stöhnen schräg rechts von mir – Izzy.

Ganz langsam bewegte Sarah sich durch den Kreis. Zu dem alten Grab hinüber. Schattenfetzen rannen um ihre Füße zusammen. Waberten über den Boden. In der Luft hing ein Zischeln.

Stimmen.

Schreie.

Weinen.

Sie stieg über den Rand hinein. Lukes Blick ging zwischen ihr und mir hin und her. Er versuchte sich aufzurichten. Und kippte mit einem Röcheln halb vornüber.

»Tu was!«

Das Murmeln war wieder da. Lauter als zuvor.

Heftiger.

Fiebriger.

Sarah beugte sich vor. Streckte die Hände nach dem leise greinenden Bündel aus. Die Linien des Kreises, des Pentagramms glühten. Schatten trieben in seinem Inneren. Schatten von Kindern ...

Ein bitterer Geruch hing in der Luft.

Wurde mit jeder Sekunde stärker.

Verbrannter Sandthymian.

Sie rief die Seelen der Toten …

Die kleinen, tiefdunkelroten Blüten bedeckten den Boden auch außerhalb ihres Kreises …

Vielleicht reichten seine Wurzeln nicht so tief in die Erde wie die eines Baumes, aber …

Ganz langsam ließ ich mich auf die Knie sinken.

Stützte die Hände auf den Boden.

Spreizte die Finger zwischen den Blüten.

Über mir jagten die Wolken immer schneller über den Nachthimmel.

Das Feuer in meinen Händen antwortete, ohne dass ich es wirklich rufen musste. Nein, mehr als Feuer. Und diesmal ohne irgendetwas zwischen meinen Handflächen und der Erde.

Dem, was in ihr war …

Ohne Kreis.

Ohne Netz und doppeltem Boden.

Ohne Schutz, wenn etwas schiefging. Wenn ihr Hass zu groß war …

Doch im ersten Moment war da … nichts.

Lukes Blick hing auf mir.

Ich schloss die Augen. Atmete lange aus. *Komm schon, Schwester, hilf mir!* Wie von selbst gruben sich meine Finger in die Erde. Irgendetwas bohrte sich unter meinen Fingernagel. Ich ignorierte den Schmerz.

Ein.

Aus.

Nichts.
Komm schon!
Ein.
Aus.
Noch immer. Nichts – dann ... Der Hauch einer Berührung. Nicht mehr als eine Ahnung.
Zögernd.
Unsicher.
Helft mir!
Ich spürte, wie die Blüten sich bewegten. Auf ihren kleinen Stielen zitterten.
Ihre Wurzeln streckten ...
Der Wind war zurück. Riss kalt an mir. Peitschte mir die Haare ins Gesicht.
Aus dem Greinen war ein lautes Weinen geworden.
Ich presste die Lider fester aufeinander.
Ein Geflecht aus winzigen Fäden ...
Tiefer hinein in die Erde.
Tiefer.
Weiter.
Breiteten sich aus.
Tasteten.
In die Dunkelheit.
Streckten sich.
Suchten.
Nach ihresgleichen ...
–

Fanden sie.
Was darunter war.
Bleich und weiß …
Manche zerbrochen …
Einige rund …
Leere Höhlen …
Fetzen von vermodertem Stoff …
Reste von rauen Stricken …
Und das andere.
Dunkle.
Besudelte.
Das sich nach mir ausstreckte.
Schwarz.
Böse.

Das Kleid bauscht sich um meine Knie. Die Steine glühen. Tiefrot. Für den Bruchteil eines Herzschlags ist da ein Flüstern. Ein Weinen.

Schreien.
Wimmern.
Murmeln.
Hexerei. Schwarz. Böse. Blutmagie …

Galle füllte meinen Mund.
Ich würgte sie hinunter.
Ließ das Feuer in meinen Händen frei.
Rief.
Und bekam Antwort.
Es jagte durch die Erde.

Fraß sich hindurch. Eine Woge aus Dunkelheit und Seelen. Brandete gegen den Kreis.

Der Kreis glühte. Zischte.

Ich hörte Sarahs wütendes Heulen.

Öffnete die Augen. Begegnete Lukes Blick. Konnte nur hoffen, dass er begriff, was ich tat.

Begriff, dass er gemeint war … »Brich den Kreis!«

Weinen.

Eine kurze, harte Bewegung. Schwärze erwachte unter Lukes Hand. Fraß sich die glühende Linie entlang.

Schreien …

Über dem Sarahs Heulen zu einem Kreischen wurde.

Lauter.

Gellender.

Darin unterging …

Verstummte …

—

Stille.

Bis auf das fast überlaute Weinen des Kleinen.

Für eine Sekunde rührte sich nichts.

Noch eine …

Lukes Husten war der erste Laut. Er lag halb auf der Seite. Die Hand noch immer nach dem Kreis ausgestreckt. Die Wurzel hing lose und verdorrt um seine Kehle. Rieselte in Stücken zu Boden, als er sich aufrichtete. Endgültig aufstand.

Während Izzy und Alice fast gleichzeitig umkippten. Liegen blieben. Ebenso wie Lissa.

Und Sarah ... oder Ann?

Meine Hände fühlten sich an, als wären sie mit der Erde verwachsen. Ich schaffte es kaum, die Finger aus dem Boden zu nehmen. Kam ebenfalls auf die Füße. Durchquerte hastig den Kreis. Ging neben Ann in die Knie ... Suchte an ihrer Kehle nach einem Puls. Ein Holzsplitter hatte sich unter meinen Fingernagel gegraben. Blut gezogen ...

Ihre Augen standen offen.

Waren blicklos.

Luke hatte den Kleinen vom Boden aufgehoben. Versuchte ihn zu beruhigen.

Der Himmel über uns war wieder sternenklar. Nur ein paar Wolkenfetzen trieben träge zwischen ihnen –

»Stehen bleiben! Und ganz langsam die Hände hoch, dass ich sie sehen kann. – Leg das Kind auf den Boden und dann auf die Knie. – Und du, Mädchen: Weg von Miss Wittmore. Sofort!«

In Zeitlupe richtete ich mich auf. Drehte ich mich zu der Stimme um. Ich erkannte den Sheriff und einen seiner Deputys. Und hinter ihnen Robert. Zwischen den Bäumen tanzten weitere Taschenlampen.

Um ein Haar hätte ich losgelacht. Welch ein grandioses Timing.

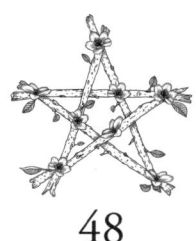

48

»Wie kommt es dann, dass wir Mr Wittmores Blut an Ihren Händen gefunden haben, Miss Castairs?«

Hatten die anderen Toten das FBI nicht auf den Plan gerufen, der Mordversuch an Wittmore tat es. Entsprechend saß ich hier auch zwei Agents – Agent Banner und Agent Martinez – gegenüber und nicht dem Sheriff oder irgendeinem Detective. Die zwei stellten mir seit einer gefühlten Ewigkeit die gleichen Fragen:

Was ist im Haus der Wittmores passiert? – Woher soll ich das wissen? Ich habe Wittmore nur so gefunden.

Haben Sie oder die anderen Mädchen Alkohol oder Drogen genommen? Was ist im Wald passiert? – Ich habe weder das eine noch das andere genommen. Keine Ahnung, was mit den anderen ist. Gut möglich. So wie die drauf waren. *Oder wie sollte ich sonst die Auswirkungen von Sarahs Hexerei erklären. Und was da sonst noch abgelaufen war.*

Was haben Sie mit der Entführung des kleinen James Baxter zu tun? In welcher Beziehung stehen Sie zu seiner

Familie? Was hatten Sie mit dem Kleinen vor? – Damit habe ich nichts zu tun. Der Kleine war da, als ich die anderen fand. Im ersten Moment hab ich ihn gar nicht gesehen. Mehr weiß ich nicht.

Und noch ein gefühltes Dutzend mehr. Immer wieder dieselben. Manchmal in der gleichen Formulierung, manchmal etwas anders ausgedrückt. So, als würden sie erwarten, dass ich mir irgendwann selbst widersprach.

Und eben auch: Wie kommt es, dass Sie Mr Wittmores Blut an Ihren Händen hatten?

Und ich gab ihnen jedes Mal die gleiche Antwort. Dass ich auf der Suche nach Ann und Luke gewesen war und Wittmore so in seinem Arbeitszimmer gefunden hatte. Und dass sein Blut natürlich auf meinen Händen gewesen war, weil ich versucht hatte die Blutung zu stoppen.

Allerdings kam ich dieses Mal nicht dazu, mich zu wiederholen, weil die Tür des Verhörzimmers so heftig aufgestoßen wurde, dass sie fast gegen die Wand krachte. Ein Mann stand im Rahmen. Groß. Dunkel. Das im Nacken zusammengebundene schwarze Haar passte in seiner Länge nicht so ganz zu seinem ganz offensichtlich teuren Maßanzug und der Krawatte. Ebenso wenig wie der kleine Diamant in seinem Ohrläppchen.

»Diese Befragung ist hiermit beendet.« Der Fremde betrat den Raum endgültig. Hinter ihm blieb John in der Tür stehen. »Meine Mandantin wird keine weiteren Fragen beantworten. Und keine ihrer Antworten wird in irgendeiner Form Verwendung finden, da diese Befragung ohnehin illegal ist.«

Agent Banner kam nur bis zu einem: »Was zum …«, ehe der Unbekannte ihn mit einer Handbewegung zum Schweigen brachte.

»Wenn Sie sich die Mühe gemacht hätten, einen Blick in Ihre Papiere zu werfen, wäre Ihnen aufgefallen, dass Ihre Zeugin derzeit noch keine 18 ist und entsprechend nicht ohne ihren Vormund oder einen anderen gesetzlichen Vertreter hätte vernommen werden dürfen, meine Herren.«

»Und Sie sind?« Agent Martinez war aufgestanden und versuchte dem Mann den Weg zu verstellen.

»Dhamar Ardeshir. Miss Castairs Anwalt.«

»Ardeshir?« Mir gegenüber riss Agent Banner die Augen auf. Anscheinend sagte ihm der Name etwas.

Ich warf einen schnellen Blick zu John. *Anwalt? Mandantin?* Der nickte vollkommen ungerührt. Auch wenn ich fast sicher war, dass da gerade ein süffisantes kleines Lächeln in seinem Mundwinkel gewesen war. Nur dass es seine Augen nicht erreichte. *Ohoh …*

»Da Miss Castairs nicht verhaftet ist, braucht sie keinen Anwalt.« Agent Martinez stand noch immer zwischen mir und Ardeshir.

Nicht? So hat sich das die ganze Zeit aber nicht angefühlt.

»Umso besser. Dann kann meine Mandantin ja jetzt auch gehen.« Er zog etwas aus einem silbernen Etui, das er aus der Innentasche seines Jacketts geholt hatte, legte es auf den Tisch. »Meine Karte. – Alle weiteren Fragen an meine Mandantin laufen von jetzt an über meine Kanzlei beziehungsweise nur noch in meinem Beisein. Ich erwarte die Ergebnisse Ihrer Nachforschungen auf meinem Schreibtisch, sobald Sie etwas herausgefunden haben. Es sei denn, Sie ziehen es vor, dass ich sie mir direkt bei Arthur McCoy von der Staatsanwaltschaft besorge.« Das Etui verschwand wieder in der Innentasche. »Besten Dank, die Herren, und einen schönen Tag noch.« Er streckte mir die Hand hin. »Gehen wir, Miss Castairs.«

Gehorsam stand ich auf und ging um den Tisch und Agent Martinez herum. Wenn sich mir die Gelegenheit bot, von hier zu verschwinden, würde ich sie garantiert nicht ungenutzt lassen.

Draußen blieb ich stehen und wandte mich zu ihm um. »Was ist mit Luke?«

»Luke?«

»Luke Bishop. Er war auch … dabei.«

Er tauschte einen kurzen Blick mit John, dann nickte er mir zu und drehte sich zu den beiden Agents um. »Betrachten Sie Mr Bishop ebenfalls als meinen Mandanten. – Da ich davon ausgehe, dass auch er nicht verhaftet ist, gilt für ihn das Gleiche wie für Miss Castairs. Entsprechend wäre ich Ihnen dankbar, wenn Sie ihn holen würden.«

Banner und Martinez sahen aus, als hätten sie gleichzeitig auf eine Zitrone gebissen. Nach einem kurzen Zögern nickte Banner seinem Kollegen zu, woraufhin der eine Tür auf der anderen Seite öffnete.

»Sie können gehen«, brummte er in den Raum dahinter. »Aber halten Sie sich zu unserer Verfügung.«

Was auch immer Luke hatte sagen wollen, als er auf den Korridor trat: Er schluckte es runter. Ardeshir winkte ihn zu uns herüber und wies gleichzeitig zum Ausgang. »Hier entlang, Mr Bishop.«

Lukes Blick wanderte einmal an ihm auf und ab. Zuckte zu mir, ging weiter zu John, kehrte zu Ardeshir zurück. »Und Sie sind …?«

»Ihr Anwalt.« Wie zuvor Banner, brachte er auch Luke mit einer Handbewegung zum Schweigen, deutete abermals zum Ausgang. »Ich erkläre Ihnen alles draußen.« Dann wandte er sich noch einmal Banner und Martinez zu. »Ich höre von Ihnen. Einen schönen Tag noch, die Herren.« Sein »Nach Ihnen« galt dann wieder Luke und mir.

Die Luft jenseits der Türen des Polizeipräsidiums schmeckte nach Nebel.

»Was machst du hier?« Es platzte aus mir heraus, kaum, dass sie sich hinter uns geschlossen hatten.

John hob eine Braue, während er weiter auf eine große, silbergraue Limousine zuhielt, die ein Stück weiter am Straßenrand parkte. »Wonach sieht es denn aus? Deinen hübschen kleinen Hintern vor dem Gefängnis bewahren vielleicht?«

Okay. »Gut gelaunt« war John offenbar nicht gerade. »Und woher wusstest du …?«

Er schnaubte. »Kleine, du sagst, du nimmst den Flug, den ich für dich gebucht habe, also will ich dich abholen – sozusagen als kleine Überraschung. Aber dann tauchst du nicht auf. An dein Handy gehst du auch nicht. Geschweige denn, dass du Nachrichten beantwortest. Und als ich ein paar Telefonate mache, erfahre ich, dass jemand versucht hat Wittmore zu ermorden, du bei der Polizei sitzt, und dass das FBI die Ermittlungen übernommen hat. – Und das ist nur die Kurzfassung.« Neben dem Wagen blieb er stehen. »Noch Fragen?«

»Nur eine: Wo hast du so schnell einen Anwalt aufgetrieben, vor dem selbst das FBI Angst hat?«

»Endlich jemand, der meine Qualitäten auf den ersten Blick erkennt.« Hinter mir erklang Ardeshirs dunkles Lachen. »Luther hat nicht übertrieben, als er sagte, dass ein Fall, in den Sie involviert sind, garantiert nicht langweilig ist.«

Auch um Johns Lippen zuckte es, während er kurz zu ihm sah. Als sein Blick jedoch wieder zu mir zurückkehrte, war da ganz und gar nichts Amüsiertes mehr. »Versuchst du witzig zu sein, Cassandra? – Ein Freund aus Vegas schuldete mir noch einen Gefallen. Mr Ardeshir ist der Bruder seines Chefs. Und zu deinem Glück war er geschäftlich in New York und hatte Zeit für einen Abstecher nach Boston. – Und war obendrein auch noch bereit, deinen ›Fall‹

zu übernehmen.« Er öffnete mir die hintere Wagentür. »Einsteigen. Es wird Zeit, dass du nach Hause kommst.«

Ich zögerte. Schaute zu Luke. John folgte meinem Blick. Seine Augen wanderten zu Lukes Hand, blieben an Grandpas Ring hängen. »Aha.« Für eine Sekunde schaute er wieder zu mir, ehe er Luke erneut musterte.

Gründlich.

Sehr gründlich.

Fast beängstigend gründlich.

»Das ist er also.« Dieses Mal wurde ich nur mit einem Blick aus dem Augenwinkel bedacht, ehe er Luke die Hand hinstreckte. »Ich bin John Patrick Mason. Ein Freund von Cassandras Großmutter.« Vielleicht sollte ich erleichtert sein, dass er die Sache mit ihrem Testamentsvollstrecker und meinem Vormund – wenn auch nur noch auf dem Papier – wegließ.

Auch Luke blickte zu mir, dann zu John zurück. Und ergriff seine Hand. »Luke Bishop. Cass ... Cassandras –«, er räusperte sich, »– Freund. – Glaube ich zumindest.«

»Glaubt er?« John ließ weder Lukes Hand los noch schaute er bei seiner Frage zu mir. Ardeshir verfolgte unser Schauspiel mit unverhohlener Belustigung.

»Wir haben da noch was zu klären.« Ich schob die Hände in die Hosentaschen. »Aber ich glaube auch.«

»Na, dann ...« John nickte zu Grandpas Ring hin. »Ich nehme an, du weißt, was das ist?«

Luke sah mich erneut an. »Ich denke schon.«

Auch Johns Blick ging jetzt zu mir. »Dann würde ich sagen: mitgefangen – mitgehangen.« Er ließ Lukes Hand los. »Einsteigen. Beide. Und das bitte noch in diesem Jahrhundert. Nicht, dass die Herrschaften vom FBI sich das noch mal anders überlegen.«

Dieses Mal glitt ich gehorsam auf den Rücksitz. Luke folgte mir. Hinter ihm reichte John Ardeshir mit einem »War mir ein Vergnügen. Wir telefonieren. Viel Erfolg noch in New York« die Hand. Was Ardeshir antwortete, konnte ich nicht verstehen. Doch er beugte sich vor und nickte mir und Luke noch einmal zu, ehe John die Tür schloss, um den Wagen herumging und seinerseits einstieg und den Motor anließ.

»Der Jet eines Freundes wartet auf dem Logan …«

Ich ließ ihn nicht ausreden. »Wir müssen noch mal in den Wald zurück.«

John drehte sich auf seinem Sitz zu mir um, hob eine Braue. »Das ist ein Tatort. Solange die Ermittlungen nicht abgeschlossen sind …«

»Ich glaube nicht, dass sie dafür sorgen, dass Sarah Warren in ihr Grab zurückkehrt. Und da auch bleibt.« Ich wedelte mit der Hand, ehe er etwas sagen konnte. »Lange Geschichte. Erzähl ich dir unterwegs. – Auf dem Weg müssen wir aber noch bei einem Haushaltswarenladen, einem Bäcker und einem Teeladen vorbei.«

Johns Braue hob sich noch weiter. »Geht auch ein Supermarkt, der ein ähnlich gelagertes Sortiment hat?«

»Könnte auch gehen. – Und in eine Kirche müsste ich auch noch.«

»Eine Kirche?« John räusperte sich nachdrücklich. »Will ich wissen, was du *da* vorhast?«

Ich beugte mich vor, legte die Hände auf die Lehnen der Vordersitze. »Nichts Schlimmes. Versprochen.«

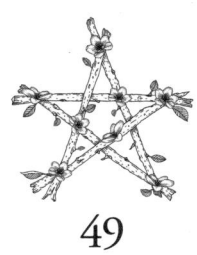

49

In der Luft hing der Geruch nach verbranntem Salz und Kräutern. Auch wenn ich mich bemüht hatte, dem Crime-Scene-Absperrband nicht zu nahe zu kommen und möglichst wenig zusätzliche Spuren zu hinterlassen: Spätestens wenn irgendjemand die Tatortfotos mit dem Jetzt-Zustand verglich, würde ihm auffallen, dass hier doch so einiges verändert war. Aber zumindest würde Sarah Warren nicht wieder zurückkehren. Selbst dann nicht, wenn sie jemand rief. Sie war fort. Endgültig. Ob sie ihren Frieden gefunden hatte oder immer noch im Hass gegangen war, konnte ich nicht sagen. Zumindest hatte ich für den Bruchteil einer Sekunde geglaubt, sie auf der anderen Seite ihres Grabes zwischen den Bäumen stehen zu sehen, als ich die Flammen auf dem Salz mit dem Weihwasser gelöscht hatte.

Zusammen mit einer anderen Gestalt. Nicht viel mehr als ein Schatten. Einem ... Mann? Ich hoffte für sie, dass es William war.

Auch die, die sie beschworen hatte, waren fort.

Ebenso wie das, was ich gerufen hatte.

Und die Seelen der Kinder. Sehr bald würde der Sandthymian hier und auch an jener anderen Stelle keine roten Blüten mehr haben.

Langsam bewegte ich mich rückwärts, verwischte dabei die Ränder des Kreises und Pentagramms aus Salz und Kräutern so weit es ging mit dem Fuß. Dass das Feuer sie in den Boden eingebrannt hatte, konnte ich nicht ungeschehen machen. Aber über kurz oder lang würde Gras und anderes Grün auch diese Stellen zurückerobern.

Auf der anderen Seite der Mauerreste warteten Luke und John auf mich. Gerade ließ John sein Handy zurück in die Innentasche seines Sakkos gleiten.

Fragend hob ich eine Braue.

»Das war mein Kontakt bei der Polizei.«

›Kontakt‹. Aha. Nun ja, genau genommen würde es mich ja auch nicht wundern, wenn er ›Kontakte‹ im Weißen Haus oder den oberen Etagen des FBI hatte. Oder diversen anderen ›Institutionen‹.

»Was sagt er?«

»Wittmore wird anscheinend überleben. Wer auch immer es war, er hat das Messer wohl nicht ganz durchgezogen. Sonst wäre er schon tot gewesen, als du ihn gefunden hast.«

»Und Ann?«

John schüttelte den Kopf. »Deine Großmutter hat mal gesagt, man könnte einen Verstand auch ›ausbrennen‹. – Anscheinend hat deine Freundin aus dem Jenseits da ganze

Arbeit geleistet. Sie ist komplett weggetreten und reagiert auf nichts mehr. – Die drei anderen Grazien haben nur einen Blackout bezüglich der letzten Stunden und leiden an massivem Blutverlust, werden aber wohl wieder ganz in Ordnung kommen.«

Ich nickte. Blieb nur zu hoffen, dass Wittmore und seine Freunde mich von jetzt an in Ruhe ließen. Besser wissen sollte er es jetzt. Man kam nicht ungestraft davon, wenn man sich mit den Castairs-Frauen anlegte. Egal mit welcher. – Auch wenn ich Ann dieses Schicksal nicht gewünscht hätte. Apropos ... »Wir müssen noch mal zum Anwesen der Wittmores!«

John hakte nachlässig die Daumen in die Seitentaschen seines Sakkos. »Auf die Gefahr hin, mich zu wiederholen: Das ist ein Tatort. – Nicht, dass dich das stören würde, wie man ja sieht.«

»Ich will nicht ins Haus.« Ich schob meinerseits die Hände in die Hosentaschen, sah kurz zu Luke. »Ich muss nur noch ein Versprechen einlösen.«

50

Den Kopf schief gelegt, trat ich ein paar Schritte zurück. Begutachtete mein Werk kritisch. »Und? Was sagst du? Dafür, dass ich im Malern nicht die große Künstlerin bin ... gar nicht mal soooo schlecht, oder? Und die Sauerei hält sich auch in Grenzen.« Zumindest, was abgeklebte Fenster- und Türrahmen anging. Über den Boden redeten wir besser nicht. Aber der war ja mit einer doppelten Lage Folie und alten Zeitungen abgedeckt. Zum Glück. Sonst hätte ich vermutlich noch die Dielen von Grannys alter – und in Zukunft meiner neuen – »speziellen« Küche abschleifen und neu wachsen können. Den Blick in den Spiegel sollte ich allerdings vielleicht noch ein Stück aufschieben. Gestern Abend hatte ich fast eine Stunde damit zugebracht, die Farbe von mir runterzubekommen. An Stellen, von denen ich überhaupt nicht gewusst hatte, dass sie mit ihr in Kontakt gekommen waren. Und heute war ich mir schon ziemlich oft mit dem Handrücken über die Wangen und die Stirn gefahren. Zumindest arbeitete ich heute nicht mit dem gleichen satten Ocker wie gestern, sondern nur mit einem Hauch Mint in Weiß. »Also? Was sagst du?«

Auf ihrem Aussichtspunkt ganz oben auf der Stehleiter hatte Pointers ihre Pfotenpflege unterbrochen und begutachtete kritisch meine Wand. Den schicken kleinen Maler-Hut aus Zeitungspapier, den ich ihr gebastelt hatte, hatte sie schon lange geschreddert. »Miau.«

»Ja, nicht? Ziemlich gut.« Na ja, okay, nachdem wir jetzt schon seit einigen Wochen Grannys altes Haus Stück für Stück renovierten, sollte ich tatsächlich so langsam den Dreh raus haben, was so einige Dinge betraf. »Aber vielleicht solltest du nachher trotzdem aufpassen, wo du deine Pfoten hin-« Das Zirpen meines Handys unterbrach mich. Beim zweiten legte ich meinen Pinsel beiseite, wischte mir die Hände an einem Lappen ab und fischte es vorsichtig mit spitzen Fingern aus meiner hinteren Hosentasche. Darauf bedacht, nicht auch noch Farbe auf das Display zu schmieren, entsperrte ich es und rief die Nachrichten von John auf. Und runzelte die Stirn. Die erste bestand nur aus einem abfotografierten Zeitungsartikel. Ich warf einen Blick auf die zweite …

Ein Haken-Emoji?

Jetzt sah ich mir das Foto doch genauer an. Es ging um den Autounfall eines Rodrigo Sánchez aus Miami.

Der in seinem Wagen ertrunken war.

Genau wie Granny.

Die Behörden schließen beim Unfalltod von R. Sánchez, der angeblich enge Kontakte zu den Drogenkartellen Südamerikas unterhielt, Fremdverschulden aus ...

Ich atmete einmal langsam ein und aus. John hatte das Aufräumen und Saubermachen also erledigt. Wie versprochen.
Er war noch online ...
Ich schickte ihm den Hund, der ein Herz in die Luft blies. Und bekam ein errötendes Häschen mit einem Herz in den Pfoten zurück.
Ich prustete haltlos heraus. Himmel, wollte er, dass ich vor Lachen erstickte?
In der Statusleiste erschien ein ›schreibt‹. Okay? Gleich darauf zirpte mein Handy wieder und eine Nachricht poppte auf.

> Luke wird demnächst Post bekommen. Das Urteil gegen ihn wurde aufgehoben. Ardeshir ist weiter dran. Er will eine Ausgleichszahlung für die Zeit, die er unschuldig gesessen hat.

> Du bist ein Schatz. – Und danke an Ardeshir.

> Geb ich weiter. – Ich weiß. 😎

> Was macht das Renovieren, Süße?

> Fast fertig.

> Und?

Ich schickte ihm das Zombie-Emoji.

Und bekam den Tränen lachenden Rofl-Smiley zurück. Gefolgt von einem Herz.

Dann war John wieder offline.

Als ich hochblickte, stand Luke in der Tür. Einen aufgerissenen, großen braunen Umschlag und das dazugehörige Schreiben in der Hand. Eine steile Falte auf der Stirn.

»Alles in Ordnung?« John und sein Timing. Wie immer auf den Punkt.

»Das Urteil gegen mich wurde aufgehoben.« Irgendwie wirkte er ... irritiert.

»Klingt doch gut. – Glückwunsch.« Ich ließ mein Handy in die Hosentasche zurückgleiten. »Und wo ist das Problem?«

Er sah von den Papieren auf. »Ich verklage den Staat Massachusetts auf eine Ausgleichszahlung wegen der Zeit in Seven Trees?« Er klang fragend.

»Dein gutes Recht. – Und weiter?«

»Ich hatte keine Ahnung, dass ich das ...« Er verstummte. Riss die Augen auf. »WOW!« Räusperte sich. »Okaaaay.«

Ich konnte nur raten, aber anscheinend hatte Ardeshir sehr genaue Vorstellungen davon, auf *wie viel* Luke den

Staat Massachusetts verklagen sollte. Oder John. Immerhin wusste er, dass Luke den Highschoolabschluss nachmachen und Tiermedizin studieren wollte. Und dass er sich weigerte, auch nur einen Cent von mir anzunehmen, um dieses Studium zu finanzieren. Wie ich John kannte – und Ardeshir einschätzte –, hatte das Problem sich mit dieser Klage erledigt. Mindestens.

»Naja, dann würde ich mal sagen: Ein Hoch auf deinen Anwalt.«

Luke sah von den Papieren auf. Wieder ein Räuspern. »Wusstest du davon?« Er schaffte es tatsächlich, die Stirn zu runzeln und gleichzeitig die Braue zu heben.

Bisher war es mir gelungen, harmlos zu klingen. Jetzt versuchte ich erst gar nicht mir das Grinsen zu verkneifen. »Könnte sein.« *Ich liebe dich, John.*

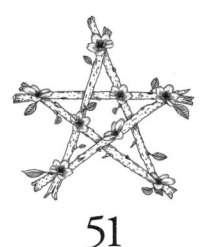

51

3 Jahre später

Sie saßen in einem perfekten Halbkreis um mich herum.
Verfolgten jede meiner Bewegungen.
Aufmerksam.
Angespannt.
Hungrig. – Wie immer.
Es war ein Fehler gewesen, sie von dem kosten zu lassen, was in meinen Töpfen brodelte.
Aber mit ihren Blicken bekamen sie mich – wie immer.
Sieben Welpen. Rasse? Unbekannt.
Ihren Pfoten nach zu urteilen, würden sie groß werden.
Ziemlich groß.
Mit jeder Menge Fell.
»Wenn ihr glaubt, ihr bekommt auch noch etwas von meinen Muffins, könnt ihr das vergessen.« Einstimmiges Schwanzwedeln. Sky mit den himmelblauen Augen schleckte sich nachdrücklich über die Lakritznase. Spotts – benannt nach den zwei schwarzen Flecken auf

seinem Rücken – gab ein kurzes Jelpen von sich. Lulu, die einzige Hündin des Wurfes, rutschte ein kleines Stückchen auf ihrem schwarzgrauen Heck auf mich zu und legte den Kopf schief. Blinzelte mich mit ihren goldenen Augen an. *Verdammtverdammtverdammtverdammt!* Das war der Fluch, wenn man mit einem Vertrauten verheiratet war. Es fand sich alles mögliche Getier in seiner Nähe ein. Teilweise mit großem Kuschelfaktor und Kindchen-Schema pur. So wie die kleine Kampfkastanie, die ein paar Kinder aus dem Ort letzten Herbst neben ihrer überfahrenen Mutter und ihren Geschwistern gefunden hatten und die sich von Luke von Anfang an den Bauch hatte kraulen lassen, während sie mich nur annuffte und sich zu einer perfekten kleinen Igelkugel zusammenrollte, wann immer ich in ihre Nähe kam. – Und bei der selbst ich trotz ihres Genuffes Herzchenaugen bekam. – Und die inzwischen unter den Holzstoß beim Schuppen im Garten gezogen war, wo sie neuerdings ihre eigenen Babys großzog – genauso süße und genauso nuffende Kampfkastanien wie sie selbst früher eine war – und mich nach wie vor jedes Mal anfauchte, wenn ich es wagte, mir einen oder zwei Holzscheite von ihrem Palast zu holen.

Oder eben wie die infernalischen Sieben hier vor mir. Aber auch mehr als genug arme Seelen, die schon zu viel gesehen hatten in ihrem Leben. Manche blieben länger. Andere kamen nur auf ein Schwätzchen mit Luke und ein paar Kekse oder Ähnlichem vorbei. Manche brauchten die

Hilfe von Doc Martin und nach ihrer Behandlung bei ihm Pflege und die Zeit, sich zu erholen und wieder zu Kräften zu kommen. Andere waren einfach nur froh darüber, auf unbestimmte Zeit einen warmen, bequemen und vor allem sicheren Platz zum Schlafen zu bekommen und genug zu essen, um tatsächlich satt zu werden. Ohne um ihr Leben fürchten zu müssen. Und vielleicht – was Luke bisher noch bei jedem geschafft hatte, der es sich wünschte – ein eigenes Für-immer-Zuhause zu finden. Manche zogen unsere Scheune oder den Schuppen dem Haus vor. Bei anderen musste ich klarstellen, dass ich die Frau in Lukes Bett war. Und wieder andere fragten nicht, sondern annektierten dieses Bett und den Rest unseres Hauses mit vollkommener Selbstverständlichkeit. So wie diese Welpen-Brut, die ein Trucker noch mit geschlossenen Augen in einem Karton gefunden und zu Luke gebracht hatte. Seitdem sie aus der Alle-vier-Stunden-Fläschchen-Phase heraus waren – und einer von ihnen entdeckt hatte, wie man den Welpenauslauf öffnete – war nichts mehr vor ihnen sicher. Es sei denn, sie wollten etwas. Dann waren sie Muster an Wohlerzogenheit. So wie jetzt. Zumindest, bis sich die Hintertür öffnete und Luke hereinkam. Ihr Gekläff war schlagartig ohrenbetäubend. Und an den Freude-Pfützen auf meinem Küchenboden mussten wir definitiv noch arbeiten. Aber zumindest stoben sie nach der Begrüßung hinaus in den Garten, um zu tun, was Welpen so taten. Später, wenn sie vielleicht mal schliefen, würde ich nachsehen müssen, ob sie sich, wie sie Luke versprochen hatten, tatsächlich von meinem Kräutergarten ferngehalten hatten.

Nun ja, ich konnte zumindest nicht behaupten, dass ich nicht wusste, worauf ich mich eingelassen hatte. Und ich bekam einen vagen Vorgeschmack darauf, wie es sein würde, wenn Luke mit dem Tiermedizinstudium fertig war und Doc Martins Praxis übernommen hatte. – Vielleicht sollte ich froh sein, dass ich bis dahin noch ein bisschen Schonfrist hatte?

Luke warf einen Blick auf die Auskühlgitter mit Muffins und »Keksen«, die sich entlang der Fenster reihten, und auf den riesigen Topf Knochensuppe, der auf dem Herd seit inzwischen fast vierundzwanzig Stunden vor sich hin blubberte – immer wieder kontrolliert und bewacht von Pointers, die der Welpen-Brut klargemacht hatte, dass die erste Portion davon ihr gehörte – dann durchquerte er die Küche, legte mir die Hände auf die Hüften und zog mich an sich. »Heute Abend wieder Treffen mit deinen Hexenschwestern?«

Ich schnitt eine Grimasse, verschränkte aber trotzdem die Hände in seinem Nacken. Er wusste genau, dass ich es hasste, wenn er Annie und die anderen Frauen aus der Nachbarschaft und aus dem Ort so nannte. Ein paar von ihnen kannte ich noch aus Moms und Grannys Zeiten. Andere waren in meinem Alter oder zumindest nicht so wahnsinnig viel älter als ich. Sie alle hatten eines gemeinsam: Sie interessierten sich für Kräuter und Naturheilkunde. Und warum sollte ich diesen Teil meines Wissens nicht weitergeben? Auch wenn ich damit natürlich wieder eines der vielen Tabus brach. – Was inzwischen ein regelrechtes Hobby von mir geworden war. »Du legst es wirklich darauf an, dass es sich unter den tierischen Bewohnern hier herumspricht, dass ich eine Hexe bin, was?«

Er lachte, vergrub die Hände in meinem Haar und küsste mich.

Einen Moment erwiderte ich seinen Kuss, hielt ihn sogar fest, als er sich von mir lösen wollte, doch dann schob ich ihn ein Stück zurück. »Nicht witzig.«

Sein Grinsen wurde noch breiter. »Damit geht Cat Balou doch ohnehin schon hausieren. Zumindest hat Queeny gesagt, dass Balou erzählt, ihr Frauchen würde bei einer Hexe in die Lehre gehen.«

Mit einem Stöhnen verdrehte ich die Augen. Diese Labrador-Lady war dermaßen geschwätzig. Und das zahme Waschbär-Mädchen, das am Ende der Straße wohnte, war keinen Deut besser. »Na toll.«

»Lasst euch nicht stören.«

Luke und ich wandten uns nahezu zeitgleich zu der Stimme um. Wofür war ein Haus voller Tiere eigentlich gut, wenn keines davon es für notwendig hielt, Besucher anzukündigen?

Annie Springwater lehnte in der Hintertür, die dunklen Haare wie immer zu einem Pferdeschwanz zusammengebunden. Ein Lächeln in den braunen Augen. Sie war eine meiner »Hexenschwestern«. Und einer der infernalischen Sieben – Sky? – würde Ende nächster Woche zu ihr, ihrem Mann und ihren beiden Söhnen ziehen. Heureka!

»Annie. Ist irgendetwas passiert?« Ich löste mich endgültig von Luke, wies vor sie auf den Fußboden. »Vorsicht.«

Sie nickte, während ihr Blick über meine Töpfe glitt. »Ich hab's gesehen. – Ernsthaft, so wie es hier duftet, würde keiner glauben, dass ihr beide kein Fleisch esst …« Dann schüttelte sie den Kopf, »Nein, alles okay. Ich wollte dir nur sagen, dass wir heute Abend bei mir quilten, nicht wie geplant bei Mariah.«

»Deshalb kommst du extra rüber? Es gibt doch Handys …?«

»Neumodisches Zeug.« Sie schnaubte belustigt. Eine Frau, die höchstens zehn Jahre älter war als ich. »Du kommst doch? Wir wollen einen Quilt für Lucilles Tochter anfangen.«

Christie, die einen inoperablen Tumor hatte. Und der die Ärzte noch ein halbes, allerhöchstens ein Jahr gaben. »Natürlich. Soll ich noch irgendetwas mitbringen?«

»Außer deinen grandiosen Muffins?« Das Lächeln verschwand aus ihren Augen. An seine Stelle trat ein seltsamer Ernst. Den ich schon unzählige Male bei den Menschen in diesem Ort gesehen hatte, wenn sie mit mir sprachen, mich um irgendetwas baten: einen Rat, eine besondere Creme, etwas für ihre Hausapotheke, etwas … anderes. »Nur dich.«

Ich hatte es gemacht wie Granny, Mom und die übrigen Frauen meiner Familie vor ihnen: Ich hatte mich von den anderen Hexen mit ihren Coven und Hierarchien losgesagt, war mit Luke in Grannys Haus gezogen und hatte Moms Laden für Naturkosmetik wieder eröffnet. Und es war, als wäre ich nie fort gewesen.

Nein, Korrektur: Als wären wir Castairs-Frauen nie von hier fort gewesen.

Auch nicht für eine kurze Zeit.

Und als wüssten die Leute des Ortes ganz genau, was ich war. – Was wir schon immer gewesen waren.

Auch wenn es keiner laut aussprach.

»Bedenke wohl, worum du bittest …« Ich holte den Putzlappen und den Wischeimer unter der Spüle hervor und drückte beides Luke in die Hand. »Du könntest mal die Spuren der Freude beseitigen.« Wir Hexen konnten keine tödlichen Krankheiten heilen. Aber wir konnten Schmerzen lindern. Sie manchmal sogar ganz nehmen. Oder solche Dinge wie Hoffnungslosigkeit und Angst mindern. Durch Zauber, die wir in ganz gewöhnliche Alltagsgegenstände hineinwoben, wenn wir sie herstellten. Wie einen Quilt, an dem wir mitnähten. »Wann soll ich da sein?«

»Die anderen kommen gegen sieben …« Das Lächeln war in ihre Augen zurückgekehrt. »Ach ja: Meine Freundin aus New York ist ganz begeistert von der Creme, dem Badezusatz und den anderen Sachen, die ich ihr zum

Geburtstag geschenkt habe. Sie sagt, wenn du jemals daran interessiert bist, etwas davon außerhalb von ...« Ein Grinsen erschien auf ihren Lippen.»... ich zitiere: ›eurem kleinen Kaff am Ende der Welt‹ und in etwas größerem Stil zu verkaufen, könntest du das jederzeit in ihrer Boutique auf der Madison tun.« Sie hob die Hand, bevor ich auch nur dazu kam, den Kopf zu schütteln.»Ja, ja. Ich weiß. Du hast nicht vor, deine Sachen außerhalb deines Ladens zu verkaufen. Das hab ich ihr auch gesagt. Sie war fürchterlich enttäuscht. Und meinte, ich soll dir trotzdem bei Gelegenheit ihre Nummer geben.« Sie hob in einer kleinen Bewegung die Schultern.»Ihre Visitenkarte hängt an unserem Kühlschrank. Nur für alle Fälle. – Bis später dann. Ich freu mich schon.« Sie machte Anstalten, mir zuzuwinken und sich zum Gehen umzudrehen, hielt dann aber inne und schnippte mit den Fingern.»Ach, beinah hätte ich es vergessen:« Das Grinsen war übergangslos wieder da. Fast gehässig diesmal.»Einer von diesen Anzugträgern ist mal wieder in Margerys Café aufgetaucht und hat nach dir gefragt. Vor ungefähr drei Stunden.«

Ich neigte den Kopf. Versuchte mir nichts anmerken zu lassen. Anscheinend gaben die Wittmores dieser Welt nach wie vor nicht auf.»Und?«

Annie schnalzte mit der Zunge.»Zu dumm, dass er vor dem Café im absoluten Halteverbot geparkt hatte.« Seit wann gab es dort ein absolutes Halteverbot?»Und zu dumm, dass sein schwarzer Nobelschlitten auch noch Öl verloren hat, wie ein durchgerosteter Panzer.« Auf Lukes Lippen erschien ganz langsam ein ebenso gehässiges Grinsen wie auf ihren. »Und wie dämlich muss man dann auch noch sein, sich mit dem Abschlepper anzulegen.« Der ihr Bruder und der Schwager des örtlichen Sheriffs war. Mit dem wiederum Annie verheiratet war. Und dem auch noch die einzige Autowerkstatt im Ort und im Umkreis von geschätzt 100 Meilen gehörte. – Und der nach Lukes Meinung ein Gott unter den Automechanikern war. Einem Geringeren hätte er auch niemals seinen Porsche anvertraut.

Ihr Grinsen wurde zu einem sehr, sehr sanften Lächeln. Sie zuckte erneut die Schultern. »Wie auch immer: Der Wagen ist abgeschleppt und steht in der Verwahrstelle. Dort bleibt er, bis das mit dem Ölleck behoben ist. Und Mike sagt, er hat die Teile nicht da, um den Schlitten zu reparieren. Er muss sie erst bestellen. Und das kann dauuuuern.« Sie seufzte theatralisch. »Ganz nebenbei sitzt der Fahrer wegen tätlichen Angriffs, Beamtenbeleidigung und versuchter Bestechung bei Cloud in einer Zelle und mein geliebter Ehemann sagt, dass er ihn da ziemlich lange festhalten kann. Wenn du willst. Oder direkt aus der Stadt werfen. Ganz wie es dir lieber ist. Und in letzterem Fall könnte er das mit den Teilen auch ein bisschen beschleunigen, sagt mein Herzensbruder.« Ich konnte spüren, dass Luke neben mir damit kämpfte, nicht in schallendes Gelächter auszubrechen. Annie bedachte ihn mit einer

Kusshand. »Ruf ihn einfach an. Du hast ja seine Nummer.« Sie zwinkerte mir zu. »Bis heute Abend dann.« Ein letztes Winken, dann war sie aus der Tür. Ich sah ihr nach, selbst als sie schon hinter unserer Schlehenhecke verschwunden war, hörte sie draußen im Garten mit jemandem reden. Vielleicht einem der infernalischen Sieben, ihrem gurrenden Ton nach zu urteilen.

Die Hexen sorgten für die Menschen in dieser Stadt.

So war es bei uns Castairs-Frauen seit Hunderten von Jahren.

So würde es auch weiter sein.

Und die Menschen in dieser Stadt beschützten ihre Hexen.

Als Mom und Granny noch gelebt hatten, war mir das nicht bewusst gewesen. Jetzt schon.

Ich hatte nicht vor, irgendetwas daran zu ändern.

Ich drehte mich zu Luke um, verschränkte die Hände wieder in seinem Nacken. »Wann wollte John heute vorbeikommen?«

An meinem Kopf vorbei warf er einen schnellen Blick auf seine Uhr. »Erst in ein paar Stunden.«

»Sehr gut.« Ich vergrub meine Finger in seinem Haar. »Wo waren wir stehen geblieben?«

Er schaffte es irgendwie, den Wischeimer nahezu lautlos auf den Boden zu stellen. Krach und Gescheppper hätten mindestens die Hälfte unserer befellten Hausgäste auf den Plan gerufen. Etwas, worauf ich gerade absolut keinen

Wert legte. Seine Arme schlossen sich um meine Mitte. Plötzlich hatte ich den Küchentisch unter meinem Gesäß.

»Ich glaube, hier irgendwo.«

Ich konnte mir das Lächeln nicht ganz verbeißen, als seine Lippen über meine strichen. Was hatte ich doch für einen klugen Mann.

Autorin

Lynn Raven lebte in Neuengland, USA, ehe es sie trotz ihrer Liebe zur wildromantischen Felsenküste Maines nach Deutschland verschlug. Nachdem sie zwischenzeitlich in die USA zurückgekehrt war, lebt sie nun wieder hauptsächlich in Deutschland und ist weiter in High Fantasy und Dark Fantasy unterwegs.

Von Lynn Raven sind bei cbj erschienen:
Windfire (31179)
Blutbraut (30887)
Seelenkuss (30997)
Der Kuss des Kjer (30489)
Der Kuss des Dämons (30554)

Mehr über cbj auf Instagram unter @hey_reader

Lynn Raven
Windfire

ca. 464 Seiten, ISBN 978-3-570-31179-0

Las Vegas: Jessie braucht dringend Geld für ihren kleinen Bruder und versetzt für ein paar Dollar ein kostbares Erbstück. Kaum hat der Schmuck den Besitzer gewechselt, poltert ein unberechenbarer Fremder in ihr Leben. Und er verlangt genau jenes Amulett von ihr! Shane und Jessie treffen aufeinander wie Feuer auf Wind, wie Halb-Djinn auf Hexe. Und schon müssen die zwei zusammen fliehen – offenbar haben sie gemeinsame Feinde ...

www.cbj-verlag.de